LORI FOSTER
SIN LÍMITES

Editado por Harlequin Ibérica.
Una división de HarperCollins Ibérica, S.A.
Núñez de Balboa, 56
28001 Madrid

© 2014 Lori Foster
© 2018 Harlequin Ibérica, una división de HarperCollins Ibérica, S.A.
Sin límites, n.º 245 - 14.11.18
Título original: No Limits
Publicada originalmente por HQN™ Books
Traducido por Ana Peralta de Andrés

Todos los derechos están reservados incluidos los de reproducción, total o parcial. Esta edición ha sido publicada con autorización de Harlequin Books S.A. Esta es una obra de ficción. Nombres, caracteres, lugares, y situaciones son producto de la imaginación del autor o son utilizados ficticiamente, y cualquier parecido con personas, vivas o muertas, establecimientos de negocios (comerciales), hechos o situaciones son pura coincidencia.
® Harlequin, TOP NOVEL y logotipo Harlequin son marcas registradas por Harle-quin Enterprises Limited.
® y ™ son marcas registradas por Harlequin Enterprises Limited y sus filiales, utili-zadas con licencia. Las marcas que lleven ® están registradas en la Oficina Española de Patentes y Marcas y en otros países.
Imagen de cubierta utilizada con permiso de Harlequin Enterprises Limited.
Todos los derechos están reservados.

I.S.B.N.: 978-84-9188-397-5
Depósito legal: M-29004-2018

Muchas, muchísimas gracias a todas aquellas personas a las que nombro a continuación por haber contestado a mis preguntas sobre los procedimientos policiales y la puesta en marcha de una empresa. Muchas gracias a todas:

Rick Peach, Valia Lind, Rosebud Lewis, Janel Klews, Susan Moore, Ruth Hernandez-Alequin.

CAPÍTULO 1

Alerta, en tensión, Cannon permanecía sentado en una silla de cuero y miraba el escritorio del abogado con creciente impaciencia. Le dolía todo el cuerpo, desde la punta del pelo hasta las uñas de los pies, pero en aquel momento estaba concentrado en cuestiones menos relacionadas con el físico. Tras haber aterrizado por fin en los Estados Unidos, tenía planeado pasar el día en una bañera de agua caliente y la noche en la cama, con compañía femenina que le ayudara a olvidar que había estado a punto de perder su último combate.

Tres días atrás, había tenido que enfrentarse al mayor desafío de su carrera, al combate más publicitado en el calendario de la Supreme Battle Championship, en Japón, en un recinto abarrotado y con grandes expectativas por parte de la organización.

Aunque había recibido bastantes golpes, estaba ganando a su oponente por puntos... hasta que lo había fastidiado todo.

Tras recibir una patada en el hígado, se había quedado sin aire, se había doblado, roto de dolor, y había estado a punto de sucumbir. Solo el puro instinto le había empujado a dar el último puñetazo cuando su oponente había lanzado a matar.

Aquel puñetazo había aterrizado justo en medio de la mandíbula del pitbull al que se estaba enfrentando. Y aquel había sido el final.

Apenas había conseguido mantenerse en pie mientras su

oponente recuperaba la conciencia y había terminado convertido en el ganador del combate. Pero había estado a punto de perder y el hecho de haber resultado ganador no borraba los golpes y las patadas que había soportado.

Necesitaba relajarse y descansar.

Pero sus planes de relajación se habían torcido porque le habían convocado a una reunión en Warfield, Ohio. Estaba a tres horas de distancia en coche y, normalmente, cuando hacía aquel viaje, lo primero que hacía era ir a ver a sus amigos.

Por desgracia, en aquella ocasión le estaba tocando esperar mientras un tedioso abogado rebuscaba entre sus papeles y su secretaria le miraba con evidente interés.

—¡Ah, aquí los tenemos! —exclamó el abogado, sacudiendo los malditos documentos y mirando a Cannon por encima del borde de las gafas—. Siento el retraso. Como esperaba que viniera ayer, me ha pillado desprevenido.

La velada reprimenda no tuvo el menor efecto en Cannon.

—Como le he dicho, estaba fuera del país —cambió de postura, intentando que no se evidenciaran sus muchos dolores.

—En Japón, ¿verdad?

Asintió con la cabeza. No tenía ganas de darle conversación.

El abogado ordenó de nuevo sus papeles y dijo:

—¿Es usted luchador?

—Sí.

—¿De la BSC?

—Sí.

¡Diablos! Llevaba el logotipo del club de lucha en la camiseta. Se echó hacia atrás, con los antebrazos sobre los muslos. No sabía de qué iba todo aquello, pero quería acabar cuanto antes.

—Mire, ¿cuánto tiempo nos va a llevar esto?

Frank Whitaker dividió los documentos en tres montones.

—Solo necesito un momento para ordenarlo todo.

¿Ordenar qué? Cannon sabía que aquello tenía algo que ver con Tipton Sweeny, propietario de una casa de empeños, que había fallecido poco tiempo atrás.

—Si no hubiera estado en el extranjero, habría asistido a su entierro.

Y a lo mejor habría visto a Yvette, la nieta de Tipton.

Le bastó pensar en ella para que creciera su tensión.

Sin desviar la mirada de los documentos, aquel abogado obeso y bien entrado en los cincuenta contestó:

—Estoy seguro de que todo el mundo lo comprende.

Cannon solo había conocido a Tipton en tanto que propietario de un negocio local. Titpon había sido un personaje importante en una comunidad que él adoraba. Su nieta, Yvette, había ido al colegio con su hermana. Y ahí era donde acababa toda relación entre ellos.

Excepto por el hecho de que Yvette siempre había coqueteado con él. Cannon siempre la había evitado... hasta el día que la había besado, el día que había deseado seguir besándola, y haciendo otras muchas cosas con ella, después de haber ayudado a rescatarla de unos matones degenerados.

¡Mierda!

No quería pensar en todo aquello. No quería pensar en Yvette. Por mucho tiempo que hubiera pasado desde entonces, aquella mujer todavía era capaz de hacerle perder la compostura.

¿Cómo estaría? Al parecer, todavía andaba por California. En caso contrario, estaría también allí, ocupándose de... de lo que quiera que fuera todo aquello.

—¿Tipton no tenía más parientes?

—Sí, seguro que sí.

¿Entonces por qué demonios había tenido que involucrarle a él?

Cannon observó mientras la secretaria se inclinaba con sus senos enormes y desprendiendo una vaharada de perfume. Le tendió más documentos a aquel abogado tan desorganizado y sonrió a Cannon, mientras se acercaba lo suficiente como para rozar su muslo contra el suyo. Le sonrió y le tocó la rodilla.

—¿Le apetece un refresco? ¿Un café?

Intentando que no fuera demasiado evidente, Cannon se apartó de su alcance. Siempre mostraba una actitud fría con las mujeres.

Excepto en aquella ocasión con Yvette.

—Un poco de agua, por favor.

—Por supuesto —posó la mano en su brazo y, al sentir cómo tensaba el músculo bajo la camiseta, la apartó—. Ahora mismo vengo.

Como hombre que era y, por lo tanto, en absoluto inmune a una insinuación, la recorrió de los pies a la cabeza con la mirada mientras se marchaba. La secretaria tenía una figura voluptuosa que realzaba con un traje ceñido: una falda y una blusa muy fina. Los tacones altos enfatizaban la sensualidad de sus piernas. Tenía senos grandes, caderas llenas. El pelo, muy rubio, lo llevaba recogido en lo alto de la cabeza. Exudaba una sexualidad que a Cannon le resultaba casi agresiva por su evidente interés en él, sus miradas sensuales y su forma de humedecerse los labios, unos labios pintados de carmín rojo encendido.

Estaba acostumbrado a que las mujeres se le insinuaran, aquello no tenía ninguna importancia. Pero jamás le había pasado en la oficina de un abogado y en una circunstancia como aquella.

¿Tendría algo que ver aquella actitud con el abogado? ¿Serían aquellas insinuaciones un intento manifiesto de ponerle celoso? Cannon miró al letrado, preguntándose si se habría fijado en la docena de formas diferentes en las que su secretaria había mostrado su interés en él.

Pero él no era un cínico ni nada parecido. Y no estaba mordiendo el anzuelo.

O, por lo menos, eso creía. Aun así, cuando la secretaria regresó y se inclinó hacia él más de lo que habría sido necesario para tenderle el vaso de agua con hielo y la servilleta, Cannon se inclinó hacia delante y contempló sus senos. La piel de la secretaria parecía muy suave, pero, en cuanto su sofocante perfume asaltó su pituitaria, desvió la mirada.

El abogado apiló los documentos y se puso las gafas.

—Gracias, Mindi. Si necesito algo más te llamaré.

La secretaria asintió, aceptando aquella brusca despedida.

—Estaré en mi escritorio.

Una vez detrás del abogado, Mindi se detuvo en el marco de la puerta y recorrió a Cannon desde los hombros hasta las rodillas, deteniendo su voluptuosa mirada en su entrepierna. Volvió a humedecerse los labios y… sí, de acuerdo, quizá consiguió despertar su interés.

Diablos, había estado tan concentrado en los entrenamientos y, después, en el combate en sí que había estado sometido a un celibato autoimpuesto durante demasiado tiempo.

Pero, de momento, centró de nuevo toda su atención en Whitaker. ¿Qué podía necesitar de él aquel hombre que requería de tantos documentos y notas?

Al final, Whitaker unió las manos con expresión solemne y clavó la mirada en Cannon.

—Ha heredado una propiedad y algunos fondos del señor Sweeny.

¡Hala! Una oleada de miedo hizo que Cannon se inclinara hacia adelante. El corazón le latió con fuerza en el pecho.

—¿Le ha ocurrido algo a Yvette?

Frunciendo sus pobladas cejas, el abogado volvió a ponerse las gafas, removió aquellos condenados documentos y sacudió la cabeza.

—¿Se refiere a la nieta del señor Sweeny?

—Sí.

—Ella también ha heredado.

El alivio llevó de nuevo oxígeno a sus pulmones. ¡Dios santo! Se apretó el puente de la nariz, enfadado por lo desmesurado de su reacción. Pero con Yvette siempre había sido así.

Whitaker continuó.

—Y, de hecho, el señor Sweeny ha dividido sus bienes entre ustedes dos.

Imposible.

—¿Entre Yvette y yo?

—Sí.

Estupefacto, Cannon se sentó en el bordo de su silla, intentando comprenderlo... sin ningún éxito.

—No lo entiendo. ¿Por qué iba a hacer algo así?

—Le ha dejado una carta —el abogado le tendió un sobre—. Confío en que lo explique en ella. Lo único que puedo decirle es que le señor Sweeny vino a verme hace tres años con instrucciones detalladas sobre la distribución de sus bienes en el caso de que falleciera. Volvió a venir hace un año para corregir su testamento y hacer las aclaraciones debidas ante la fluctuación de su situación financiera. Volví a verle hace dos meses, cuando comenzó a declinar su salud.

—¿Sufrió un ictus?

El abogado asintió, vaciló un instante, volvió a cruzar las manos sobre la mesa y abandonó aquella actitud profesional y distante.

—Tipton había llegado a convertirse en un buen amigo mío. Estaba solo y yo acababa de perder a mi esposa... —Whitaker se encogió de hombros.

—Lo siento.

El abogado inclinó la barbilla, a modo de agradecimiento.

—Tenía la tensión muy alta y sabía que no estaba bien. No prestó atención al primer infarto cerebral, pero el siguiente fue peor y el tercero mucho peor todavía. Fue entonces cuando cerró el negocio.

De modo que no lo había cerrado tres años atrás, después de aquella terrible agresión, tal y como Cannon había asumido.

—Comenzaron a tratarle, empezó a ir al especialista con regularidad, pero sabía que solo era cuestión de tiempo...

Al ver la tristeza que traslucía el rostro del abogado, Cannon sintió el zarpazo de la culpabilidad. Debería haber ido a visitarle más a menudo. Se había enterado del primer infarto cerebral, pero no del segundo. Y, cuando el cuerpo de Tipton había decidido dejar de luchar, él estaba en Japón.

—¿Yvette estaba con él?

Negando con la cabeza, el abogado contestó:

—No quería ser una carga para su nieta —asomó a su rostro cierta relajación mientras parecía estar ordenando sus pensamientos—. Todos ustedes compartieron una determinada experiencia. Tipton nunca me contó los detalles, pero asumo que fue algo que alteró sus vidas —no esperó a que Cannon se los proporcionara—. Su nieta se marchó a cusa de ello y Tipton no quería sentirse responsable de hacerla volver a sabiendas de que regresar podía ser difícil para ella. Quería que regresara cuando así lo decidiera, no porque se sintiera obligada.

Acribillado por todo tipo de sensaciones incómodas, Cannon se levantó y comenzó a caminar por el pequeño despacho. Sí, imaginaba que Yvette lo pasaría mal cuando regresara. Ninguna mujer debería soportar jamás lo que había sufrido ella. A veces, los recuerdos de lo ocurrido le golpeaban como un fuerte puñetazo, dejándole aturdido, enfadado y empapado de un sudor frío.

Y no era a él al que habían amenazado de la peor manera posible.

Suavizó la voz, recordando lo ocurrido.

—¿Yvette no sabía que Tipton estaba enfermo?

—Al igual que usted, se enteró del primer infarto cerebral. Pero Tipton se sentía suficientemente fuerte como para llevar él solo aquella carga —Whitaker sacudió la cabeza con desazón y dijo—: No, me temo que lo que he dicho no es exactamente así. Él quería compartir su carga. Dijo que usted podría con ella —el abogado señaló la carta—. Está todo allí.

¿Una carga? Más confundido que nunca, Cannon se dio unos golpecitos con la carta contra el muslo.

—¿Y qué son el resto de esos documentos?

—Escrituras, estadillos bancarios, deudas pendientes, planes de jubilación, escrituras... —sacó dos pares de llaves de un sobre acolchado—. Responsabilidades.

Cannon clavó la mirada en todos aquellos papeles, mordiéndose el labio inferior, y sintió una necesidad imperiosa de devolver la carta. Ya tenía suficientes problemas, no necesitaba más. Aun así, eso podría manejarlo, aquello no era lo que le preocupaba.

El problema era Yvette.

¿Podría controlarla a ella, teniendo en cuenta hasta qué punto lo afectaba?

Y, más aún, ¿podría resistirse en el caso de que continuara deseándole? Le bastaba pensar en ella, oír su nombre, para sentir una familiar tensión en los músculos.

—¿Ha dicho «escrituras»?

—La de la casa y la del negocio.

—¿La casa de empeño?

—Sí.

—Lo última noticia que tuve de ella fue que iba a venderla —admitió Cannon.

Después de lo que había ocurrido, pensaba que Tipton iba a vender la casa también, pero había decidido conservarla.

—No. Continuó trabajando hasta que la salud le obligó a retirarse. Decía que le ayudaba mantenerse ocupado. También volvió a decorar la casa —el abogado se encogió de hombros—. Era su hogar.

El hogar. Cannon asintió, mostrando su comprensión. Su madre había compartido aquel sentimiento, se había negado a abandonar su casa, su barrio, incluso después de que hubieran perdido al padre de Cannon por culpa de unos delincuentes.

Su insistencia en quedarse había sido el principal motivo por el que Cannon había aprendido a luchar. Había perdido a su padre, así que estaba decidido a proteger a su madre y a su hermana. Y lo había hecho, hasta que su madre había muerto de cáncer. Ya solo quedaban su hermana y él y… cualquiera que fuera el lío en el que Tipton le había metido.

—¿Y ahora qué tengo que hacer? —preguntó muy intrigado.

—Tiene que firmar varios documentos y asumir las propiedades junto a la señora Sweeny. Un cincuenta por ciento cada uno. Ustedes dos decidirán si quieren quedárselas, venderlas o comprar uno la parte del otro.

Cannon sacudió la cabeza.

—¿Ha visto a Yvette?

No podía imaginar que quisiera la casa, pero, incluso en el caso de que así fuera, ¿podría comprarla? Tenía... veintitrés años ya. Todavía era demasiado joven para asumir tantas responsabilidades.

Pero por fin era suficientemente adulta... para él.

—Estuvo aquí ayer.

¿Y habría esperado que estuviera también él? ¿Habría estado deseando aquel reencuentro?

¿O lo habría temido?

Odiaba pensar que el verle podría desenterrar un pasado que prefería olvidar.

Whitaker giró los papeles, colocó una pluma estilográfica encima y los empujó hacia Cannon.

—¿Le importaría?

Pero Cannon no iba a firmar hasta que no lo leyera todo y averiguara de qué iba todo aquello.

El abogado suspiró, empujó su silla hacia atrás y se levantó.

—Lea la carta de Tipton. Estoy seguro de que así le encontrará sentido a todo esto.

—¿Sabe lo que ha dejado escrito en ella?

Whitaker desvió la mirada.

—Por supuesto que no. Tipton me la entregó sellada.

Su actitud despertó los recelos de Cannon.

Aclarándose la garganta, Whitaker le miró de nuevo a los ojos.

—Lo sé, conozco... conocía a Tipton. Estuvo en su sano juicio hasta el final de sus días. Sabía lo que hacía, lo que quería.

Y quería algo de él.

El abogado rodeó el escritorio y posó la mano en su hombro.

—Le daré unos minutos.

Y, sin más, salió del despacho, cerrando la puerta tras él.

Cannon se acercó hasta la ventana, apoyó un hombro en la pared y estudió el sobre. Estaba sellado, sí, cerrado con una cinta adhesiva que lo rodeaba por completo. Rasgó uno de los extremos del sobre y, con un mal una presentimiento, sacó dos hojas dobladas y mecanografiadas con pulcritud. Las abrió, y las recorrió con la mirada hasta encontrar la firma de Tipton.

Regresó a la primera página y comenzó a leer. Cada una de aquellas palabras le aceleró el corazón, e incrementó su ansiedad.

Sí, Tipton sabía lo que quería. Lo había dejado todo bien claro y con todo lujo de detalle. Y hubo un párrafo en particular que atrapó su atención.

Esta es su casa, Cannon. Pase lo que pase, tiene que vivir aquí. Siempre ha confiado en ti y tú siempre has estado pendiente de ella. Eres un buen chico.

A pesar de lo que suponía lo que Tipton quería, un gesto de humor curvó los labios de Cannon. Solo un abuelo llamaría «chico» a un hombre de veintiséis años.

Sé que es mucho pedir, sobre todo después de que arriesgaras tu vida por nosotros. Pero ahora Yvette es demasiado recelosa, demasiado precavida. Si estás de acuerdo, sé que puedes liberarla de sus pesadillas para que pueda ser libre y feliz otra vez.

¿Se estaría refiriendo Tipton a auténticas pesadillas? ¿O solo al terrible recuerdo de haber sido atacada, amenazada, de la peor manera que podía sufrir una mujer?

No, no quería pensar en ello en aquel momento; todavía le enfurecían la impotencia y el miedo que había sentido como involuntario espectador de aquella crueldad.

Lo que un abuelo consideraba una actitud recelosa quizá fuera solo madurez. ¿Hasta qué punto querría que Yvette se sintiera liberada?

Volvió a entrar el abogado. Cannon le ignoró mientras terminaba de leer.

Si es necesario, si estás demasiado ocupado o si ella no está de acuerdo, podéis vender las dos propiedades con la conciencia tranquila. Pero la venta obligará a vaciar la casa y eso podría entrañar otro tipo de problemas para ella.

¿Qué quería decir eso? ¿Qué tipo de problemas causaría una venta?

En el fondo, sé que será más feliz aquí, en Ohio, en Warfield, de lo que podrá ser nunca en California. Decidas lo que decidas, Cannon, por favor, no le hables de esta carta. Todavía no. Y, por favor, pase lo que pase, cuenta siempre con mi más profunda gratitud.
Un afectuoso saludo,

Tipton Sweeny

Se removieron en su interior sentimientos que le resultaban familiares, sentimientos que había sofocado y después olvidado. O intentado olvidar. El cielo sabía que había hecho todo lo posible para aniquilarlos. Había intentado superarlos sudando en el gimnasio y luchando en el cuadrilátero.

Acostándose con mujeres dispuestas a ello.

Pero, maldita fuera, todas y cada una de las sensaciones que Yvette inspiraba continuaban todavía allí, arraigadas en lo más profundo.

Tenso por la anticipación, preguntó:

—¿Dónde está Yvette ahora?

—No estoy seguro —contestó el abogado. Permanecía detrás de su escritorio, pero sin sentarse—. Se llevó un juego de llaves, así que a lo mejor está en la casa.

La desazón le golpeó las entrañas, sumándose al dolor y los achaques dejados por el último combate. ¿Estaría allí sola? Intentó desprenderse de la urgente necesidad de acudir a su rescate.

Otra vez.

Lo había hecho en una ocasión y después ella se había ido.

Se había ido hasta California.

Se apretó la oreja, incómodo con aquel resentimiento que latía dentro de él. Yvette no era la única que se había marchado. No era una oportunidad perdida. Solo era una joven a la que había llegado a conocer mejor en unas circunstancias extremas, dramáticas. Una chica a la que había deseado, aunque su nobleza le hubiera impedido tocarla... demasiado.

Aun así, se había obsesionado con ella y tres largos años después continuaba deseándola.

¡Maldita fuera! Había ido superando combate tras combate hasta convertirse en uno de los candidatos al título, pero no sabía si saldría victorioso en la lucha contra la tentación de poder estar por fin con Yvette.

Miró a Whitaker con una anticipación apenas reprimida.

—¿Dónde tengo que firmar?

Yvette permanecía en el marco de la puerta de la casa de su abuelo. El día anterior, tras un largo viaje desde California, había decidido postergar aquel momento. Había ido a ver al abogado, se había registrado en un hotel y había intentado dormir. Había sido imposible. La intensidad de lo que la aguardaba la había mantenido dando vueltas en la cama durante toda la noche.

No era solo el miedo a estar en aquella casa. No, era el miedo a ver a Cannon Colter otra vez, a dejarse arrastrar por su atractivo, a recaer y volver a convertirse en aquella joven vulnerable y locamente enamorada que le había permitido actuar como un héroe sin mostrar ni un gramo de soberbia.

Su abuelo quería que se quedara en Ohio. Regresar para su entierro ya le había resultado suficientemente difícil. ¿Pero vivir allí?

Por fin había aprendido a disimular su cobardía y, desde hacía algún tiempo, a aceptar los límites de su competencia en asuntos románticos. Estar cerca de Cannon amenazaba sus logros en ambos campos.

De momento, durante el tiempo que le llevara cumplir con las obligaciones que le había dejado su abuelo, no tenía otra opción. Se quedaría en Warfield.

Ignorando los nervios provocados por el miedo, entró en la casa y cerró la puerta tras ella. El clic de la puerta sonó tan definitivo que el corazón dejó de latirle durante un segundo.

Hasta que miró a su alrededor. Entonces se le aceleró el pulso.

La luz se derramaba a través de las cortinas abiertas, iluminando el interior y mostrando los numerosos cambios. Desde la alfombra hasta la pintura de las paredes, incluso las lámparas de las mesitas auxiliares, todo era diferente. Su abuelo había vuelto a decorar la casa con objetos de segunda mano, probablemente procedentes de la tienda, pero había conseguido integrarlos todos.

Para ella.

Entre la neblina de las lágrimas, fue fijándose en la remodelación. ¡Cuánto echaba ya de menos a su abuelo!

Obligándose a colocar un pie delante del otro, ignorando la turbia inquietud que trepaba por su espalda, cruzó el salón para dirigirse al cuarto de estar y recorrer después la cocina. Los electrodomésticos que llenaban las paredes de la cocina eran los de siempre, pero el alegre papel de las paredes y las coloridas alfombras habían transformado la habitación.

Encendiendo luces a medida que avanzaba, fue explorando la casa y todos sus cambios. Aunque todo parecía diferente, aquella casa vacía conservaba todavía la fragancia a Old Spice, la loción de su abuelo.

Al igual que permanecía en su memoria el recuerdo del beso de Cannon.

Mientras lloraba la pérdida de su abuelo, una oleada de calor invadió sus piernas y sus brazos al pensar en él. Volvió a sentir su contacto protector y a recordar el ardiente sabor de su beso. Había reconstruido fantasías muy elaboradas alrededor de aquel breve instante. En aquel momento ni siquiera estaba segura de que Cannon pudiera suponer alguna diferencia para su mente herida, pero ni siquiera ello impedía que siguiera queriéndole. Y aquello le asustaba más que ninguna otra cosa.

A aquella reflexión le siguió de inmediato la vergüenza, porque acababa de perder a su adorado abuelo, el único pariente que no la había abandonado, que la había acogido después de que sus padres murieran, y había enriquecido su mundo. Su abuelo y lo que este quería para ella debían ser su prioridad.

Cuando vio su dormitorio, volvieron a asaltarla las lágrimas. Las cortinas y la colcha le daban un aspecto diferente, pero todos sus objetos personales estaban allí donde los había dejado.

Acarició un lazo que había sobre la cómoda y una antigua muñeca de feria que su abuelo había ganado para ella.

Se sentó muy despacio en el borde de la cama.

Cannon no había asistido a la reunión en el despacho del abogado.

Durante tres largos años, ella había ido limando su fijación por aquel hombre, la había utilizado para que la ayudara a superar momentos difíciles, utilizando su ejemplo con la esperanza de poder convertirse en una persona mejor. Cannon era todo lo que no era ella, era la buena persona que todo el mundo debería ser. Generoso, cariñoso y protector. Tenía un cuerpo de atleta, la fuerza de un luchador y el corazón de un ángel, todo ello envuelto en un físico maravilloso. Todas las mujeres del barrio le deseaban.

Tras haber pasado meses ignorando sus flirteos de adolescente, había acudido a su rescate cuando más le había necesitado. Y, después, se había compadecido de la joven patética que entonces era ella.

Por fin se había fijado en ella… pero solo en tanto que víctima.

Bueno, ella ya era más fuerte y estaba dispuesta a demostrarlo: se lo demostraría a Cannon y se lo demostraría a sí misma.

Había visto todos los combates de la SBC, había devorado todas las menciones que se hacían de él en Internet y sus numerosas entrevistas. El público había bautizado a Cannon como el Santo debido en parte a su actitud filantrópica y a su capacidad de control. Nada ni nadie parecía capaz de quebrar su compostura.

Sin embargo, las personas que le conocían de cerca aseguraban que su apodo estaba más relacionado con la delicadeza con la que trataba a las mujeres. Estaba demasiado ocupado como para comprometerse en una relación larga. Pero, aunque fueran relaciones cortas, la mayoría de las mujeres con la que había estado terminaban convirtiéndose en sus amigas, sin resentimientos, y hablando siempre bien de él.

Yvette podía atestiguar su delicada consideración. Y, por difícil que fuera a resultarle a ella, esperaba que todavía la considerara una amiga.

Necesitaba verle, cuanto antes mejor. Pero antes... Había llegado a la conclusión de que liberar energía la ayudaba a superar sus miedos. Antes de enfrentarse a Cannon, haría cuanto fuera necesario para calmar el nerviosismo y la inquietud provocados por su regreso a Ohio.

Con aquel objetivo en mente, vació la maleta y, haciendo todo lo posible para bloquear los terribles recuerdos de lo sucedido en aquella misma casa, se preparó para salir.

Seguramente Cannon iría al Rowdy's, un bar en el que había trabajado. Yvette se acercaría por allí y le demostraría que ya no era una niña asustada. Que había dejado de ser patética. Y no se mostraría servil. Le convencería de que era una persona diferente.

Y a lo mejor era capaz de convencerse también a sí misma.

En el instante en el que Cannon terminó de firmar todos los documentos, Whitaker se levantó y agarró un maletín abarrotado de documentos.

—Lo siento, pero llego tarde a los juzgados. Espero que lo comprenda.

—Por supuesto.

No tenía ningún motivo para quedarse allí hablando de naderías, sobre todo cuando tenía tantas cosas en las que pensar.

—Tipton era un buen hombre —Whitaker le estrechó la mano con un gesto amistoso y sincero—. Si necesita algo, cualquier cosa, por favor, llame a Mindi y ella le pondrá en contacto conmigo.

—Gracias.

Con toda la documentación guardada en un sobre acolchado, Cannon le siguió hasta la puerta.

Pero, antes de que hubiera tenido oportunidad de salir con el abogado, volvió a aparecer Mindi.

—No pensarás irte tan deprisa, ¿verdad?

El hecho de que Whitaker lo escuchara y continuara su camino ignorando a la secretaria, le planteó a Cannon nuevas preguntas sobre la relación entre ambos.

El lenguaje corporal de Mindi, su forma de mirarle y de curvar los labios le invitaban a quedarse. Pero si había alguna relación entre el abogado y ella... no, no tenía ningún interés en verse complicado en aquella historia.

—Lo siento, todavía me quedan muchas cosas por hacer hoy.

Fingiendo un puchero, Mindi se acercó a él.

—Pero tenemos el despacho para nosotros solos —acorralándole de forma intencionada, alargó la mano alrededor de Cannon y giró la cerradura de la puerta—. ¿Te he dicho que soy una gran admiradora tuya?

Sus senos le rozaban el pecho y podía sentir su aliento en la garganta.

—Te lo agradezco gracias —mantuvo las manos a ambos lados de su cuerpo e intentó no respirar su perfume—. A lo mejor en otro momento.,,

Mindi deslizó el dedo por su escote y, maldita fuera, Cannon bajó la mirada.

Animada por aquel movimiento, Mindi alzó aquel dedo tentador hasta el pecho de Cannon, recorrió con él la clavícula y terminó rodeándole el cuello con el brazo.

La tentación le empujaba. Miró tras él y no vio a nadie fuera del despacho. Después de haber leído la carta de Tipton, se sentía tan tenso que no le sentaría nada mal un desahogo.

—No volverá —le aseguró Mindi.

Se inclinó con descaro hacia él y le acarició la entrepierna.

Dios, cómo necesitaba distraerse. Y a su cuerpo parecían encantarle aquellas caricias.

Pero su cabeza no estaba en ello.

Tenía la convicción de que había algo entre aquella mujer y el abogado. Además, imaginaba que Yvette también habría tratado con Mindi, y quizá tuviera que volver a tratar con ella. Cannon jamás haría nada que pudiera hacer aquella transición más difícil de lo que ya iba a ser para Yvette.

Además, estaba el hecho de que esperaba poder conseguir por fin a Yvette... Sí, a su cerebro le parecía que era una muy mala idea intimar con Mindi.

—Lo siento, cariño, pero no estoy preparado.

—Mentirosillo —susurró Mindi. Entrecerró los ojos y su respiración se hizo más superficial mientras le acariciaba—. Estás más que preparado.

Aquella manera de tergiversar sus palabras apenas le resultó divertida.

—Digamos que hay partes de mí que no tienen sentido común —sobre todo con aquella mano diminuta acariciándole de forma experta—. Pero el resto de mí está agotado, te lo juro.

«El resto de mí», admitió para sí, «desea a Yvette y solo a Yvette».

Ella presionó la parte inferior de su cuerpo contra su muslo.

—Solo necesitaría diez minutos.

—¿Entonces qué gracia tendría?

Con delicadeza, porque no soportaba ofender a una mujer, intentó apartarla.

—Estoy seguro de que te mereces más de diez minutos.

—En otro momento —susurró ella, hociqueándole el cuello—, cuando tengas más tiempo, podrás compensarme.

Le acarició la garganta con los dientes. ¡Maldita fuera! Estaba empezando a molestarle.

—Escucha...

Mindi abrió la boca sobre su cuello y Cannon comprendió que tenía que controlar la situación antes de que aquella mujer añadiera un chupetón a sus muchos moratones. La agarró por los hombros, la apartó de él y dijo con firme insistencia:

—Hoy no.

La ofensa sofocó el deseo y Mindi se apartó de él. Se llevó las manos a la cara y rio nerviosa.

—¡Uf! Qué situación tan embarazosa.

Cannon la compadeció a pesar de su enfado.

—No tienes por qué avergonzarte. Me siento halagado.

Ella negó con la cabeza.

—Pero no estás interesado.

Cannon se colocó tras ella y posó las manos en sus hombros.

—Me has puesto las manos encima, así que sabes que eso no es verdad —Mindi había tenido oportunidad de palpar su erección. Su miembro estaba encantado con Mindi—. Pero mi último combate me dejó derrotado. Acabo de llegar a Warfield y de pronto me encuentro con un montón de responsabilidades legales de las que ocuparme.

—¿Y eso es todo? —le miró esperanzada—. ¿Lo dices en serio?

Cannon se encogió de hombros, evitando comprometerse.

—Lo único que sé es que ahora no va a pasar nada —dispuesto a escapar, se giró y abrió la puerta.

No acababa de llegar a su camioneta cando ella le llamó.

Se volvió y la descubrió en el marco de la puerta.

—En ese caso, lo dejaremos para otro momento. Te daré tiempo para que te instales, pero no voy a renunciar.

Cannon no puedo evitar una sonrisa. Como dudaba de que

fueran a moverse en los mismos círculos, no le preocupaba volver a verla otra vez. La saludó con la mano, se sentó tras el volante, puso el motor en marcha y se alejó del edificio.

Por muchas veces que ocurriera, continuaba siendo agradable el sentirse deseado. No le importaba que parte de su atractivo se debiera a la posición que ocupaba en la SBC.

Un pensamiento le llevó a otro y no pudo evitar preguntarse si a Yvette le impresionaría tanto como a Mindi. Incluso antes de haber sido elegido para luchar en aquella liga de élite, le miraba con adoración, como si él tuviera la respuesta a cualquier pregunta.

Pero aquello había sido años atrás. Por lo que él sabía, a esas alturas podría estar hasta casada. La imaginó tal y como la recordaba. Joven e inocente. Pero se habría convertido en una adulta. Dulce y bien formada.

Madura.

Inquieto por aquellos sentimientos contradictorios, Cannon condujo hasta la casa de Tipton, pero, cuando llamó, no contestó nadie. Tenía una llave, pero no le parecía bien entrar sin hablar antes con Yvette. Pasó después por la casa de empeños, pero continuaba cerrada, a oscuras y vacía. Como él. Era probable que Yvette se hubiera quedado en una pensión.

La localizaría y podrían entonces reiniciar su relación.

¡Maldita fuera! Apenas era capaz de esperar.

CAPÍTULO 2

Yvette llevaba horas fuera. Después de una breve parada en la antigua casa de empeños, y desilusionada tras haber visto el estado en el que se encontraba, había ido a comprar las provisiones básicas que iba a necesitar. A continuación, se había acercado a comprar algunos dispositivos de seguridad, intentando prepararse para quedarse en aquella casa.

La ansiedad continuaba agitándose en su interior, pero no le importaba. Tenía que dejar atrás a aquella joven tímida y asustada que había permitido que la convirtieran en una víctima llorona.

Nunca más.

Se concentró en presentarse a sí misma como una mujer hecha y derecha, utilizando aquella fachada para disimular la verdad. Eran muchos los sueños que habían muerto, pero nadie tenía por qué saberlo.

Preparándose para ver a Cannon, se arregló tanto como pudo y salió.

Como estaban sufriendo la oleada de calor de mediados de agosto, llevaba una camiseta blanca con unos vaqueros ajustados y unas sandalias. El pelo se lo había recogido en una cola de caballo alta que colgaba entre sus omóplatos.

Una vez fuera del Rowdy's vaciló. Al juzgar por el ruido, el local estaba a rebosar. Estar en un lugar tan abarrotado la ayudaría a mantener su atracción bajo control. Tenía que verle, pero quería hacerlo sin ponerse en una situación embarazosa.

Salieron tres hombres y la miraron detenidamente. Yvette oyó un «¡Vaya, hola!» y «está muy buena», además de un silbido procedente del tercer tipo.

Yvette estaba decidida a no alentar aquel tipo de actitudes, ni ninguna otra, por parte de los hombres, así que se limitó a saludar con la cabeza y entró en el bar. Estaba tal y como lo recordaba. Había gente riendo y un pequeño grupo bailando alrededor de la gramola. Todos los taburetes que había a lo largo de la barra estaban ocupados.

Se fijaron otros hombres en ella y, preguntándose si parecería tan fuera de lugar como se sentía, Yvette se secó las manos en los muslos. En muy raras ocasiones entraba en un bar. El de Rowdy era diferente, era un lugar amable que formaba parte de una comunidad a la que seguía queriendo y a la que había echado de menos, pero se sintió igualmente cohibida.

El propio Rowdy estaba atendiendo la barra aquella noche y, en cuanto distinguió a su lado un destello de pelo rojo, Yvette supo que su esposa estaba junto a él. Le oyó reír por un comentario hecho por su esposa y sonrió.

Cannon había trabajado allí antes del despegue de su carrera como luchador profesional. Yvette sabía que, cada vez que volvía a Warfield, pasaba por el bar, de modo que esperaba verle aquella noche. Y, en el caso de que no fuera así, alguien podría decirle dónde estaba.

Antes de que la gente comenzara a preguntarse si se había perdido, comenzó a recorrer el local con la mirada, fijándose en las mesas, la pista de baile y, al final, en las mesas de billar. Allí descubrió a Cannon en compañía de un grupo de hombres y mujeres.

Como si sus sentidos hubieran estado hambrientos de Cannon, montones de emociones debilitaron sus músculos. Cannon estaba más guapo incluso de lo que recordaba. En una zona del local que, de otro modo, habría resultado sombría, los fluorescentes que había sobre las mesas de billar añadían un brillo azulado a su pelo oscuro y rebelde; lo llevaba un poco largo, se rizaba por las puntas. Cuando se inclinó para tirar, la camiseta se tensó sobre aquellos hombros de una fuerza y una anchura extraordinarias. Los músculos se flexionaron haciendo revolotear el estómago de Yvette, tal y como cabía esperar.

Aquella particular reacción a la presencia de Cannon no era nada nuevo. Una mujer se acercó a él para susurrarle algo al oído y Cannon sonrió. Sus ojos azules brillaron. La mujer en cuestión le dio un beso en la mandíbula y retrocedió.

Cannon disparó y metió tres bolas.

Yvette nunca había aprendido a jugar al billar, pero, teniendo en cuenta la reacción de los demás, debía de haber sido un buen disparo.

Riendo, dos de los compañeros repartieron billetes y las mujeres esperaron en fila para recibir abrazos. ¿Sería parte de la apuesta, quizá?

¿O todas ellas buscaban una excusa para tocarle? Seguro que era lo último.

Mientras observaba lo que allí ocurría, Yvette se fijó en la sombra de barba y en los moratones que oscurecían el atractivo rostro del luchador. Cannon siempre había sido un hombre delgado y fuerte, pero había ganado musculatura en aquellos tres años. Sus músculos eran más voluminosos y más definidos, no había ni un gramo de grasa en aquel cuerpo tan alto.

Sonrió, pensando en los numerosos combates en los que había participado en un período tan corto. En la SBC ya era una broma común el decir que en el caso de que surgiera un combate, o cualquier otro jugador enfermara o resultara herido y tuviera que renunciar, Cannon siempre estaba allí, dispuesto a saltar al ring. Drew Black, el propietario de la SBC, estaba encantado, sobre todo porque, hasta el momento, Cannon siempre había salido ganador.

Había estado a punto de perder en varias ocasiones, pero siempre había conseguido salir adelante. En la última pelea...

Todavía la maravillaba que hubiera conseguido acabar el combate antes de que acabaran con él.

Yvette giró en el marco de la puerta, avanzó hacia un espacio vacío, se apoyó en una pared en sombra y desde allí se dedicó a observarle, conformándose con volver a contemplar su forma de moverse o de curvar sus labios con una sonrisa de orgullo. En realidad, Yvette no podía decir que hubiera olvidado aquella faceta del luchador. Cannon atraía a la gente como la miel a las moscas y ocupaba la sala entera con su presencia.

Frunció el ceño, pensando en la jugada de su abuelo. Cannon ya estaba suficientemente ocupado. Pasaba más tiempo fuera que en Warfield, su trabajo le obligaba a viajar por todo el mundo.

Seguramente estaría preguntándose de dónde iba a sacar tiempo para ocuparse de algo más. Pero Yvette no tardaría en tranquilizarle. Sabía que su abuelo siempre se había sentido en deuda con Cannon. Pero aquella no era la manera de recompensarle. Como la admirada figura del deporte que era, ganaba una considerable cantidad de dinero en cada combate. Los patrocinadores se lo rifaban. Había salido en anuncios publicitarios y había trabajado como comentarista en algunos combates. No necesitaba la exigua herencia de su abuelo.

Se la merecía, Yvette jamás lo negaría, pero no tenía por qué hundirse en el lodazal de responsabilidades que su abuelo le había endosado.

Aunque le habría gustado que las cosas pudieran ser de otra manera, ella se quedaría allí durante el tiempo suficiente como para vender las dos propiedades y darle a Cannon su parte. Después se marcharía.

Pero antes de hacerlo, quería que él supiera que iba a dejar de perseguirle como un cachorro perdido suplicando cariño, sobre todo, cuando ni siquiera iba a ser capaz de hacer nada con él en el caso de que pudiera atraer su atención.

Cosa que sabía que no conseguiría. Más allá del momento propiciado por la compasión después de haber conseguido deshacerse de una terrible amenaza, la falta de interés de Cannon había sido evidente.

Poco a poco, Cannon fue despejando la mesa. Cuando solo quedaban la bola blanca y otras dos, frotó la punta del palo de billar con la tiza, rodeó la mesa buscando una postura mejor, se inclinó para disparar… y se quedó paralizado cuando reparó en ella.

Yvette contuvo la respiración mientras aquella mirada de un azul eléctrico iba ascendiendo por sus muslos, su estómago y sus senos hasta alcanzar finalmente su rostro.

Sus miradas se encontraron.

Y el corazón de Yvette comenzó a latir a toda velocidad cuando, sin dejar de mirarla, Cannon fue irguiéndose en toda su impresionante altura. Sin sonreír, devorándola con aquellos ojos de color azul intenso.

Incapaz de respirar frente a la potencia de su mirada, Yvette alzó la mano y la movió en un discreto saludo.

De pronto, Cannon se puso en movimiento. Le dijo algo al hombre que estaba a su lado y le tendió el palo de billar. Los otros hombres, luchadores también a juzgar por su aspecto, protestaron entre bromas. Una de las mujeres le agarró del brazo y protestó juguetona con una exagerada sonrisa.

Tras susurrarle algo al oído y darle un beso en la mejilla, Cannon se desasió de ella. Sacó un rollo de billetes del bolsillo, lo dejó sobre la mesa para tranquilizar a todo el mundo y se alejó de allí.

Consciente de que era ella la que había causado aquella escena, Yvette sintió un intenso calor en el rostro. Podía sentir las miradas de todo el mundo clavadas en ella. Intentó solventar la situación mirando únicamente a Cannon. Respiró con fuerza, le observó caminar alrededor de las mesas, abrirse camino en medio de aquel atasco humano y apartar las sillas para acercarse a ella.

Dios, Yvette creía que recordaba aquel sentimiento, pero la fuerza con la que la afectó fue algo completamente nuevo. Se mordió el labio inferior con fuerza, luchando contra la urgencia de abalanzarse hacia él.

Y, de pronto, fue demasiado tarde para hacerlo. Cannon alargó el brazo hacia ella, todavía en silencio, mientras volvía a mirarla, en aquella ocasión con más familiaridad. El Cannon real era mucho mejor de lo que recordaba: su altura, la anchura de sus hombros bloqueó el resto de la habitación… e incluso el resto del mundo.

Contempló la profundidad de la respiración que henchía su peso, la posición relajada de sus largos y musculosos brazos y la intensidad con la que la observaba.

Estar tan cerca de él destrozó su equilibrio. El silencio la ponía más nerviosa todavía, así que se humedeció los labios y susurró…

—Cannon…

Cannon curvó la comisura de su boca, le acarició la mejilla y deslizó las yemas de los dedos a lo largo de su mandíbula. Después, como si fuera lo más normal del mundo, la estrechó contra su pecho y la levantó en brazos.

No podía dejar de mirarla. Maldita fuera, la recordaba como una joven atractiva, pero los años le habían convertido en una belleza de infarto y no parecía consciente de ello. Un rostro de ángel acompañado de una esbelta, pero voluptuosa figura. Y, sí, estaba convencido de que no había un solo hombre en aquel bar que no hubiera empezado a fantasear con ella.

Una lástima, porque ninguno la iba a tocar.

Si había tenido alguna duda de que la deseaba, allí la descartó para siempre. En vez de tres años, tenía la sensación de que había estado esperándola durante una década. Sí, la deseaba.

Y conseguiría estar con ella.

La única pregunta era cuándo.

Unas semanas atrás, Yvette había perdido a su abuelo y necesitaba tiempo para adaptarse a la vuelta a un lugar que encerraba recuerdos tan desagradables. A Cannon le habría encantado dejarse llevar por sus sentimientos, pero también disfrutaba mirándola y hablando con ella.

Yvette le dio un sorbo a su refresco de cola y le observó con disimulo. Unas tupidas pestañas enmarcaban aquellos enormes ojos verdes que él tan bien recordaba. Unos ojos que solían mirarle con inocente amor, pero en aquel momento parecían recelosos. Ella permanecía erguida, con actitud formal. Hablaba con mucho cuidado y evitaba su mirada.

Como Tipton había dicho, estaba en guardia.

Se había maquillado, pero no mucho. Incluso con una cola de caballo, su larga melena oscura invitaba a pensar en aquel pelo extendiéndose sobre su almohada o acariciando su pecho.

O sus muslos.

Y su ropa, aunque informal, ocultaba de manera tan dulce su cuerpo que invitaba a desnudarla con la mirada.

Muchas veces.

Consciente de que tenía que controlarse, preguntó:

—¿Tienes hambre?

Yvette negó con la cabeza.

—Pero, por favor, ve a comer algo si quieres.

—Estoy bien —sonrió con los brazos cruzados—. Me cuesta asimilar cuánto has cambiado.

Aquello le gustó, Cannon estaba seguro.

—Han pasado casi tres años y medio.

¿Tiempo suficiente para olvidar el pasado? ¿Para haberse olvidado de él? No, no lo permitiría.

—Siento muchísimo lo de Tipton.

—Gracias.

Dejó su bebida a un lado y después deslizó nerviosa el dedo por el borde del vaso que había dejado encima de la mesa.

—Me gustaría hablarte de todo eso. Sobre…

—¡Eh, Santo! —se acercaron dos tipos a la mesa—. ¿Podemos hacernos una foto contigo?

Cannon se obligó a apartar la mirada de Yvette.

—Claro que sí.

Jamás trataría con desprecio a un admirador, pero, maldita fuera, podían haber elegido un momento mejor. Yvette había estado reuniendo valor para decir algo. En aquel momento, Cannon quería saber lo que era.

Salió de la mesa, se inclinó ligeramente para ponerse a la altura de aquellos hombres algo más bajos que él y sonrió mientras alzaba los pulgares y una mujer rolliza utilizaba el teléfono móvil para hacer unas cuantas fotos.

Aquello solo sirvió para alentar a otros fans y, antes de que pudiera darse cuenta, estaba posando con hombres y mujeres por igual. Algunos querían abrazarle, otros fotografiarle en posición de lucha y otros tantos se conformaban con que mirara a la cámara.

Antes de que pudiera controlar la situación, le habían hecho más de veinte fotografías y firmado más de una docena de autógrafos.

Yvette observaba todo aquello con una expresión de fascinada indulgencia. Cuando la situación se tranquilizó, volvió a sentarse.

—Lamento todo esto —se disculpó Cannon.

—Eres un hombre famoso, lo comprendo.

Su reluciente cola de caballo se derramó sobre su hombro cuando inclinó la cabeza para mirarle.

—Veo tus combates —le explicó.

Aquello le complació más de lo que debería.

—¿De verdad? ¿Y qué te parecen?

—Me parece que eres increíble.

Cannon reprimió una sonrisa.

—Hago lo que puedo.

Aquella respuesta le valió una corta carcajada.

—Así que, además, eres humilde —bromeó Yvette, sacudiendo la cabeza—. No me extraña que te llamen el Santo.

Cannon la había oído reír muy pocas veces y hacerlo en aquel momento tuvo en él un efecto extraño. Era una risa agradable. Rica. Ronca.

Un afrodisíaco.

—Solo es un apodo para las peleas, pero yo no tengo mucho que decir al respecto.

—¿Preferirías que te llamaran de otra manera?

Por supuesto, pero reconocerlo parecería infantil.

—No me importa. No es tan importante el nombre que me pongan como el hecho de que se acuerden de mí.

—Para que a uno le recuerden, lo que hace falta es combatir bien. Y tú siempre lo haces —se inclinó, convirtiéndose en toda una tentación—. Y no es una opinión tendenciosa. He oído lo mismo por parte de muchos comentaristas, lo he leído en artículos y se lo he oído decir a tus admiradores.

—¿Ah, sí? ¿Y cuándo? —¿habría asistido a algún combate?

—Vivo en California. El año pasado estuviste a solo tres horas de distancia, así que fui a verte.

—Así que solo tres horas —maldita fuera, ¿por qué no se lo habría dicho?—. En aquel combate me tiraron en el primer round.

—Todo el mundo se puso de pie y empezó a gritar. El hombre que estaba detrás de mí me tiró una cerveza por la espalda.

Cannon esbozó una mueca.

—¡Qué idiota!

—Le perdoné porque te estaba animando.

Por la experiencia que él tenía, la mayor parte de las mujeres que asistían a combates en directo o bien iban con su novio o bien iban con intención de ligar. Ninguna de las dos cosas le gustaba para Yvette.

—¿Y quién te acompañó al combate?

Yvette negó con la cabeza.

—Fui sola.

¿Había ido sola? Por alguna razón, aquello le rompió el corazón.

—¿Y qué gracia tiene ir sola?

Apareció un hoyuelo en la mejilla derecha de Yvette.

—Te derribaron en el primer asalto. Créeme, fue bastante divertido.

—Me gustaría que me hubieras avisado de que ibas a estar allí.

Cannon había pensado en intentar localizarla, pero California no era un estado pequeño y había estado muy ocupado antes de la pelea.

Además, había sido ella la que se había marchado.

Como si le hubiera leído el pensamiento, Yvette se irguió en la silla y cuadró los hombros.

—No podía ser tan desconsiderada. Estabas ocupado. No me habría parecido bien molestarte.

Pero Cannon no quería que fuera tan mirada con él. En otra época de su vida, mucho tiempo atrás, no lo habría sido.

—Me habría gustado verte.

Pero arrancar algunos minutos a su apretado horario habría sido complicado.

Percibió un fogonazo tras ellos y, al volver la cabeza, Yvette descubrió a una mujer haciéndoles una fotografía. A diferencia de lo que les ocurría a otras mujeres, aquella intrusión no le molestó, y tampoco parecían causarle gran impresión las atenciones que Cannon recibía.

Se limitó a decir sin perder la calma:

—A lo mejor debería marcharme. Hay mucha gente deseando pasar un rato contigo.

—Preferiría que no lo hicieras —Cannon no quería, bajo ningún concepto, que la conversación terminara tan rápido—. Si te quedas me resultará más fácil mantener a la gente a distancia.

—¿Y quieres mantenerla a distancia?

—Me gusta poder tener algún respiro, como a cualquiera —sobre todo estando con ella.

—¿Esto te pasa en todas partes?

La popularidad inherente a su deporte a veces le resultaba incómoda. Aquella era una de esas ocasiones.

—Más desde el año pasado, pero, sí, es normal que me reconozcan.

Yvette curvó los labios en una sonrisa de diversión.

—Y tú te limitas a tomártelo con calma —agarró el bolso, localizó el teléfono y lo sacó—. ¿Te importa que te haga yo una? La subiré a Facebook.

Una buena excusa para hacer su siguiente movimiento.

—Solo si sales tú conmigo.

Se levantó de su asiento y se acercó a su lado, colocándose de manera que se tocaran. Deslizó la mano por sus estrechos hombros para acercarla a él y le quitó el teléfono.

—Yo tengo el brazo más largo.

Yvette se quedó muy quieta, prácticamente paralizada, en el momento en el que él se inclinó lo suficiente como para sentir las curvas flexibles de su cuerpo y la cálida esencia que de ella irradiaba.

Colocó el teléfono frente a ellos y le pidió:

—Avísame cuando estés preparada.

Ella se colocó, curvó los labios en una ensayada sonrisa y dijo:

—¡Adelante! —y contuvo entonces la respiración.

La conciencia de la sexualidad iba desplegándose poco a poco en el interior de Cannon. La larga cola de caballo de Yvette le acariciaba el brazo y sintió su cuerpo dulce y diminuto acurrucado contra el suyo.

Fue como si no hubieran pasado los años... excepto porque, en aquel momento, Yvette ya era más madura y lo bastante adulta como para tomar decisiones.

Pero, aun así, había algo que le detenía. Quizá fuera la nueva reserva que percibía en ella.

Tras hacer unas cuantas fotografías, Cannon le devolvió el teléfono y permaneció inmóvil. Iría poco a poco, pero no retrocedería.

Deseaba mordisquearle el cuello, disfrutar de la fragancia ligera de su champú y de la cálida esencia de su piel. Si se hubiera tratado de cualquier otra mujer, le habría susurrado algo al oído. Pero era Yvette. Y tenían muchas cosas de las que hablar.

—¿Entonces…?

Yvette se concentró en subir la fotografía al Facebook, junto a la ubicación del Rowdy's.

—¿Qué pasa?

«Quiero verte desnuda».

—¿Cómo es que fuiste sola al combate?

Continuó rodeándola con el brazo y acarició con las yemas de los dedos la cálida y sedosa piel de su hombro.

—¿A tu novio no le interesan las artes marciales?

Ella le miró un instante y replicó:

—¿Si tuviera novio estaría sentada así contigo?

Satisfecha una vez terminó de etiquetar la fotografía, volvió a guardar el teléfono en el bolso.

—¿Por qué no? —presionó el muslo contra el de ella—. Somos amigos.

Yvette parecía concentrada en leer su camiseta. Tras un tembloroso suspiro, desvió la mirada.

—No tengo novio, pero, si lo tuviera, no creo que le gustara verme tan cerca de ti.

—Así que no tienes novio —deslizó la mano por la cola de caballo y descubrió que su pelo era tan sedoso como lo recordaba. Un deseo creciente dio un tono más ronco y profundo a su voz—. ¿Es que los hombres de California están ciegos?

—Estuve saliendo con uno, pero…

Colocó de nuevo el bolso y el vaso y miró a su alrededor como si estuviera buscando alguna forma de distracción.

—¿Pero qué?

Ella cruzó los brazos sobre la mesa.

—Pero nos separamos antes de que la cosas llegaran más lejos.

Por alguna razón en la que no le apetecía profundizar, Cannon se alegró de saber que no estaba con nadie. Le tiró con suavidad de la cola de caballo.

—Lo siento.

—No pasa nada. De todas formas, no nos estaba yendo muy

bien, así que me alegro de no haber compartido aquella experiencia con él.

A Cannon le gustó su forma de decirlo, como si verle combatir hubiera sido algo especial.

—Mi mejor amiga quería ir, pero no podía faltar al trabajo —se encogió de hombros—. No fue para tanto.

—¿Estuviste sentada en el gallinero?

—¿Qué? —le miró confundida.

Cannon había recordado muchas veces aquellos ojos de un verde impresionante, pero había olvidado cómo le hacían sentirse cuando le miraban. Yvette tenía la ardiente y absorbente mirada de una mujer encaminándose hacia el orgasmo.

Maldita fuera. Soltó una bocanada de aire, decidido a mantener el deseo bajo control.

—¿Dónde estabas sentada? ¿Estabas muy lejos del ring?

—¡Ah! Estaba en la zona club. No estaba mal.

Sin pensar siquiera en lo que hacía, Cannon continuó jugueteando con su pelo.

—Podría haberte conseguido un asiento al lado del ring si me hubieras avisado.

—¡No podía pedirte un favor así! Además, no me gusta estar allí.

—¿Y por qué? —la mayoría de la gente deseaba un asiento con una vista tan privilegiada.

—La gente que se sienta allí parece estar celebrando su propia fiesta. Nadie se fija realmente en el combate. Los tipos estaban saliendo y entrando todo el tiempo a por bebidas y todas las mujeres coqueteando.

Era cierto. Muchas mujeres se presentaban vestidas como para estar en un club y con la esperanza de ligar.

—Asumo entonces que tú no ibas con intención de coquetear con nadie.

Yvette le dirigió una mirada cargada de culpabilidad que él no terminó de comprender.

—No lo hago nunca.

—Nunca, ¿eh?

Pues era una pena. Recordaba que se le daba muy bien. Volvió a posar la mano en su hombro.

—¿Y qué es lo que te detiene ahora?

—¡El saber que no estaba bien lo que hacía!

Desvió la mirada, como si no pretendiera haber dicho aquello. Incluso en la tenue luz del bar, Cannon distinguió el rubor de sus mejillas. Los segundos pasaron lentamente antes de que Yvette volviera a pronunciarse, en aquella ocasión con una actitud más tranquila, más compuesta.

—Ya sé que era una ligona horrible.

Aquello era todo lo contrario de lo que él estaba pensando. Sonrió.

—En absoluto.

En aquel entonces, Yvette apenas acababa de salir del instituto, aunque lo que Cannon no sabía tres años atrás era que iba algún curso por detrás y era mayor que la mayoría de los graduados.

—A todo el mundo le gusta coquetear a esa edad —añadió.

Pero ella lo negó, sacudiendo la cabeza. Nerviosa, se colocó la coleta sobre el hombro para poder juguetear con un mechón de pelo, retorciéndolo repetidamente entre sus dedos.

—Era horrible que me pasara la vida mirándote como lo hacía.

—Eh —él le apretó el hombro y la abrazó un poco—, a mí me gustaba.

Yvette curvó sus dulces labios hacia un lado.

—No es verdad. Me evitabas todo cuanto podías y, cuando no podías, ponías mucho cuidado en no mostrarte demasiado cercano. Ahora comprendo tus motivos, pero entonces…

Él la agarró por la barbilla con delicadeza y le alzó la cara para poder mirarla a los ojos.

—Eres una de las mujeres más guapas y más atractivas que he conocido nunca. Claro que me gustaba que me miraras como lo hacías.

Pero la consideraba demasiado joven y estaba tan decidido a abrirse paso en el mundo de las artes marciales mixtas que, como la propia Yvette acababa de decir, la había evitado.

Yvette parecía tensa cuando susurró:

—Gracias.

Verla retorcerse el pelo con los dedos le hizo imaginar a Cannon esos mismos dedos sobre él, acariciándole de la misma manera.

Se preguntó qué estaría pensando Yvette, si su mente estaría adentrándose en el mismo terreno sexual que la suya.

—No pretendo justificarme.

—¿Sobre?

—Sobre mis intentos de ligar contigo. Es solo que, después de tantos años de incertidumbre, por fin había terminado los estudios y podía conseguir algo de independencia. Y eso no quiere decir que estuviera pensando en dejar a mi abuelo.

—Lo sé —estaba completamente entregada a Tipton, y viceversa.

Yvette desvió la mirada.

—Le quería mucho.

—También él te quería mucho.

Yvette apretó los labios y los curvó después con una alegría cargada de nostalgia.

—Me regañaba por ser tan coqueta. Decía que estaba buscándome problemas.

En aquella época, Cannon la consideraba a ella misma un problema.

—Yo creía que tenías dieciocho años.

Tiempo después, antes de marcharse, Yvette le había dicho que tenía casi veinte.

Como si todo aquello hubiera vuelto a avergonzarla otra vez, desapareció la alegría que reflejaba su rostro.

—No es que fuera tonta ni que fuera mala estudiante.

—Lo sé.

Sus padres habían muerto cuando ella tenía trece años e

Yvette había pasado el resto de aquel curso escolar llorando su muerte e intentando recuperarse. Durante el año siguiente, distintos parientes habían estado llevándosela de estado a estado. Ninguno estaba dispuesto a quedarse con ella.

Hasta que había terminado con Tipton Sweeny. Pero para entonces llevaba demasiado tiempo sin escolarizar.

—Me sentía tonta —admitió—. La mayor parte de mis compañeros sabían que era mayor que ellos. Sobre todo los chicos.

Cannon podía imaginarlos tirándole los tejos. Con un físico como aquel, debía de haber sido el sueño húmedo de todos y cada uno de los chicos del instituto.

Yvette volvió a juguetear con el mechón antes volver a colocarse la coleta tras el hombro y posar las dos manos en la mesa.

Hacía aquel gesto a menudo, como si estuviera recomponiéndose y volviendo a esconderse tras una máscara de aplomo.

—Tú eras diferente —dijo—. Supongo que por eso me sentía segura cuando coqueteaba contigo.

Segura. Le resultó extraño que utilizara aquella palabra.

—Si te sirve de consuelo, tenía que hacer un verdadero esfuerzo para resistirme.

Yvette reprimió una risa y le dio un codazo.

—Eres un mentiroso.

—Es verdad.

Años después, Yvette estaba incluso más atractiva. Y él ya no tenía necesidad de resistirse.

Quizá intentando recomponer sus pensamientos, ella permaneció en silencio. Tipton quería que estuviera allí por ella, para facilitarle las cosas, así que esperó con paciencia, dándole el tiempo que necesitaba y satisfecho con el mero hecho de estar a su lado.

Cuando volvió a mirarle, Yvette se esforzó en sostenerle la mirada.

—Después de aquello, te demostré lo cobarde que soy —el desprecio teñía su voz—. Eso fue incluso peor que un coqueteo infantil.

Estaba allí por Tipton, volvió a recordarse Cannon. Pero Tipton estaba muy lejos de sus pensamientos mientras deslizaba el dedo por la mandíbula de Yvette, presionando con el pulgar la aterciopelada mejilla.

—Eso no es cierto.

Alejándose con timidez de aquel contacto, Yvette se inclinó hacia adelante, apoyó los antebrazos en la mesa y dejó caer la cabeza.

—Tú me demostraste que eras fuerte y valiente y lo único que hice yo fue derrumbarme —se cubrió el rostro, riéndose—. ¡Dios mío! Todavía me resulta humillante recordarlo.

—Escúchame, Yvette —le rodeó la nuca con la mano y bajó la voz—, eras muy joven y tenías miedo. Nadie te habría culpado si lo hubieras hecho. Pero no te pusiste histérica. No exageraste en absoluto. Derramaste unas cuantas lágrimas, ¿y qué? Dios mío, yo mismo estaba tan furioso que estaba temblando.

Yvette se volvió de nuevo hacia él y, en el proceso, se apartó unos cuantos centímetros.

—Tú temblabas por el enfado, yo temblaba de miedo —cerró los ojos durante un instante—. Lo recuerdo todo como si hubiera ocurrido ayer. Aquellos hombres irrumpiendo en la casa de empeños, amenazándome a mí e hiriendo al abuelo, abusando de aquella mujer...

—Shh.

Cannon también lo recordaba con todo lujo de detalles. Aunque viviera cien años, jamás lo olvidaría. ¿Cómo no iba a recordarlo ella?

—Esos hombres pasarán el resto de sus días en prisión.

—Gracias a Dios.

—Sí.

La policía había estado persiguiendo a aquellos miserables durante una buena temporada. Eran gente muy conocida en el submundo del porno. Forzaban a mujeres a participar en determinadas situaciones sexuales y las grababan para su propio y perverso placer. Habían utilizado la casa de empeños para grabar uno de aquellos vídeos, consiguiendo someter a Yvette y Tipton empapándoles con gasolina y amenazándoles con prenderles fuego. No porque necesitaran un lugar en el que rodar sino porque, para ellos, aquello también formaba parte de la emoción.

Yvette se preocupaba por haberse comportado como una cobarde cuando a él le maravillaba que, después de todo aquello, continuara siendo capaz de sonreír con tanta facilidad.

—Jamás volverán a hacer ningún daño a nadie —dijo con suavidad.

—No —corroboró Cannon. Los dos que habían conseguido sobrevivir morirían en prisión—. Estarán encerrados durante el resto de sus vidas.

Antes de que los detuvieran, habían ido a buscar a Yvette. Habían entrado en casa de Tipton con un doble objetivo en mente. Querían violarla, utilizarla para grabar un vídeo porno. Y pretendían atrapar a los policías que iban tras ellos.

Yvette apretó los puños sobre la mesa.

—Ahora que estoy en Ohio, me gustaría ver a la teniente.

—Estoy seguro de que a ella también le gustaría verte.

Cannon había conservado la amistad con la teniente y con los policías que habían intervenido en la operación. Había sido aquella amistad la que había llevado a Cannon a casa de Titpon al mismo tiempo que los policías. Él había participado en todo el operativo, había experimentado en primera persona la impotencia y el miedo mientras aquellos matones explicaban su intención de matar a los policías y abusar de Yvette.

Afortunadamente, les habían ganado la partida y el tiro les había salido por la culata. Cannon también había intervenido en el desarrollo de la acción. El ataque había terminado con uno de aquellos delincuentes muerto y los otros dos detenidos, pero no antes de que Yvette viviera una auténtica pesadilla. No, no la habían violado, pero la habían manoseado, la habían aterrorizado y la habían obligado a ser testigo del sufrimiento de otros.

Lo que Cannon recordaba de aquel día por encima de todo

lo demás era la terrible necesidad de protegerla. Había evitado tener una relación con Yvette, pero, cuando la había visto tan indefensa, cuando había sido testigo de aquel miedo desgarrador, liberarla se había convertido en un asunto muy personal para él.

Y, de alguna manera, durante aquellos tres largos años, había continuado siendo algo muy personal. Apretó el puño.

Yvette se acercó a él, inclinó la cabeza y cubrió su mano con la suya.

—Lo siento. No debería haber sacado el tema.

—Los dos estábamos pensando en ello —le volvió la palma para entrelazar los dedos con los suyos—. No hemos vuelto a hablar desde entonces. Es preferible abordar el tema abiertamente.

Y esperaba poder olvidarlo. No quería que aquella violencia estuviera siempre presente entre ellos. Con el tiempo, quería llegar a convertirse en algo más que en una pesadilla viviente para Yvette.

—En realidad, por eso estoy aquí.

Yvette se separó de él con delicadeza y se enderezó, sentándose de forma muy correcta.

—¿Aquí en Ohio?

Ella negó con la cabeza.

—Imaginé que estarías en el Rowdy's —cuadró los hombros con un gesto de determinación—. Quiero que sepas que he cambiado. No volveré a interponerme en tu camino. No voy a convertirme en una pesada.

Cannon frunció el ceño.

—Yo nunca he dicho...

—Yo puedo ocuparme de todo, así que no tienes por qué involucrarte en todo esto.

No la comprendía. Y, lo que era peor, tampoco se comprendía a sí mismo.

—¿Y si quiero involucrarme?

Aquello la dejó estupefacta.

Yvette entreabrió los labios, pero no fue capaz de articular una sola palabra. Se mordió el labio inferior.

Sin darse tiempo a pensárselo dos veces, Cannon le enmarcó el rostro con la palma de la mano y acarició con el pulgar su carnoso labio.

A Yvette se le aceleró la respiración.

Tiempo para una cambio de rumbo, pensó Cannon, o terminaría besándola allí mismo, y aquello era algo que quería que empezara en un lugar más íntimo.

—Sé que tenemos muchas cosas de las que hablar, pero parreces agotada. ¿Cuánto tiempo llevas en Warfield?

—Vine hace quince días para el entierro, pero tuve que volver a California para encargarme de algunos asuntos.

—Menuda manera de viajar. ¿Y cuando regresaste?

—Ayer —permaneció muy quieta hasta que él apartó la mano—. Pero esta vez no vine en avión. Vine en coche.

Imposible.

—¿Desde California?

—No había manera de saber cuánto tiempo iba a llevarme arreglarlo todo, así que me traje muchas cosas en el coche. Pero no me supuso ningún problema. Me gusta conducir.

—¿Y has estado durmiendo en hoteles?

—De vez en cuando.

No era extraño entonces que pareciera cansada.

—¿Cuánto has tardado?

—Más de lo que debería, pero no podía conducir durante tantas horas sin dormir. Paré un par de veces para pasar la noche —y con una sonrisa traviesa añadió—: Yo no soy una luchadora famosa, así que no creas que he podido pagarme hoteles muy lujosos.

Cannon no tenía la menor idea de en qué trabajaba o con quién vivía en California, o de si un viaje como aquel podía haber representado un serio problema para su presupuesto. Pero ya lo averiguaría más adelante.

Estaba a punto de recomendarle que pusieran fin a la velada, pensando en que podría llevarla a su hotel y, con una actitud honesta y noble, quedar al día siguiente por la mañana, cuando Yvette se adelantó antes de que él hubiera podido sugerirlo.

—Tú también pareces cansado. Y sé que acabas de volver de Japón.

—Siento haberme perdido el entierro.

—El abuelo lo habría entendido —estudió su rostro.

—No hagas caso de los moretones. No son tan terribles como parecen.

—Si tú lo dices...

Bajó la mirada hacia su mandíbula y la clavó después en su barbilla.

Aquella íntima inspección estuvo a punto de consumirlo antes de que Yvette desviara la mirada.

—En televisión los combates son diferentes. Menos violentos. Me alegro mucho de haber visto uno en directo, pero no creo que vaya a repetir pronto.

—Es un ambiente muy cargado —corroboró él—. La música, las voces... Todo el mundo está a tope.

—La verdad es que todo eso me gustó. Y me proporcionó una buena razón para ponerme mi camiseta de la SBC —le dio un golpecito en el hombro—. No quiero que se te suba a la cabeza, pero tengo la camiseta en la que sales tú.

A Cannon le encantaba cuando se relajaba lo suficiente como para comportarse con aquella naturalidad.

—¿Qué camiseta?

Sabía que los hombres se habrían fijado en ella con cualquier cosa que se hubiera puesto. Pero le gustó enterarse de que había llevado su camiseta.

—Esa en la que apareces en posición de combate.

Cannon recordaba haber posado para aquella camiseta, una de las primeras. ¿Significaría eso que Yvette había estado pendiente de su carrera durante aquellos años? No fue capaz de reprimir una sonrisa.

—¿Qué pasa? —preguntó Yvette.

—Nada. Te estaba imaginando con la camiseta... con mi fotografía sobre tu pecho.

Descartando cualquier posible interés por parte de Cannon, Yvette soltó una carcajada.

Se había convertido en una experta en rechazar cualquier atención especial tratándola como si fuera una broma.

—En serio, me siento halagado —y, maldita fuera, más que un poco excitado, aunque ella pareciera completamente ajena a ello.

—Pues déjame decirte que no fue tan halagador cuando a un tipo se le cayó una cerveza en mi espalda —sonriendo y con los ojos brillantes, se inclinó hacia él como si fuera a compartir un secreto—. Tuve que volver a casa con la camiseta empapada. Me aterraba que la policía me hiciera parar por algo y pensaran que estaba borracha por culpa del olor a cerveza.

Sentía la presión, la urgencia de besarla, pero se mantuvo en su asiento

—¿No te quedaste para ver a alguno de los luchadores?

—No. Había un montón de gente gritando y tenía por delante tres horas de viaje, así que me pareció más inteligente volver a mi casa.

Salieron varios hombres de la zona del billar y se dirigieron hacia ellos.

—Bueno, pues ahora vas a conocerles.

Ella alzó la mirada sorprendida.

CAPÍTULO 3

Bajo la atenta mirada de Cannon, Yvette forzó una expresión educada, cambió de postura y se alisó el pelo. ¿Para causar una buena impresión? Con sus amigos no debería tomarse tantas molestias. Con una cara y un cuerpo como aquellos, lo único que tenía que hacer era permanecer allí sentada para que comenzaran a revolotear a su alrededor y, si él no marcaba los límites, probablemente intentarían incluso ligar con ella.

Volvió a levantarse, bloqueándola con su cuerpo, y preguntó:

—¿Al final quién ha ganado?

Armie Jacobson, un buen amigo y compañero de aventuras que había asumido la dirección del gimnasio que Cannon había fundado cuando este había firmado el contrato con la SBC, hizo una exagerada reverencia.

—El ganador a su servicio.

—Debería habérmelo imaginado —Armie era bueno en todo lo que hacía, y eso incluía también la conquista amatoria—. Creo que deberías agradecerme el que me haya retirado.

Los ojos oscuros de Armie, en marcado contraste con su pelo rubio, contemplaron a Yvette con admiración.

«Y ahora es cuando empieza», pensó Cannon.

Armie rodeó a Cannon y susurró:

—Yo diría que ya has tenido recompensa más que suficiente

—le tendió la mano a Yvette—. Cannon no va a presentarnos porque el arte de la seducción se me da mejor que a él.

Cannon soltó un bufido burlón, pero, cuando Yvette le estrechó la mano a Armie, les presentó:

—Yvette Sweeny, este es Armie Jacobson.

—Encantada de conocerle, señor Jacobson.

Armie arqueó las cejas ante aquella exagerada formalidad. Le retuvo la mano con delicadeza.

—El placer es todo mío. Pero tendrás que dejar lo de «señor». Llámame Armie, o algo un poco más picante.

—¿Picante?

—Sí, como semental, o verraco, o…

Cannon le dio un empujón.

—Deja de decir idioteces.

Una vez interrumpido el apretón de manos, Armie se enderezó gruñendo.

—Jamás entenderé por qué te llaman el Santo.

—Porque hace falta ser un santo para aguantarte.

—Sí, a lo mejor —Armie sonrió de oreja a oreja—. ¿Te veremos mañana en el gimnasio?

—Allí estaré —señaló a Armie y se señaló después a sí mismo—, quiero que compartamos varios rounds.

Gimiendo, Armie se llevó la mano al pecho como si acabaran de golpearle y se volvió hacia Yvette.

—Ya ves, cariño, eso significa que están a punto de darme una paliza a la antigua usanza.

Yvette soltó una carcajada.

—¡No tiene ninguna gracia! —y a continuación, con la voz todavía excesivamente melosa, añadió—: deberías ir a vernos. Contribuirías a embellecer un poco el gimnasio. Y a lo mejor consigues que el Santo se tranquilice y no sea tan duro conmigo.

Yvette miró a Cannon como si esperara que fuera protestar. Pero, diablos, a Cannon le gustó la idea.

—Sí, deberías venir para que te enseñe el gimnasio.

—Ya estuve allí… en una ocasión.

Cannon asintió, ignorando a todos los demás.

—Lo recuerdo.

Había sido la noche que había ido a despedirse antes de mudarse al otro extremo del país.

La noche que le había abandonado.

O, por lo menos, así lo había sentido él, aunque, en realidad, no habían llegado a estar juntos.

Porque él la había evitado siempre que había podido.

—Fuiste hace mucho tiempo —respondió Armie—, ahora está muy cambiado. Este hombre nos ha conseguido muchos patrocinadores.

—Sobre todo mujeres —bromeó Miles.

Stack le respaldó.

A aquel comentario le siguieron unas cuantas bromas subidas de tono.

Yvette escuchó los comentarios con indulgencia, tratando a aquellos enormes luchadores como si fueran unos adolescentes revoltosos.

Denver se acercó a Yvette, un acercamiento que a Cannon no le pasó por alto. Colocó una mano en el respaldo de la silla de Yvette, detrás de su hombro, y le dirigió una sonrisa radiante.

—Así que te mueves entre luchadores, ¿eh?

—Me gusta el deporte —le explicó con diplomacia—, pero Cannon es el único luchador que conozco.

Y, al menos en cierto sentido, decidió Cannon, sería el único luchador que conocería.

Aunque, seguramente, había entendido el significado de las palabras de Yvette, Denver no se retiró.

—Tendremos que ponerle remedio a eso.

—Gracias. Seguro que disfruto aprendiendo algo más —miró a Cannon para que siguiera con las presentaciones.

Mientras estuvieron hablando con ella, todos la adularon de forma más que evidente, pero ella no respondía a sus halagos, excepto para mostrar una actitud cordial, de modo que Cannon terminó cediendo.

Comenzó con Denver, puesto que aquel estúpido era el que estaba más cerca de ella, y continuó con todos los demás. Cada uno de ellos parecía estar midiendo las posibilidades que tenía con ella. Cannon no había tenido ninguna relación seria con ninguna mujer de modo que, con cualquier otra, no le habría importado. Pero aquella era Yvette y aquello suponía una gran diferencia.

Tenía que dejar las cosas claras. Y pronto.

Armie, el muy imbécil, lo observaba todo con expresión atenta, como si hubiera comprendido ya que Cannon la quería para él.

Cannon y él se conocían tan bien que rara vez necesitaban decirse nada.

Todos y cada uno de los luchadores la acribillaron con cumplidos, intentos de seducción y divertidas provocaciones. Cannon sabía exactamente lo que todos estaban pensando.

Porque también él lo pensaba.

Yvette era demasiado. Sus ojos impresionantes, aquella boca carnosa y excitante. Y esa risa delicada y contenida... le estaban volviendo loco.

El problema era que, en aquel momento, estaba riéndose con otros hombres, unos tipos que no necesitaban que nadie les alentara para animarse.

Sin mostrar la menor señal de ser consciente de sus exagerados halagos, Yvette hablaba con todos y cada uno de ellos.

Denver incluso ocupó la silla de Cannon para sentarse a su lado. Stack se sentó enfrente de ella. De una u otra manera, cada uno de ellos consiguió acercarse a Yvette, que terminó rodeada por un grupo de enormes y musculosos luchadores.

Pero no parecía molestarle.

Armie, el único que había permanecido en un segundo plano, le dio un codazo a Cannon.

—¡Qué calladito te lo tenías!

—Solo es una amiga —que, si era capaz de conseguirlo, pronto sería mucho más.

—¿Lo dices en serio? ¿Y yo también puedo ser su amigo?

—No.

Armie soltó una carcajada.

Cannon se cruzó de brazos y continuó observándola mientras le advertía a Armie:

—No es de tu tipo.

—¿Quieres decir que es demasiado buena?

—Muy buena —Cannon le miró—. ¿No se suponía que ibas a quedar con una chica esta noche?

—Sí —miró el reloj—. De hecho, ya llego tarde.

Armie no era particularmente conocido por su consideración hacia el otro sexo, excepto, quizá, en la cama.

—¿Crees que te esperará?

Armie se encogió de hombros.

—Y, si no espera, que no espere.

A veces Cannon no comprendía a su amigo. Con frecuencia, parecía querer ahuyentar a cualquier mujer que fuera buena o amable.

En voz bien alta, para que todos pudieran oírle, Cannon dijo:

—Ya es hora de que os pongáis en camino.

Stack se inclinó hacia Yvette.

—Lo que quiere decir es que te quiere solo para él.

—Un egoísta —añadió Miles—. Así es Cannon.

—Por lo menos en lo que se refiere a las chicas guapas —le aclaró Armie—. En todo lo demás, es un santo.

Mientras se levantaba, Denver comentó:

—Ahora mismo, no puedo decir que le culpe.

La mirada que Yvette les dirigió desde su asiento hizo parecer sus ojos incluso más grandes y más inocentes. Batió las pestañas y todos parecieron a punto de caer rendidos a sus pies.

Cannon sacudió la cabeza.

Sin darse cuenta de hasta qué punto estaban todos arrebatados, Yvette bromeó.

—¿Todos los luchadores son tan divertidos?

Iniciaron otra ronda de bromas, pero, mientras iban poniéndole fin, Armie dijo en tono seductor:

—Adiós, Yvette.

Ella le sonrió.

—Adiós.

Cuando se hubo ido el último de los luchadores, Cannon volvió a sentarse a su lado.

—Ya lo tienes. Ya has podido conocer de primera mano la retorcida mente de los luchadores.

—Yo diría que es divertida, no retorcida.

—Eso lo dices porque eres una buena persona.

Yvette se encogió de hombros con excesiva seriedad.

—Lo intento —antes de que Cannon pudiera decir nada al respecto, añadió—: ¿Son todos luchadores profesionales? No he reconocido a ninguno.

—En diferentes niveles, pero sí. Armie es bueno. Podría estar compitiendo en la SBC si se lo propusiera. Pero también se le dan muy bien los niños y le encanta entrenar, así que dirige el gimnasio y pelea en ligas más locales.

—Lleva un montón de tatuajes.

—No tantos como otros luchadores —casi todos los tatuajes los tenía en los antebrazos, a eso había que añadirle otro en medio de los omóplatos—, pero le gustan.

—¿Y esos tatuajes encierran algún significado especial?

—Nunca me lo ha dicho —en general, no hablaban entre ellos de nada que tuviera un significado especial. Sonriendo—: La mujer con la que está saliendo ahora tiene muchos más tatuajes que él, y lleva mucha más bisutería encima.

Yvette inclinó la cabeza con un gesto de curiosidad.

—¿Te refieres a cosas como piercings en el ombligo?

Cannon se tiró de la oreja. Sí, llevaba un piercing en el ombligo… y en otras muchas partes. Y no había tenido el menor recato a la hora de mostrar las partes de su cuerpo que tenía perforadas. Armie aseguraba que era algo muy sexy, pero a Cannon no se lo parecía.

Pero, en vez de ahondar en ello, le explicó:

—Denver ya ha participado en la SBC, pero ahora está descansando hasta los próximos combates.

—Es el de pelo largo y castaño, ¿verdad?

—Sí, en los combates tiene que recogérselo en una coleta.

—¿Y lleva lentes de contacto?

¡Ah! Así que lo había notado. Las mujeres solían hacer comentarios sobre su mirada de depredador, normalmente se los hacían al propio Denver. Cannon agradeció que Yvette no hubiera reaccionado como las demás.

—No, es su color natural.

El teléfono de Yvette emitió un sonido y ella lo miró mientras comentaba:

—Tiene la mirada de un animal salvaje.

—Sí, eso dicen.

También él estaba dispuesto a admitir que los ojos de Denver eran de un color especial, una especie de dorado castaño.

Yvette miró el teléfono con el ceño fruncido antes de guardarlo.

—¿Es algo importante?

—No —contestó con demasiada rapidez y sin mucha convicción.

Pero como no añadió nada más, Cannon lo obvió.

De momento.

—Miles también es muy bueno. Se está labrando un nombre. Y Stack también está a punto de conseguirlo. Ayuda a Armie en el gimnasio un par de veces a la semana.

Como si estuviera buscando un cambio de tema, ella preguntó:

—¿Cómo está yendo el centro?

—Muy bien. Está a rebosar. Puedes acercarte mañana para verlo por ti misma.

Ella asintió, comenzó a decir algo, pero al final tuvo que disimular un bostezo.

—Lo siento, ha sido un día muy largo.

Habían mantenido una conversación intrascendente y con numerosas interrupciones cuando estar con ella no lo era. Le tomó la mano.

—Tienes buen aspecto, Yvette.

—¿Para ser alguien que ha conducido desde el otro extremo del país? —sonrió—. Gracias. Por supuesto, tú también estás increíble. Siempre has estado en muy buena forma, pero ahora...

—¿Ahora qué?

Yvette le apretó la mano, se apartó de él y miró a su alrededor.

—Todas las mujeres del bar te miran.

Cannon dudaba de que fuera cierto, pero, incluso en el caso de que lo fuera, le daba igual.

—Y todos los hombres te están mirando a ti.

Ella se acarició la coleta.

—Probablemente estén pensando en la mejor manera de acercarse para hacerse una fotografía contigo.

La mayoría debía de estar preguntándose cómo podrían terminar en su cama. Pero decirlo podría significaría presionar en exceso.

—¿Cuánto tiempo piensas quedarte por aquí?

—Todo el que haga falta —se mordió el labio inferior, en un esfuerzo evidente para reunir valor y, al cabo de unos segundos, alzó la mirada hacia él—. Quiero que sepas que voy a hacerme cargo de todo.

No le resultaba fácil comprenderla con el deseo interponiéndose en su camino.

—¿De todo?

—De todos los asuntos legales —nerviosa, comenzó a dar una explicación—. Apenas soy capaz de imaginar lo ocupado que estás con tu carrera de luchador y ocupándote del gimnasio y de todo lo que haces para esta comunidad. Tienes que atender a tu hermana y a tus amigos y todo ello trabajando y viajando. Quiero que sepas que no tendrás que preocuparte por nada.

Cannon ya le había dicho que quería involucrarse en todo aquello, pero no había ninguna razón para insistir. Yvette lo averiguaría en cuanto viera que no pensaba retirarse.

—Pienso hablar mañana con Realtor para que me haga un listado de las propiedades —le dijo Yvette—. Con un poco de suerte, conseguiremos vender rápido. Hasta entonces, yo me ocuparé de…

—¿Quieres vender?

Aquella pregunta la pilló desprevenida, pero se recompuso y dijo:

—Por supuesto —tomó aire—. No podría pagarte de ninguna otra manera.

—¿Pagarme por qué?

—La mitad de la herencia es tuya.

Maldita fuera. No la quería, no quería nada. Pero Tipton había confiado en que fuera él el que la convenciera de que no vendiera. Su abuelo quería que se quedara en Warfield, que llegara a considerarlo su hogar. Y, en aquel momento, tras haberla visto otra vez, Cannon también lo quería.

Necesitaban hablar. No se sentía con derecho a recibir su herencia. Lo único que aceptaría de ella sería su tiempo, su atención.

Su interés sexual.

Sí, eso sí que lo quería. Y más con cada segundo que pasaba.

Estaba empezando a alargar la mano hacia ella cuando se acercó una mujer y le rodeó el cuello con los brazos.

—¡Estás aquí! Pensaba que te habías marchado.

Vaya, diablos. Se había olvidado por completo de que había organizado un plan alternativo.

Horas antes, pensando que no iba a ver a Yvette, y sabiéndose al límite, había medio acordado una cita.

Pero, una vez había visto a Yvette, se había olvidado por completo de la mujer que en aquel momento le abrazaba. Tenía que encontrar la manera de deshacerse de ella sin ofenderla, porque no iba a permitir, bajo ningún concepto, que Yvette se marchara hasta que no hubieran aclarado algunas cosas.

Yvette alzó la mirada hacia aquella belleza que se presionaba contra el hombro sólido de Cannon y posaba una mano en su pecho y la otra en su pelo, y deseó huir. Desgraciadamente, como no pasara por encima o por debajo de la mesa, Cannon la tenía atrapada.

La otra mujer era todo lo sexy y refinada que ella no podría ser jamás. Tenía un cuerpo voluptuoso, el pelo castaño claro, una blusa ligera y unos tacones que la hacían parecer mucho más atractiva… y hacían que Yvette se sintiera mal vestida, fuera de lugar y como una entrometida. Había ido al bar con intención de dejarle a Cannon un mensaje, para liberarle de sus obligaciones, pero se había limitado a disfrutar de su compañía.

Cuando eran tantos los que deseaban su tiempo y su atención, su actitud rezumaba egoísmo. Aquello le provocó un nudo en el estómago. Cannon acababa de llegar a la ciudad y ella no solo le había apartado de sus amigos, sino que, al parecer, había interrumpido sus planes sentimentales.

La envidia tensó su sonrisa, haciéndola sentirse torpe y demasiado consciente de su situación.

Mientras se levantaba, Cannon dijo:

—Lo siento… —parecía estar intentando recordar el nombre de aquella mujer.

—Mary —le ofreció la mujer con una risa, abrazándose a su brazo y recorriendo con los dedos su sólido bíceps.

Era terrible, pero Yvette la envidió. En más de una ocasión había querido hacer lo mismo. Cannon tenía un cuerpo que estaba pidiendo a gritos ser acariciado. Quería explorar todos aquellos músculos abultados y sus duras planicies.

Desde luego, aquella estaba siendo toda una lección de frustración.

—De acuerdo, Mary —incluso cuando se levantó, se mantuvo cerca de su asiento para evitar que Yvette pudiera escapar—. Eh, lo siento, pero mis planes han cambiado.

Yvette se quedó mirándole de hito en hito. Oh, no. Jamás permitiría que cancelara una cita por su culpa. Quería que empezara a verla como una persona mejor, no como una molestia.

La determinación la invitó a moverse y se deslizó deliberadamente hasta el final de su asiento.

—Creo que debería marcharme.

—¡Ah, bueno! —exclamó Mary—. Tenía miedo de que estuvierais juntos.

—No estamos juntos —le aseguró Yvette.

Pero Cannon estaba diciendo al mismo tiempo:

—Estamos juntos —mientras le bloqueaba la retirada.

Las dos mujeres clavaron en él la mirada. Mary, desolada. Yvette, estupefacta.

—Yvette y yo somos viejos amigos —sin ofenderse lo más mínimo por la negativa de Yvette, Cannon apartó a Mary—. Hacía años que no la veía.

—¿Amigos? —pregunto Mary esperanzada.

—En realidad...

—Sí, solo amigos —consiguió decir Yvette con amable insistencia, pero sin esforzarse en exceso. Y añadió para Cannon—: Ya tendremos tiempo de ponernos al día en otra ocasión. Quería alejarse de aquella situación tan incómoda, pero aquel cuerpo enorme no se apartaba de su camino—. No hace falta que...

—Pero me apetece —posó la mano en su hombro y la mantuvo en su lugar—. Tenemos muchas cosas de las que hablar.

Y, antes de que Yvette pudiera negarse otra vez, le dijo a Mary:

—Estoy segura de que lo comprendes.

Mary, que comenzaba a parecer enfadada, puso los brazos en jarras.

—Pues no, yo estoy segura de que no lo comprendo.

¡Ay, Dios! Después de haberse convertido en la protagonista de uno de los episodios más sonados que Warfield había conocido nunca, Yvette odiaba estar provocando una escena y, sobre todo, odiaba sentirse culpable.

—De verdad, Cannon, estoy bien.

Él ignoró las protestas de Yvette y le soltó a Mary sin ningún miramiento:

—Lo siento, pero estaba a punto de salir con Yvette —y después, ignorando totalmente a Mary, le preguntó a Yvette—: ¿Dónde te alojas?

Yvette evitó mirar a Mary. Se sentía ridícula.

—En la casa de mi abuelo.

Cannon arqueó las cejas.

—¿Tú sola?

¡Oh, no! Aquello sí que la ofendió. Alzó la barbilla.

—¿Por qué no? Ahora es mi casa.

Ya no era una niña que necesitara la supervisión de un adulto. Y, si la invadían los recuerdos, se enfrentaría a ellos.

—En parte también es mía —la corrigió Cannon con delicadeza—. Solo te lo preguntaba porque yo también pensaba quedarme allí.

Aquel inesperado anuncio la dejó boquiabierta.

—¿Ah, sí? —en ningún momento había contemplado aquella posibilidad. No tenía sentido—. Pero si tú ya tienes una casa.

Cannon se encogió de hombros con la más negligente de las respuestas.

—Ahora Rissy vive allí. Le dejé la casa. Y desde hace un par de meses la comparte con una compañera de piso.

—Estoy segura de que a tu hermana le encantará verte.

Cannon curvó los labios en una media sonrisa al advertir cómo había elevado el tono de voz.

—Sí, seguro que sí. Pero fue a Japón conmigo y todavía está allí, estirando las vacaciones. Y no creo que a su compañera de piso —que, en realidad, estaba en Japón, aunque Yvette no tuviera ninguna necesidad de saberlo—, le haga mucha gracia que me mude con ella.

Era solo una pequeña manipulación y a Cannon no le importaba tergiversar un poco las cosas para conseguir lo que quería.

En vez de marcharse, Mary permanecía junto a ellos, haciendo que Yvette estuviera todavía más nerviosa.

—Cannon —comenzó a decir, sin estar muy segura de cómo continuar.

—Yvette —respondió él, imitando su tono y fijando toda su atención en ella—, voy a quedarme en la casa.

Y Mary habló por fin.

—¡Oh, Dios mío! —señaló a Yvette con un dedo perfectamente manicurado—. ¡Tú eres esa mujer!

¡Ay, no! El calor ascendió por el estómago revuelto de Yvette hasta su pecho y se instaló en su rostro, ocasionándole un fuerte aturdimiento. No, no, y no. La necesidad de salir huyendo hacía latir su corazón con fuerza.

—Mary —dijo Cannon—, ¿por qué no hablamos fuera? —intentó alejarla de allí.

Pero ella se resistió.

—Eres esa mujer a la que violaron, la que estuvieron a punto de quemar.

—No me violaron —graznó Yvette con voz débil.

—Esos hombres… Apareciste en los informativos locales y todo el mundo hablaba de ello —Mary le quitó la mano a Cannon cuando intentó apartarla—. Te obligaron a ver lo que le hacían a esa otra mujer. ¡Les viste grabando! —se llevó la mano al pecho—. Pobrecita…

—Ya basta —insistió Cannon en voz baja.

Pero Mary todavía no había terminado. Yvette no podía decir si de verdad la compadecía o la motivaba solo la curiosidad.

Cualquiera de las dos cosas le parecía horrible.

En un susurro escandalizado, Mary preguntó:

—¿De verdad te empaparon de gasolina y amenazaron con quemarte viva?

Los recuerdos la invadieron, acompañados de un pánico antiguo. Aunque los pensamientos rebotaban en su mente con un frenesí salvaje, Yvette no fue capaz de encontrar una sola respuesta.

—Perdonad —Avery, la mujer de Rowdy, apareció entonces en la línea de visión de Mary—. Siento interrumpir, pero, Cannon, Rowdy quiere hablar contigo. Está en la sala de descanso. ¡Ah, Yvette! Y le encantaría verte a ti también.

Y, sin más, se volvió hacia Mary, acercando su pequeño cuerpo de tal manera a ella que a Mary no le quedó otro remedio que retroceder unos cuantos pasos.

—Antes de convertirse en un hombre famoso —explicó Avery con fingido entusiasmo—, Cannon trabajaba aquí. Sigue formando parte de la familia. Estoy segura de que lo entiendes.

Mary protestó y contestó que no, que no lo comprendía en absoluto, pero Cannon ya había apartado a Yvette de la mesa. La agarró con fuerza del brazo, tomó su bolso y la empujó hacia delante.

Aturdida, ella le permitió que lo hiciera y avanzó tropezando con las patas de madera.

El bar estaba abarrotado, pero Yvette apenas lo notaba. Por pura costumbre, mantenía la barbilla alta, aunque las palabras de Mary se repetían en su cabeza una y otra vez. De alguna manera, le parecían doblemente dañinas cuando eran pronunciadas en voz alta. Se había visto obligada a ser testigo de las brutalidades que le habían hecho a otra mujer. La realidad de lo ocurrido le robaba todo el aire de los pulmones.

Cuando abandonaron la sala principal para dirigirse a un pasillo privado, el estrépito de las conversaciones, las risas y la música quedaron tras ellos. Cannon se inclinó hacia Yvette y rozó con su cálido aliento la sensible espiral de su oreja cuando susurró:

—Ya casi hemos llegado.

La preocupación de su tono azuzó el orgullo de Yvette. Tragó con fuerza, parpadeó varias veces y alejó de sí la vergüenza.

Había sido una víctima, se recordó a sí misma. En realidad, lo sabía, pero aquello no tenía nada que ver con el torbellino de sentimientos que a veces la bombardeaba, con la vergüenza siempre al frente de todos ellos.

—Por aquí —dijo Cannon.

La condujo a través de una puerta hasta una de las habitaciones privadas, amueblada con una mesa enorme rodeada de sillas. Había también una cafetera, vasos de papel, unas taquillas y algunas máquinas expendedoras.

Cannon enganchó una silla con el pie y la apartó de la mesa.

—¿Quieres beber algo?

Aunque sabía que pretendía que se sentara, ella se cuadró delante de él. No enfadada, pero sí decidida.

—No tienes por qué cuidarme —no, no tenía por qué volver a hacerlo—, estoy bien.

Cannon se volvió hacia ella con los ojos entrecerrados y apretando la mandíbula.

—Eso es una idiotez.

La impactó oírle hablar en aquel tono, pero eso no fue nada comparado con el infierno que vio en sus ojos. Si ella había cambiado, por lo visto también lo había hecho él.

Cannon dio un paso adelante. Alto, fuerte, indomable.

—No tienes por qué hacer esto, Yvette —escrutó su rostro—, conmigo no tienes por qué hacerlo.

—No sé a qué te refieres —replicó ella asustada mientras intentaba mantener la máscara de compostura en su lugar.

Cannon le rozó la barbilla con el puño, haciéndola alzar el rostro para que no pudiera evitar su escrutinio. Fueron muchas las sensaciones que afloraron entonces: nerviosismo, emoción. Se mordió el labio y sintió, literalmente, el instante en el que Cannon desplazó la mirada hasta sus labios.

Él se la quedó mirando con expresión ardiente, después, tomó aire de forma lenta y profunda y retrocedió un paso.

—Esa mujer te ha molestado.

—¿Esa mujer? —la burla casi la atragantó—. ¿Tenías una cita con ella y ni siquiera te acuerdas de cómo se llamaba?

Aquella acusación le hizo fruncir el ceño.

—Mary o algo así. ¿Qué más da? Y no era cita.

—Pues a mí me lo ha parecido.

—En ese caso, no creo que hayas tenido muchas citas durante los últimos tres años —señaló una silla—. Hablemos.

Yvette ya había tenido conversación suficiente para una noche. En aquel momento solo le apetecía escapar. De todo. De la ofensa de Mary. De los seductores cuidados de Cannon. De la exposición de sus viejas heridas. Pero huir sería de cobardes y no quería retroceder por nada del mundo.

Dejó caer el bolso en la enorme mesa y se sentó. Decidida. Y enfadada.

Y, maldita fuera, mientras Cannon se sentaba, parecía que su disgusto había sido reemplazado por la diversión.

—¿Te estoy apartando de algo importante?

—No.

Cannon señaló con la cabeza el teléfono de Yvette, que asomaba en el bolso.

—Alguien te ha llamado antes. ¿Era un hombre?

Yvette pensó en la posibilidad de mentir. Pero, no, él se merecía algo mejor.

—No era nada... importante —se inclinó hacia delante y dijo, intentando convencerle—: Necesito ir a casa y recuperar algo de sueño. Ha sido un viaje muy largo y todo esto es... —insoportable—, incómodo.

—Y ahí es a donde yo quería llegar —sentado frente a ella, se reclinó en el asiento. Continuó estudiándola con atención hasta que dijo con suavidad—: Lo siento.

¿Y por qué aquello tuvo que acelerarle el corazón y llenarle los ojos de lágrimas?

—¿El qué?

—¿La inoportunidad? —mientras iba ordenando sus pensamientos, bajó la mirada, sin fijarse en nada en particular—. Estuve con Mary antes de saber que ibas a venir —alzó la mirada para atrapar la de Yvette—, pero ahora estás aquí y...

Yvette le interrumpió con una risa forzada.

—No me debes nada.

—No es cuestión de deber —cerró la mano en un puño y volvió a abrirla—. Tenemos un montón de cosas que arreglar.

—Podemos hablar mañana.

—Cuenta con ello. Pero esta noche...

Rowdy entró en aquel momento con un refresco de cola en

la mano. Era evidente que Cannon y él ya se habían visto antes, a juzgar por la tranquilidad con la que se saludaron.

—¿Así mejor? —preguntó Rowdy.

—Mucho mejor, gracias —aceptó el refresco—. Y también por esto.

Rowdy le acercó otro refresco a Yvette.

—Eres Yvette Sweeny, ¿verdad?

—Eh, sí. Hola —por un momento, pareció enmudecer. Rowdy Yates era tan... tan todo. Le habría resultado imposible olvidarse de él, pero... —. Me sorprende que te acuerdes de mí.

No había terminado de pronunciar aquellas palabras cuando ya estaba esbozando una mueca. Claro que se acordaba de ella. Como había dicho Mary, los detalles de aquella horrible experiencia habían aparecido en los informativos. Ella se había negado a conceder entrevistas, pero sabía que su rostro había aparecido muchas veces.

La atención de Rowdy, por amable que fuera, no ayudó a calmar su acelerado pulso.

—No es fácil olvidarse de una mujer como tú.

Yvette asintió y dijo en tono de disculpa:

—Por supuesto, tienes razón.

Él arqueó una ceja y sonrió.

¡Dios santo! La cosa iba de mal en peor. Yvette intentó mirar a Cannon, pero este parecía más divertido incluso que Rowdy.

—Me refería a lo del juicio y a todo lo demás. A veces me olvido de la cantidad de veces que salió mi cara en televisión.

—No era a eso a lo que se refería él —replicó Cannon.

La mirada dulce de Rowdy se hizo más cálida.

—No, no era a eso —afortunadamente, dejó pasar el tema cuando se volvió hacia Cannon—. Puedes usar el bar siempre que quieras.

Yvette observó a Cannon, preguntándose a qué se referiría, pero este se limitó a asentir.

—Gracias.

—Os dejaré a solas dentro de un momento, pero antes quiero decirte que hay un montón de gente llamando, preguntando si de verdad estás aquí. Se está corriendo la voz. Sospecho que dentro de muy poco esto estará abarrotado.

—Maldita sea —Cannon estiró las piernas y sacudió la cabeza—. Lo siento.

—Para mí no representa ningún problema. Es bueno para el negocio —tras dirigirle una mirada a Yvette, dijo—: Supongo que estabas pensando en marcharte.

—Sí, lo siento —contestó Cannon.

—No te preocupes, lo comprendo.

Pues ella no entendía nada. Quería volver a protestar, pero, estando Rowdy delante, le parecía mal interrumpir.

—¿Qué te parecería si anunciara que vas a estar por aquí una determinada noche? Por ejemplo, ¿dentro de un par de semanas? Así tendrás tiempo de instalarte y, con un poco de suerte, evitaremos que la gente te acose hasta entonces.

—¿Una o dos semanas? —el tono estupefacto de Yvette puso fin a su fría y educada fachada—. ¿Vas a quedarte durante tanto tiempo?

—Sí, claro que sí —la intensa mirada de Cannon sosteniendo la de Yvette contenía demasiados mensajes como para que ella pudiera descifrarlos—, una o dos semanas como poco.

Sintió un estallido de felicidad, pero lo negó. Sí, de acuerdo, sería fantástico poder verle más. Era algo del todo inesperado. Ella pensaba que se quedaría dos días como mucho, el tiempo suficiente como para que le explicara cómo pensaba organizarlo todo. Después, le enviaría un cheque en cuanto todo se hubiera resuelto. Cannon le había dicho que su hermana continuaba teniendo allí su casa y ella sabía que la visitaba a menudo, pero, por lo que tenía entendido, su vida estaba en Harmony, Kentucky.

—¿Y tú entrenamiento?

—Acabo de tener un combate, así que, a no ser que la SBC diga lo contrario, ahora disfrutaré de algún tiempo de descanso —su mirada se oscureció—. Además, tengo material deportivo que puedo instalar en el sótano.

—¿En… el sótano?

—En el sótano de nuestra casa.

¡Ay, Dios! ¿Consideraba entonces que la casa de su abuelo era la suya? Claro, técnicamente lo era, pero Yvette no esperaba que tuviera intención de ejercer sus derechos como propietario, más allá de querer una venta rápida de ambas propiedades.

Pero todas las preguntas que se le ocurrían sonaban demasiado rudas, así que permaneció en silencio.

Y, al parecer, a los dos hombres les pareció estupendo.

—Organizaré la promoción, lo convertiré en algo importante —Rowdy apoyó la cadera en la mesa—. ¿Estarás dispuesto a firmar autógrafos y fotos?

—Claro, lo que tú quieras. A lo mejor, incluso, podría trabajar esa noche en el bar, como hacía antes.

Rowdy soltó una carcajada.

—Jamás te pediría que lo hicieras.

—Te lo estoy ofreciendo yo, será divertido —miró alrededor de la habitación—. Si quieres que te sea sincero, echo de menos este lugar.

—¿Una vida menos complicada?

—Algo así.

Yvette estuvo a punto de retorcerse bajo la mirada de aquellos dos hombres. ¿Estarían insinuando que había sido ella la que le había complicado la vida? ¡Ja! Ella había hecho todo lo posible para facilitarle las cosas a Cannon. Era él el que estaba siendo difícil.

Rowdy agarró a Cannon del hombro y dijo:

—Si tienes tiempo, pásate mañana por aquí. Así podremos hablar un poco más. Y, si necesitas mi ayuda para cualquier cosa, avísame.

—Lo haré.

En el instante en el que Rowdy abandonó la habitación, Yvette se levantó. Cannon no. Todo lo contrario, se repantigó todavía más en la silla. Su postura indolente le recordó a Yvette a la de un musculoso y esbelto felino…

Esperando la oportunidad para saltar.

Nerviosa y más que recelosa, se frotó la sien para intentar alejar un dolor de cabeza.

—Suéltate el pelo —sugirió Cannon.

Pero lo dijo en un tono que imprimió a sus palabras una nota sensual, más que de sensatez.

—Estoy bien —dejó caer la mano y se concentró de nuevo en su principal preocupación—. ¿De verdad piensas quedarte en la casa?

Cannon cruzó las manos detrás de la cabeza y asintió.

—Sí.

Mantener la atención fija en su rostro en vez de en aquel cuerpo admirable resultó imposible. Aquella postura hacía sobresalir los bíceps de Cannon y estiraba la camiseta de algodón sobre la sólida superficie de su pecho y sus rígidos abdominales

A Yvette le bastaba mirarle para que su respiración se hiciera más profunda. Pero la verdad era que pensar en él tenía el mismo efecto. Y estar tan cerca, en aquella personal proximidad, contemplando su pronta sonrisa y su actitud modesta, bastaba para despertar su curiosidad sexual.

Dios, aquel hombre era increíble. Hombros anchos y fuertes, caderas estrechas y... Tragó saliva con fuerza y deslizó la mirada por su regazo hasta llegar a sus largas y sólidas piernas.

«Ya basta», se ordenó a sí misma. Solo una masoquista continuaría provocándose a sí misma cuando no podía hacer ni un maldito avance al respecto.

Recordándose a sí misma su incapacidad para estar con un hombre como él, Yvette agarró el bolso y se colocó el asa en el hombro.

—De acuerdo. En ese caso, supongo que nos veremos allí.

Cannon se inclinó entonces hacia delante, con expresión recelosa.

—¿Tú también vas a dormir allí?

¡Ah! Así que Cannon pretendía encontrar una forma altruista de evitar que tuviera que alojarse en aquella casa enorme y terrible en la que había vivido una situación traumática.

Estuvo a punto de curvar los labios en una sonrisa de desprecio hacia sí misma.

—Sí, voy a dormir allí —así Cannon se daría cuenta de que no necesitaba que la protegieran—, ¿para ti es un problema?

A lo mejor así conseguía que renunciara a hacerlo él.

Cannon desplegó aquel cuerpo alto y enorme hasta cernirse sobre ella. Estaba demasiado cerca. Tan cerca que Yvette podía sentir el calor que desprendía.

Continuaba haciéndolo, continuaba ocupando su espacio de una forma muy íntima. Acelerándole el corazón. Invitándola a desear algo que no podía tener.

Cannon le acarició la barbilla.

—Para mí ninguno.

¡Oh! Lo decía como si esperara que lo fuera para ella. Y lo sería. Un tortuoso y frustrante problema… que tendría que resolver por sí misma.

—Hay tres dormitorios y tres cuartos de baño, así que no tiene por qué haber ningún problema.

Cannon recorrió su rostro con una mirada intensa.

Consciente de que a veces lo mejor era una retirada a tiempo, Yvette decidió marcharse.

Pero, antes de que hubiera podido dar un solo paso, él la agarró del brazo, utilizando el pulgar para acariciarla.

—Estaremos solos tú y yo, los dos solos en la misma casa.

—Bueno, eso espero —ni siquiera había contemplado otra alternativa, pero, a lo mejor, debería hacerlo. Pensar en aquella desagradable posibilidad la hizo fulminarle con la mirada—. No pensarás llevar a nadie, ¿verdad? ¿Estás pensando en invitar a Mary o a cualquier otra mujer?

Cannon no fue capaz de reprimir una carcajada.

—No —sin mostrarse en absoluto ofendido, la agarró del otro brazo también—. Estaremos tú y yo solos.

Su forma de mirarle la boca la impulsó a humedecerse los labios.

Una mala idea, teniendo en cuenta el fuego que asomó a los ojos azules de Cannon.

—Te daré… la intimidad que necesites —Yvette necesitó de toda su fuerza de voluntad para no reclinarse contra él, para resistirse a la tentación de su cercanía—, si es eso lo que te preocupa.

—En absoluto.

La dureza aterciopelada de aquellas palabras minó su resolución.

—Entonces…

—Lo que me preocupa es que un hombre y una mujer estén solos y durmiendo tan cerca —la alzó sobre sus pies—, a no ser que sea eso lo que tú quieres.

Yvette ya no podía pensar.

—¿Qué? —susurró.

La respiración de Cannon le acarició los labios.

—Nosotros, los dos juntos —su voz iba haciéndose más ronca y más profunda—, durmiendo en la misma casa.

Yvette se limitó a mirarle en silencio y distinguió una sonrisa en su mirada… segundos antes de que la boca de Cannon acariciara la comisura de la suya.

—Sexo —susurró mientras la besaba.

—¡Ah! —quería acostarse con ella—. ¿Me estás tirando los tejos?

Cannon curvó los labios con una sonrisa irónica.

—¿Me lo preguntas en serio? ¿De verdad no lo sabes? Debo de estar perdiendo mi toque.

No, su toque continuaba siendo mortal y la estaba haciendo crepitar de deseo.

—¡Pero si acabas de rechazar a Mary!

—Pero tú no eres Mary —replicó él, como si pensara que debería entenderlo.

La sorpresa de Yvette se transformó en una risa. Horrorizada por su propia conducta, posó una mano en el pecho de Cannon. Pretendía apartarle, pero la dureza de sus músculos la invitó a cerrar el puño contra él.

—No —le dijo en tono de disculpa—, no soy Mary.

Cannon volvió a iniciar con los pulgares su seductora caricia.

—Me alegro de que no lo seas.

Pero solo podía alegrarse porque no entendía cuál era la diferencia más importante entre ellas: Mary podía satisfacerle. Ella no.

Consciente de que tenía que ser justa, intentó explicárselo:

—Es posible que quieras pensártelo mejor. Lo de Mary, quiero decir... En realidad...Yo no... —¿habría alguna forma educada de decirlo? No, no la había— yo no hago eso.

Al semblante de Cannon asomó una divertida confusión. Y era lógico. Su comentario parecía de lo más absurdo.

—Es así, yo no... yo no puedo.

—¿No puedes?

—Yo no lo hago.

Cannon escrutó su rostro.

—Elige una de las dos opciones.

Yvette resopló.

—No —se apartó entonces de él, pero dar un paso atrás sin el apoyo de Cannon la dejó temblorosa—.Yo no... —le explicó con un gesto— hago eso.

Dubitativo, él la recorrió con la mirada de la cabeza a los pies.

—¿No practicas el sexo?

—No.

Y, en aquel momento, estando Cannon tan cerca, tan concentrado en ella, se arrepentía más que nunca de no poder hacerlo.

—Pero no eres virgen.

A Yvette le molestó el tono acusador en el que lo dijo.

—No, pero aquello era entonces y ahora... —se frotó la

frente—. Siento que te resulte confuso, pero ya no lo hago. Me refiero a salir con hombres o a acostarme con ellos. Así que, como puedes ver, eso no será ningún problema.

Yvette perdió la sonrisa. No iba a servir de nada seguir hablando. Consciente de ello, retrocedió un paso y dio después otro.

—Me voy adelantando.

El enfado profundizó el ceño de Cannon e hizo asomar a sus ojos azules un brillo incendiario.

—¿Piensas marcharte después de haber dicho eso?

Por supuesto. Avanzó unos centímetros hacia la puerta y asintió.

—Estoy agotada —para dar credibilidad a su excusa, fingió un enorme bostezo—. Necesito dormir y, probablemente, tú también.

Cannon no se movió.

—Entonces… nos veremos en casa. Puedes ir cuando quieras. No hace falta que tengas prisa —cruzó la puerta—. Creo que Mary todavía te está esperando.

Cannon profundizó su ceño.

—Olvídate de Mary.

—Sí, claro —continuó retrocediendo—. Tienes las llaves de la casa, ¿verdad?

Cannon cruzó sus musculosos brazos sobre su pecho y bajó la mirada hacia ella.

—Sí.

—Muy bien. En ese caso, no colocaré los refuerzos de las puertas.

—¿Los refuerzos de las puertas?

—Una medida extra de seguridad. Ya sabes, son unas barras que… No importa, ya te las enseñaré. Más adelante —se aclaró la garganta—. Cuando llegues a casa. Aunque es probable que no te vea hasta mañana porque voy a ir directa a la cama.

—Yo también me voy ya —comenzó a avanzar hacia ella.

—¡No hace falta!

Necesitaba, más que ninguna otra cosa, evitar otra confrontación hasta que hubiera ordenado sus pensamientos y pudiera hablar sin parecer una idiota. Pero para ello tenía que encerrarse en el dormitorio antes de que Cannon apareciera. Al día siguiente por la mañana… Bueno, se levantaría antes de lo habitual, quizá incluso saliera a correr para aclararse la cabeza y ordenar sus ideas.

No esperaba que Cannon pretendiera dejar su relación allí donde la habían dejado.

¡Habían pasado ya tres años!

Pero, como eso era lo que él pretendía y como ella no quería, tendría que encontrar la manera de explicarle lo que le ocurría sin desnudar su alma.

Todavía en retirada, estuvo a punto de tropezar con alguien. Miró por encima del hombro y le pidió disculpas a la esposa de Rowdy.

—No te preocupes —respondió Avery.

Iba cargada de vasos sucios después de haber despejado las mesas. Continuaba trabajando como si aquella fuera una noche como cualquier otra.

Como si Yvette no estuviera huyendo de un pedazo de hombre que, inexplicablemente, quería acostarse con ella.

Aquella noche era la menos normal que había vivido en su vida… desde que se había marchado de allí.

CAPÍTULO 4

Para cuando Yvette desvió la mirada de Avery, Cannon ya estaba junto a ella.

Y sus enormes ojos verdes resplandecieron cuando se colocó a su lado y posó la mano alrededor de su nuca, bajo la larga cola de caballo, y susurró en un tono infinitamente provocador:

—Vamos.

Pero los pies de Yvette continuaron pegados al suelo.

Ella entrelazó las manos nerviosa y le miró parpadeando.

—No tienes por qué hacer esto.

Cannon flexionó el cuello para aliviar la tensión de los músculos.

—¿Esto?

—Ir pisándome los talones.

Aquello le molestó.

Hasta que ella le aclaró.

—Protegerme.

No, quizá no. Pero quería hacerlo. Era penoso. Estaba ya medio excitado y lo único que había conseguido hasta entonces habían sido negativas, rechazos y burlas. Y aquella historia inverosímil sobre que no practicaba el sexo. La urgió a avanzar y ella obedeció con desgana.

—Esto no tiene ningún sentido.

Decidido a demostrarle hasta qué punto se equivocaba, él continuó caminando.

Ella insistió diciendo:

—No voy a engañarte.

A pesar del ruido y de lo abarrotado que estaba el bar, algunos clientes, entre otros Mary, que permanecía en medio de un grupo de hombres, alzaron la mirada.

Manteniendo a Yvette a su lado, Cannon dijo:

—No hagas una escena, ¿quieres?

Ella miró a su alrededor estupefacta, más ofendida de lo que debería. Alzó la barbilla, cuadró los hombros y volvió a adoptar aquella máscara de implacable compostura.

Después, en un tono mucho más suave, añadió:

—Lo siento, pero quiero que lo sepas. Quiero venderlo pronto todo, te enviaré la mitad de lo que saque. No tienes por qué quedarte aquí. Estoy segura de que tienes cosas más importantes que hacer.

Lo único que quería Cannon era estar con ella, no podía haber nada más importante. Quizá Yvette no se diera cuenta, pero, cuanto más intentaba alejarle, más decidido estaba a quedarse.

—Quiero que comprendas algo, Yvette.

—¿El qué? —preguntó ella un tanto recelosa.

Sonriendo ante su tono inflexible, se inclinó hacia ella.

—No pienso irme a ninguna parte.

Furiosa, ella renunció y dejó de resistirse mientras cruzaban el restaurante, pero continuaba manteniendo el cuello tenso bajo su mano.

Era una suerte que Cannon tuviera un ego saludable. Tenía la sensación de que Yvette estaba intentando evitar algo, pero no estaba convencido de que fuera a él. Allí estaba pasando algo más.

Y pensaba averiguar lo que era.

—Esto es ridículo —musitó Yvette.

—Hablaremos cuando lleguemos a casa.

Estaban ya casi en la puerta cuando una mano enorme aterrizó en el hombro de Cannon.

Este se volvió con todos los sentidos en alerta y tuvo que agacharse para esquivar un golpe.

—¿Qué demonios...?

Bañó su rostro una ráfaga de un amargo aliento a cerveza mientras un hombre se abalanzaba sobre él gritando:

—¡La has ofendido!

Cannon miró por encima de aquel idiota que hablaba arrastrando las palabras y vio a Mary mirándoles y cubriéndose la boca desolada. Mierda. Odiaba aquellos melodramas.

—No pretendía ofenderla.

Pero aquel tipo no estaba dispuesto a marcharse.

—¿Te crees muy importante?

Suspirando, Cannon iba sintiendo sobre sí las miradas fascinadas de la multitud. El tipo que le estaba desafiando era un hombre grande y musculoso, pero no un verdadero rival. Aquello podría terminar con un homicidio por imprudencia si aceptaba el desafío.

—Mira —le dijo Cannon—, ¿por qué no dejas que llame a un taxi?

—¡Y una mierda! —le clavó el dedo en el pecho—. ¡Eres un gusano para ella!

Cannon le agarró la mano, tiró de él hacia delante y le hizo una llave para terminar aprisionándole la cabeza. Le habría resultado muy fácil dejarle inconsciente, pero no le parecía justo. Alzó la mirada hacia Mary.

—¿Ya estás contenta?

Mary le miró boquiabierta.

—¡No sabía que iba a ir a por ti!

Sin hacer el menor esfuerzo, Cannon contuvo las sacudidas salvajes del hombre al que estaba sujetando y le dijo:

—¿No le has incitado a atacar?

—¡No! Yo jamás haría algo así.

Cannon no sabía si debía creérselo, pero, en cualquier caso, aquello no cambiaba nada.

—¿Le conoces?

Mary asintió con tristeza.

—Es… un amigo.

—Entonces asegúrate de que llegue a su casa.

Le soltó y tuvo que volver a empujarle cuando aquel estúpido intentó pegarle otra vez. Le señaló con el dedo y le advirtió:

—¡Ya basta!

Demasiado borracho como para hacerle caso, el tipo cargó de nuevo contra él.

Mierda, mierda, mierda. Controlando el golpe todo lo posible, Cannon le propinó un gancho de derecha y le observó caer desmañado hasta el suelo.

Rowdy se colocó frente a los clientes que se habían arremolinado a su alrededor y observó a aquel borracho revolviéndose a sus pies.

—Lo siento, he venido en cuanto he podido.

—Todo ha sido muy rápido.

—Las peleas de bar suelen serlo.

Cannon soltó un bufido burlón al oírlo. Allí no había habido ninguna pelea.

—Gracias por no haberte cebado con él —le agradeció Rowdy.

—De nada.

—Tienes una tranquilidad pasmosa —señaló Rowdy, sacudiendo la cabeza.

Cannon se encogió de hombros y contestó:

—No siempre, pero no voy a machacar a un borracho.

Se volvió y no vio a Yvette por ninguna parte. Recorrió el bar con la mirada.

—Se ha ido —le explicó Rowdy—. Se ha largado en cuanto te ha visto ocupado.

Aquello sí que consiguió sacarle de sus casillas. Susurró para sí.

—¡Mierda!

El imbécil del borracho gimió. Cannon y Rowdy le ayudaron a levantarse.

—Y ahora ha llegado la hora de marcharse para todos los demás —anunció Rowdy al pequeño grupo que quedaba..

Los últimos clientes gruñeron malhumorados, pero siguieron a Rowdy mientras este se dirigía hacia la puerta. Sin darle ninguna importancia al hecho de estar escoltando a un cliente con el rostro sanguinolento y a sus amigotes hasta la puerta del bar, le preguntó a Cannon:

—¿Piensas irte a vivir con ella?

Y en más de un sentido. Encogiéndose de hombros, Cannon sostuvo la puerta mientras el pequeño grupo salía con su compañero.

—Ya te he dicho que he heredado la mitad de las propiedades.

El último en salir le entregó a Rowdy dinero para saldar la cuenta.

—Siento todo lo que ha pasado.

—Si vuelve a ocurrir, le prohibiré entrar en el bar.

Aquello provocó nuevas protestas, pero, un segundo después, habían desaparecido todos.

Todavía en la puerta, Rowdy se apoyó contra la pared. Clavó la mirada en Mary, que estaba ya con otro grupo de hombres.

—Es una mujer problemática.

—Podrías habérmelo dicho antes.

—Ya eres adulto —cuando Ella, la camarera, se acercó, Rowdy le entregó el dinero—. Además, solo causa problemas cuando encuentra a algún idiota dispuesto a ayudarla.

Ella empleó un minuto en mirarlos alternativamente antes de soltar un suspiro dramático.

—Y vosotros vais a provocar una revuelta si seguís en la puerta con ese aspecto tan espectacular. A cualquier se le hace la boca agua —les dio una palmada en el pecho a cada uno de ellos y se alejó hacia la caja registradora.

Cannon sonrió de oreja a oreja.

Ella y él se habían caído bien desde el primer momento, cuando había empezado a trabajar en el Rowdy's. Bromeaba con él, pero nunca, jamás, le había tirado los tejos en serio. Y apostaría cualquier cosa a que Rowdy podía decir lo mismo que él.

—Así que piensas reclamar tu herencia, ¿eh?

Cannon asintió, sin hacerle mucho caso.

—Por lo menos, de momento —si renunciaba a ella, ¿cómo iba a poder intimar con Yvette?

—¿Y qué piensa ella?

—Todavía no lo sé.

¿Debería ir a dormir a su casa? Yvette ya había dejado claro lo que pensaba. No quería verle por allí.

—¿Suelen desafiarte mucho?

—En realidad, esto no ha sido un desafío. Solo una estupidez de borracho.

—Supongo que otros tipos tienen el suficiente instinto de supervivencia como para no meterse contigo.

Cannon se encogió de hombros.

—A lo mejor es solo que soy un buen tipo.

Y a lo mejor era cierto que Yvette ya no le necesitaba.

Riendo, Rowdy le dio un codazo.

—Sí, eres un buen tipo, así que voy a darte un consejo bien intencionado: cuando tengas dudas, haz lo que te pidan las entrañas.

—¿Qué quieres decir?

—Quieres ir con ella. Lo veo. Diablos, creo que todo el mundo puede verlo.

Aquello impulsó a Cannon a mirar a su alrededor y encontró a todo el mundo dirigiéndole miradas especulativas. Tomó aire y... tragó saliva.

Se apartó de la pared con renovada determinación.

—Sí —iría a por ella y, si ya se había acostado, probablemente para evitarle... bueno, por lo menos continuaría estando cerca de ella. Y, al día siguiente por la mañana, tendrían una larga conversación, entre otras cosas—. Gracias.

—¿Cannon?

Cannon se detuvo.

—Ve poco a poco con ella, ¿de acuerdo? Creo que es más frágil de lo que pretende.

¡Maldita fuera! Como siempre había confiado en la perspicacia de Rowdy, le asaltó una nueva urgencia.

—Hasta mañana.

Los inquietantes pensamientos que le asaltaron le impulsaron a conducir a toda velocidad. Cuando llegó a la casa, la encontró iluminada como si fuera Navidad. Estaban todas las luces encendidas. Era, con mucho, la casa más iluminada de la manzana. Unas resplandecientes farolas decoraban los laterales de la puerta principal y el camino de la entrada y los focos brillaban a ambos lados del jardín.

Yvette había aparcado en el camino de la entrada así que aparcó tras ella. Si al día siguiente se le ocurría marcharse antes que él lo sabría, porque tendría que mover su coche.

Se sentía un poco manipulador, pero, ¡qué diablos! De momento le estaba funcionando.

Intentó girar el pomo de la puerta, pero la puerta estaba cerrada, así que sacó las llaves para entrar. ¿Encontraría a Yvette acurrucada en el sofá viendo la televisión? ¿En la ducha quizá? ¿O arropada en la cama? Todas las imágenes eran deliciosas, pero prefería la escena de la ducha.

Desgraciadamente, cuando entró en la casa le recibió el silencio.

¿Estaría dormida? No parecía probable con tantas luces encendidas, pero, sí, le bastó mirar hacia el pasillo para ver cerrada la puerta del dormitorio.

Decepcionado, dejó caer la bolsa de noche y miró a su alrededor. La casa había cambiado, pero, de alguna manera, tenía la sensación de que continuaba siendo la de siempre. El comedor atrajo su atención. Y tardó una décima de segundo en recordar a Yvette atrapada por aquel matón, en recordar hasta qué punto le había espoleado su impotencia. Pensar en cómo podían haber terminado las cosas aquel día renovó su rabia.

Era posible que Yvette no necesitara que estuviera allí, pero él sí lo necesitaba.

Haciendo un esfuerzo por bloquear sus pensamientos, recorrió la casa. Primero fue hasta el final del pasillo, hasta el dormitorio en el que iba a dormir. No era la habitación del abuelo de Yvette, sino la habitación de invitados, la que estaba más cerca de la de Yvette. Dejó la bolsa al lado de la cama y vació los bolsillos en la mesilla de noche. La cama era sencilla, pero se las arreglaría.

Se volvió hacia la pared y pensó en que Yvette estaba al otro lado. ¿Dormiría de lado, acurrucada contra la almohada? ¿O boca arriba, con las piernas abiertas y relajada? Sintió el calor trepando por su cuello, posó la mano en la pared y se imaginó acariciándola. Tuvo entonces que reprimir las ganas de llamar a su puerta.

Dejó los zapatos al lado de la cama y, sin hacer ningún ruido, regresó al pasillo. Se detuvo al llegar a la puerta de Yvette. El silencio era tal que la imaginó conteniendo la respiración. Y, por difícil que le resultara, no quería molestarla.

Aquella noche no.

Se dirigió en cambio a la cocina, donde brillaba una luz sobre los fogones. Si seguía a aquel ritmo, la factura de la luz iba a ser estratosférica. Pero no iba a quejarse.

No, cuando tenía la prueba de los miedos de Yvette allí mismo, en la mesa de la cocina.

Estaba llena de cerrojos, barras de refuerzo para las puertas y alarmas. Vio algunos paquetes vacíos, se dirigió hacia la ventana que había encima del fregadero y descubrió una barra estrecha reforzando el cerrojo, por si a alguien se le ocurría entrar. Revisó el resto de las ventanas y se encontró con lo mismo. Se dirigió hasta la puerta del sótano a grandes zancadas y vio una barra colocada debajo del pomo, para que nadie pudiera entrar... como habían hecho tres años atrás.

Había tomado unas medidas de seguridad extremas. Y podría hacer algunas mejoras para que estuviera más tranquila.

A la mañana siguiente, Cannon permanecía en medio de la cocina, vestido únicamente con los vaqueros, todavía sin afeitar y blasfemando. ¿Dónde demonios estaba Yvette?

Si tenía alguna duda de que le estaba evitando, en aquel momento se disipó.

La cafetera estaba medio llena y su coche todavía en el camino de la entrada. Pero la puerta abierta del dormitorio y la casa vacía evidenciaban que se había ido.

¿A pie?

¿Pero a dónde?

Se habría preocupado más si no hubiera sido por la nota que había dejado en la puerta de la cocina en la que se leía: *Sírvete tú mismo*, firmada con una femenina y curvilínea «Y».

Eran poco más de las siete de la mañana, el sol entraba a raudales por la ventana de la cocina, cubriendo de una cálida luz ambarina el suelo y los mostradores. Aquel prometía ser un día abrasador.

Él siempre se levantaba temprano, normalmente para entrenar y, con mucha frecuencia, para salir a correr.

Después de una noche en la que apenas había dormido, tras haber sopesado docenas de escenarios diferentes, había planeado un encuentro con Yvette. Esperaba estar allí, en la cocina, despejado y preparado para aclararlo todo cuando ella se levantara.

Todavía tenso por el deseo, se había imaginado sorprendiéndola medio desnuda, quizá en camisón, con el pelo revuelto, las defensas bajas, cálida y somnolienta, sensual, dulce…

Y, sin embargo, Yvette se había levantado antes del amanecer, le había preparado el café y se había escapado.

La posibilidad de que estuviera huyendo de él alimentó aquella cruda y elemental necesidad de reclamarla. Empujado por el instinto de un depredador, por la necesidad de perseguirla y atraparla, comenzó a caminar, maldiciéndose por no haber conseguido su número de teléfono. Pero no esperaba que saliera huyendo la noche anterior y, desde luego, tampoco encontrar la casa vacía aquella mañana.

Quizá, en lo que se refería a Yvette Sweeny, debería dejar de hacer asunciones y planificar una estrategia.

¿Por dónde empezar? Todo tipo de ideas confusas abarrotaban su cerebro. Le resultaba imposible aclararse. Arrastrado por su fragancia, decidió que un poco de café no le haría ningún mal. No era ningún adicto a la cafeína y, de hecho, la evitaba durante los entrenamientos. Pero aquel era uno de los pequeños caprichos que se permitía durante los períodos de descanso entre combate y combate.

Probó el café y gimió. Era perfecto. Fuerte, pero sin resultar amargo.

Si Yvette regresaba, le agradecería que lo hubiera dejado preparado.

Mientras la esperaba, terminó la taza y se sirvió otra. Llegaron las ocho, y pasaron. Con creciente frustración, Cannon revisó todos los aspectos de la casa relacionados con la seguridad. Quería saber lo que se necesitaba antes de hacer algunas llamadas.

Como ya había notado, la iluminación era exagerada, así que sugeriría sensores de movimiento. Podrían resultar molestos en el caso de que pasara algún gato callejero o algún insecto, pero era preferible a estar iluminando a todo el barrio.

Antes de que volviera a ponerse el sol, colocaría los cerrojos que quedaban. Bajó las escaleras del sótano e inspeccionó la ventana que habían utilizado para entrar años atrás. Estaba asegurada con una reja de metal que se cerraba desde el interior. Descalzo, cruzó el frío cemento y tocó las barras.

El enfado irrumpió, derramándose por sus entrañas como plomo derretido. Cerró los puños con fuerza. Si pudiera cambiar el pasado lo haría. Si pudiera regresar y encontrar la manera de hacer las cosas de forma diferente, aquellos miserables no habrían llegado a prisión.

Pero no podía e Yvette tenía que enfrentarse a los recuerdos igual que él. Aunque viviera cien años continuaría encolerizándose al pensar en ello.

Yvette podía negarlo si quería, pero él sabía que ella sentía lo mismo. O algo peor. Algo mucho peor.

Intentando relajar la tensión, giró los hombros y miró alrededor de la zona abierta del sótano. Sin analizar su decisión, imaginó una distribución de aquel espacio, sabiendo que sería allí donde colocaría todos los aparatos del gimnasio. Las vigas del techo podrían aguantar sin problema un saco de boxeo si utilizaba las herramientas adecuadas.

Cuando subió al piso de arriba, llamó a Armie. El teléfono sonó seis veces antes de que su amigo contestara con la respiración agitada.

—Has tardado en contestar. Y parece que te falta el aire.

—Estoy desahogando mis frustraciones.

Vaya. ¿Significaría eso que la mujer con la que pensaba salir no le había esperado? Dispuesto a meterse con él, preguntó:

—¿Al final no te acostaste con nadie?

—La verdad, idiota, es que hice un trío.

—¿Ah, sí?

No era ninguna novedad en el caso de Armie. Intentando sonar muy serio, Cannon contestó:

—¿Quién era el otro tipo?

—Muy gracioso —Cannon oyó a Armie beber un sorbo de agua antes de explicar—. Esta vez fueron Beth y su amiga Carly.

¡Ah! Así que Beth, la mujer de los piercings y los tatuajes, no solo le había esperado, sino que había aportado un nuevo elemento de seducción. Él ya sabía que aquel no era el primer trío de Armie, pero, si se había permitido aquel placer, ¿por qué estaba frustrado?

—En realidad —le explicó Armie—, me preguntaron por ti.

¿Por él? Le entró curiosidad por saber cómo había surgido aquella conversación y cuándo había tenido lugar.

—Ya.

—Les dije que era imposible. Que eras virgen.

Cannon no pudo evitar una carcajada.

—Tonterías.

—De acuerdo, les dije que eras pésimo en la cama. En cualquier caso, se conformaron conmigo.

Alegrándose de que Armie le conociera suficientemente bien como para no molestarse en arrastrarle a una orgía, le dijo:

—Caramba, gracias.

—¿Y se puede saber cuál es el motivo de tu llamada? Porque me acabas de interrumpir el entrenamiento.

Cannon sonrió. Por mucho que trasnochara Armie, aunque pasara en pie toda la noche, no dejaba de presentarse temprano en el gimnasio, y siempre dispuesto a entrenar. En lo que se refería a mantenerse en forma y a llevar una vida saludable, era un fanático.

Y también a la hora de acostarse con mujeres.

—Sí, lo siento. Solo quería que supieras que voy a tardar unas cuantas horas en llegar.

—¿Me estás evitando? Maldita sea, Cannon. Sé que la mayor parte de los hombres me tienen miedo, pero tú no tienes por qué preocuparte —y preguntó en tono sugerente—: ¿O es que esa linda chica por la que babeabas ayer por la noche te tiene muy ocupado?

—Sí, me tiene ocupado, pero no en el sentido que estás insinuando.

Le iba a costar mucho acostarse con Yvette si ni siquiera era capaz de mantenerla en el mismo lugar durante el tiempo suficiente como para besarla. Quizá la próxima vez que la viera se ocuparía de eso y, más adelante, averiguaría cómo conseguir todo lo demás.

—¿Tienes tiempo libre esta semana?

—Cambiando de tema, ¿eh? Eso significa que no te está yendo muy bien.

—¿Estás ocupado o no?

—Tengo una cita cada noche, pero puedo organizarme —contestó Armie con renovada diversión—. ¿Qué pasa?

Cannon sacudió la cabeza ante su buena disposición. Armie cancelaba las citas con la misma facilidad con las que las concertaba.

—Quiero instalar algunos aparatos.

—Piensas quedarte una temporada por aquí, ¿eh?

—Eso creo.

Pero, pasara lo que pasara, iba a instalar allí su hogar para que Yvette no pudiera echarle fácilmente de la casa.

—Yo pensaba que tu hermanita había organizado el piso de abajo para su compañera de piso —comentó Armie con forzada indiferencia.

Armie le había ayudado a ampliar un obsoleto cuarto de baño por esa misma razón, de modo que ya conocía la respuesta. ¿Tendría algún interés en la compañera de su hermana? Cannon había coincidido con ella en algunas ocasiones, todas ellas muy breves, así que solo recordaba que era una mujer rubia con los ojos castaños y un cuerpo bonito.

Sí, seguro que Armie estaba interesado en ella.

Pero eso le acercaría demasiado a Merissa y a Cannon no le hacía ninguna gracia aquella idea, así que le lanzó una advertencia, y en aquella ocasión más directa.

—No quiero que te acerques a la compañera de piso de mi hermana.

Armie soltó un bufido burlón.

—No sufras, no es mi tipo.

—¿Y cuál es tu tipo?

—Una chica como tu hermana. Una buena chica.

Cannon soltó una carcajada, consciente de que, para Armie, el hecho de que una mujer fuera «una buena chica» la convertía en alguien inaceptable. En el caso de su hermana, se alegraba. Le resultaría incómodo pensar en Armie, con aquella desbordante sexualidad, cerca de su hermanita.

—Rissy tiene su propia vida y no veo ningún motivo para

irme a vivir con ella —tomó aire y admitió—. Voy a quedarme con Yvette.

Se produjo un silencio. Y, después, Armie le advirtió:

—Todo está yendo muy rápido.

—Vuelvo a decirte que no es lo que estás pensando.

—Maldita sea, tío. Lo que estoy pensando es que está muy buena, que tú eres un hombre y que te las estás arreglando para pasar un montón de tiempo con ella. No me digas que lo único que pretendes hacer es agarrarla de la mano y ver películas antiguas porque me vas a hacer vomitar.

—Es un poco complicado, eso es todo —Cannon empleó un minuto en explicarle a Armie cuál era la situación.

—Mierda —dijo Armie con sentimiento—. Yo pensaba que podía ser esa chica, pero no estaba seguro. Debe de ser difícil para ella.

—No tanto como yo imaginaba —o, quizá, Yvette estaba haciendo un gran trabajo a la hora de disimularlo—. En cualquier caso, pienso quedarme con ella hasta que venda la casa… o hasta que esté seguro de que se siente cómoda estando sola.

—Ajá.

Cannon tensó los hombros al advertir su tono irónico.

—¿Qué pasa?

—Ya sé que eres muy noble y todas estas chorradas, no lo dudo. Es propio de ti. Pero creo que también estás buscando acostarte con ella en el proceso, así que admítelo.

Si se hubiera tratado de cualquier otra mujer, Cannon lo habría reconocido y lo habría dejado pasar. Pero, con Yvette, la necesidad de protegerla que le asfixiaba era demasiado intensa como para bromear sobre ello con cualquiera, incluso con su mejor amigo.

—Armie…

—Tranquilo, amigo, lo entiendo. Después de haberla visto, lo que me parecería raro sería que no quisieras tener algo con ella. Pero no sufras. Seré muy correcto cuando esté cerca de Yvette.

Poniéndose a la defensiva y dispuesto a protegerla le advirtió:

—No quiero que la moleste nadie.

—Comprendido.

Armie abandonó entonces el tema, ahorrándole a Cannon una mayor incomodidad.

—¿Qué te parece si pides una pizza y me paso por allí el viernes después del trabajo? ¿Te parece suficientemente pronto?

—Sí, claro —y, añadió para ser justo—. Gracias. Te debo una.

Armie rio burlón.

—A lo mejor te la cobro algún día. Hasta luego.

Después de guardar el teléfono en el bolsillo, Cannon miró la hora. Eran casi las nueve.

¿Dónde demonios estaba Yvette?

Él no era un hombre que se alterara fácilmente. En la SBC era conocido por ser un hombre perfeccionista y con la cabeza fría. Pero, en aquel momento, al enfrentarse a Yvette, su impaciencia rivalizaba con la de una marea creciente. Necesitaba desahogar toda aquella energía de alguna manera. Quizá saliendo también él a correr, golpeando algo o… permitiéndose una ducha larga y caliente.

No quería estar fuera cuando Yvette regresara y todavía no había colocado el saco de boxeo, así que ganó la ducha.

Además, no le iría mal estar limpio, afeitado y vestido antes de que ella volviera. Concentrado en lo que haría y en lo que le diría, dejó la puerta del cuarto de baño del pasillo abierta y mantuvo el oído atento mientras dejaba que el agua caliente aliviara los dolores y los achaques residuales del último combate.

Acababa de salir de la ducha cuando oyó que sonaba el teléfono fijo. Se envolvió precipitadamente en una toalla, siguió el sonido del teléfono y encontró un antiguo aparato, con el cordón enredado, en la pared de la cocina. Vaya. Escéptico ante la posibilidad de que funcionara, lo descolgó al cuarto timbrazo.

—¿Diga?

—¿Cannon? ¡Qué bien! Tenía miedo de que no contestara nadie.

Aquella voz de mujer le resultaba familiar, pero no estaba seguro...

—Soy Mindi, del despacho de Frank.

—¿Frank?

—El señor Whitaker.

Cannon ahogó un gemido, se apoyó contra la pared y se obligó a pronunciar unas palabras amables.

—Buenos días, Mindi. ¿Cómo estás?

—Trabajando. No te asustes, no te llamo para cobrarme lo que me debes.

Cannon sonrió, apreciando su humor.

—Lo siento. Estoy cansado, eso es todo.

—Pobrecito, te han hecho cargar con demasiadas responsabilidades. ¿Cómo está la nieta de Tipton?

Cannon frunció el ceño.

—Los dos estamos bien

—¿Lo estáis resolviendo todo?

Cannon se apartó de la pared.

—¿Te ha pedido Whitaker que llamaras?

La risa de Mindi pretendía ser divertida, pero solo consiguió enfadarle.

—No, pero llamaba porque creo que puedo ayudaros. He encontrado a una persona que quiere comprar la casa de empeños.

Una desconcertante mezcla de arrepentimiento y resolución dejó a Cannon clavado donde estaba.

—¿Puedes repetir lo que acabas de decir? —le pidió, superando la opresión que sentía en el pecho.

—Tengo un comprador para la casa de empeños.

Con mucho cuidado, dándose tiempo para pensar, le dijo:

—No sabía que ibais a ayudarme con eso.

Comenzó a caminar, pero no podía ir muy lejos con aquel teléfono pegado a la pared.

—Oficialmente, no lo estamos haciendo. Pero ya sabes que Frank y Tipton eran amigos, así que he dado a conocer que está en venta. Pensé que era lo menos que podía hacer.

Así que llamaba al abogado por su nombre. Interesante. Aunque aquello no tenía por qué significar nada. El despacho de Whitaker era pequeño y, probablemente, el abogado no le daba mucha importancia a las formalidades.

—Ya entiendo.

—Si te viene bien ahora, ¿puedo llevarle para que la vea?

Justo en aquel momento, Cannon oyó ruido en la puerta de entrada. La anticipación explotó dentro de él, haciéndole olvidarse de todo lo demás.

—Hablaré con Yvette y después te devolveré la llamada.

Mindi todavía estaba dándole las gracias cuando colgó el teléfono.

CAPÍTULO 5

Cuando vio el coche de Cannon en el camino de la entrada, a Yvette le entraron ganas de salir corriendo. Si no hubiera tenido las piernas como gelatina y la ropa empapada en sudor, se habría sentido muy tentada. Pero, después de una larga carrera, había dado un paseo por el parque y se había tomado un café y un dónut, retrasando la vuelta todo lo posible, como una auténtica cobarde.

Y el hecho de admitirlo no mejoraba su sentimiento de culpa.

Pero, evitando aquel encuentro, lo único que había conseguido había sido ponerse las cosas más difíciles, porque en aquel momento tenía un aspecto terrible.

Intentando no hacer ningún sonido, esperando ser capaz de regresar a escondidas al dormitorio y cambiarse antes de ver a Cannon, giró el pomo de la puerta, asomó la cabeza... y se encontró a Cannon allí mismo.

Con los brazos cruzados sobre el pecho desnudo. Las piernas desnudas. Y las caderas y otras partes vitales de su cuerpo ocultas apenas por una toalla blanca no muy grande.

¡Dios! Se quedó boquiabierta.

El corazón le subió a la garganta y cayó después hasta su vientre.

Se quedó mirándole sin pestañear siquiera.

—Puedes entrar, no voy a moverme.

Yvette entró. Dio un paso adelante, cerró la puerta y se apoyó contra ella.

—Estás… —desnudo—… No estás vestido.

—Acabo de salir de la ducha.

Yvette tomó una profunda bocanada de aire antes de ser capaz de articular un:

—¡Ah!.

Pero aquella respiración había llenado su cabeza de masculina esencia a jabón y a una calidez viril.

Su mirada hambrienta recorrió el cuerpo de Cannon, fijándose en todo. En aquellos músculos fuertes. En el pecho, medio oculto por los brazos musculosos y cruzados en un gesto de arrogancia. En su caja torácica y… um.

Aquellos abdominales.

Los moratones, algunos muy llamativos, no le restaban un ápice de perfección. Uno sedoso camino de vello oscuro dividía su cuerpo, jugueteaba alrededor de su ombligo y desaparecía bajo la holgada toalla con la que se cubría.

No había suficiente oxígeno en el aire como para permitir que Yvette ventilara de manera adecuada.

—Yvette.

Su voz había descendido una octava, arrastrando la mirada de Yvette hasta la suya.

—Solo son unos moratones.

¿Creía que aquella era la razón por la que se había quedado mirándole boquiabierta? Sí, bueno, los moratones eran espantosos. Pero había visto suficientes fotografías tomadas después de los combates como para saber que no era algo extraño que en un luchador quedaran huellas de la batalla.

El moratón más grande era el más oscuro, casi negro por el centro y morado y lila cuando se extendía por las costillas. Además, era una excusa preferible a la verdad, así que dijo:

—Creo que deberías estar… —en la cama. Pero se corrigió, consciente de la trampa de sus propias palabras— descansando.

Cannon sonrió como si supiera lo que estaba pensando.

—Casi puedo sentir que esa mirada, y no me importa reconocerlo, está teniendo cierto efecto.

Aquella frase aguzó la mirada de Yvette. La toalla, en aquel momento mucho más apretada, mostraba cosas que ella habría preferido no ver.

—Yvette —repitió Cannon, en aquella ocasión con voz más ronca e insistente.

Yvette se dio cuenta de pronto de su falta de decoro y giró a toda velocidad hacia la puerta. ¿Pero después... qué? Se descubrió frente a una puerta cerrada. Tonta. Tonta. Tonta.

—La vista de la parte de atrás también es bonita.

Yvette no podía ignorar de ninguna manera aquella tentadora admisión. Pero, cuando miró por encima del hombro para verle, descubrió que Cannon continuaba mirándola.

—No puedo verte la espalda.

—No —con una risa grave, Cannon señaló el trasero de Yvette con la cabeza—. Me refería al tuyo.

Yvette se llevó las manos al trasero y volvió de nuevo la cabeza. Por lo menos, aquello le permitió ocultar su rostro enrojecido y evitó que siguiera importunando a Cannon con su mirada indiscreta.

Pero, maldita fuera, al final se había convertido ella en la receptora de una mirada ardiente.

—Esto no me parece en absoluto correcto.

—Recuerdo otra época —dijo Cannon, acercándose a ella— en la que la corrección no te importaba nada.

En aquel entonces era una joven alocada y estúpida.

—No debería haberme quedado mirándote. Lo siento.

—Pues no lo sientas. Yo no lo lamento.

Consciente de que tenía que controlarse y controlar la situación, adoptó una expresión amable y se volvió con recelo hacia él. Con un esfuerzo hercúleo, mantuvo la atención por encima de su esternón.

—No creo que haya sido culpa mía, cuando te tengo ahí de pie, exhibiéndote de esa manera.

—No me estoy exhibiendo —hizo un sonido negándolo—. Me limito a estar delante de ti.

Con un aspecto como el suyo era más que suficiente.

—No estás vestido.

—Acababa de salir de la ducha cuando ha sonado el teléfono.

—Bueno —acababa de ofrecerle la excusa perfecta para salir huyendo—, dejaré que termines de arreglarte...

Pero, antes de que pudiera dar un solo paso, Cannon se movió y ella quedó atrapada, observando la flexión de los músculos mientras Cannon acortaba el escaso espacio que les separaba.

Yvette estaba acalorada, empapada en sudor y, de repente, muda.

Cuando él alargó la mano, ella se pegó contra la puerta y estuvo casi a punto de gritar.

—¿Me tienes miedo?

Entonces fue ella la que soltó un bufido burlón.

—Jamás.

Cannon se detuvo durante un segundo antes de asentir satisfecho.

—Estupendo.

Le tomó la mano con delicadeza, tiró de ella hacia delante y comenzó a caminar hacia la cocina.

Mientras le acompañaba sin protestar, Yvette intentaba recobrar la compostura, pero no pudo.

La vista de su trasero era increíble.

Sus largos músculos se movían con cada uno de sus pasos. El agua resbalaba por sus hombros. Desde su pelo, todavía mojado, descendía un hilillo de agua que recorría su columna vertebral.

Y aquella toalla empapada... Cómo la envidiaba. Colocada alrededor de su cintura, rodeaba sus caderas, mostrando la fortaleza de sus músculos.

Una burbuja de calor estalló en su interior, expandiéndose por todo su cuerpo.

—Um, ¿qué estamos haciendo?

—Yendo a la cocina.
—¿Por qué?
—Tenemos que hablar —la miró por encima del hombro—. Y no quiero que vuelvas a escaparte.
—Yo no me he escapado —mentirosa—. He salido a correr.
—¿Durante más de dos horas?

Apartó dos sillas con el asiento de vinilo de la mesa de la cocina renovada de su abuelo e hizo un gesto para invitarla a sentarse.

Como las piernas le temblaban ya por el agotamiento y, de todas formas, no aguantaba más, se sentó.

—No sabía que corrías —la recorrió con su luminosa mirada, probablemente fijándose en el sudor que empapaba su ropa y su piel brillante y sonrojada—. ¿Quieres beber algo?

Lo que necesitaba era que se pusiera unos pantalones antes de que ella se desmayara.

—No, estoy bien.

Decidida a mostrar tanta indiferencia como él, se desató la riñonera, sacó la botella de agua vacía de la anilla en la que la llevaba y la dejó junto al teléfono sobre la mesa.

Cannon le dirigió una larga mirada, se volvió hacia la nevera y sacó una botella de agua helada. Le quitó el tapón y la dejó frente a ella.

—Se te ve apagada. Bebe.

«Apagada», qué forma tan amable de decirlo. Recordando su desastrado aspecto, comenzó a levantarse.

—Necesito una ducha.

Una mano en el hombro la obligó a sentarse de nuevo. Con tono frío y desapasionado, Cannon sugirió:

—Vamos a hablar antes.

Se cernía, literalmente, sobre ella con toda aquella carne desnuda tan cerca. Yvette tenía los ojos a la altura de un oscuro pezón, junto al vello oscuro que cubría aquel pecho. Podía apreciar el olor a jabón y a algo más. Algo cálido, sexy y muy viril.

Apretó los puños y resistió la necesidad de acariciarle. Pero aquello no le impidió contemplar su cuello, o su clavícula, ni aquellos pectorales esculturales.

—Lo estás haciendo otra vez.

—¿El qué? —preguntó con un susurro estrangulado.

Cannon posó la otra mano en la mesa, a su lado, atrapándola con su cuerpo.

—Devorarme con esos maravillosos ojos verdes.

Ella habría preferido devorarle con los dientes, con la lengua...

—¡Ponte algo de ropa encima y dejaré de mirarte!

La satisfacción asomó a los ojos de Cannon.

—Lo haré.

Gracias a Dios.

—Después de que hablemos.

Armándose de valor, se enderezó en la silla y posó las manos en el pecho de Cannon, aquel pecho cálido, duro y desnudo, para apartarle unos cuantos centímetros.

—Te estás tomando demasiadas confianzas, Cannon —tenía que hacer un serio esfuerzo para concentrarse en evitar que sus dedos le acariciaran—. Como si tuviéramos algún tipo de relación o algo.

En el instante en el que le tocó, Cannon se quedó paralizado. Después, entrecerró los ojos y apretó la mandíbula.

—Hemos tenido algún tipo de relación durante tres largos años —muy serio, cubrió la mano de Yvette con la suya y la mantuvo presionada contra su cuerpo.

El vello le cosquilleó a Yvette la palma de la mano e hizo que le resultara más difícil respirar.

—No importan ni el tiempo que has pasado fuera ni lo lejos que has estado —continuó Cannon—. Hay algo entre nosotros.

Ahogando un gemido, Yvette le ofreció llegar a un acuerdo.

—Mira, vamos a hacer una cosa —infundió una buena dosis de lógica a su tono y añadió—: vístete mientras me ducho y después...

—No.

¿Por qué siempre tenía que sonar tan controlado, tan equilibrado?

—¿Qué importan quince minutos más o menos?

—Importan porque me estás evitando. Sé que en cuanto tengas media oportunidad intentarás irte otra vez.

—Cannon... —Yvette necesitaba, y lo necesitaba de verdad, que Cannon se apartara para poder relajarse—. ¡No puedes esperar que hable contigo estando desnudo!

Cannon se apartó por fin, bajó la mirada hacia sí mismo y apretó después la toalla y los labios.

—Ya está todo tapado.

—No... —«deja de devorarle con los ojos»—. Todavía está expuesta la mayor parte de tu cuerpo.

Cannon no sonrió, pero, ¡maldita fuera!, era evidente que estaba disfrutando de su exagerada reacción.

Como continuaba observándola, ella, incómoda, cambió el peso de pie e intentó cruzarse de brazos, pero no había manera de esconderse.

—Estoy hecha un desastre —musitó avergonzada.

—No —le aseguró él—, no estás hecha ningún desastre

Él también se sentó.

Con la toalla.

Con las rodillas rozando prácticamente las de Yvette, Cannon desvió la mirada hacia las piernas de la joven, hacia los pantalones cortos ceñidos y la camiseta ajustada y empapada en sudor.

—Si quieres saber la verdad...

—Prefiero no saberla —respondió precipitadamente.

—No puedo dejar de imaginarte sin la camiseta y los pantalones.

Aquella brusca admisión la dejó desconcertada.

—¿Desnuda y calzada?

Cannon curvó los labios en una mueca.

—De acuerdo, a lo mejor también te puedes quitar las zapatillas —fijó la mirada en su pecho y continuó—. Y, ¿sabes?

Apuesto a que ese sujetador deportivo no es suficiente para detener cierto sensual rebote.

—Cannon —gimió, alzando los brazos para ocultarse.

Pero él la agarró por las muñecas, obligándola a detenerse.

—Me molesta pensar en todos esos tipos que te han visto correr. Seguro que se han puesto a imaginar todo tipo de cosas inmediatamente.

El corazón de Yvette parecía a punto de escapar de su pecho.

—Nadie…

—Porque eso es lo que estoy haciendo yo.

Aunque tenía la boca abierta, Yvette no fue capaz de articular palabra. Su corazón latió al menos tres veces antes de que fuera capaz de decir:

—¡Basta ya!

—Lo intentaré —la soltó y dijo con suavidad—, si te quedas para que hablemos.

—Pero…

—No nos llevará mucho tiempo.

—Tampoco una ducha —gruñó.

Comenzaba a sentirse molesta con aquella actitud tan dominante.

—A lo mejor. Pero, con tu manera de intentar evitarme, ya no me fío.

Aquella respuesta le hizo mirarle con los ojos entrecerrados.

—Quieres decir que no confías en mí —apuntó Yvette.

Cannon se encogió de hombros, apoyó los brazos sobre los muslos y dejó las manos colgando entre sus rodillas.

—Más o menos.

Aquella ofensa debería haber sido lo prioritario, pero, por un instante, la toalla pareció a punto de caer y aquello la incapacitó para ningún otro tipo de pensamiento. Contuvo la respiración, pero, no, la toalla continuó donde estaba.

—Yvette.

—Tienes unos moratones horribles —quería acariciarle, mejorar, de alguna manera, el estado de sus costillas. Había recibido una patada terrible durante el combate y había estado a punto de perderlo—. ¿Te duele?

—No mucho, y no cambies de tema.

Yvette se fijó entonces en su expresión decidida y aquello le inquietó. Siempre había querido que Cannon la viera como a una mujer madura, segura de sí misma y equilibrada. Lo mejor que podía hacer en aquel momento era acabar de una vez por todas con aquella conversación para así poder ponerse presentable.

—De acuerdo. Oigamos lo que tienes que decir.

Pero, en vez de iniciar aquella importante conversación, Cannon respiró hondo, fijó la mirada en sus labios y susurró:

—Lo primero es lo primero.

Yvette no comprendió a qué se refería hasta que Cannon se inclinó hacia adelante y posó los labios sobre los suyos. Apenas los rozó. Fue un ligero contacto. Vacilante.

Se quedó helada, con la respiración detenida y el cuerpo tenso. Solo el corazón parecía funcionar, latiendo a más velocidad de la normal.

Al ver que Cannon no se apartaba, cerró los ojos. Compartiendo su aliento con el suyo, ahogada en aquella repentina intimidad, emitió un pequeño sonido.

Él respondió acariciándola con la lengua, moviéndola suavemente alrededor de sus labios, dibujando las costuras que los mantenían cerrados.

Con voz ronca y grave susurró:

—Ábrete para mí, cariño.

Aquella orden tan sexy la hizo jadear, proporcionando a Cannon la oportunidad que él quería.

Despacio todavía, relajado, se abrió paso como si estuviera saboreando la experiencia.

Ella se olvidó entonces de que estaba hecha un desastre, se olvidó de que aquello no podía conducirles a nada… se olvidó de todo.

Con un suave gemido, Cannon cambió de postura, buscando un mejor encaje. Con su propia boca, la instó a abrir más la suya. Le agarró la coleta con la mano para hacerle inclinar la cabeza y posó la otra mano al final de su espalda, instándola a colocarse en el borde de la silla. La atrajo entonces hacia el sólido refugio de su cuerpo enorme, envolviéndola en muchos sentidos. Aunque no fue una decisión deliberada, ella alzó las manos hasta sus hombros y… ¡oh, Dios! Fue una sensación increíble, tan maravillosa como siempre había imaginado.

Todos los músculos de su cuerpo se tensaron con una nueva conciencia.

Había pasado mucho tiempo desde la última vez que la habían besado de aquella manera.

De hecho, no había vuelto a sentir nada parecido desde que Cannon la había besado tres años atrás.

Se olvidó entonces de que estaba empapada en sudor, olvidó su ropa arrugada y la coleta despeinada por el viento.

Él hundió la lengua en su interior, saboreándola más profundamente, con más pasión. Su mano abandonó la espalda de Yvette para posarse descarada sobre el muslo desnudo, justo por encima de la rodilla. Sus dedos fuertes la envolvían, rodeando la pierna.

Cuando deslizó esa misma mano hacia el borde del pantalón, Yvette recuperó por fin la cordura.

Y retrocedió a tal velocidad que estuvo a punto de tirar la silla.

Durante una décima de segundo, permanecieron mirándose el uno al otro. Él con una mirada abrasadora, ella, quizá sin ser consciente de ello, con una mirada llena de arrepentimiento. Los dos respiraban a toda velocidad.

Yvette se levantó y se dirigió corriendo cuanto pudo hasta la puerta de la cocina antes de que Cannon la atrapara.

La agarró del hombro con sus fuertes dedos. Lo único que se oía en la habitación era el sonido de sus respiraciones agitadas. Al cabo de varios segundos de tensión, Cannon aflojó la mano y estrechó a Yvette contra su pecho. Si no hubiera sentido la furia con la que latía el corazón de él contra su espalda, ella habría pensado que se había calmado.

—No huyas de mí —susurró Cannon, rozándole el oído con los labios—. Te lo juro por Dios, Yvette, eso solo sirve para que me entren más ganas de perseguirte.

Si de verdad pudiera alcanzarla, no tendría ningún problema en que lo hiciera. Pero sabía que era imposible, así que tendría que ser ella la que pusiera fin a aquella situación.

—Esto ha sido un error.

—Pues a mí me ha parecido mucho más que un error.

Yvette necesitó de toda su fuerza de voluntad para no reclinarse contra él.

—Voy a ducharme y a cambiarme de ropa. Después podremos hablar todo lo que quieras.

Una vez había comprendido hasta qué punto podía llegar la situación, necesitaba despejar un poco el ambiente. Necesitaba que Cannon comprendiera que no podía haber nada entre ellos.

E incluso tendría que admitir que era una mujer rota.

Poco a poco, Cannon fue abriendo las manos que había posado en sus hombros y retrocedió un paso. El tiempo fue pasando lentamente hasta que al final se disculpó.

—Lo siento.

—No tienes por qué sentirlo —consciente de que no podría manejar la situación si él continuaba con aquella maldita toalla, le pidió—: Pero tú vístete, ¿de acuerdo?

—Si me prometes que no me vas a hacer esperar.

¿Tenía que llegar a un acuerdo con él para que se vistiera? Pensó entonces en lo irónico de la situación. La mayoría de las mujeres estarían intentando quitarle la toalla, no apremiándole para que se vistiera.

Cuando Yvette se había enterado de lo que había hecho su abuelo, no había imaginado ni una sola vez una escena como aquella como posible consecuencia. Excepto aquel momento de debilidad durante el episodio más sombrío de su vida, Cannon siempre la había mantenido a distancia, la suya siempre había sido una relación platónica, distante. Yvette esperaba continuar recibiendo el mismo trato.

La lógica le decía que Cannon, convertido en una estrella del deporte, sin apenas tiempo para nada y pudiendo elegir a cualquier mujer que deseara, se conformaría con llegar a un rápido acuerdo para que ella se hiciera cargo de la herencia. Por el bien de su corazón herido. Yvette contaba con que su implicación en aquel tema no fuera más allá de firmar los documentos y aceptar lo que correspondía.

En cambio, se había ido a vivir con ella. ¿Durante cuánto tiempo? Y estaba sirviéndose de su cuerpo para provocarla, para tentarla a desear cosas que ya sabía que jamás podría tener.

Con un firme asentimiento, contestó:

—Dame quince minutos.

Nada estaba saliendo tal y como Cannon había planeado.

Bueno, algunas cosas sí, como la manera de derretirse de Yvette.

O como su sabor.

O como la suavidad de su piel y la fragancia de su pelo.

El impacto que tenía en él continuaba siendo el mismo que tres años atrás, cuando la había besado por primera vez. Yvette había despertado entonces un anhelo que no había desaparecido; al contrario, había crecido hasta estar a punto de consumirle. Y ya no tenía la excusa de que quería consolarla o intentar distraerla de su dura realidad.

No, sencillamente, la deseaba. Y era una pena.

Pero ella le evitaba como si fuera virgen. O, peor aún, como una mujer herida. Y, por alguna maldita razón, aquello le hacía comportarse como un maldito hombre del Neanderthal, cuando él jamás se había comportado de una forma tan brusca con las mujeres.

La reacción de Yvette le torturaba, le hacía desearla sexualmente todavía más, pero también en otros sentidos con los que estaba menos familiarizado.

En muchos sentidos a los que no quería poner nombre. Diablos, solo llevaban un día juntos. Menos, teniendo en cuenta la cantidad de tiempo que había dedicado Yvette a evitarle.

Cuando el teléfono que Yvette había dejado en la mesa de la cocina emitió un sonido, desvió la mirada hacia él.

Era un alerta de Facebook. Dejándose llevar por la curiosidad, y sin sentirse en absoluto culpable, leyó la pantalla.

Heath: 1min
¿Con quién demonios estás posando?

Um... ¿Un comentario sobre la fotografía que se había hecho con él? Cannon quería saberlo, pero no quería invadir su intimidad hasta el punto de revisar el teléfono buscando más detalles.

Para alejarse de la tentación, se dirigió hasta el final del pasillo y entró en el dormitorio que estaba enfrente del de Yvette. Abrió su bolsa de viaje y sacó ropa limpia. Mientras se ponía sus vaqueros favoritos, maldijo para sí.

Tenía una erección que a ninguna mujer le podía haber pasado por alto. Y menos aún a una mujer tan asustadiza y tan insegura, una mujer que le había estado devorando con la mirada.

Con mucho cuidado, se subió la cremallera mientras le ordenaba a su cuerpo que se calmara de una maldita vez. Pero, sabiendo que Yvette estaba tan cerca, no tuvo demasiado éxito.

Estaba sentado en uno de los laterales de la cama, atándose las zapatillas deportivas, cuando se abrió la puerta del dormitorio.

Fiel a su palabra, Yvette se había duchado y se había cambiado de ropa en un tiempo récord. Tras abrir la puerta del dormitorio, se asomó para mirarle, vio que estaba vestido y dejó escapar un tenso suspiro.

Si se hubiera tratado de cualquier otra, habría sido hasta divertido ser testigo del efecto que había tenido en ella la visión de sus piernas y su pecho. No podía recordar a ninguna otra mujer que le hubiera pedido que se vistiera. Y, diablos, si de verdad veía los combates, tal y como le había dicho, le habría visto muchas veces vestido únicamente con unos boxers.

Por supuesto, aquello no era nada tan íntimo y personal. No le permitía estar suficientemente cerca como para notar su pasión, para sentir su deseo.

A diferencia de ella, Cannon había deseado dejar caer aquella maldita toalla, sentir las manos de Yvette y, quizá, quitarle aquellas prendas húmedas que llevaba para desnudar su cuerpo y así poder revelar el cuerpo de infarto que escondía debajo...

—¿Cannon?

Yvette había cambiado los sexys pantalones de deporte por unos vaqueros ceñidos desteñidos y la camiseta por un top de color rojo. Iba descalza, con el pelo húmedo y el rostro limpio de maquillaje y, aun así, Cannon tardó una considerable cantidad de tiempo en conseguir que su miembro se comportara como era debido.

Cannon se levantó, sosteniéndole la minada.

—¿Te encuentras mejor?

—Sí —le tembló la mano mientras se colocaba un mechón de pelo detrás de las orejas.

La necesidad de desnudarla palpitaba dentro de él. Guardaba las distancias, intentando mantener aquella loca y sobrecogedora necesidad bajo control.

—¿Has desayunado?

—Un dónut en el parque.

El humor de Cannon se serenó, pasando de un deseo puro y ardiente a algo mucho más incómodo todavía, algo parecido a la ternura.

—¿Y has decidido desayunar en el parque para pasar más tiempo fuera de casa?

Yvette cambió de postura, curvando los dedos de los pies sobre la alfombra.

—Corro para relajarme. En cuanto comienzo a ponerme nerviosa, salgo a correr para desahogar la tensión —miró hacia el final del pasillo y encogió un hombro—. Esta mañana me ha costado algo más de lo habitual.

Como él hacía lo mismo, la comprendía. Se acercó a ella, resistiendo las ganas de tocarla.

—La próxima vez que quieras salir a correr, avísame. Iré contigo.

Yvette le miró a los ojos.

Parecía tan horrorizada que Cannon arqueó una ceja. Él pensaba que era el estar en casa, en aquella casa, lo que le inquietaba. Pero quizá no lo fuera.

—¿O soy yo la razón por la que estás tan tensa?

Disgustada, Yvette comenzó a avanzar hacia el pasillo.

—Tú eres parte de la razón, sí.

Cannon la siguió hasta la cocina, observando el discreto balanceo de su bonito trasero. Volvía a estar tensa otra vez, o quizá no había dejado de estarlo nunca, así que lo dejaría pasar por el momento.

—Un dónut no es un verdadero desayuno. ¿Tienes hambre?

—Un poco.

—Después de que arreglemos unas cuantas cosas, podemos ir a almorzar al Rowdy's.

Yvette volvió a sentarse en la silla que había ocupado antes.

—No quiero molestarte.

¿Qué demonios quería decir?

—No lo estás haciendo.

¿Cómo podía molestarle cuando quería pasar con ella cada minuto? Y, pensando en eso, sacó el teléfono del bolsillo.

—Antes de que me olvide. ¿Cuál es tu número de teléfono? No me gusta no poder localizarte.

—¿Y tú me darás también tu número? —preguntó ella, levantando la barbilla.

—Sí.

—¡Ah! —exclamó, claramente sorprendida—. Yo pensaba... Quiero decir que... ahora eres un hombre famoso. No creo que quieras hacerlo público.

Cannon la miró de reojo.

—Sí, bueno, no lo pongas en Facebook ni nada parecido.

—¡Jamás lo haría!

Cannon acababa de encontrar la excusa perfecta para introducir un tema.

Se sentó frente a ella y mantuvo las distancias en aquella ocasión. De otra manera, no estaba seguro de que fuera capaz de tener las manos quietas.

Aquel beso… No debería haber sido para tanto, pero había perdido la cabeza. Él solo pretendía saborearla un poco, provocarla y calmar su propia curiosidad.

Pero lo único que había conseguido había sido excitarse y su curiosidad estaba en aquel momento en su punto álgido.

Con apenas ninguna implicación por parte de Yvette, él se había olvidado de todo, excepto de ella, de su sabor, de su tacto, del placer de tenerla cerca.

Desde luego, era perturbador.

Todo lo que Yvette hacía, cada una de sus expresiones, cada pequeño gesto, parecía específicamente diseñado para excitarle. Pero él sabía que no era nada deliberado.

Y aquello lo convertía en algo más inquietante todavía.

—Hablando de Facebook…

Yvette frunció el ceño.

—¿Estábamos hablando de Facebook?

—¿Quién es Heath?

Le miró entonces sorprendida.

—¿Cómo has…?

No había ninguna razón para mentir.

—Saltó una alerta en tu móvil.

Con el ceño fruncido, Yvette agarró el teléfono de la mesa, presionó la pantalla varias veces, leyó a toda velocidad y permaneció después en silencio con inquietante determinación.

—¿Yvette?

Yvette recuperó su falsa sonrisa, dando el primer paso para

recuperar también su serenidad fingida. Tomó aire y lo soltó como si estuviera preparándose para contestar.

—No es nadie. Un chico con el que estuve saliendo durante algún tiempo.

Tonterías.

—¿El mismo con el que me dijiste que habías roto antes del combate?

Yvette negó con la cabeza.

—No, ese era otro.

Cannon sintió la punzada de los celos, maldita fuera. Así que Yvette había salido con otros hombres. Ya se lo imaginaba. Bastaba mirarla para saber que, incluso sin que intentara acicalarse demasiado, siempre tendría montones de hombres revoloteando a su alrededor.

Intentando restarle importancia dijo:

—Has dejado muchos corazones rotos, ¿eh?

—No, no de dejado ningún corazón roto —se mordió el labio inferior y procedió a dar explicaciones—. Rompí con Heath mucho antes de que muriera el abuelo. Nuestra relación no funcionaba.

—¿Y eso?

Aquello volvió a alterarla.

Para inquietud de Cannon, se mordió el labio con lo que el luchador reconoció como un gesto de nerviosismo. Cannon no fue capaz de detenerse y alargó la mano hacia ella para acariciarle el labio con el pulgar, liberando la dulce carne del afilado mordisco de sus dientes.

En el instante en el que posó la mano en su rostro y deslizó el pulgar por sus labios, Yvette se quedó paralizada y le miró con recelo. Cannon sintió caldearse su mejilla contra sus dedos.

Hundió la mano en su pelo húmedo y se deleitó en el calor y la cualidad sedosa de su cuello.

—Puedes contarme lo que quieras, lo sabes, ¿verdad?

La risa forzada de Yvette le desasosegó más que su inseguridad.

—No hay nada que contar —le agarró por la muñeca—. Y, de verdad, Cannon, te aseguro que ya no soy una niña asustada y dependiente.

—Me alegro —continuaron allí sentados durante varios segundos; él con la mano sobre su nuca y ella sujetando la gruesa muñeca de Cannon con sus dedos finos. Después de acariciarla una vez más, él se apartó—. Pero, si te ocurriera cualquier cosa, aquí me tienes.

—Aquí, en esta casa.

Allí, en su vida, tanto si estaba dispuesta a aceptarlo como si no

—Puesto que ahora compartimos la casa, deberíamos mantenernos al corriente de nuestros planes, ¿no te parece? Si vamos a lugares diferentes, yo te diré a qué hora espero volver.

Así no se asustaría cuando le oyera entrar.

—No tienes por qué sentirte responsable de mí.

Maldita fuera, ¿por qué insistía en cuestionarle todo?

—Solo pretendo ser considerado, y espero que tú hagas lo mismo.

Yvette se humedeció los labios mientras pensaba en ello, y Cannon tuvo que ahogar un gemido. Maldita fuera, pero quería volver a besar aquella boca. Más profundamente en aquella ocasión, y durante más tiempo.

Cada milímetro.

Se frotó la nuca.

—Tu amiguito, Heath.

—No es «mi amiguito» —dejó el teléfono en la mesa, boca abajo—. ¿Qué pasa con él?

—No parecía muy contento de verte en una fotografía conmigo.

Ella se encogió de hombros como si no tuviera ninguna importancia.

—Ha intentado volver varias veces conmigo.

Lo explicó de una manera que le reveló a Cannon mucho más de lo que Yvette pretendía. Por lo visto, el bueno de

Heath todavía estaba obsesionado con ella. Y Cannon no le culpaba.

—¿Y tú no tienes ningún interés en volver con él?

Yvette resopló.

—No, claro que no.

—Parecía enfadado.

—Creo que ha malinterpretado la fotografía...

—No, no la ha malinterpretado.

Ella le miró con los ojos abiertos como platos. Comenzó a responder, pero, al parecer, se había quedado sin habla.

A Cannon no le importó explicarlo por ella.

—Los hombres tienen un sexto sentido para este tipo de cosas. El pobre Heath sabe lo que quiero y no le ha hecho ninguna gracia.

—¿Lo que...? —se aclaró la garganta y frunció el ceño—. No seas ridículo.

Después, un poco preocupada y con voz débil y vacilante, preguntó:

—¿Qué es lo que quieres?

—A ti.

Como si aquella única declaración la hubiera descolocado, se presionó contra el respaldo y se aferró al asiento de la silla con las dos manos.

—Te he besado, Yvette. No ha sido un beso amistoso, y tampoco inocente.

Y ella le había devuelto el beso con entusiasmo, hasta que se había reprimido. La miró con los ojos entrecerrados, decidido a obligarla admitir la verdad.

—Tenía la lengua en tu boca y a los dos nos ha gustado.

El calor incendió las mejillas de Yvette; el pulso le latía de forma salvaje en el pálido cuello.

Interesante.

—No puedes negarlo.

La respuesta de Yvette fue peor que una negativa.

—De todas formas, no importa.

Intrigado por aquella reacción, pero no excesivamente preocupado, Cannon inclinó la cabeza para estudiarla. La conquistaría fuera como fuera. En un futuro inmediato iba a compartir techo con ella. Podría ocurrir cualquier cosa.

Y se aseguraría de que ocurriera.

Con el tiempo, encontraría de nuevo a aquella chica que le adoraba, a aquella mujer que le quería lo suficiente como para confiar en él, como para atreverse a depender de él.

De momento, esperaba ser capaz de vadear sus negativas sin espantarla.

—A mí sí me importa.

—Cannon, por favor —se llevó los dedos a las sienes—, son demasiadas cosas al mismo tiempo.

Era cierto. Acababa de perder a su abuelo. Había dejado California. Había heredado una casa y un negocio.

Y, para colmo, él se había ido a vivir con ella. Los demás podían pensar que lo hacía por amistad, por el deseo de cuidarla. Y no podía negar la necesidad de protegerla del miedo y de los malos recuerdos.

Sin embargo, si quería ser sincero consigo mismo, tenía que admitir que su principal interés residía en acostarse con ella. Si no la deseara con tanta crudeza, si no se sintiera como si hubiera estado soportando tres años de preliminares, sería capaz de dar marcha atrás y dejarle algún espacio.

Pero no podía.

Sí podía, en cambio, hacer que las cosas fueran poco a poco, dejarle más espacio y permitirle respirar.

—Empecemos con un intercambio de información —y cuando ella comenzara a sentirse cómoda teniéndole cerca, podrían intercambiar algo más. Mucho más—. Si surge algún asunto relacionado con los papeles de la propiedad, tendremos que poder localizarnos.

—¿Qué puede surgir?

«No hay mejor tiempo que el presente», pensó Cannon. Esperaba poder encaminar a Yvette en la dirección correcta.

—Ha llamado Mindi Jarrett.

Con un brillo apenas perceptible, la mirada de Yvette pasó del recelo a la hostilidad.

—¿Quién?

En aquella tensa pregunta reverberaban los celos. Genial. Odiaba sufrir solo.

—La secretaria del abogado.

—¡Ah! —durante un breve instante, cerró los párpados, haciendo descender sus espesas pestañas. Cuando volvió a abrirlos otra vez, susurró—: Lo siento.

A Cannon no le resultó fácil reprimir una risa.

—Tiene una oferta para nosotros.

—¿Una oferta...?

—Para la casa de empeños. No he preguntado mucho. Quería quedar conmigo, pero le he dicho que hablaría contigo e iríamos los dos. Se supone que tengo que devolverle la llamada.

Yvette se levantó de la silla y comenzó a caminar.

—No esperaba que nos hicieran una oferta tan rápidamente. No sé cuál es el valor real o si quiero...

—¿O si quieres vender?

Yvette hizo un gesto con la mano en el aire.

—Tenemos que vender.

Quizá. Cannon se reclinó contra la mesa, cruzó las piernas y la observó caminar nerviosa por la cocina.

—¿A qué te dedicas?

—¿Que a qué me dedico?

—¿Cómo te ganas la vida?

—¡Ah, de acuerdo! —se acercó al fregadero, alejándose de Cannon cuanto podía sin abandonar la habitación. Adoptó una postura similar a la de Cannon y contestó—. Soy vendedora de eBay.

Sin esperar a que le preguntara, explicó:

—Aprendí mucho trabajando en la casa de empeños y eBay es un espacio en el que me resulta fácil aplicar mis conocimientos. Subo objetos de otras personas a subasta y me pagan una comisión por ello. Pero también compro mercancía en mercadillos de segunda mano, liquidaciones de patrimonio y excedentes de existencias para revenderla.

—¿Y vives de eso?

—No me he hecho rica, pero he sido capaz de ganarme la vida y de ahorrar para las épocas de sequía —nerviosa, se apartó del fregadero y comenzó a caminar otra vez—. Mi amiga Vanity trabaja conmigo. Las dos podemos encargarnos de cualquier tarea, pero yo me ocupo, sobre todo, de comprar y de hacer los listados de los objetos y las fotografías y ella de los envíos y las entregas. De hecho, continuará encargándose de las existencias que quedan en California.

—¿Vanity? —no era un nombre muy normal para una chica.

Yvette asintió mientras recorría el perímetro de la cocina. Parecía una mascota enjaulada. Su larga zancada arrastraba repetidamente la atención de la mirada de Cannon hacia sus piernas y sus pies desnudos. Aquella vibrante energía era una nueva faceta de Yvette de la que estaba disfrutando.

—Vanity Baker. Es maravillosa, te gustaría.

—Tú sí que eres maravillosa —«y me encantas».

A los labios de Yvette asomó una sonrisa.

—Gracias, pero Vanity es diferente. Es la típica surfista californiana. Alta, bronceada, bien tonificada, con una melena larga y rubia… y está muy bien dotada. Podría ser una Barbie viviente, si no fuera porque odia el color rosa.

—¿El rosa? —preguntó Cannon, que no entendió la referencia.

—Sí, ya sabes. Barbie tiene un coche rosa, una moto rosa, una casa rosa con muebles rosas… —arrugó la nariz—. Todo es de color rosa

—No me había dado cuenta.

Ella le miró de reojo.

—¿A tu hermana no le gustaba la Barbie?

—No lo sé, a lo mejor —quería hacerle comprender algo importante—. Pero por muy guapa que sea tu amiga…

—Es más que guapa, créeme. Los hombres se paran para mirarla.

Cannon sacudió la cabeza.

—Y también lo hacen contigo, Yvette.

—No —volvió a apoyarse en el fregadero, unió las manos y se echó el pelo hacia atrás—. Supongo que tendrías que verla para entender lo que quiero decir.

Como no tenía intención de ir a California en las próximas fechas, Cannon descartó aquella posibilidad.

—Volvamos a lo de tu número de teléfono.

En el instante en el que lo dijo, sonó el teléfono, anunciando que había recibido un mensaje.

Se miraron el uno al otro.

Sin mostrar intención alguna de acercarse a leerlo, Yvette le preguntó:

—¿Estás preparado? —y le dio el número.

Tras guardarlo entre sus contactos, Cannon miró su teléfono de reojo.

—¿Quieres que te apunte mi número?

Aquello la puso en acción.

—No, ya lo hago yo —agarró el teléfono, leyó el mensaje y cambió de pantalla—. Muy bien, ¿qué número tienes?

Cannon se acercó a ella mientras recitaba el número. Cuando Yvette terminó, le hizo alzar la barbilla.

—Y ahora, acerca de esta noche...

Yvette clavó la mirada en su boca, después en su pecho, y bajó a continuación hasta los abdominales.

—¿Esta noche?

«Sigue mirándome así», pensó él, «y no duraré ni los próximos cinco minutos».

CAPÍTULO 6

Sin ser consciente de lo que hacía, Yvette se puso de puntillas, inclinándose hacia Cannon, meciéndose para acercarse a aquel hombre tan atractivo.

Él borde áspero de su pulgar le acarició la barbilla y subió de nuevo hasta su labio inferior. Cannon emitió un pequeño sonido de aliento.

—Estás pidiendo un beso a gritos.

Aquel tono profundo y cariñoso fue como una caricia para Yvette... hasta que se dio cuenta de lo que había dicho. Entonces, volvió a posar los talones sobre el linóleo del suelo con un fuerte impacto.

—Yo... ¿qué?

Cannon curvó aquellos labios tan sexys ante su confusión.

—La llamada de Mindi, ¿te acuerdas? ¿Quieres que quedemos con ella esta noche?

La humillación tuvo en ella el mismo impacto que un cubo de agua fría. ¡Santo cielo! Estaba enviando tantas señales contradictorias que aquel pobre tipo iba a volverse loco antes de que ella se aclarara.

—Sí, lo siento...

—Aunque, pensándolo bien —la abrazó y tomó sus labios con un cálido y, afortunadamente, fugaz beso—. Me gusta más tu idea.

¿Cómo resistirse a tamaña tentación? Tendría que hacerlo, porque no le quedaba otra opción.

—Cannon...

Cannon la silenció con otro cálido, y en aquella ocasión más largo, beso.

Con Cannon actuando a tal velocidad, a ella le resultaba imposible pensar. Sus huesos se habían transformado en mantequilla, la fragancia de Cannon la embriagaba y sentía que aquel hombre sabía condenadamente bien.

Él le rodeó la cintura con los brazos, la levantó y la mantuvo contra él.

—Quieres tiempo, ¿verdad?

Quería una eternidad, pero, agradeciendo la tregua, se limitó a asentir.

—Lo intentaré, ¿de acuerdo —el siguiente beso aterrizó en la frente de Yvette—. Pero me va a resultar duro.

Ella siempre había sabido que Cannon era una sólida roca, además del hombre más sexy que podía imaginar. Pero no había sido consciente de que el hecho de que fuera un luchador reforzaba la ya considerable confianza que transmitía y perfeccionaba su atractivo, tanto físico como sentimental.

—Yo sí que podría hablar de dureza.

—Eso debería habértelo dicho yo —le dio un codazo—. Un beso más y tendré una completa erección. Por segunda vez —confesó Cannon.

Por supuesto, ella ya había notado la primera. De hecho, por mucho que lo hubiera intentado, le habría resultado imposible ignorarla.

La diversión de Cannon aumentó un poco más.

—Que me mires así no me ayuda.

Al darse cuenta de que se le había quedado mirando fijamente mientras pensaba en su erección, Yvette intentó zafarse de sus brazos.

Cannon no se lo permitió.

—Tranquilízate —la acercó a él, colocó una mano entre sus

omóplatos y la otra justo sobre su trasero—. Todavía nos queda mucho camino por recorrer y, para serte sincero, preferiría dejarlo más o menos así —le hociqueó la sien, haciendo que a ella se le erizara el vello de los brazos—, ¿de acuerdo?

—¿Y yo no tengo nada que decir al respecto?

—Por supuesto que sí —la hizo inclinarse hacia atrás con expresión seria—, te escucho.

¿Qué podía decirle? ¿No quiero empezar algo que no soy capaz de terminar? Aquello conduciría a más preguntas y no tenía suficientes respuestas. Sin pensar en lo que hacía, deslizó las manos por su pecho. Había infinitos rincones maravillosos que acariciar, cada uno de ellos más excitante que el anterior.

—Necesito saber cómo va a funcionar esto.

—¿Te refieres a nosotros?

—Me refiero al hecho de que estemos los dos juntos en esta casa —inclinó la cabeza como si estuviera considerando su reacción—. Y estoy de acuerdo en que debemos ser considerados el uno con el otro. Es cierto que todavía me pone un poco nerviosa el estar aquí y agradecería saber cuándo vas a llegar o cuándo... voy a estar sola.

—Lo mismo digo.

Sí, claro. Seguramente Cannon no esperaba que creyera que le alteraba estar en aquella casa. Él era mucho más fuerte que ella.

—Pero no quiero entrometerme en tu camino.

—No entiendo qué quieres decir, cariño.

El hecho de que utilizara palabras cariñosas para referirse a ella continuaba desconcertándola.

—Lo que quiero decir es que has vuelto a Warfield y que hay muchas mujeres reclamando tu atención. Ahora mismo esta es tu casa...

—Yvette...

—Y, si vas a quedarte aquí, es inevitable que quieras traer... compañía —el mero hecho de nombrarlo le revolvió el estómago—. Y, cuando lo hagas, deberías sentirte cómodo.

Cannon alzó las manos hasta su rostro, sosteniéndolo frente a su inflexible mirada.

—Vamos a dejar algo bien claro.

Tenía las manos tan grandes que la hacía sentirse diminuta. Y no era una sensación desagradable. No, con Cannon, no.

—De acuerdo.

—Yo no quiero que traigas a casa a otros tipos —le advirtió Cannon.

Un momento, ¿qué? Aquello estaba tan lejos de lo que se esperaba que se quedó paralizada.

Cannon soltó un suave gemido, le dio un beso fuerte y fugaz y al final la soltó y se pasó la mano por el pelo.

—¿Piensas salir con alguien?

¿Con alguien que no fuera él?

—No estoy saliendo con nadie.

Los ojos azules de Cannon adquirieron la dureza de la piedra.

—Vamos a vivir juntos, así que supongo que saldremos juntos de vez en cuando.

No de la forma en la que él estaba insinuando.

—Compartir casa no significa tener que…

—¿Compartir cama? Eso ya lo veremos.

Yvette le miró boquiabierta, pero de sus labios no salió una sola protesta.

—En cualquier caso —curvó la comisura de los labios—, sería una situación incómoda para los dos, ¿no crees?

Ella negó con la cabeza confundida, sin tener ni idea de a qué se refería.

—Yo saliendo con otra mujer y tú saliendo con otro. No sería muy agradable, ¿verdad?

¡Claro que no quería verle con ninguna otra mujer!

—Sí, sería incómodo —empezaba a cansarse de su insistencia—. ¿Y qué me dices de Mary?

—Olvídate de ella.

—Habrá otras mujeres.

—Olvídate de ellas también —tomó aire lentamente—. Lo he dejado tan claro como he podido. No me importa darte algún tiempo, pero tienes que entenderlo. La única mujer que me interesa ahora mismo eres tú.

Era tal su descaro, se mostraba tan audaz, que Yvette retrocedió un paso. La euforia intentaba liberarse, pero ella consiguió reprimirla y tomar distancia.

—¿Desde cuándo?

—¿Quieres saber la verdad? —se inclinó hacia ella, acercando su cuerpo, nariz con nariz, agresivo y enfadado—. ¡Desde que desapareciste de mi vida hace tres malditos años!

Armie observaba con atención mientras Cannon y su chica entraban en el centro deportivo. Problemas en el paraíso, pensó, advirtiendo cómo había cambiado la actitud de ambos aquel día.

Era curioso.

El día anterior, Cannon se había mostrado tan posesivo que Armie casi había llegado a esperar que comenzara a empujar a sus amigos hacia la puerta. Por supuesto, lo único que había conseguido con eso había sido que Stack, Denver y Miles se mostraran más interesados.

Agarró una toalla para secarse el sudor de la cara y esbozó una mueca. Tenía un dolor infernal en la mejilla y el labio partido continuaba escociéndole. Se tocó con la lengua el corte del interior del labio antes de decirle a Denver:

—Termina con los chicos. Vuelvo en unos minutos.

Denver siguió la dirección de su mirada y esbozó una sonrisa de oreja a oreja. Con aquella melena larga y medio deshecha parecía más un bárbaro que un monitor para niños.

—Cannon parece un poco malhumorado, ¿no?

—Sí —Armie se colgó la toalla al cuello—. Creo que voy a intentar hacer algo para mejorar su humor.

—Tienes ganas de morir, ¿eh? —respondió Denver entre

risas antes de volverse hacia los muchachos a los que enseñaba para demostrarles cuál era la forma adecuada de darle una patada al saco de boxeo.

Con unos boxers como única vestimenta, Armie abandonó el tatami y se acercó a su amigo.

Yvette, ¡qué preciosidad!, le miró y esbozó una mueca.

—Uf, ¿estás bien?

—Sí —miró a Cannon—. Menudas horas de llegar a pelear, tío. Solo llegas cuatro horas tarde.

En vez de replicar a aquella puya, Cannon le recorrió de arriba abajo con la mirada, fijándose en cada uno de sus moratones. Arqueó una ceja con un gesto de interrogación.

—Lo siento mucho —Yvette alzó su delicada mano—. Ha sido culpa mía.

Ignorando la curiosidad de Cannon, Armie se volvió hacia ella.

—¿El qué?

—Que Cannon haya llegado tarde.

Intentando no sonreír, Armie preguntó.

—¿Ah, sí? ¿Y por qué?

Cannon le dio un empujón.

—No por lo que estás pensando.

Armie tenía el cuerpo tan machacado que estuvo a punto de gemir. Pero jamás lo haría delante de una mujer. Así que se aguantó y soltó una carcajada mientras miraba a Cannon.

—¿En qué estaba pensando?

Cannon miró a Yvette y, ¡maldita fuera!, parecía desesperado.

Muy bien, era posible que todavía no hubiera hecho nada. Pobre tipo.

Ajena al significado de aquella conversación o, quizá, fingiendo ignorarlo, Yvette le explicó:

—Esta mañana he salido a correr. No sabía que Cannon quería hablar conmigo, así que él ha estado esperando a que volviera y eso nos ha hecho retrasarnos.

¿Eh? Armie miró a su amigo.

—¿Y por qué no has ido a correr con ella?

—No me ha dicho que iba a salir.

Yvette se sonrojó, más por el hecho de haber sido delatada que por la vergüenza.

—No, en ese momento no era consciente de que debemos estar pendientes el uno del otro.

¡Oh, Dios! Aquello era graciosísimo.

—Déjame ver si lo entiendo.

Cannon cambió de postura y dijo en voz baja:

—Vete a la mierda, Armie.

Sin inmutarse, Armie preguntó:

—¿Cannon y tú debéis qué...?

Al parecer, sin saber muy bien qué contestar, Yvette le pasó la pregunta a Cannon.

Con los labios apretados, Cannon mostró su contrariedad.

—¿No tienes suficientes moratones? ¿Te apetecen unos cuantos más?

—No, era simple curiosidad.

Cannon pareció incómodo, pero solo durante un segundo. Él no era un hombre que sufriera inseguridades de ningún tipo. Se volvió hacia Yvette.

—¿Quieres echar un vistazo al gimnasio? La habitación de descanso está en la puerta de atrás. Johns anda por allí. Y parece que Denver va a dar una clase. Puedes ver parte de su clase si te apetece. Yo me reuniré pronto contigo.

Armie sonrió con suficiencia.

—Sí, échale una vistazo a todo mientras Cannon desahoga su mal humor.

Yvette inclinó la cabeza, los estudió con atención y, a juzgar por su sonrisa serena, decidió que estaban de broma.

—Tómate todo el tiempo que necesites.

No sabía ella que los jugadores a menudo bromeaban con sus puños. En realidad, Armie jamás rehuiría un entrenamiento cuerpo a cuerpo con Cannon, pero en aquel momento no estaba en condiciones de luchar, si podía evitarlo sin perder la dignidad.

En cuanto Yvette se alejó lo suficiente como para no oírlos, Cannon le preguntó:

—¿Qué demonios te ha pasado?

—¿Qué? —preguntó Armie, fingiendo no entender a qué se refería.

—Alguien… quizá hasta unos cuantos cobardes por la pinta que tienes, te ha dado una paliza de muerte.

Cediendo a ofrecer al menos una pequeña información, Armie admitió:

—Fueron cuatro.

Cannon le miró con los ojos entrecerrados.

—El primero me pilló por sorpresa. Antes de que pudiera darme cuenta de lo que pasaba ya los tenía encima.

—Espero que les dieras su merecido.

—Y lo hice —pero no antes de recibir su buena dosis de puñetazos—. Ahora hablemos de ti.

Cannon negó con la cabeza.

—Todavía no he terminado —se cruzó de brazos—. ¿Quién y por qué?

Maldita fuera. Armie no quería ahondar en aquel tema.

—Si quieres saber la verdad, estaba investigando.

—¿Investigando dónde?

«Cerca de tu casa».

—Digamos que sospechaba que una mujer estaba siendo utilizada por un imbécil que no es lo bastante bueno para ella.

Cannon soltó un bufido burlón.

—¿Utilizándola en el sentido en el que las usas tú…?

—¡Eh! Que yo siempre dejo bien claro que no soy monógamo —y, fanfarroneando un poco, añadió—: Y los dos sabemos que, en mi caso, son las mujeres las que me utilizan a mí.

Como no podía negarlo, Cannon se limitó a decir:

—Continúa.

—Esa mujer es diferente.

Aquello le hizo arquear una ceja a Cannon.

—¿Qué quieres decir?

«Sí, imbécil. Ahora explícaselo». Armie estuvo cerca de un minuto secándose la cara con la toalla.

—Ya sabes lo que quiero decir.

—¿Es una buena chica?

Desde luego. La mejor. Demasiado buena como para que la engañaran.

—Algo así.

La segunda ceja de Cannon se unió a la primera.

—¿Desde cuándo te preocupas por las chicas buenas?

—No me acuesto con ellas, pero eso no significa que quiera que las maltraten.

Cannon continuaba mirándole fijamente.

—¿Qué te pasa, maldita sea? —le espetó Armie.

—Estoy intentando imaginarte como un caballero andante, pero no soy capaz. Demasiado óxido en el metal.

—Vete a la mierda —resopló, frustrado por aquella interrupción—. ¿Quieres oírlo o no?

—Soy todo oídos.

Mentiroso. Era todo sonrisas y burlas.

—El caso que estaba vigilando la zona...

—¿Solo?

Armie apretó la barbilla.

—Si vuelves a interrumpirme, te juro por Dios...

Cannon le hizo un gesto para que continuara.

—Estaba solo, comprobando algunas cosas, y supongo que ese cretino me vio. Pero, en vez de enfrentarse a mí hombre a hombre, envió a sus amigos a por mí. Uno de ellos me dio con tanta fuerza en la cabeza que comencé a ver las estrellas y...

Cannon le agarró la oreja y utilizó aquel punto de agarre para hacerle cambiar de postura y poder revisarle el golpe de la cabeza.

—Maldita sea, Cannon —Armie se encogió y tensó todos sus músculos. Todavía tenía la cabeza como si se la hubieran roto en mil pedazos. Le latían las sienes—, relájate.

—Deja de protestar —Cannon investigó entre su pelo, presionó, soltó un silbido y le soltó—. ¿Estás seguro de que no tienes una contusión?

—A lo mejor me ha salido después de lo que acabas de hacerme —se pasó la mano sobre un enorme chichón y volvió a esbozar una mueca—. No sé con qué me golpearon, pero me dejaron aturdido durante el tiempo suficiente como para dejar que me tiraran al suelo.

En medio de un puñado de botas y malas intenciones.

—No te mataron —señaló Cannon—, así que asumo que supiste arreglártelas.

En realidad, había sido el instinto de supervivencia el que se había hecho cargo de la situación y le había permitido hacer cuanto era necesario para salir con vida de allí. La experiencia podía convertirse en muchas ocasiones en un salvavidas.

—Sí. A uno le di una buena patada en la rodilla —aquel tipo iba a pasar una buena temporada cojeando—. Y le di un cabezazo a otro tipo.

—Bien por ti.

—El tercero estuvo a punto de darme una patada en las costillas, pero le agarré el pie y conseguí tirarle al suelo conmigo.

Y después Armie se había encargado de que tuviera que arrepentirse de su error.

Recordarlo le produjo una cierta satisfacción. Se crujió los doloridos nudillos.

—Dame nombres.

¡Oh, mierda! Cannon estaba mostrando una fría calma que no anticipaba nada bueno para nadie.

—Déjalo, es cosa mía.

Aquello le hizo reaccionar.

—¿Es algo personal? —y añadió, en tono más incrédulo todavía—. ¿Es por una mujer?

Armie le dirigió una mirada asesina.

—Sí, imagínate.

—No puedo —respondió Cannon, sacudiendo la cabeza.

La hostilidad se resquebrajó y Armie terminó riendo. Era la verdad, él no quería aquel tipo de compromiso, no tenía ningún interés en una relación estable y evitaba a las chicas decentes como si tuvieran espinas.

—Ya, yo tampoco. Digamos que sentí que debía romper varias cabezas y estuve a punto de verme superado.

—Cuatro contra uno, debió de ser horrible.

—No estuvo tan mal.

Cannon le dirigió entonces otro maldito e irritante escrutinio. Lo prolongó durante tanto tiempo que a Armie le entraron ganas de alejarse de allí.

Al final dijo:

—A mí tampoco me importaría romper alguna que otra cabeza.

Duchado y vestido después del entrenamiento, Stack se dirigía hacia la puerta de la entrada cuando oyó a Cannon y se detuvo a su lado.

—¿A quién le vamos a romper la cabeza?

Cannon señaló a Armie con la barbilla.

—A los que le han dejado así.

Stack respondió burlándose.

—Creo que fueron las dos últimas chicas con las que estuvo. Le dieron una buena paliza —y, en un tono deliberadamente provocativo, le preguntó a Armie—: ¿Le has contado a Cannon lo de la chica del látigo?

—¿Un látigo?

Armie elevó los ojos al cielo.

—Ya te dije que fue solo una propuesta.

Cannon se volvió hacia Stack.

—Cuéntamelo todo.

—La noche de tu combate organizamos una fiesta en el gimnasio para verlo. Le dejé con dos chicas que parecían tener más ganas de estar juntas que con él.

—Las apariencias engañan —replicó Armie con engreída satisfacción.

—Una de las chicas llevaba un látigo en el cinturón —Stack esbozó una enorme sonrisa—. Fetichista —le acusó.

—Después de la primera vez, deja de resultar extraño —dijo Armie en un tono totalmente inexpresivo.

Cannon se volvió hacia Armie.

—¿Son esas dos que me comentaste?

—Sí, ¿qué pasa? Les gustó lo suficiente como para volver a por más.

—No me habías dicho nada del látigo.

—Porque no significó nada. Fue como... No sé. Como un adorno o algo así.

Stack soltó una carcajada.

—Sí, claro, y eso lo dice un tipo que tiene todo el cuerpo marcado.

—Dice que cuatro tipos le dieron una paliza.

¡Maldita fuera!

—Bocazas, ¿acaso te he dicho que lo contaras? —Armie no necesitaba que se diera a conocer un asunto tan privado.

Stack soltó un suave silbido.

—¿En serio? Vaya, tío, si quieres que venganza, cuenta conmigo.

—Yo también me apunto —se ofreció Cannon.

—¿Cuatro contra tres? ¿Desde cuándo nos dedicamos a atacar en grupo a unos idiotas? Sería una matanza y ninguno de nosotros queremos eso, así que olvidadlo.

Armie buscó con la mirada y encontró a Yvette tras ellos, con los dedos entrelazados y prestando toda su atención a Denver, que estaba explicándole algo. Los alumnos, de edades comprendidas entre los diez y los dieciséis años, la estudiaban con los ojos abiertos como platos.

—Ya está bien de hablar de mí —dijo Armie—. ¿Y a ti qué te pasa?

Cannon fijó la mirada en Yvette y su respiración se hizo más profunda.

—Nada.

—Sí, claro —Armie tuvo que hacer un gran esfuerzo para no soltar una carcajada—. Parece que vas a abalanzarte sobre ella en cualquier momento.

Para sorpresa de Armie, Cannon gruñó, cruzó las manos en la nuca y comenzó a caminar hacia el mostrador de recepción.

Increíble. Armie y Stack compartieron una mirada.

Consciente de que Stack estaba a punto de marcharse, Armie le dijo:

—Ya me ocupo yo de esto.

—Sé bueno con él.

—No es eso lo que necesita —después de que Stack asintiera y se fuera, Armie se acercó a Cannon—. Estás mal, ¿eh?

—No sabes hasta qué punto.

Al ver a su amigo vibrando en una reprimida amenaza se compadeció.

—Pasaste sin ello antes del combate, ¿verdad?

No hizo falta que Cannon contestara. Armie sabía lo obsesivo que era cuando se preparaba para una pelea, sobre todo durante las semanas previas. A pesar de la leyenda urbana sobre la necesaria abstinencia de los deportistas, la mayoría de los tipos que conocía no rechazaba nunca el sexo. Diablos, propuesto por la mujer adecuada, él se acostaría con ella la noche anterior y utilizaría el sexo para librarse de los nervios que acompañaban a todo combate importante.

Pero él era diferente. Siempre había sido muy selectivo y, cuando estaba entrenando, era exageradamente quisquilloso. Eran muchas más las mujeres a las que rechazaba que con las que se acostaba.

En aquello eran polos opuestos. Era muy raro que hubiera alguna mujer que Armie rechazara.

Y más raro todavía que quisiera defender el honor de una mujer. Qué estúpido había sido.

Pero, en vez de seguir por aquel rumbo, y quizá despertar de nuevo el interés de Cannon, Armie decidió distraerle:

—Pensar de esa manera estuvo a punto de costarle la chica a Gage.

—¿Te refieres a Harper?

—Sí —todo el mundo sabía que los dos eran almas gemelas, aunque el cielo sabía también que Gage había estado a punto de fastidiarlo. Armie sonrió de oreja a oreja al recordarlo—. También estuvieron aquí viendo los combates, pero estaban demasiado ocupados el uno con el otro, así que se perdieron más de lo que vieron —se inclinó hacia él y movió las cejas—. Gage se la llevó al despacho y no volvieron a salir hasta que terminó el combate. Harper tenía el aspecto de una mujer satisfecha y aceptó irse a vivir con él, así que debemos sentirnos orgullosos de él.

Cannon se relajó lo suficiente como para sonreír.

—Bien por ellos.

—Sí —se mostró de acuerdo Armie, pero añadió—: siempre y cuando uno se crea toda esa historia de los compromisos.

—Ellos se la creen.

Armie volvió a mostrarse de acuerdo.

—Hablando de compromisos —se volvió hacia Yvette—. Creo que Denver va a enseñarle unos movimientos a Yvette.

Cannon se volvió tan rápido que estuvo a punto de golpear a Armie con el codo.

Sin preocuparse, al menos aparentemente, del sudor que cubría el pecho de Denver, Yvette permitió que este la agarrara y le hiciera una llave de estrangulamiento. Denver le puso un brazo debajo de la barbilla y apoyó la mano sobre el codo opuesto al tiempo que posaba la otra en la nuca de Yvette para aplicarle presión.

Yvette agarró al instante aquel musculoso antebrazo que le rodeaba el cuello.

—Vaya —dijo Armie—, no me puedo creer que Yvette esté…

Gruñendo, Cannon comenzó a avanzar a grandes zancadas.

—Maldita sea.

Al percibir la tensión en los hombros de Cannon, Armie salió tras él.

Cuando llegó a su lado, este le dijo:

—Sabes que estás a punto de hacer una tontería, ¿verdad?

Cannon continuó avanzando sin contestar.

—Y a lo mejor ella también.

Se volvió con tal rapidez hacia Armie que este retrocedió.

—Solo era un comentario —alzó las manos—. Denver no le va hacer ningún daño y lo sabes. No tienes ningún motivo para ir allí haciendo de King Kong.

En ese preciso instante, los dos oyeron reírse a Yvette. Alzaron la mirada y descubrieron a Denver despatarrado dramáticamente en el suelo mientras Yvette le retorcía los dedos.

—Ni siquiera es una auténtica llave —se quejó Cannon.

Armie no pudo evitar sonreír. Los niños, todos ellos necesitados de una u otra forma, reían disimuladamente, se daban codazos los unos a los otros y, en definitiva, estaban disfrutando de lo lindo con aquella absurda exhibición.

Denver fingía estar agonizando, lo cual era bastante ridículo, teniendo en cuenta que Yvette apenas le estaba sujetando el meñique. Ella también reía a carcajadas, con su larga melena hacia delante y exponiendo su dulce trasero mientras se inclinaba hacia Denver.

Uno de los chicos saltó, intentando ayudar a Denver a levantarse para que así pudiera escapar. Con el mismo cuidado que había tenido con Yvette, Denver puso al chico fuera de combate.

Una larga exhalación de Cannon invitó a Armie a volverse.

—Desde luego, tío, estás fatal.

—Sí —se mostró de acuerdo Cannon—, estoy fatal.

—Entonces acuéstate pronto con ella.

—Estoy trabajando en ello —y añadió frustrado—: pero necesita tiempo.

—¿Por qué?

Cannon se encogió de hombros.

—Acaba de perder a su abuelo y de mudarse aquí. Y hacía años que no me veía.

A las mujeres que Armie conocía nada de aquello les habría importado. El sexo siempre podía ser una forma de cura, de desahogo, de escape. Pero entendía que Yvette era una clase de mujer diferente.

No era como las mujeres que a él le gustaban.

Y también era distinto lo que Cannon sentía por ella.

Yvette era la clase de mujer que Armie evitaba.

—Muy bien. Entonces, dale tiempo —al ver que Cannon fruncía el ceño, preguntó—: ¿O eso también es un problema?

—Hay un tipo que no deja de llamarla.

¿Una competición? La cosa se estaba poniendo interesante.

—¿Quién?

Desde luego, él siempre apostaría por Cannon.

—Ella dice que es su ex.

Quizá no fuera tan interesante.

—¿Anda por aquí?

—No —contestó Cannon, negando con la cabeza—. Está en California.

Armie se le quedó mirando fijamente.

Y Cannon le devolvió la mirada.

Sí, aquel sería un momento pésimo para echarse a reír. De hecho, podría incluso llegar a hundir a Cannon. Así que, en vez de reír, Armie se aclaró la garganta.

—Si está tan lejos no entiendo cómo…

—No quiero que nada la distraiga —Cannon abrió y cerró el puño con un gesto de frustración. En voz baja, casi torturada, le explicó—: Quiero que esté concentrada en mí en un cien por cien.

—¿Puedo hacerte una sugerencia?

Cannon le miró nervioso, apretó la mandíbula y, al final, dijo con engañosa calma:

—Adelante, vamos.

—En primer lugar, intenta relajarte. Tío, te estás comportando como un hombre de las cavernas y eso no es propio de ti. Me estás haciendo sentir incómodo, y eso que no quieres acostarte conmigo, así que puedo imaginarme cómo se siente esa pobre mujer.

Con las manos apretadas en dos enormes puños, Cannon parecía cada vez más inquieto.

Reprimiendo una enorme sonrisa, Armie le dio lo que pretendía sonara como un consejo.

—En segundo lugar, ¿por qué no utilizas el tiempo que ella necesita para ganártela? Estáis viviendo en la misma casa, ¿no? Así que podréis pasar mucho tiempo a solas. Contrólate, aprovecha que vas a estar cerca y será ella la que termine cayendo. Entonces, podrás hundirte con ella en vez de ahogarte solo.

—Tu metáfora va siendo más confusa por momentos.

Armie se frotó la barbilla e intentó aclararse.

—Puede parecer un poco anticuado, lo sé, pero, a lo mejor, podrías intentar seducirla. Tendrás tiempo y oportunidades. Eso es lo único que te estoy diciendo.

Cannon desvió la mirada hacia la mujer en cuestión. Estuvo ocupada fingiendo admiración por los bíceps apenas visibles de los niños y, después, escuchando con mucha atención mientras uno de los más mayores le contaba un chiste. Se echó a reír, le revolvió el pelo y el cuerpo entero de Cannon se tensó.

—Me cae bien —sentenció Armie, y le dio una palmada en la espalda a Cannon—. Contrólate, intenta hacer las cosas bien, sé tan irresistible como siempre y, al igual que cualquier otra mujer, en nada de tiempo estará suplicando a tus pies.

—Dios, eso espero —respondió Cannon con voz queda—, porque no sé cuánto voy a poder esperar.

Comenzó a caminar para ir a buscar a Yvette, de modo que se perdió la cara de sorpresa de Armie.

Increíble. Cannon rara vez hablaba de sexo. Lo máximo que llegaba a hacer el muy canalla era sonreír cuando alguien le preguntaba. De modo que Yvette era única.

Genial.

Se lo contaría a todo el mundo. Nada evitaría que los demás se metieran con Cannon, pero también se apartarían de su camino y estarían dispuestos a ayudarle siempre que pudieran.

Tener a Cannon de vuelta durante una larga temporada iba a ser más satisfactorio incluso de lo que en un primer momento había pensado.

Y ojalá pudiera resolver también él sus propios problemas.

CAPÍTULO 7

Mientras Yvette iba viendo todas las mejoras que se habían hecho en el gimnasio, Cannon iba dándole vueltas a su situación y una y otra vez.

«No puedo, lo siento».

Oía infinitas veces aquellas palabras suavemente susurradas. No lo entendía. ¿No podía? ¿Qué demonios significaba eso? Claro que podía. Definitivamente, podría.

Con él.

Pero, tal como Armie había sugerido, necesitaba tranquilizarse un poco para no terminar espantándola. Ambos habían estado de acuerdo, ella con alivio, él bajo presión, en que hablarían de aquella extraña afirmación más adelante. Yvette había confesado estar abrumada por todos aquellos cambios. Y él lo comprendía.

Pero cuando le había besado, cuando le había mirado de aquella manera, había tenido la certeza de que los dos estaban en la misma situación.

Y, por algún motivo que desconocía, ella no quería estarlo. Por alguna razón, quería negar aquel sentimiento.

Su ex se había puesto en contacto con ella dos veces más. En una ocasión a través de un mensaje y en otra con una llamada que ella había dejado sonar hasta que había saltado el buzón de voz. La posibilidad de que Yvette pudiera estar obsesionada con otro hombre le hacía sentirse algo más que un poco nervioso.

Diablos, no le había gustado ver a Denver tocándola, ni siquiera de broma. Y, definitivamente, no quería tener que sufrir porque Yvette se estuviera liando con un imbécil.

Volvió la cabeza por encima del hombro y le crujió el cuello. Había acumulado tanta tensión que tenía los músculos hechos un nudo.

Antes de pasarse por el gimnasio, habían parado a desayunar en el Rowdy's. Por suerte, había menos gente y la mayor parte de las mujeres que había en el bar eran en su mayoría madres con niños o iban acompañadas por sus parejas. Yvette se había relajado, había estado hablando con Rowdy y con Avery, felicitándoles por el bar y contestando preguntas sobre su vida en California.

Él quería estar con ella a solas, pero, de momento, teniendo en cuenta la política de «manos fuera» de Yvette, era más prudente salir de casa.

—La última vez que estuve el gimnasio ya estaba genial, pero ahora está increíble.

—Gracias.

Él también miró a su alrededor, intentando verlo con sus ojos. La mayor parte de los luchadores iban por las mañanas y a última hora de la tarde, de manera que durante el resto del día podían utilizarlo los niños del barrio y todos aquellos que se apuntaban a actividades extraescolares.

—Armie ha hecho muchas mejoras.

Yvette le dio un codazo.

—No seas modesto. Él mismo me ha dicho que la mayor parte del equipo lo ha conseguido gracias a tu apoyo.

Era cierto, pero aquella no era la cuestión.

—Pero el que le ha dado un buen uso a todo ese material es él.

Se dirigieron juntos a la sala de descanso. De camino, se cruzaron con Armie, que estaba saludando a un adolescente que acababa de entrar con la indumentaria del gimnasio.

—¿Qué está haciendo ahora?

—Trabajar con algunos luchadores para ayudarlos a mejorar su técnica y para demostrarles de qué manera se le puede dar un buen uso a la lucha en la SBC.

—¿Es parecido a la lucha?

—En cierto sentido. Hay y atacar. Hay derribos de doble pierna, medias guardias, agarres, suplex, lanzamientos... —al ver que Yvette le miraba sin comprender una palabra, sonrió—. Lo siento.

—Es interesante, cuando lo entiendo.

—La lucha libre es una buena herramienta para adentrarse en las artes marciales mixtas. Pero, en la lucha libre, el objetivo es tumbar a tu oponente de espaldas. Sin embargo, en una competición de la SBC, estar de espaldas es solo otra posición de ataque. Hay muchas maneras de conseguir la sumisión de tu oponente en esa postura.

Intentando parecer natural, le colocó la melena detrás de la oreja. Sintió que se quedaba paralizada, pese a que intentaba disimularlo.

—Armie trabaja con esos muchachos para enseñarles a convertir los movimientos de lucha en recursos para las artes marciales mixtas.

Yvette se aclaró la garganta, tomó aire y se concentró otra vez en Armie.

—¿Cuántas horas al día pasa aquí?

—Más de las que debería.

Cuando entraron en la sala de descanso, Cannon posó la mano en su espalda y hasta aquella pequeña caricia a través de la ropa repercutió en todo su cuerpo.

—Le gustan mucho los niños —añadió.

—Es curioso —Yvette se sentó—. Me ha dicho lo mismo de ti.

—Y es cierto.

Si estuviera en su poder. Cannon salvaría hasta al último niño de aquel barrio. Les salvaría de la pobreza, de la negligencia de sus padres y de los malos tratos. De aquellos abusones que terminaban convertidos en delincuentes y de los canallas que vendían drogas.

Pero él no era ningún superhéroe, así que se limitaba a hacer lo que podía. Por suerte, tipos como Armie asumían una enorme carga de responsabilidad. Denver, Stack, Miles, Gage... le echaban una mano.

Cannon fue a sacar unos refrescos de cola.

—Se te veía muy cómoda con los chicos.

—Me encantan los niños —bebió un sorbo de cola, giró la lata y deslizó el dedo por las gotas que se condensaban en ella—. Cuando estaba en el colegio, quería ser profesora.

—¿Ah, sí? —Cannon se sentó en su asiento, conformándose con poder contemplarla.

—Pero después de todo lo que pasó...

Cannon no la presionó, no intentó llenar aquel silencio. El zumbido de las conversaciones, los golpes contra el saco de boxeo y la música procedente de un CD flotaban a su alrededor.

Yvette apartó la mirada de la de Cannon. A este no le importó. Disfrutaba con el mero hecho de mirarla.

—Lo que ocurrió me obligó a cambiar de planes —le explicó ella con voz queda.

Era cierto. Pero estaba allí en aquel momento. Y, con un poco de suerte, se quedaría.

—Lo importante es que no permitas que te cambie a ti.

Yvette soltó una risa carente por completo de alegría, que sofocó rápidamente.

Una vez más, Cannon esperó en silencio.

—¿Cuál va a ser tu rutina mientras estés aquí? —quiso saber Yvette.

¿Estaba evitando el tema? Cannon permitiría que se saliera con la suya, de momento.

Se encogió de hombros. Su rutina se acomodaría a la de Yvette, pero, probablemente, no era eso lo que ella quería oír.

—Estaba pensando en salir esta noche con mis amigos.

En realidad, sería la excusa para recorrer el barrio, para asegurarse de que todo seguía como debía en aquel pequeño rincón del mundo.

—Creía que habías dicho que solías salir a correr muy temprano por las mañanas.

—Corro dos veces al día. Es parte mi entrenamiento para mantenerme en forma. No llegaré muy tarde —y, por si estaba pensando en volver a evitarle, añadió—: Pero, por muy tarde que me acueste, siempre me levanto temprano.

Denver entró en aquel momento y se detuvo al verles. Comenzó a retroceder.

—No pasa nada —le dijo Cannon—. No vamos a estar aquí mucho tiempo.

Aun así, Denver entró con tanto sigilo que parecía estar temiendo resucitar a un muerto. Iba con una toalla blanca y unos boxers. Tenía el pecho y el pelo empapados en sudor. El ejercicio le había dejado el rostro sonrojado. Avanzó quedo hacia la máquina del agua.

Cannon miró a Yvette a los ojos y ambos sonrieron de oreja a oreja.

Denver y él tenían una altura similar, pero el primero pesaba unos diez kilos más, lo que le convertía en un peso pesado y no en un peso ligero.

—Le estaba diciendo a Yvette que esta noche vamos a quedar.

Un poco más relajado al ser incluido en la conversación, Denver asintió.

—Me parece bien. ¿A las nueve, por ejemplo? ¿Quedamos delante del Rowdy's?

—Perfecto. Pregunta a los demás para ver quién quiere venir con nosotros.

—Gage está fuera —Denver abrió una botella de agua y se bebió la mitad de un solo trago. Cuando terminó, volvió a secarse el rostro con la toalla—. Harper y él no salen de la cama. Están recuperando el tiempo perdido o algo así. La propia Harper me lo dijo.

Cannon advirtió que Yvette intentaba no mirar. Pero, de vez en cuando, desviaba la mirada hacia Denver. No apreciaba calor o interés en su mirada, solo el asombro de una mujer sorprendida al estar tan cerca de un hombre prácticamente desnudo y con unos músculos cincelados por el ejercicio.

Suponía que, si él tuviera a una mujer delante de él vestida de la misma manera, también miraría.

—Suena muy propio de Harper.

—Están de un empalagoso que cualquiera diría que están recién casados.

Cannon le explicó entonces a Yvette:

—Se suponía que Gage también tenía que combatir en Japón, pero, durante uno de los entrenamientos, le dieron un codazo en el ojo y tuvieron que ponerle tantos puntos que no se le permitió combatir por razones médicas.

—¡Vaya! —exclamó Yvette en tono compasivo—. Supongo que debió de ser una gran decepción para él.

—Pero parece que Harper le está ayudando a superarla.

—Desde luego.

Denver sacó una silla y se sentó a horcajadas, apoyando los brazos en el respaldo, sosteniendo una botella en la mano y con una toalla al hombro.

—Volverá a combatir y lo sabe. Pero voy a echar de menos nuestras batallas verbales —comentó.

—No paran de provocarse el uno al otro —explicó Cannon—. Normalmente, suele ser bastante divertido.

—Sí, eh... —Denver volvió a beber de la botella y se la terminó—. ¿Cherry está en Japón con Merissa?

Maldita fuera. Cannon no quería que Yvette supiera que la casa estaba vacía, y, por lo tanto, habría sido el lugar perfecto para que él se quedara. Pero ya era demasiado tarde. Aun así, antes de renunciar del todo, miró de nuevo a Denver.

—¿Por qué lo preguntas?

—Por nada en particular.
—Inténtalo otra vez.
—Era simple curiosidad, ¿de acuerdo? —contestó Denver, poniéndose a la defensiva.

Yvette los miró alternativamente.

—Cherry vive con mi hermana —le recordó Cannon con voz queda.

—Sí, no es ningún secreto.

—Pero, si comienzas a merodear alrededor de Cherry, se convertirá en asunto mío.

Denver echó su silla hacia atrás.

—Solo era una pregunta, Santo. No tienes por qué enfadarte.

Cannon también se levantó. Maldita fuera, Denver quería ligar con Cherry. Frunció el ceño.

—¿Te has acostado con ella?

—Cherry no es tu hermana, así que déjalo.

—Pero está viviendo con ella.

—¿Y qué, tío? No estoy pensando en organizar una orgía con tu hermana de público.

Al oír la palabra «orgía» en la misma frase en la que mencionaban a su hermana, Cannon se quedó rígido, desde la raíz del cabello hasta las puntas de los pies.

—Tú...

Y, de pronto, apareció Yvette llevando tras ella a Armie.

Tanto Denver como Cannon se quedaron mirándoles fijamente.

—Sí —dijo Armie, palmeando la mano que Yvette tenía sobre su brazo—, me ha venido a buscar para evitar que dos imbéciles se partan la cara delante de una dama.

Yvette parecía incómoda, pero decidida.

Cannon miró a Yvette, obligándose a relajarse.

—¿Pensabas que nos íbamos a pegar?

Yvette tiró discretamente de la mano que Armie continuaba reteniendo en el hueco de su brazo.

—No estaba segura.

Al advertir la inquietud de Yvette, Cannon desvió la mirada hacia Armie.

—Ya puedes soltarla.

Armie obedeció sonriendo, pero después dijo, señalando a Denver:

—Y tú procura no hablar de tus objetivos amorosos.

Cannon comenzó a decir algo, pero Armie le señaló a él también.

—Y tú, por Dios, recuerda que tu hermana ya no es una niña —antes de que Cannon pudiera contestar, añadió—: Y Denver no es un acosador.

—Gracias —le agradeció Denver en un tono ridículamente altanero.

—No, pero le conozco. Os conozco a todos.

—¿Y? —presionó Denver.

—Y eso significa que sé lo que piensas, y sé también lo que quieres.

Yvette comenzó a dar golpecitos con el pie.

—¿Qué? ¿Qué es lo que quiere? —preguntó.

Su tono no auguraba nada bueno para nadie.

—Digamos que no es una historia de amor.

—¿Y?

—Y a las mujeres les gusta que todo eso esté relacionado con el amor.

Elevando los ojos al cielo, Yvette replicó:

—A algunas, a otras no. A lo mejor a Cherry le apetece… —el rubor cubrió su rostro, pero terminó la frase— lo que quiera que Denver tenga planeado.

—¡Dios mío! —exclamó Denver—. ¿Es que todo el mundo cree que soy una especie de pervertido o algo así?

—Un poco de perversión no tiene nada de malo —le interrumpió Armie—. Pero aquí lo importante es que Denver es un tipo en el que se puede confiar. Diablos, Cannon, yo creo que hasta debería gustarte tener a un tipo así merodeando por tu casa, teniendo en cuenta que en esa casa viven dos chicas solas.

—Dos mujeres —le corrigió Yvette en medio de la tensión de la habitación.

Todos los ojos se clavaron en ella.

Yvette dejó entonces de dar golpecitos con el pie y volvió a decir:

—Son mujeres, no son chicas.

—Gracias, Gloria Steinem —Armie frunció el ceño y taladró con la mirada a sus amigos—. ¿Ya he terminado aquí?

—No pensaba partirle la cara —le explicó Cannon a Yvette.

Denver soltó un bufido burlón.

—No, desde luego que no.

Volvieron a desafiarse con la mirada.

—No soy tan radical como Gloria —dijo Yvette en voz más alta y quizá demasiado rápidamente. A todo el mundo le quedó claro que estaba intentando distraerles—. Pero son dos mujeres adultas.

Armie bajó la cabeza y soltó una carcajada.

Yvette puso entonces los brazos en jarras.

—Qué, ¿os gustaría que os llamara a vosotros chicos?

—A mí no me importaría —respondió Denver.

Cannon se encogió de hombros.

—¿Qué más da?

—¿Lo ves? —añadió Armie—. No es para tanto.

—Sí, bueno, todo el mundo sabe que los hombres son bastante cortos.

Irritada, giró sobre sus talones y salió con paso firme de la habitación.

—Creo que se va —le dijo Armie a Cannon, y comenzó a salir tras ella.

—Yo conduzco —contestó Cannon—, no creo que vaya muy lejos.

Se dirigió después a Denver.

—Armie tiene razón. No tengo nada personal contra ti.

Denver alzó los brazos.

—Genial. ¿Así que se me libera de la acusación de acosador?

—No del todo.

Armie soltó una carcajada, pero Denver protestó.

—Puedes intentar ligar con Cherry, pero solo si pretendes ir en serio con ella.

—¿Cómo voy a saber si voy en serio si todavía no hemos podido hablar a solas ni una sola vez?

—Ya sabes lo que quiero decir —Cannon no quería malentendidos—. Está viviendo con Rissy, así que, si solo estás buscando a alguien con quien acostarte, ya puedes ir buscando en cualquier otra parte. Cherry está fuera de la lista de aventuras de una noche.

Denver encogió un hombro con un gesto despreocupado con el que no engañó a nadie.

—Y yo estoy de acuerdo con eso si ella también lo está.

—Como ha dicho Yvette —Armie también quiso meter baza—, es posible que a Cherry solo le apetezca una aventura de una noche.

Consciente de que le estaban provocando, Cannon no les dio la satisfacción de reaccionar.

—Lo único que pretendo es que mi hermana viva en un ambiente respetable.

Denver quiso volver a protestar, pero Cannon se volvió hacia Armie.

—Ahora me toca a mí.

Armie intentó una retirada estratégica.

—Lo siento, tío, pero tengo que volver a…

Cannon avanzó hacia él para bloquearle el paso.

—Muy bien —protestó Armie—, ¿qué pasa?

—Eso dímelo tú.

—No tengo ni idea de a qué te refieres.

—¡Y una mierda! Está pasando algo y tengo la sensación de que podría tener algo que ver con el hecho de que mi hermana y Cherry vivan solas.

Armie le miró fijamente a los ojos.

—Era solo una preocupación natural.

—Me estás mintiendo y lo sabes.

Con los ojos entrecerrados, Armie se inclinó hacia él.

—¿Por qué no te cambias y entrenamos un poco en el tatami?

Ambos hombres se sorprendieron cuando apareció Yvette y, de alguna manera, consiguió colocarse entre ellos. La única queja de Cannon sobre su táctica fue que ella quedó de cara a Armie.

—No puede, lo siento —le disculpó Yvette con cierta dificultad para respirar al sentir a Cannon rozando su espalda.

—¿No? —Armie no retrocedió, así que Cannon no tuvo la menor duda de que también él la estaba tocando—. ¿Por qué no?

Yvette cuadró los hombros.

—Tiene que llevarme a la casa de empeños.

—Vaya, muñeca, ahora sí que estás socavando mi autoridad.

Yvette posó delicadamente las manos sobre su pecho desnudo.

—Ahora no, ¿de acuerdo?

Cannon bajó la mirada hacia la cabeza de Yvette.

—¿Yvette?

—¿Um? —preguntó ella sin mirarle siquiera.

—¿Estás intentando protegerme? —preguntó Cannon. Y añadió con exagerado desdén—. ¿De Armie?

Cannon sabía que Yvette no podía estar pasando por alto las sonrisas de Armie y de Denver, pero no supo que se había ganado la atención de todo el gimnasio hasta que se volvió y descubrió a todo el mundo mirándola.

Se encendieron entonces sus mejillas.

—No —susurró—, claro que no.

—No hace ninguna falta y lo sabes.

—Por supuesto —contestó ella, toda corrección y formalidad—, dos hombres adultos jamás se pelearían por una tontería.

—Sí —corroboró Armie—, una tontería.

Cannon elevó los ojos al cielo, le pasó el brazo por los hombros Yvette y la acercó a él mientras se dirigía a Armie.

—¿Vas a salir con nosotros esta noche?
Armie asintió.
—Sí, claro.
—Estupendo —le dirigió una sonrisa solo en parte amistosa—. Terminaremos nuestra conversación entonces.
Y salió, llevándosela con él.
—¡Dios mío! —dijo Yvette al ver que todo el mundo continuaba mirándola—. Es como si me estuvieran haciendo el pasillo.
—Sonríe —le aconsejó Cannon—, eso les confundirá.
Para su sorpresa, Yvette obedeció. E incluso se despidió con la mano.
Y hasta el último tipo del gimnasio le devolvió el saludo.

Veinte minutos después, ya estaban en la casa de empeño. Con cada kilómetro que pasaba iba creciendo la inquietud de Yvette. Un acto terrible había ensombrecido todos los recuerdos maravillosos del tiempo que había pasado trabajando allí con su abuelo, y lo odiaba.

¿Sería posible recuperar los buenos recuerdos? ¿Utilizarlos para ahogar tanta fealdad impuesta por aquellos locos?

—¿Estás bien?

Cannon era sólido como una roca comparado con ella, que se sentía como una auténtica cobarde. Así que mintió.

—Por supuesto —su sonrisa podría no haber sido tan radiante como pretendía, pero al menos había conseguido esbozarla—. ¿Puedo preguntarte algo?

—Pregúntame lo que quieras —dobló una curva y miró hacia ella.

Aquel intenso escrutinio cargado de compasión solo sirvió para ponerla más nerviosa.

—En realidad, no estabais enfadados, ¿verdad?

—¿Armie y yo? Claro que no.

Sonriendo por su pregunta, Cannon salió y rodeó el capó de la camioneta.

Yvette abrió la puerta.

—¿Y Denver y tú?

Como la camioneta era tan alta, la ayudó a bajar y mantuvo después las manos en su cintura, bloqueando con su cuerpo la vista de la casa de empeños. Estaba lo suficientemente cerca de Yvette como para convertirse en un parachoques que intentaba protegerla de la oscuridad que pretendía abrirse paso dentro de ella.

—A veces discrepamos en algo, pero no tienes que tener miedo de que nos peguemos. Desde luego no con enfado. Nos ganamos la vida peleando, así que nos pegamos casi a diario. Pero, créeme, sabemos cuál es la diferencia entre el deporte y la vida.

—Parecíais… muy enfadados.

—Solo éramos hombres comportándonos como tales.

—¿O luchadores comportándoos como luchadores?

—Es posible. Pero ten en cuenta que los deportistas profesionales, sobre todo los de artes marciales mixtas, son disciplinados en extremo. Podemos desahogarnos de vez en cuando sin dejar que las cosas se nos vayan de las manos.

—Intentaré recordarlo.

Cannon curvó los labios en una sonrisa.

—Ha sido encantadora tu manera de intentar hacerte cargo de la situación.

«La situación» eran unos cuantos hombres enormes, musculosos y capaces. Yvette se cubrió la cara gimiendo. Debía de haberles parecido una estúpida.

Cannon rio para sí y la abrazó contra su pecho.

—Te aseguro que has conseguido llamar la atención de todo el mundo.

Ella pensó otra vez en todos aquellos hombres clavando la mirada en ella y le dio un golpecito a Cannon.

—Ya basta —pero también ella sonrió.

Cannon la agarró por la barbilla mientras iba desapareciendo su propia sonrisa.

—¿Quieres que entre yo antes?

Yvette negó con la cabeza.

—No, no pasa nada.

Conseguiría hacerlo, fuera como fuera.

Tras tomar una bocanada de aire, le rodeó y se enfrentó a aquel edificio. Las persianas impedían que pudiera ver a través de los escaparates, sucios y oscuros en aquel momento, que solían estar iluminados con luces de neón. Sin el mantenimiento semanal de su abuelo, se multiplicaban las hierbas secas que habían ido creciendo a lo largo del camino resquebrajado.

Las hojas y la basura se amontonaban en las esquinas de la puerta, arrastradas por el viento y selladas por la lluvia.

Eran tantas las veces que Yvette había ido allí después del colegio... Y uno de sus primeros trabajos había sido el de cortar las malas hierbas. Su abuelo insistía en tener todo ordenado y bien organizado, y también tenía que serlo ella. Le había dado límites y objetivos.

Y mucho amor.

No fue consciente del tiempo que llevaba allí hasta que Cannon posó las manos en sus hombros y se inclinó para darle un beso en la sien.

No la estaba apremiando. Solo le estaba ofreciendo comprensión.

Yvette, que tenía ya las llaves en la mano, comenzó a girar la cerradura. Apreciaba tener a Cannon tan cerca, siguiéndola, y no enfrentarse en solitario a aquella penumbra. Al no tener aire acondicionado, cada respiración llegaba a sus pulmones cargada de un calor espeso y sofocante.

Encendió las luces. Todo parecía tan... desnudo.

Las estanterías y los armarios vacíos. Los suelos despejados. La pintura descascarillada de las paredes...

Cuando Cannon empujó la puerta para permitir que entrara la húmeda brisa, Yvette se acercó a la estantería metálica que antes albergaba las colecciones de monedas. Después se volvió hacia las vitrinas que su abuelo utilizaba como zona de recepción. También estaban vacías en aquel momento, pero todavía podía imaginar los relojes de oro y plata y toda la variedad de joyas que resplandecían en el pasado bajo los fluorescentes.

Fue entonces cuando ocurrió: un confortable calor se abrió paso hasta lugares que ni siquiera sabía tenía tan vacíos.

Con el corazón acelerado por la euforia, giró en círculo, reparando en las dimensiones de aquella enorme habitación. Quería llenarla otra vez. Quería que aquel edificio, y los buenos recuerdos, volvieran a la vida.

—Allí fue donde pusieron la cámara —señaló hacia una pared.

En vez de acercarse a ella, Cannon apoyó un hombro contra la pared.

—Lo sé.

Claro que lo sabía. Conocía cada detalle de lo ocurrido. Pero había algo dentro de ella que la urgía a expresarlo en palabras, como si, al relatarlo una vez más, pudiera ahuyentarlo.

—La mujer que trajeron iba drogada. Estábamos a punto de cerrar. Ellos sacaron las pistolas y bajaron las persianas.

Aunque Cannon permaneció en silencio, su mera presencia le proporcionaba la seguridad que necesitaba para revivir el pasado.

Aquel nefasto día solo había sido el comienzo de una pesadilla. Después de que les hubieran empapado tanto a su abuelo como a ella en gasolina, no le había quedado más remedio que contemplar con impotencia la violación de aquella mujer, todo ello mientras se preguntaba aterrada qué iba a ocurrir a continuación. Jamás en su vida había visto a su abuelo tan impotente y tan asustado. Por ella.

Cuando los tres hombres habían terminado con aquel repugnante juego, habían guardado sus cosas con intención de marcharse, no sin antes advertir a Yvette y a Tipton de lo que sucedería si llamaban a la policía.

No habían llamado a la policía, pero Cannon había notado que ocurría algo extraño. Era algo muy propio de él, siempre pendiente de todo cuanto ocurría en su barrio y al cuidado de los propietarios de todos aquellos pequeños negocios, gente a la que adoraba. Había llevado a dos policías amigos suyos hasta la tienda y allí había encontrado a Yvette y a Tipton.

El recuerdo era tan nítido que Yvette se abrazó a sí misma.

Cannon se apartó de la pared y se acercó a ella.

—A veces me pregunto si habrían ido a buscarte a tu casa si no hubiera intervenido yo.

Sin dejar de contemplar el interior y la disposición del local, Yvette dijo:

—Podrían haber venido a por mí aunque no hubieras hecho nada. Siempre lo supe, aunque intentaba decirme que no volverían. Intentaba creer que todo había terminado. Pero sabía que no era así —a pesar del sofocante calor, un escalofrío le recorrió la espalda al hablar de ello—. Creo que siempre tuvieron planeado venir a por mí.

Y lo hicieron. Habían ido a buscarla a la casa de empeños y después a su casa. En ambas ocasiones, Cannon había hecho todo lo posible para protegerla.

—Si no hubiera sido por ti, me habrían violado en mi casa. Eso también lo sé.

No había manera de agradecérselo, pero su abuelo lo había intentado. Alzó la mirada hacia Cannon y preguntó:

—¿Tú quieres vender la tienda?

—No.

La esperanza le atenazó la garganta.

—¿Estás seguro? Porque, Cannon, te debo tanto...

—No me debes nada —le enmarcó el rostro entre las manos y frunció el ceño, intentando transmitir su sinceridad—. No hables así.

Pero, tanto si lo aceptaba como si no, ella sabía cuál era la verdad.

—Si tú quieres, venderé inmediatamente. Podemos ir al despacho de Whitaker y...

—¿Qué quieres tú?

Qué pregunta tan complicada. Podría contestar que quería volver a sentirse completa, que quería sentir, experimentar, la ardiente y especial culminación del encuentro sexual.

Que quería volver a ser una mujer.

Pero aquello sería apoyarse en exceso en él. Y, al igual que otros hombres habían hecho, Cannon asumiría como un desafío lo que consideraría su curación. Y no quería volver a recorrer aquel camino. No, con Cannon no.

Cannon le acarició la mandíbula con los pulgares.

—Dime la verdad, Yvette.

A Yvette le encantaba que la acariciara de aquella manera, permitiéndole sentir su fuerza mezclada con su delicadeza. Era una potente combinación y nadie, jamás, había poseído nunca aquella capacidad para hacerle sentir tantas cosas.

Le rodeó las muñecas con las manos y alzó la mirada hacia él.

—Quiero darte todo lo que se supone que tienes que tener.

Cannon bajó la mirada hacia su boca.

—¿Y si lo que yo quiero es tenerte a ti?

Yvette contuvo la respiración.

—Cannon —le regañó.

El placer asomó a los ojos azules de Cannon.

—Yvette...

Ella se aclaró la garganta, decidida a hacer las cosas bien.

—Mi abuelo quería recompensarte por lo que hiciste.

—Tu abuelo quería que fueras feliz —respondió él, y añadió cuando la vio prepararse para contestar—. Lo sabes tan bien como yo, así que no sigas por ahí. Lo que tienes que hacer es ser sincera conmigo. Dime qué te haría feliz.

No podía, por lo menos, no podía contárselo todo.

—Yvette —la hizo alzar la cabeza utilizando el pulgar—. Si estuvieran todas las posibilidades abiertas, ¿qué te gustaría hacer? Aquí, ahora —la mantenía presa de su mirada—. Dime la verdad.

Eran muchas las posibilidades que la tentaban y sonrió insegura.

—Me gustaría volver a abrir el negocio.

Él también sonrió.

—¿De verdad? ¿Te gustaría que volviera a ser una casa de empeños?

—O una tienda de segunda mano de alto nivel —el entusiasmo era cada vez mayor—. Mi abuelo me enseñó muchas cosas y he utilizado mucho de lo que aprendí a su lado en mi propio negocio, pero también para comprar cosas que sabía podía vender sacándoles un beneficio. Todavía tengo muchas existencias que podría colocar aquí. Y este es el momento ideal para comprar más objetos en rastrillos particulares.

Cannon le dio un beso firme y fugaz en la boca.

A Yvette, emocionada con la idea y por aquel beso seductor, se le aceleró la respiración.

—Podría darle al negocio un aspecto tan bueno como el que tenía en nada de tiempo. Incluso podría conseguir que Vanity viniera a verme y me ayudara a arreglarlo todo.

—Yo también puedo echar una mano. Y también mis amigos.

¡Genial! Sonriendo con la emoción de una niña en la mañana de Navidad, sacudió la cabeza.

—No quiero que os sintáis obligados —giró, viéndolo todo con nuevos ojos. La realidad de cuanto había ocurrido permanecía allí, pero la promesa de lo que podía llegar a hacer alejaba aquellos recuerdos terribles a un rincón de su mente—. Disfrutaré arreglando y organizándolo todo.

—Sabes que Tipton también tenía algunas cosas almacenadas. Es posible que ya tengas muchos objetos.

—¡Es verdad!

Se acercó de nuevo a la vitrina de cristal, pensando en cómo quedaría después de una buena limpieza. El suelo tenía un aspecto un tanto tosco, pero no era nada que no pudiera arreglarse frotándolo, encerándolo y con unas cuantas alfombras.

—¿Sabes todo lo que tienes que hacer?

—Es posible que las cosas sean distintas aquí que en California, pero creo que en un par de meses lo tendré todo arreglado.

—Así que nos quedamos con la tienda.

«Nos». Una sola palabra capaz de encerrar tanto significado. Yvette intentó calmar el repentino aceleramiento de su corazón. De espaldas a Cannon, se obligó a decir con toda la ligereza de la que fue capaz:

—Te prometo que te compraré tu parte en cuanto pueda.

—O podríamos ser socios.

¿Cómo podía haberse acercado tanto a ella sin hacer un solo ruido? Se volvió y le vio justo delante de ella. Estaban frente a frente.

—No pretendo decirte cómo tienes que hacer las cosas, pero no me importaría participar de vez en cuando.

—¿De verdad es eso lo que quieres? —insistió Yvette.

Ella podía organizarlo todo, dirigir quizá el negocio, pero dándole un porcentaje de los beneficios…

—Imaginaba que a estas alturas ya lo tendrías claro.

Volvió a posar los labios sobre los de Yvette. En aquella ocasión fue un beso más largo, más profundo, y tan ardiente que pensar comenzó a resultar imposible.

Cannon puso fin a su beso con desgana, pero mantuvo el rostro de Yvette frente al suyo.

—Me gusta la tienda, y la casa está muy bien. Pero, sobre todo, te quiero a ti —sonrió como si no hubiera dicho nada importante—. Y no voy a dejar de decírtelo hasta que me creas.

¿Y hasta que ella le correspondiera?

Yvette negó con la cabeza. Ambos sabían lo que había ocurrido más de tres largos años atrás.

CAPÍTULO 8

Al día siguiente, decidió Cannon, llamaría a Mindi para decirle que iban a quedarse con la casa de empeños. Aquella noche lo que quería era asegurarse de aclarar las cosas con Yvette.

Después de que él se hubiera vuelto a declarar en la tienda, se había quedado tan callada que le preocupaba, aunque intentaba no demostrarlo.

Ya le había dicho varias veces que la deseaba, pero siempre con el mismo resultado. Ella también le deseaba, de eso estaba seguro. Y, con el tiempo, llegaría a conquistarla.

Después de ir a comprar algo de cenar, habían vuelto a casa en relativo silencio. Yvette había estado buscando los números de teléfono y la información que necesitaba para poner en marcha el negocio. Había hecho un par de llamadas y había añadido algunas notas en el calendario del móvil.

Mientras veía cómo ella echaba raíces en aquella comunidad, arraigándose a través de aquel intento de establecerse, a Cannon le había envuelto una sensación de paz. Y había sido consciente de que quería que regresara para siempre.

Y, si tenía alguna duda sobre la posibilidad de que Yvette pudiera ser feliz allí, le había bastado escucharla para descartarla.

El abuelo de Yvette tenía razón. Aquel era el lugar al que pertenecía.

En vez de comerse aquellas cargadas hamburguesas en la

mesa, unas hamburguesas que eran todo un lujo para él, se sentaron en el sofá a ver la televisión.

Yvette le sorprendió por su voraz apetito. Siendo una mujer tan menuda, la había imaginado picando un poco de ensalada, y no zampándose una hamburguesa con patatas fritas y un batido de chocolate.

Al verla en aquel momento acurrucada en uno de los extremos del sofá, con los pies escondidos y un cojín en el regazo, la deseó más que nunca.

La vio morder la última patata y volvió a desearla.

Yvette sorbió con la pajita y todos los músculos de Cannon se tensaron.

Pero podía esperar y, tal y como Armie había sugerido, quizá dedicar sus energías a seducirla. Aquello le hizo sonreír.

Ella desvió la mirada.

—¿Qué pasa?

Cannon sacudió la cabeza.

—Solo estaba pensando.

En seducirla.

Era una habilidad que había perdido. Incluso antes de participar en la SBC le había resultado fácil conquistar a una mujer. Y, con bastante frecuencia, eran ellas las que se le ofrecían.

Pero no Yvette.

La vio fruncir el ceño con expresión interrogante y volverse con desgana hacia la televisión.

—¿Cuándo quieres que echemos un vistazo a las existencias que dejó Tipton?

Yvette dio otro largo sorbo a su batido, lo acabó y se levantó para recoger los envoltorios vacíos.

—No me importaría ir ahora mismo para saber así con qué tengo que trabajar. A lo mejor podemos ir mañana —y, de camino hacia la cocina, añadió—: También llamaré pronto a Vanity.

A Cannon le encantaba su entusiasmo, sobre todo porque, cuanto más se implicara, más probabilidades habría de que se quedara para siempre.

Cannon apagó el televisor y se dirigió a la cocina tras ella.

—Yo te acompañaré.

Yvette se detuvo cuando estaba a punto de dejar la basura en el cubo que había debajo del fregadero.

—De acuerdo.

Justo en ese momento, sonó su teléfono anunciando la entrada de un mensaje. Sin mirar a Cannon, ella regresó a donde había dejado el teléfono, al final de la mesa, leyó el mensaje y volvió a dejar el teléfono sin molestarse en contestar.

¿Sería su novio otra vez? Su exnovio, se recordó Cannon.

—¿Va todo bien?

Con expresión un tanto culpable, Yvette le contestó con una luminosa, pero falsa, sonrisa.

—Claro.

Pero, cuando intentó rodearle para salir de la cocina, Cannon la detuvo. Tenía que seducirla, se recordó, y se inclinó hacia ella para susurrarle en voz baja:

—¿Qué planes tienes para esta noche?

—¿Para esta noche?

Cannon le acarició el pelo y deslizó después los dedos por su hombro y su brazo.

—Recuerda que yo voy a salir porque he quedado con mis colegas.

Los segundos pasaron lentamente, hasta que al final ella se obligó a contestar:

—¿Un reencuentro de amigos?

Eso y más. Pero se limitó a contestar:

—Estaré fuera un rato —posó las manos en su cintura y la atrajo hacia él—. ¿Piensas quedarte en casa?

Con un poco de suerte, pensaría en él. Le echaría de menos.

—Todavía no estoy segura.

No era la respuesta que esperaba. ¿Adónde pensaba ir? Desde luego, no iba a volver al Rowdy's. ¿Tendría otros amigos en el pueblo?

¿O tendría miedo de quedarse sola en casa? A lo mejor debería cancelar sus planes y quedarse por allí.

—Si prefieres…

—Lo que prefiero es no ser un estorbo. Sal, diviértete.

Agarró el teléfono e hizo un rápido movimiento, como si estuviera intentando escapar.

Pero él volvió a seguirla. Era una suerte que la casa no fuera grande, teniendo en cuenta que Yvette parecía decidida a obligarle a perseguirla.

Volvió a dejar el teléfono en la mesa para sacar la bolsa de la basura. Y, maldita fuera, volvió a entrar otro mensaje.

Yvette lo ignoró, de modo que él también intentó hacerlo.

—¿No tienes amigos con los que te apetezca recuperar el contacto?

—La verdad es que no. Desde que me fui, no he estado en contacto con nadie de aquí —cerró la bolsa y sacó otra para sustituirla.

¿Aquella vaguedad sería intencionada?

—¿Entonces adónde te gustaría esta noche?

—No sé —se sacudió las manos e intentó apartarse de su mirada—. A lo mejor voy al cine o algo así.

Definitivamente, tendría que cancelar esa cita. Sabía que sus amigos no le darían tregua, pero, aun así, imaginarla sola en el cine…

Sonó en aquel momento el teléfono de Yvette.

Permanecieron mirándose el uno al otro hasta que el teléfono enmudeció.

Cannon arqueó una ceja.

Ella agarró la bolsa con intención de salir de la cocina.

Pero él la detuvo apoyando la mano en su brazo.

—Iré yo en un momento al garaje.

Pero ella no se lo permitió. Replicó en tono de enfado:

—Soy perfectamente capaz de sacar la basura.

Cannon apartó las manos y las alzó con un gesto de disculpa.

—Lo siento.

Yvette resopló frustrada y desvió la mirada. Al cabo de tres segundos de silencio, recuperó su aspecto sereno.

—Lo único que pretendo decir es que no cuesta nada.

—Muy bien. En ese caso, deja que vaya yo.

La indecisión le hizo fruncir el ceño hasta que le tendió la bolsa a Cannon con un gesto brusco.

—Muy bien, ¡adelante! ¡Dale!

—Cuidado con tus palabras cariño. No le digas nunca «dale» a un luchador.

Robó un beso fugaz de aquella terca boca y se marchó silbando hacia el garaje. Le divertía irritarla y, a pesar de sus buenas intenciones, la reacción de Yvette cada vez que la besaba le hacía desear acelerar las cosas.

Acelerarlas más de lo que ya lo estaban, porque la verdad era que estaba actuando como una apisonadora y lo sabía. Debería disculparse y, aun así, dejar claro que era muy probable que aquello volviera a ocurrir.

El cubo del garaje estaba casi lleno con los envoltorios de los cerrojos que había comprado Yvette. Al verlos, Cannon recordó lo difícil que debía de estar siendo todo aquello para ella. Presionó la basura, metió la bolsa, colocó la tapa y regresó de nuevo al interior.

Encontró a Yvette apoyada contra la encimera, con el teléfono en la mano, leyendo un mensaje.

—¿Quién te está llamando?

Yvette se sobresaltó y frunció el ceño con expresión acusadora.

—Cuando has dicho que ibas en un momento al garaje, no sabía que estabas siendo tan literal. No hacía falta que corrieras.

Pendiente de todos los matices de su expresión, Cannon descubrió en ella no solo un ligero enfado, sino también preocupación.

—No he corrido. Lo que pasa es que estabas distraída —se acercó a ella—. De verdad, Yvette, me gustaría saber qué te pasa.

El teléfono volvió a sonar.

Yvette se mordió el labio.

—Dice que va a venir a verme.

Cannon sintió el cosquilleo de la inquietud bajo la piel.

—¿Quién?

—Heath.

Heath, su ex.

—¿Cuándo?

—No lo sé. A lo mejor solo es una amenaza —suspiró y tomó después una decisión—. Es un poco obsesivo.

—¿Contigo?

—Con todo. Es parte de su personalidad. Él quiere que sigamos y yo no, así que he estado ignorándole.

—¿Has estado ignorando sus llamadas?

—Y sus mensajes, y sus correos, y los mensajes que me ha mandado por Facebook. Por eso quiere venir. Para que hable con él. Supongo que espera que ceda y le conteste.

—¿Te pone nerviosa?

Yvette sacudió la cabeza con determinación.

—No le tengo miedo.

—De acuerdo —se ponía muy a la defensiva para demostrar que no era una mujer miedosa—, tranquila…

—Es solo que… —dejó el teléfono a un lado y se frotó la sien—. No quiero volver al pasado. Ya lo hemos intentado varias veces. Tanto si lo quiere aceptar como si no, hemos terminado.

—Eh —Cannon le quitó las manos de las sienes y las sustituyó por las suyas—. No voy a permitir que nadie te haga daño.

Ella se echó a reír, se apoyó contra él y le dio un ligero abrazo.

Cannon dobló los brazos a su alrededor, intentando no excitarse. Yvette estaba buscando afecto, no una erección.

Era agradable que hubiera iniciado ella el contacto en aquella ocasión. Con un poco de suerte, comenzaría a sentirse cómoda, igual que él, como si aquellos tres años no hubieran pasado nunca.

Pero se sentiría mucho mejor en lo relativo a aquella situación si supiera qué había exactamente entre Yvette y su ex.

—¿Por qué te separaste de él?
Ella se movió incómoda, pero no se apartó.
—Rompí con Heath por la misma razón por la que no puedo empezar una relación contigo.
—Nosotros no estamos empezando nada —le explicó él con delicadeza—. Estamos retomando una relación allí donde la dejamos.
Con un suave gemido, Yvette apoyó la frente en su pecho y bajó la mirada hacia… bueno, a lo mejor hacia su bragueta, aunque era más probable que le estuviera mirando los pies.
Y contestó susurrando apenas:
—En ese caso, estaríamos empezando desde cero, porque, en realidad, nunca hubo nada entre nosotros.
Cannon no podía permitir que siguiera por allí, bajo ningún concepto; había habido tanto que incluso a él le había costado comprenderlo, hasta que había vuelto a verla y habían resurgido todos aquellos sentimientos.
—Sé que has sufrido mucho, pero…
—Cannon —le interrumpió con un susurro—, ¿podrías hacer algo por mí?
A pesar del poco tiempo que habían pasado juntos, Cannon estaba empezando a pensar que haría cualquier cosa por ella.
Yvette retrocedió y le miró con una sonrisa sincera.
—¿Me lo prometes?
Dios santo. Aquella mujer tenía un efecto increíble en él.
—Sí.
—Por favor, vete con tus amigos. Sal y diviértete. Y no te preocupes por mí. Finjamos… finjamos que soy otra mujer. No una mujer a la que amenazaron e hirieron, no aquella criatura que no paraba de llorar y permitió que hicieran de ella una víctima —él comenzó a hablar, pero Yvette le silenció posando un dedo en sus labios.
Y hasta eso le excitó.
—No asocies todo lo que piensas de mí con el pasado, ¿de acuerdo? ¿Podrías hacer eso por mí?

¿Por qué no le habría pedido algo más fácil? Como, por ejemplo, la luna.

Sosteniéndola por la cintura, la alzó hasta sentarla en la encimera. Ella le agarró por los hombros para sostenerse y él se colocó entre sus piernas. Después, deslizó las manos por sus caderas y la acurrucó contra él de tal manera que sus pechos y sus partes más íntimas se tocaban.

—Saldré, e intentaré no preocuparme. Pero, cariño, es imposible que piense en ti como si fueras cualquier otra mujer. Te guste o no, eres especial para mí.

A los ojos de Yvette volvió a asomar aquella mirada con la que parecía estar diciendo «¡ay, Dios!».

Seducción, tenía que recordárselo a sí mismo. A lo mejor con Yvette todo llegaba de una forma más natural.

—¿Y tú me prometerás algo también?

—De acuerdo.

—Prométeme que si Heath se convierte en un problema me lo dirás.

—Sé cómo manejarle.

Él asintió, demostrando así que lo aceptaba, pero insistió.

—Prométemelo de todas formas.

—De acuerdo.

—Llevaré el teléfono encima en todo momento. Si cualquier cosa te asusta, llámame.

Yvette acercó la mano a su cuello.

—¿Y si te llamo cuando crea que existe una verdadera amenaza? Después de llamar a la policía. ¿Te conformarías con eso?

Con lo que quería decir que se asustaba a menudo y que ya no confiaba en su propia intuición.

—Podría ser tarde. Llámame alrededor de las doce, o a la una, quizá.

Yvette fingió un bostezo.

—Para entonces ya estaré en la cama.

Cannon sabía que le pasaba algo, pero no sabía qué.

—Pero avísame cuando entres en casa. Para que así, cuando oiga ruidos, no piense que...

Él tomó su boca en un beso no tan fugaz como pretendía, y muy alejado de aquello que de verdad deseaba.

—Te avisaré.

Ligeramente aturdida, ella clavó la mirada en su boca y se obligó a salir de su ensimismamiento.

—Deberías dejar de hacer eso.

Cannon respondió con la verdad.

—No sé si puedo.

En los labios de Yvette tembló una sonrisa y le sorprendió diciéndole con suavidad.

—No debería, pero, en cierto modo, me alegro.

A Cannon le dio un vuelco el corazón. Al diablo con los planes de salir. Si ella estaba dispuesta...

Pero Yvette posó la mano en su pecho y le dijo:

—Ahora, vete.

¡Maldita fuera! Cannon no le dijo que le estaba echando de casa una hora antes de lo que necesitaba. Ella aseguraba que no podía haber nada entre ellos, pero, con un simple beso, se había suavizado y había parecido dispuesta a todo. Él necesitaba tiempo para pensar y la propia Yvette parecía querer un poco de intimidad.

La dejó de nuevo en el suelo y se dirigió hacia el pasillo para ir a cambiarse. Cuando volvió minutos después, Yvette estaba en la mesa de la cocina, con un montón de papeles frente a ella.

—¿Es la documentación de tu abuelo?

Ella asintió.

—No encontraba lo que necesitaba entre los papeles que nos dio el abogado, pero me he acordado de que el abuelo guardaba toda la documentación en el aparador.

Por encima del hombro, Cannon vio unos recibos amarillentos y algunas cuantas hojas rotas.

—No está tan ordenado como suele ser habitual, pero creo que puedo averiguar lo que es. Tiene tres unidades de almacenaje diferentes. Es posible que me lleve algún tiempo revisarlo todo y hacer el inventario.

—Parece que vamos a tener que hacer una salida.

Podría ir con ella parar a comprar las cosas que necesitaba para asegurar la casa y, quizá, también algo de comer. Iba a ser un día muy completo, sobre todo si era capaz de instalar todos los dispositivos de seguridad.

—Se me ha ocurrido algo —sonriendo, se volvió hacia él.

Al verle con los vaqueros y una camiseta negra en la mano, se quedó paralizada.

Disfrutando al ver su rostro ruborizado y al advertir cómo se hacía más profunda su respiración, Cannon se tomó su tiempo a la hora de ponerse la camiseta.

Cuando terminó, ella alzó la barbilla.

—Me gusta salir a correr a primera hora.

—Sí, a mí también.

Yvette le señaló con la mano.

—Pero tú acabas de llegar de un largo viaje y vas a salir hasta tarde, así que...

—Nada de preocupaciones. Podré aguantarlo.

Yvette le miró con el ceño fruncido.

—Todavía tienes moratones, estás recuperándote de tu última pelea y...

Cannon no estaba dispuesto a permitir, bajo ningún concepto, que hiciera un listado de sus achaques: no quería que mencionara hasta qué punto le habían destrozado ni lo condenadamente cerca que había estado de perder.

—No es para tanto,

—Pero, si mañana me levanto antes que tú, no quiero despertarte.

—¿A qué hora sueles salir?

Yvette apretó los labios.

—¿A las seis?

—¿No lo sabes?

¿O estaría inventándose la hora para desanimarle?

—A las seis.

—Muy bien. Pues a la seis entonces. Suelo levantarme a las cinco y media.

Era cierto. Estaba deseando poder dormir más durante aquella visita, pero por Yvette estaba dispuesto a arreglárselas con algunas horas menos de sueño.

—¿Algo más? —añadió.

—Bueno… —Yvette dejó escapar una bocanada de aire—. Hay una cosa más.

—Muy bien.

Un nuevo suspiro y soltó bruscamente:

—Me gusta.

¿Y qué sentido tenía que estuviera sonrojada?

—¿Qué es lo que te gusta?

—Eso. El ser alguien especial para ti —comenzó a hablar a toda velocidad—. Sé que los motivos por los que soy especial para ti son horribles, que, de alguna manera, lo que ocurrió nos ha unido para siempre, pero, aun así, me alegro de tenerte como amigo.

Amigo, sí, claro. No iba a tardar mucho en quitarle aquella idea de la cabeza. Pero no iba a hacerlo en aquel momento, cuando estaba a punto de salir.

—Yo también —con toda la naturalidad de la que fue capaz, se acercó a ella y le dio un beso de despedida—. Y mañana por la mañana no te vayas sin mí.

—¿Estás seguro de…?

—Completamente.

Su seguridad aumentaba con cada segundo que pasaba junto a ella. Como no se fuera pronto, terminaría quedándose, de modo que Cannon se obligó a dar media vuelta y marcharse.

Los minutos, las horas fueron arrastrándose con la lentitud del caracol, hasta que llegó un momento en el que Yvette ya no soportaba su propia compañía. Intentó distraerse con la televisión. Y atiborrándose de palomitas de maíz y de chocolate. Pero, al estar sola en aquella enorme casa vacía, oía ruidos que ni siquiera procedían de allí. Necesitaba desconectar un rato, hacer algo que la ayudara a mantener el cerebro ocupado.

No era tan tonta como para arriesgarse a salir a correr a aquella hora de la noche y, como le había dicho a Cannon, no tenía amigos en la zona. La perspectiva de quedarse sola a ver las películas que echaban en la televisión no la atraía en absoluto, así que decidió salir a alquilar un DVD. Se puso las sandalias y una camisa encima de la camiseta y, en menos de un minuto, estaba en la calle, echando los cerrojos de la puerta.

Era lógico, se dijo a sí misma, que a una mujer le provocara cierta inquietud salir sola en medio de la noche, por muy bien iluminada que estuviera aquella zona por la luz de las farolas. Tras conducir hasta una pequeña zona comercial, buscó el videoclub que recordaba, pero descubrió que se había convertido en una tienda de ropa de segunda mano. Continuó conduciendo, pasó por delante del Rowdy's y siguió avanzando hasta encontrar otro videoclub.

Aparcó en la acera, salió, cerró el coche y mantuvo las llaves apretadas con fuerza en la mano. Sabía el lugar exacto del bolso en el que llevaba el espray de gas pimienta y procuró escrutar atentamente los alrededores mientras cruzaba la calle para dirigirse a aquella tienda un tanto deteriorada.

La zozobra palpitaba bajo su piel, pero decidió ignorarla. Si quería llegar a superar el pasado, tenía que dejar atrás aquellos miedos ridículos.

Mientras dedicaba unos minutos a tranquilizarse, estudió el interior. Solo había hombres dentro de la tienda. Cinco, sin contar con el dependiente. En la parte delantera de la tienda había unas estanterías con DVD antiguos ordenados por géneros. Una puerta rodeada de luces conducía hacia otra sección del videoclub, pero Yvette fue directa hacia las películas de acción, que quedaban a su izquierda.

Desgraciadamente, había allí dos hombres, hablando entre sí.

Hasta que no estuvo más cerca de ellos, no comenzó a preguntarse si no estarían haciendo algún trato relacionado con drogas, teniendo en cuenta lo quedo de su conversación y las miradas que dirigían a su alrededor.

Yvette comenzó a buscar algo que despertara su interés y fingió ignorarles mientras iba estudiando detenidamente las estanterías. Se quedaron callados, observándola de una forma tan calculadora que pudo sentir su lúbrica atención sobre ella. Su creciente nerviosismo imprimía torpeza a los movimientos de sus manos.

Ansiosa por salir de allí, agarró una película antigua de Tom Cruise y se dirigió hacia la caja registradora. El dependiente era más joven, tenía la cabeza tatuada y afeitada y le sonrió de una manera que le hizo desear rociarle con el espray.

«Tranquilízate», se ordenó a sí misma, «estás en un sitio público. La puerta de la calle está abierta. Hay gente en la calle....».

—¿Algo más? —preguntó el chico, en un tono burlón y sugerente.

Yvette se sobresaltó al oír su voz.

—No, gracias.

Hasta que el dependiente no le devolvió la película no se fijó en la pila de DVD devueltos que tenía tras él.

Eran todos vídeos de sexo.

Pornografía.

Se volvió sobresaltada y clavó la mirada en la puerta que había al final de la habitación.

¿Cómo podía haber sido tan estúpida?

Cuando vieron que acababa de darse cuenta de dónde estaba, los dos hombres la miraron con expresión lasciva.

Ella giró a toda velocidad para marcharse, pero chocó contra un tipo alto de complexión dura que la agarró del brazo.

—¡Eh, tranquila!

Yvette alzó la mirada hacia aquellos ojos de un castaño profundo y quiso derretirse por el alivio.

—Armie...

En cualquier otro momento, la expresión estupefacta de Armie le habría parecido divertida.

—¿Yvette?

Sin soltarla, miró a su alrededor, escrutando con la mirada a los demás clientes.

Todos ellos dieron media vuelta.

Bajó la voz y le preguntó a Yvette:

—¿Qué demonios estás haciendo aquí?

Yvette le mostró la película de Tom Cruise y advirtió el temblor de su propia mano.

Armie apretó los labios con un gesto de desaprobación.

—No deberías estar aquí.

—No sabía que...

Armie miró por encima del hombro y la miró de nuevo.

—Cannon se va a poner hecho una fiera.

Yvette estuvo a punto de echarse a reír. La verdad era que, en aquel momento, Cannon era la menor de sus preocupaciones. Envalentonada por su presencia, se desasió de Armie y relajó sus músculos agarrotados.

—¿Y tú qué estás haciendo aquí?

—Comprar porno.

En aquella ocasión sí se atragantó.

—No, lo digo en serio.

Elevó los ojos al cielo. Armie era uno de aquellos hombres con una sexualidad tan acusada que ninguna mujer podía tomárselo en serio, pero cualquier mujer podía sentirse a salvo con él.

—Pensaba que esta noche ibas a salir con Cannon.

—Sí, y estoy con él. Pero ha ido a hacer una visita a.... eh.... —se frotó la nuca, despeinando todavía más su pelo ya revuelto—, a una gente del barrio, así que he decidido adelantarme para ocuparme de mis cosas —y con la clara intención de distraerla, esbozó una sonrisa avergonzada—. Mañana por la noche tengo que entretener a una mujer que se vuelve salvaje con unas cuantas imágenes.

Yvette se cruzó de brazos y dio unos golpecitos con el pie en el suelo. Por increíble que pareciera, Armie comenzó a revolverse incómodo.

—Así que —comenzó a decir Yvette, mirándole con los ojos entrecerrados—, ¿Cannon ha ido a ver a unas mujeres?

—No es lo que estás insinuando. Bueno, en realidad, podría haber sido así porque todas ellas lo están deseando, ya sabes. Pero lleva años evitándolas.

¿De la misma forma que la había evitado a ella años atrás?

Tras haber comenzado a confesar, Armie decidió lanzarse de lleno.

—Son bailarinas de *striptease*. Antes de que Rowdy comprara el bar, trabajaban allí. Rowdy quitó la barra de *striptease* y todas las chicas menos una cambiaron de local para poder conservar las propinas que se sacan con su trabajo.

¡Uf! Yvette no tenía palabras. ¿Por qué había ido Cannon a verlas si no tenía interés en ellas? Dudaba seriamente de que fuera para hablar del tiempo.

Y no recuperó el habla hasta que Armie dijo:

—Son cinco.

¿Cinco?

—Maravilloso. Estoy segura de que agradecerá sus atenciones.

Se movió para rodear a Armie, pero este, el muy canalla, la siguió.

—¿Quieres salir ya? ¿No quieres llevarte nada más? ¿Ya tienes todo… lo que necesitas?

Yvette no contestó, pero aquello solo sirvió para animarle.

—¿Has mirado en el cuarto de atrás? ¿No? Es digno de ver. Hay un montón de juguetes colgando del techo.

Paralizada por la sorpresa, Yvette se quedó mirándole de hito en hito.

—¿Juguetes?

—Sí, ya sabes. Vibradores de diferentes tamaños, esposas, toda una variedad de dil…

—¡No! —comenzó a caminar otra vez, en aquella ocasión, a más velocidad—. Y, por favor, cállate.

—De acuerdo —contestó él sonriendo—, pero te acompaño.

Aunque se alegraba de tener compañía después del miedo que había pasado, le dijo:

—¿No te olvidas del porno?

—No se va a mover de aquí.

Yvette percibía su tono burlón en cada una de sus palabras.

—Y hay mucho donde elegir —añadió.

—No lo sabía. Yo solo he visto la sección de películas de acción.

—Sí, de acción tienen muchas cosas. De acción nudista, de tríos en acción, de acción sadomasoquista, de acción entre médicos y enfermeras. Cualquier tipo de acción que se te ocurra.

Armie no podía estar al tanto de su pasado. No podía saber nada de aquellos animales que la habían obligado a mirar mientras grababan la violación de una mujer. De aquellos locos que la habían amenazado…

—No todo es igual, ¿sabes?

Bueno, teniendo en cuenta la amabilidad de su tono, a lo mejor lo sabía. Y era probable que ella se lo hubiera recordado sin pretenderlo. Yvette no sabía qué decir, de modo que desvió la mirada.

Armie fue bajando la cabeza hasta aparecer de nuevo en su línea de visión.

—A veces —continuó entonces, en el mismo tono bromista e infantil, arqueando repetidamente las cejas— es muy divertido.

—Armie.

Este se enderezó tras haber alcanzado su objetivo.

—¿Sí, muñeca?

—Este es mi coche.

La sonrisa de Armie fue tal que estuvo a punto de hacerla sonreír también a ella.

—No voy a conseguir que te pongas colorada, ¿eh?

Cannon lo conseguía constantemente.

—No con algo tan tonto.
—En ese caso, tendré que esforzarme más.
Yvette desbloqueó el coche.
—¿Y por qué quieres que me sonroje?
Poniéndose muy serio, Armie bajó la mirada y contestó en tono quedo y sincero:
—Porque a Cannon le importas mucho y, para mí, él es como un hermano, así que eso significa que también me importas.
Entonces sí que se sonrojó.
Y a Armie le encantó.
—Ahí lo tienes —le dijo con suavidad—. Si esperas un poco, Cannon llegará en cualquier momento.
—No —lo último que quería era entrometerse en la velada que quería compartir Cannon con sus amigos. Le tocó el brazo a Armie—. No hace falta que le cuentes que…
—¿Has ido a por una película a un famoso local porno? —respondió riendo—. Claro que se lo voy a contar. De hecho, estoy deseando contárselo.
Yvette le fulminó con la mirada, pero aquello solo sirvió para aumentar su diversión.
—Serás gilipollas…
Aquel insulto le hizo arquear las cejas.
—La verdad es que no sé por qué me sorprendo —musitó mientras la observaba meterse en el coche—. Al fin y al cabo, después de haberte encontrado en un local porno no debería sorprenderme nada, ¿no?
—Adiós, Armie.
Armie sonrió de oreja a oreja.
—Adiós, Yvette.
Lo dijo en un tono tan meloso, pícaro y seductor que Yvette pudo entender perfectamente que las mujeres un tanto perversas le adoraran.
Y habría apostado cualquier cosa a que las que no lo eran también se sentían atraídas por Armie. Aunque no ella.

Ella ya estaba enamorada de Cannon.

Y, teniendo en cuenta lo que le había dicho Cannon horas antes y lo que Armie acababa de confirmar, necesitaba sincerarse con él.

Ya era suficientemente malo que ella tuviera que pasarlo tan mal.

No había ningún motivo para que Cannon tuviera que sufrir.

CAPÍTULO 9

Después de lo que Armie le había contado, Cannon puso pronto fin a la noche. Era tarde, sí, pero no tanto como él había anticipado. Había durado solo una hora más y después ya no había sido capaz de aguantar.

Sus amigos se habían reído de él cuando se había separado de ellos, pero no le había importado. Con el retorcido sentido del humor que les caracterizaba, le habían gastado toda clase de bromas estúpidas. Le habían seguido por todo el barrio y él había terminado cruzando los aparcamientos vacíos hasta llegar al lugar en el que había dejado la camioneta.

De camino a casa, pasó por la casa de empeños y vio a un tipo que salía huyendo de la puerta principal. Si por él hubiera sido, habría aparcado y habría corrido tras él, pero el resplandor del fuego le detuvo.

Alerta, por si se trataba de una emboscada, se acercó y vio que el fuego procedía de un cubo de basura que había delante del local. Probablemente solo se trataba de un acto de vandalismo, pero, maldita fuera, no podían haber encontrado un momento peor, justo cuando Yvette había decidido volver a abrir la tienda. Apagó el fuego antes de que pudiera hacer ningún daño y después, sabiendo que Rowdy estaría trabajando en el bar, le llamó.

Contestó Ella, lo que quería decir que Avery debía de estar

en su tiempo de descanso. Cuando la camarera dejó el teléfono para ir a buscar a Rowdy, Cannon pudo oír el barullo de la clientela de fondo. El bar estaba a tope. Cannon odiaba tener que molestarle.

Medio minuto después, Rowdy contestó con un intuitivo:
—¿Qué ha pasado?
—A lo mejor nada —sin dejar de andar a lo largo de su camioneta y pendiente de los jóvenes que había al otro lado de la calle, le contó a Rowdy lo ocurrido—. Acabo de convencer a Yvette de que debe abrir la tienda, pero con este maldito fuego… No sé, Rowdy, no quiero asustarla.
—Lo primero que voy a hacer va a ser llamar a Logan para avisarle, para que la policía eche un vistazo. A lo mejor deberías instalar cámaras. Y quizá unas cuantas alarmas.
—Sí, pretendía ponerlas en casa, así que podría incluir la tienda —lo que significaba que, definitivamente, Yvette se enteraría de lo del fuego—. Mierda.
—En segundo lugar —añadió Rowdy, interpretando sin la menor dificultad su reacción—, Yvette no es de porcelana.
—No, no lo es —se mostró de acuerdo Cannon—. La verdad es que me sorprende lo fuerte que es. Pero es posible que la amenaza de un fuego puede hacerla cambiar.
—Tú también estuviste amenazado, igual que Yvette, y no has dejado que te asusten unos trapos viejos ardiendo. No pienses que se va a asustar. Lo que tienes que hacer es contárselo todo —le aconsejó Rowdy—. Después, deja que sea ella la que decida si merece la pena ocuparse del caso o prefiere dejar esos dolores de cabeza en el pasado.

Lo que a Cannon le preocupaba era que también quisiera dejarle a él en el pasado. Quería tener la oportunidad de volver a conocerla, y en todos los sentidos imaginables.

Quería tener la oportunidad de hacer realidad aquella fantasía.

—Una cosa más —le dijo Rowdy.
—¿Sí?

—Si no está contigo, ¿eso significa que está sola? Porque, por mucho que piense que esto ha sido un caso de vandalismo, no podemos ignorar el pasado.

—En eso estamos de acuerdo —admitió Cannon, y en el fondo eso era lo que le preocupaba—. Durante el tiempo que Yvette ha estado fuera nadie le ha hecho nada a la tienda. Lo sé porque he pasado por la tienda cada vez que he vuelto a Warfield.

—Yo también he estado pendiente —le dijo Rowdy.

A Cannon no le sorprendió que Rowdy hubiera estado alerta. Llevaba el instinto de protección en la sangre.

—Ahora mismo voy de camino a casa de Yvette.

—Si no tengo noticias tuyas, daré por sentado que no ha pasado nada.

—Sí. Y, ¿Rowdy? Gracias.

Cannon guardó el teléfono mientras corría hasta la cabina de la camioneta y se montaba. Estaba a menos de diez minutos de la casa, pero en aquellas circunstancias le parecieron horas.

Aparcó en el camino de la entrada. Todo parecía bastante tranquilo y había luz suficiente como para guiar un barco. Parte de la aprensión desapareció, pero se sentiría mucho mejor cuando viera a Yvette.

Pensando que estaría acostada, abrió la puerta y entró sin hacer ningún ruido.

—¡Hola!

Clavó la mirada en ella. El resplandor azulado de la televisión enmudecida la iluminaba. Estaba acurrucada en el sofá con una camisola blanca, unos pantalones de pijama de rayas y la melena trenzada sobre el hombro.

—Hola —Cannon cerró la puerta y echó el cerrojo—. Pensaba que estarías en la cama.

Yvette encogió un hombro desnudo.

—Si no estás demasiado cansado, he pensado que a lo mejor podríamos... —se interrumpió y desvió la mirada.

El miembro de Cannon reaccionó, anticipando lo que Yvette iba a decir.

—No estoy cansado en absoluto.

De hecho, estaba tan tenso que sabía que no iba a ser capaz de dormir.

Yvette dejó escapar el aire que estaba reteniendo con un melancólico suspiro.

—Todo esto me resulta... un poco embarazoso.

Asegurándose de no agobiarla, Cannon se sentó con ella en el sofá.

—Soy yo, no tienes por qué resultarte violento.

Cuando se sentó, el cojín del sofá se hundió, acercándole la cadera de Yvette.

Procurando hacerlo de forma sutil, se acercó a ella, llenándose de su fragancia, una excitante combinación de champú, crema e Yvette, una Yvette cálida, dulce y condenadamente sexy.

Los pantalones del pijama, con rayas de colores intensos, la cubrían prácticamente hasta los pies que tenía sobre el sofá. Pero la camisola... Dios santo.

Era de una tela blanca y elástica que abrazaba sus senos y mostraba la sombra de los pezones. Era casi imposible no intentar acariciarla, pero Cannon consiguió desviar las manos hasta sus hombros.

—¿Estás bien?

Yvette asintió.

—Sí. Bueno, sí, pero no.

Cannon no tenía la menor idea de qué era lo que estaba diciendo, pero tenía que besarla. En ese mismo instante. Intentó resistirse y perdió. Se inclinó hacia delante y acarició apenas sus labios, disfrutando del momento.

Yvette le rodeó el cuello con los brazos y le atrajo hacia ella. Fue una invitación irresistible.

Volviendo la cabeza, presionó sus labios abiertos y tomó su boca con la lengua. Y, ¡Dios santo!, qué bien sabía. La presionó contra el respaldo del sofá, con una mano en su boca y deslizando la otra por la curva de su cintura. La tela casi insustancial de la camisola le permitió deslizar la mano bajo ella para acariciar su piel desnuda.

Trepó hacia arriba, pero Yvette retrocedió.

—Vaya, lo siento.

Temblando, se acurrucó en la esquina del sofá, alejándose de él, y se llevó la mano a los labios.

—¿Yvette?

Yvette negó con la cabeza.

—No debería haber hecho eso.

Cannon intentó dominarse. La incomodidad ganó la partida al pudor e, ignorando la mirada atenta de Yvette, se colocó el vaquero. En cuanto terminó, se recostó contra el sofá, con el brazo sobre el respaldo, casi tocándola.

—Muy bien, hablemos.

—Eso es lo que pretendía hacer. Quiero decir que esa es la razón por la que te he esperado despierta.

Así que no quería sexo. Maldita fuera.

—Armie me ha contado lo que ha pasado.

—¿Qué? ¡Ah, no es eso! —le quitó importancia a lo ocurrido y sacudió la cabeza—. Sí, ya me dijo que te lo iba a contar. Pero no era de eso de lo que quería hablarte.

—¿No te ha afectado?

—Me he sentido como una idiota por no haberme dado cuenta de qué clase de tienda era y, lógicamente, cuando me he dado cuenta, me he sentido muy incómoda. Todos los clientes eran hombres y no paraban de mirarme. Pero cuando ha aparecido Armie ya estaba a punto de salir.

Todavía duro como una piedra, Cannon no estaba de humor para bromear con ella, como había hecho Armie.

—¿Ya has visto la película?

Ella frunció el ceño.

—No era una película porno.

Cannon sonrió.

—Lo sé.

—¡Ah! —asintió—. Ya casi ha terminado. Al oírte entrar he

bajado el volumen —tomó el mando a distancia, detuvo la película y apagó el vídeo—. Quería hablarte de otra cosa.

El repentino zumbido del teléfono de Cannon sonó a un volumen obsceno.

—Maldita sea, lo siento —lo sacó del bolsillo y comprobó el identificador de llamadas—. Es Mindi —antes de que pudiera preguntar, añadió—: la secretaria que trabaja con Whitaker.

—Sí, me acuerdo —se volvió hacia el reloj de la pared y arqueó una ceja al ver lo tarde que era.

Asumiendo que la única razón por la que podía llamarle a aquellas horas era una invitación, Cannon posó la mano en la pierna de Yvette para que no se alejara y contestó la llamada.

—Estaba a punto de colgar —le dijo Mindi—. ¿Es demasiado tarde?

—No, no pasa nada. De todas formas, tenía que hablar contigo.

—Dime.

Decidido a ser breve, contestó:

—Vamos a quedarnos con las dos propiedades.

—¿Con las dos?

—Con la casa y con la tienda. Te agradezco que hayas intentado ayudarnos, pero dile a tu comprador que no nos interesa vender.

—Pero... —Mindi se revolvió un poco antes de que el enfado terminara dominándola—. ¿Pero cómo es posible? Todo lo que había en la casa de empeños ha desaparecido.

—Yvette tiene un inventario de su antiguo trabajo —Cannon contestó a la mirada asesina de Yvette con un guiño—. Y, por lo visto, Tipton también había almacenado parte de sus existencias.

Mindi enmudeció y musitó al cabo de unos segundos:

—No lo sabía.

—Sí, al parecer tiene llenos varios almacenes —como Mindi no decía nada, Cannon añadió—: Gracias una vez más —y comenzó a colgar.

—Espera —Cannon percibió su vacilación antes de que

dijera por fin—: Si vais a revisar el inventario —se interrumpió para darle más efecto a sus palabras—, estaría encantada de echarte una mano.

Sí, estaba seguro. Una mano, la boca...

—No, no hace falta, pero muchas gracias.

—De verdad, si necesitas algo, cualquier cosa, házmelo saber.

Cannon frotó el muslo de Yvette haciendo pequeños círculos con el pulgar.

—Lo haré. Cuídate, Mindi —dejó el teléfono sobre la mesita del café—. Quería ofrecerme su ayuda.

Yvette soltó un sonido burlón.

—Sí, claro. Quería ofrecerse a sí misma.

Cannon sonrió, disfrutando de aquella exhibición de celos.

—Sí, también era un poco eso. Pero la he rechazado por ti.

Yvette se mordió el labio.

—¿De la misma forma que has rechazado a las bailarinas?

Cannon se encargaría de darle una buena patada a Armie en el trasero.

—¿Quieres que devuelva mañana la película?

—Sí, gracias.

Cannon se inclinó para besarla.

—Esas bailarinas están al tanto de las cosas que pasan en el barrio. Y me proporcionan información cuando pueden.

—Sí, y seguro que también pretenden darte algo más.

No había ninguna razón para negarlo.

Ella curvó los labios en una sonrisa.

—No te gustan las bailarinas de *striptease*.

Cannon se encogió de hombros.

—Si me cayera bien y me sintiera atraído por alguna de ellas, no esgrimiría su trabajo contra ella.

Alzando la barbilla, Yvette se le quedó mirando con incredulidad.

—Tonterías.

Sí, le había pillado.

—De acuerdo, probablemente le pediría que cambiara

de trabajo si comenzáramos una relación seria. No me gusta compartir, ¿sabes? Pero si eso fuera parte del pasado.... —para meterse con ella, preguntó—: ¿Por qué lo preguntas? ¿Sabes algún movimiento de pole-dancing que quieras compartir conmigo?

—El baile no es mi fuerte.

—Seguro que podrían enseñarte —la recorrió de los pies a la cabeza con la mirada, imaginándoselo—. Me encantaría ver las clases.

Yvette le dio un pequeño puñetazo en el hombro y le acarició después.

—Se está haciendo tarde y tenía la esperanza de poder acabar con esto.

Aquellas palabras sonaron condenadamente inquietantes.

—De acuerdo —¿habría decidido volver a California? ¿Con Heath? Entrecerró los ojos—. ¿Has vuelto a tener noticias de su ex?

Entrelazando los dedos, Yvette elevó los ojos al cielo.

—Alguna.

—¿Y?

—Le escribí un mensaje para volver a decirle que habíamos terminado y no hemos vuelto a hablar.

—Apuesto a que se lo ha tomado bien.

Yvette torció el gesto con una expresión irónica.

—La verdad es que me ha colapsado el Facebook, así que le he eliminado como amigo.

—Buena idea.

—He hablado con Vanity.

Casi le daba miedo pensar en lo mucho que estaba disfrutando por el mero hecho estar allí con ella, charlando, aunque una parte de aquella conversación hubiera girado en torno al estúpido de su ex.

—¿Va a venir a verte?

—La he invitado, pero ya veremos. En realidad, me ha llamado para decirme que Heath está subiendo a Facebook todo tipo de tonterías. Y no es que me importe. No tenemos los mismos amigos, de modo que, ¿qué puede importarme?

Lo decía como si de verdad no le importara, entonces, ¿por qué a Cannon le entraban ganas de salir a buscar a ese tarado y enseñarle unas cuantas cosas sobre cómo debería comportarse?

—¿Y qué es lo que anda diciendo?

—Un montón de cosas desagradables que no merece la pena repetir. Es solo que, bueno, tu Facebook está abierto al público, así que es posible que quiera bombardearlo con toda esa basura.

—En ese caso, tendré que bloquearle yo también.

—Gracias —con un profundo suspiro, se acercó a él y posó la mano en su brazo—. Te he esperado despierta porque quería que habláramos… de nosotros.

Sí, se dijo Cannon, sería capaz de controlarse.

—Adelante.

Esperó, pero Yvette parecía seguir dándole vueltas.

—He sido muy injusta contigo.

Aquel inesperado comentario le dejó desconcertado.

—¿Perdón?

—Me he permitido ignorar una verdad que no debería haber pasado por alto. Eres… en fin… —tomó aire y le miró a los ojos—. Tengo que decirlo.

—Sí, dilo.

—Para mí eres un sueño. Siempre lo has sido.

Cannon intentó hablar por segunda vez, pero con Yvette mirándole con aquella intensidad, no supo qué decir. Al final respondió:

—Hasta ahora no entiendo dónde está el problema.

Estaba encantado de ser el hombre de sus sueños, porque ella era la mujer de los suyos.

—Y tengo que reconocer —contestó ella, como si él no hubiera dicho nada— que el haber estado fuera durante tres años no ha cambiado nada. Siento lo mismo de antes, pero de una forma diferente.

—Un sentimiento más maduro, más serio —ya no estaba fuera de su alcance.

—Sí, es verdad, pero, de todas formas, no puedo…

Cannon esperó, la vio luchar contra sí misma, y la urgió:

—¿Qué es lo que no puedes?

Yvette estaba tan seria que se asustó.

—Ven —la abrazó y la sentó en su regazo, y allí la retuvo cuando ella intentó escapar—. ¿No estás cómoda?

—Claro que estoy cómoda.

—¿Me tienes miedo?

—Ya te dije que no.

—Entonces cuéntame que es lo que no puedes.

Ella se quedó quieta, pero seguía muy tensa.

Cannon continuó rodeándola suavemente con los brazos, a pesar de que lo que realmente le apetecía era estrecharla contra él con todas sus fuerzas.

—¿Te molesta que te abrace?

—Sí, pero no por lo que puedes pensar.

Deslizando la mano por su cabeza y por su trenza, preguntó:

—¿Y por qué te molesta?

—Porque me hace desear mucho más.

Cannon jamás había tenido un problema con la paciencia. Pero en aquel momento, con Yvette, estaba loco por saber lo que tenía que decirle. Quería llegar al final para así poder volcarse en un terreno más físico.

Como el sexo.

Abrió la mano sobre su espalda y la acarició para tranquilizarla.

—¿Por qué no puedes?

Cediendo a sus caricias, Yvette se acercó tanto como Cannon deseaba. Se acurrucó contra él y colocó la cabeza contra su pecho y bajo su barbilla. Con un atormentado susurro, le explicó:

—No puedo… terminar.

Cannon continuó callado, sin tener la menor idea de lo que pretendía decir.

Ella jugueteó con la tela de su camiseta. Pellizcaba con dedos nerviosos la tela y después la alisaba.

—Hay algo en mí que no funciona. Cuando tengo relaciones sexuales, quiero decir.

Fue como un puñetazo en las entrañas. Cannon se olvidó de respirar mientras intentaba asimilar lo que acababa de decirle. Su mente iba recorriendo un escenario absurdo tras otro, pero no era capaz de entenderlo.

Intentó hacerle levantar el rostro hacia él, pero Yvette continuaba acurrucada, escondida, un poco nerviosa.

Para tranquilizarla, le dio un beso en la cabeza e intentó sofocar una oleada de celos.

—Quiero comprenderlo, ¿de acuerdo? Así que voy a hacerte algunas preguntas. ¿Te parece bien?

Ella asintió.

—No tienes por qué sentir vergüenza conmigo, ¿de acuerdo?

Yvette soltó una carcajada carente por completo de humor.

—Claro que me da vergüenza. Es un problema muy embarazoso.

Él la abrazó con más fuerza, rodeando con sus brazos aquel cuerpo tan esbelto. No se le ocurría una manera delicada de decirlo, de modo que se limitó a preguntar:

—¿Me estás diciendo que no te corres?

La oyó contener la respiración y sintió que bajaba el rostro todavía más.

—Sí, eso es lo que estoy diciendo.

—¿Durante el sexo?

Asintió.

Así que había estado con algún imbécil egoísta. ¿Pero y qué? Él no era así. Diablos, a él le encantaba llevar a las mujeres hasta el límite, sentirlas contraerse, oír sus gemidos, sus jadeos, sus gritos, contemplar sus movimientos.

Y, con Yvette, sí, le bastaría pensar en ella en esas condiciones para volver a excitarse.

Y, hablando de excitación... Bajó la boca hasta su sien.

—¿Y tú sola?

Tras una larga y tensa pausa, ella contestó:

—No.

Maldita fuera. Imaginarla intentando...

Yvette le dio un pequeño puñetazo en sus amoratadas costillas.

—Ya basta, Cannon.

Cannon contestó, disimulando una mueca:

—No puedo.

Aunque ella se resistió, Cannon le enmarcó el rostro con las manos, la atrajo hacia él y volvió a besarla. En aquella ocasión fue un beso tan apasionado que les dejó a los dos sin respiración. Y, maldita fuera, ella no respondió como una mujer con problemas sexuales. Le devolvió el beso de forma activa, disfrutándolo. A lo mejor no tanto como él, pero, teniendo en cuenta lo mucho que la deseaba, aquello habría sido un reto para cualquiera.

Cuando interrumpió el beso, la mantuvo a su lado.

—¿Antes podías?

El rubor cubrió su rostro, haciendo que el verde de sus ojos pareciera mucho más intenso.

—¿Antes de irme de aquí? Sí.

Que era lo mismo que decir antes de haber sido maltratada por aquella escoria que le había mostrado cosas que nadie debería ver nunca.

—¿Y desde entonces...?

Yvette se mordió el labio y negó con la cabeza.

Mientras intentaba ordenar sus pensamientos, Cannon le preguntó:

—¿Te gusta besarme?

Ella le acarició los labios con delicadeza.

—Los besos no son ningún problema para mí. Y tampoco las caricias, eso lo disfruto —alzó la mirada hacia la suya—. Y mucho más cuando estoy contigo.

Cannon era consciente de la firmeza de su trasero en su regazo, de sus senos presionados contra la delicada camisola, de su fragancia y de su calor. Le resultaba extraño estar manteniendo aquella conversación. Tenía que pensar que, una vez estuvieran juntos, todo saldría bien. Que ella olvidaría sus preocupaciones con un placer al rojo vivo.

Pero quería que supiera que se tomaba sus problemas en serio, que no solo quería sexo, así que retrocedió y escuchó.

—Eso es lo que quería explicarte —deslizó las yemas de los dedos desde sus labios hasta su mandíbula, acariciando la sombra de barba—. Como no puedo... como no puedo reaccionar como debería, no quiero que pienses que es culpa tuya.

No podía estar hablando en serio.

—¿Entonces si yo me corro y tú no yo no tendría la culpa? —solo fue capaz de reprimir su expresión estupefacta a pura fuerza de voluntad—. ¿Eso es lo que estás diciendo?

—Lo que estoy diciendo es que parece que no soy capaz de... de eso, haga lo que haga. Así que no serías culpable. Algo se ha roto dentro de mí.

—Yvette...

—Quiero que lo comprendas para que no te sientas decepcionado.

¿De modo que ya había decidido que iban a estar juntos? Sabiendo que conseguiría que alcanzara el orgasmo, porque él se aseguraría de que lo hiciera, sentenció:

—Tú jamás podrías decepcionarme.

—Hasta ahora he decepcionado a todos los hombres con los que he estado.

Bueno, aquel no era un tema del que le apeteciera hablar.

—Ya me has dicho que yo soy diferente.

Ella esbozó una sonrisa triste y fugaz.

—Y, precisamente por eso, todavía disfruto estando cerca de ti, estando contigo. Así que, si quieres... —le miró a los ojos—, estoy dispuesta.

¿Dispuesta? Pero no estaba deseándolo. Estaba dispuesta al sacrificio.

Y un infierno.

—Lo que no quiero es que pienses que, si te esfuerzas, que si tienes paciencia, conseguirás un resultado diferente. Lo siento, pero no puedo volver a pasar por algo así. Eso lo convierte en algo mucho más frustrante todavía.

Cannon asimiló rápidamente sus palabras: «No puedo volver a pasar por algo así».

—Cuéntamelo.

Yvette jugueteó nerviosa con un mechón de pelo que había escapado de la trenza.

—He quedado con hombres lo bastante engreídos como para pensar que podían conseguirlo, que con ellos iba a alcanzar el orgasmo de forma milagrosa.

Cannon se tensó.

—¿De cuántos hombres estamos hablando?

—¡Estaba intentando encontrar alguno que me ayudara a solucionar el problema!

Él se echó a reír, pero la verdad era que no le hacía ninguna gracia.

Sintiéndose ofendida, Yvette comenzó a escapar de su regazo.

Cannon se arrepintió al instante de haber reaccionado así.

—Lo siento —la retuvo en su regazo y, como ella continuaba empujándole, repitió—: Lo siento, te lo juro.

—¡No tiene ninguna gracia! —le reprochó Yvette a solo dos centímetros de su rostro.

—No, no es eso —deslizó las manos por sus brazos, a modo de disculpa—. No es que me haya hecho gracia, ha sido más una cuestión de celos.

—¿De celos? Por favor, sé un poco realista —todavía molesta, le clavó el dedo en el pecho—. Eras tú el que hace unas horas estaba con cinco mujeres.

Cannon arqueó las cejas.

—No estaba con cinco mujeres, por lo menos en el sentido en el que lo estás diciendo. Solo he estado hablando con ellas. No me confundas con Armie.

Al oírle, le miró sorprendida y le pregunto con un asombrado susurro:

—¿Cinco? ¿En serio? Me refiero a que... ya sé que es un hombre fuera de lo común, pero...

—Estaba exagerando.

—¡Ah! —exclamó ella, un tanto decepcionada.

—Volvamos a nuestro tema, ¿de acuerdo? —la colocó tal como él la quería, acurrucándola con fuerza contra su pecho.

Y ella se lo permitió. Apoyó la cabeza en la curva de su hombro y colocó sus largas piernas sobre sus muslos.

—Lo intentaste con otros hombres, pero no funcionó, ¿verdad?

—Nos acostamos y no estuvo mal, pero yo no...

—No llegabas al orgasmo —no podía imaginarse lo que era el sexo sin una liberación final—. ¿Les hablaste de su pasado?

—No, jamás he hablado de eso con nadie.

—¿Ni siquiera con Heath?

—Solo sabe lo básico, lo que apareció en las noticias. Sabe que tú me salvaste. Pero eso es todo —soltó un suspiro—. Nunca me he sentido cómoda hablando de esto.

Solo con él. Cannon la abrazó por ello.

—Entonces, ¿qué es lo que pensaban?

—Uno me dijo que no me estaba esforzando lo suficiente. Menudo idiota.

—Y otro pensó que no me sentía atraída por él y que, seguramente, me gustaban más las mujeres —tensó las manos sobre su camisa—. A otro par de ellos ni siquiera les importó.

Maldita fuera. Aquellas palabras fueron como un puñetazo en el estómago. No le molestaba que hubiera buscado el placer. Era una joven bella, hermosa y saludable. Pero, una vez había vuelto, una vez podía estar con ella otra vez, quería que fuera solo suya, y viceversa.

—Aunque no te corras, ¿eres capaz de disfrutar del sexo?

—Hasta cierto punto. Pero es frustrante —inclinó la cabeza para mirarle—. Heath decía que por lo menos podría fingirlo por él, pero yo no era capaz.

Dios.

—Heath es un maldito estúpido.

No, él no quería que fingiera nada. Él quería un orgasmo real y lo conseguiría.

No tenía la menor duda.

—En su defensa, puedo decir que durante mucho tiempo fue muy paciente. Y se esforzó mucho más de lo que se esforzaron otros hombres —arrugó la nariz—. Es solo…

Cannon posó el dedo en sus labios. Dios, lo último que quería era oír historias sobre su vida sexual con Heath.

—¿Él sabía…, él o los demás, que era una prueba?

—No sé a qué te refieres.

Había llegado el momento de hablar claro.

—Has dicho que estabas intentando encontrar un hombre con el que conseguirlo.

Yvette lo miró boquiabierta.

—¡Dios mío! Eso suena fatal, ¿verdad?

No, sonaba como algo nacido de la desesperación.

—Todas las mujeres son diferentes, cariño. Algunas alcanzan el orgasmo con facilidad, otras no. A algunas les gusta el sexo suave, otras prefieren algo más duro. A lo mejor todavía no has encontrado tu manera de disfrutar.

Ella le escuchaba con los ojos bien abiertos y las mejillas encendidas.

¿Se habría molestado alguien en intentar averiguar qué era lo que a Yvette le gustaba? ¿Lo sabría ella siquiera? Si desde el primer momento había dado por sentado que tenía un problema, a lo mejor se había centrado demasiado en ello y había terminado reprimiéndose.

—Ya sé que no hablaste con nadie de tu pasado, ¿pero le dijiste a alguien que tenías problemas para llegar al final?

Yvette tensó el cuello mientras volvía a hundirse contra Cannon, incapaz de enfrentarse a su mirada.

—No era precisamente un tema con el que empezar una conversación. ¿Cuándo crees que podría haberlo sacado?

—Justo después de que ellos se corrieran y tú no.

Ella soltó una carcajada carente de humor.

—No, entonces se habrían sentido mucho más culpables.

Porque lo habrían sido, aquellos egoístas tan creídos. Un hombre siempre debería asegurarse de que disfrutara la mujer. Cannon le acarició la mejilla con el pulgar, pensando en lo que haría él en cuanto pudiera estar con ella.

Yvette le rodeó la muñeca con la mano y se la apartó.

—Compréndelo, Cannon. Algunos hombres han sido egoístas, pero no todos. Otros han sido muy pacientes y lo han intentado.

Pero esos otros hombres no eran él y, tal y como la propia Yvette había dicho, él era el hombre de sus sueños, su fantasía. Aquello tenía que servir para algo.

De hecho, para Cannon siempre había tenido mucha importancia la imagen que Yvette tenía de él. Cuando le miraba con aquellos ojos enormes, se sentía como si midiera más de dos metros y fuera invencible.

Se preguntó por los preliminares, por el sexo oral, se preguntó si habría experimentado con diferentes posturas.

¿O se habría limitado a aceptar que aquella tragedia la había cambiado para siempre?

Como lo último que quería era un informe detallado sobre su pasado amoroso, se propuso hacer sus propios experimentos con ella. Descubriría lo que le gustaba y lo que no, poco a poco, con mucha paciencia, de manera metódica. Y, en el proceso, conseguiría conquistarla.

Con aquella decisión en mente, le dio un beso en el puente de la nariz y descendió hasta su boca.

—Mira, esto es lo que vamos a hacer.

CAPÍTULO 10

Yvette escuchó los planes de Cannon, planes que incluían el seguir viviendo con ella, salir juntos, divertirse e introducir en su relación besos y caricias que terminaran haciéndoles enloquecer de deseo.

Pero nada de sexo.

A Yvette la maravilló que hubiera sido capaz de volver a sorprenderla.

—No lo entiendo —dijo—. Yo pensaba que querías...

—Y claro que quiero. Pero no soy un tipo egoísta.

—Eso ya lo sé.

—Entonces, deberías saber que no quiero hacer nada si voy a disfrutar mucho más que tú.

¿Eso significaba que intentaría buscar la diversión en otra parte? ¿Con alguna mujer que tuviera menos problemas que ella?

—Te gusta besarme —le dijo—. Y creo que también te gustará acariciarme, pero no esta noche. Los dos estamos cansados. Más adelante, intentaremos desahogarnos con las caricias.

—Ahora me estás tocando —se sintió obligada a señalar.

Cannon curvó los labios con una sonrisa traviesa.

—No, me refería a acariciarnos estando desnudos. A acariciar tus senos, tus pezones, a acariciarte entre las piernas.

Yvette le miró boquiabierta. Aquella manera tan explícita de hablar... consiguió que se le disparara la temperatura corporal y se le acelerara el corazón.

—Yo... ya entiendo.

La sonrisa de Cannon se tornó voraz. Acercó el rostro de Yvette al suyo, haciéndole sentir el calor de su aliento mientras susurraba:

—Te prometo que cuando te acaricie te va a encantar.

Y ella le creía. Pero...

—¿Y eso no terminará frustrándonos a los dos?

—Sí —movió la boca sobre la suya, acariciándola con la lengua, saboreándola—. Será como convertirse otra vez en un estudiante de instituto.

Yvette había pasado el primer año de instituto muriendo de deseo por él, pero Cannon apenas lo había notado.

—¿De verdad crees que será suficiente?

Otro beso, más profundo en aquella ocasión, y, definitivamente, más ardiente.

Cannon se apartó, pero solo para descender hasta su garganta, donde susurró contra su piel:

—Me encanta estar contigo.

Abrió después la boca y succionó con suavidad, haciendo que a ella se le encogieran los dedos de los pies.

—¿Durante...? —Yvette tragó saliva. Cuando Cannon le hacía aquellas cosas... ¡uf!, le resultaba muy difícil hablar. Hundió los dedos en el pelo oscuro de Cannon—. ¿Durante cuánto tiempo?

—En cuanto empiece a quebrarse mi fuerza de voluntad te avisaré.

Movió sus labios húmedos sobre ella, dejando un agradable cosquilleo desde la garganta hasta la clavícula y, desde allí, hasta el delicado hueco entre el hombro y el cuello.

—¿Siempre sabes tan bien?

Yvette echó la cabeza hacia atrás.

—No lo sé.

—Pues yo estoy seguro de que sí —le mordisqueó el hombro, provocándole un jadeo al acariciarlo con la lengua—. Y que es igual de dulce todo tu cuerpo.

Tardó algunos segundos en entender lo que Cannon había querido decirle. Y, cuando lo comprendió, la sensación se extendió por su cuerpo como un fuego en el bosque.

—¡Cannon!

—Yvette —Cannon volvió a besarle la barbilla, la nariz y la boca. Se levantó y le tomó las manos—. ¿Sabes lo que quiero hacer?

Yvette se sentía como si tuviera las rodillas de gelatina. Se aferró a él en busca de equilibrio.

—¡No te ha dado mucha vergüenza decírmelo!

Riendo, tiró de ella, se la echó al hombro y comenzó a avanzar por el pasillo.

Desde aquella ridícula posición, Yvette podía contemplar el movimiento de los músculos del duro trasero de Cannon.

—¡Cannon! —protestó.

—A lo mejor te acaricio un poco —dijo, posando la mano sobre el trasero de Yvette.

La fina tela de los pantalones del pijama no amortiguó en absoluto el calor de la mano, ni la exploración de las yemas de sus dedos, sobre todo cuando palparon la línea del tanga.

—Me gusta —susurró Cannon, y le besó la cadera.

Agarrándose las manos contra la espalda de Cannon, Yvette preguntó:

—¿Qué estamos haciendo?

Él giró hacia su dormitorio.

—Poner fin a la velada, así que no te emociones.

Demasiado tarde. Llevaba emocionándose y excitándose desde el primer beso.

—Ya entiendo.

La invadió la desilusión, pero se la guardó para sí. Cannon apartó el edredón con una mano, dejó a Yvette sobre las sábanas con extremo cuidado y se sentó a su lado.

Durante un instante de estupefacción, Yvette se quedó tal y como Cannon la había dejado, pero, cuando vio que se inclinaba para desatarse las zapatillas de deporte, se sentó a toda velocidad.

—¿Cannon? —volvió a decir, y, en aquella ocasión mucho más confundida.

Cannon se quitó las zapatillas empujándolas con los pies, se desprendió de los calcetines y los dejó al lado de la mesilla de noche.

—Voy a dormir contigo, ¿de acuerdo?

Antes de que hubiera podido contestar, se agarró la camiseta, se la quitó tirando de ella desde el cuello y la lanzó a una silla.

Yvette se le quedó mirando de hito en hito. Como luchador que era, tenía un cuerpo total y absolutamente perfecto, de modo que no era extraño que comenzara a prender un pequeño fuego en su vientre.

Sobre todo cuando Cannon se llevó la mano a la cremallera de sus pantalones.

Se sentía como tuviera que hacer algo: moverse, hablar. Alentarle.

Pero lo único que consiguió fue emitir un débil jadeo.

Mientras se bajaba los pantalones, dejándose los boxers de color azul, Cannon le sonrió.

—Solo vamos a dormir.

Sí, claro. Con un hombre como él, lo de «solo» era imposible.

Yvette estaba todavía sin habla cuando él dijo:

—Muévete un poco.

Solo con los boxers.

Y mostrando aquel cuerpo maravilloso. Los músculos marcados. Y desprendiendo su fragancia.

Se movió.

Él se tumbó frente a ella. Apoyando la cabeza en una mano y alargando la otra hacia el rostro de Yvette, le preguntó:

—¿Cómo sueles dormir?
—Sola.
—Pues hoy no va a ser así. Ni mañana. Ni... supongo que no volverás a dormir sola durante todo el tiempo que me permitas quedarme en tu casa.

Por siempre jamás.

No, no podía decir eso. A la larga, Cannon le pediría algo que ella no podría darle. Y, cuando comprendiera que era imposible disfrutar con ella en la cama, la dejaría. Pero hasta entonces...

—Me gusta dormir en uno de los lados de la cama.
—¿Derecho o izquierdo?

El corazón de Yvette latía a toda velocidad y sentía la boca seca, pero no era ninguna estúpida. No iba a dejar pasar la mejor oferta de su vida. Tal y como le había confesado a Cannon, era el hombre de sus sueños.

Y quería dormir con ella, dormir abrazado a ella durante toda la noche.

—¿Qué te parece así?

Yvette volvió a tumbarse, se acurrucó contra él y apoyó la cabeza en el hueco de su brazo, posando la mano con un gesto protector sobre las costillas amoratadas de Cannon. Y, ¡ay, Dios!, le encantó.

—¿Así está bien?

Cannon contestó con voz ronca y profunda:

—Mejor que bien.

La estrechó contra él, la besó en la frente y alargó la otra mano para apagar la luz.

Les arropó entonces la oscuridad, imprimiendo a aquel momento una mayor intimidad.

Cannon deslizó las yemas de los dedos por el brazo desnudo de Yvette.

—Casi se me olvida decírtelo. La tienda ha estado a punto de sufrir un acto de vandalismo.

Yvette intentó incorporarse, pero él dijo:

—Tranquila, no ha pasado nada. Solo era un muchacho haciendo tonterías. Ha salido corriendo al verme.

Yvette suspiró, imaginándose que habría hecho algún grafiti en la pared.

—Supongo que, al no estar abierta, es normal que ocurran ese tipo de cosas.

—Probablemente, así que he estado pensando que lo primero que tenemos que hacer es poner más iluminación y a lo mejor también una alarma.

Disfrutando de la novedad de estar hablando con Cannon en la cama, abrazada a su musculoso cuerpo, Yvette pensó fugazmente en ello.

—Mi abuelo dejó algo de dinero. Podríamos utilizarlo...

—Yo me encargaré de todo.

Pero, por muy cómoda que estuviera, ella sabía que tenía que plantarse.

—Si no vamos a utilizar el dinero que nos dejó mi abuelo, entonces tendré que insistir en pagar mi parte.

Cannon permaneció en silencio, aunque no durante mucho tiempo.

—Supongo que tienes razón. Probablemente tendremos que sentarnos, revisar todo lo que Tipton nos ha dejado y ver qué opciones tenemos.

—Gracias.

Cannon continuaba deslizando la mano por su brazo con una tierna caricia.

—¿Yvette?

—¿Um?

—Vamos a sacar todo esto adelante. La casa, la tienda —cambió de postura, colocando el muslo de Yvette sobre el suyo para que estuvieran más cómodos los dos—. Lo nuestro.

Y, entonces, ella lo comprendió.

Cannon había acudido en su rescate en el pasado y quería volver a rescatarla otra vez. Al parecer, resultaba difícil romper con las viejas costumbres.

Yvette asintió y susurró:

—De acuerdo —e hizo cuanto pudo para ocultar su decepción, lo desilusionada que estaba consigo misma.

Al parecer, aquellos tres años no habían cambiado nada.

Era sorprendente la rapidez con la que podía acostumbrarse uno a algo. Habían pasado solo cinco días, pero Cannon e Yvette se habían instalado ya en una rutina estable.

Salían a correr juntos por las mañanas y solían pasar las tardes separados, aunque, a veces quedaban a comer en el Rowdy's. Él se dedicaba a sus cosas, ella a las suyas y después quedaban otra vez a última hora de la tarde.

Y dormían juntos cada noche.

A Yvette le encantaba. Pero tanta intimidad la tenía al límite. Y a lo mejor también a él. Durante el día, los dos se mantenían tan ocupados como podían.

Cannon se había dedicado a cambiar parte de las medidas de seguridad de la casa y a añadir otras a la que había sido la casa de empeños. En cuanto había terminado, Armie y él habían montado un pequeño gimnasio en el sótano. Cannon estaba en muy buena forma. Jamás parecía cansarse, disfrutaba de una energía inagotable y era la persona más entregada que Yvette había conocido jamás. Aunque se había permitido en un par de ocasiones disfrutar de algo de comida rápida, se ceñía a su dieta y a su programa de entrenamiento diario, tanto en el gimnasio como en casa.

De hecho, había algunas mañanas en las que, antes de que ella se despertara siquiera, él ya se había levantado y había estado haciendo ejercicio en el gimnasio.

Aunque Cannon parecía estar manejando las cosas bien, lo novedoso de la situación mantenía a Yvette en un estado de cierta inestabilidad. Le resultaba raro ducharse estando Cannon en casa. Verle con los boxers por la mañana, cuando se levantaba de la cama. Observarle mientras se afeitaba. Contemplarle sudoroso cuando entrenaba...

Cenaban juntos todas las noches y después se relajaban viendo una película o jugando con la Wii.

Hasta que Cannon la llevaba a la cama.

A dormir.

Y, sí, claro que la acariciaba. Mucho. Y también la besaba.

Pero no era el tipo de contacto que había insinuado.

Yvette no había disfrutado jamás de aquel contacto tan cómodo y familiar con un hombre. Estando Cannon cerca, ayudándola a forjar nuevos recuerdos, los recuerdos del pasado no tenían ninguna posibilidad de entrometerse.

Sonó el teléfono, anunciando la llegada de un mensaje de texto.

Lo miró, era de Heath. Otra vez. Cannon sabía que su ex continuaba molestándola y no le hacía ninguna gracia. Pero ella le había dicho que sabía cómo manejar la situación y lo haría. En vez de contestar el mensaje, se guardó el teléfono y se dirigió al garaje.

Eran las cinco, el sol brillaba en el cielo sin una sola nube a la vista y hacía calor suficiente como para mantener a cualquiera dentro de casa. En el garaje hacía incluso más calor, así que forcejó con la vieja y pesada puerta del garaje con la esperanza de atrapar una brizna de brisa.

Para evitar terminar volviéndose loca, había estado trabajando con todas la mercancías que había dejado su abuelo. Hasta el momento, había inventariado el contenido de dos de los depósitos y ya solo quedaba uno por revisar. Había descubierto el criterio de organización que había utilizado su abuelo, dejando los objetos de mayor tamaño en uno de los almacenes y los de más valor en otro más caro, pero con mejores medidas de seguridad.

Estaba deseando ver lo que había en el último, pero, justo una hora antes, habían llegado varias cajas de Vanity. Yvette quería saber lo que encerraban antes de salir, para asegurarse de que no tenía que mover la mercancía más de la cuenta. Las cajas de Vanity tenían buen tamaño, pero suponía que contenían numerosos objetos más pequeños: joyas, adornos, juegos y ese tipo de cosas.

Estaba abriendo las cajas en el garaje, cuando reparó en que había una nueva escalera plegable en el techo. Vaya. No recordaba haberla visto antes. De la escalera colgaba una cuerda, presumiblemente para bajarla y poder acceder así al altillo. Pero no llegaba hasta ella.

Estaba allí de pie, mirándola, cuando volvió a sonar el teléfono. Volvía a ser Heath.

Cansada de aquel juego, descolgó con fuerza y dijo a modo de saludo:

—¿Qué pasa?

Recibió un silencio por respuesta.

Genial. ¿Tenía ganas de enfadarse? Pues que lo hiciera solo.

—Voy a colgar ahora mismo.

—No —llegó hasta ella la voz de Heath demandando su atención—. No cuelgues.

—Tienes que dejar de llamarme, Heath.

—No puedo.

El sonido de su trabajosa respiración apaciguó en parte su enfado. Había salido con aquel hombre durante meses, había compartido con él toda la intimidad de la que había sido capaz. Por todo ello, todavía sentía cierta compasión por él.

—¿Estás bien?

—Vuelve a casa, Yvette.

Yvette dejó caer los hombros con un gesto de alivio. Era evidente que no había salido de California, a pesar de lo que había dicho, o no le pediría que volviera. Y ella sabía que lo mejor que podía hacer por él era hacerle comprender que las cosas habían terminado. De modo que, con delicadeza, pero con firmeza, respondió:

—No puedo.

El tono victimista de Heath fue sustituido por una sorprendente explosión de rabia.

—¿No puedes o no quieres?

Yvette estaba cansada de su enfado, de aquel humor tan voluble que le hacía pasar de la adoración al desprecio.

—Ni quiero ni puedo. Pero, Heath, eso ya no importa —con toda la calma que pudo, intentó dejarle las cosas claras—. Aunque estuviera allí, no estaríamos juntos. No volveremos a estar juntos nunca más. Por favor, créeme, lo nuestro ha terminado.

A través del teléfono llegó hasta ella una risa glacial.

—A veces puedes llegar a ser una auténtica hija de perra.

—Heath...

—¿Lo sabe tu novio? ¿Sabe lo mala que eres en la cama? ¿Ya se ha dado cuenta de que tienes un corazón tan frío que lo único que eres capaz de hacer es tumbarte y...?

Respirando con fuerza y sin la menor compasión, Yvette puso fin a la llamada. Temblaba de los pies a la cabeza y lo único que le apetecía era tirar el teléfono, ¿pero de qué le iba a servir?

—¿Qué ha pasado?

Al oír la voz de Cannon, dio un salto al tiempo que gritaba. Cuando se volvió, le descubrió en la puerta del garaje, observándola con expresión astuta.

—¡Me has asustado!

Cannon no avanzó hacia ella.

—¿Era Heath?

Ella asintió al tiempo que soltaba una bocanada de aire.

—Sí, estaba... triste —estuvo a punto de soltar un bufido burlón.

¡Qué eufemismo!

—¿Cuántas personas tienen tu número de teléfono?

—No muchas. Tú, Vanity —hizo una mueca—. Heath...

—Voy a conseguirte un teléfono nuevo con un nuevo número.

Como no se acercaba a ella, Yvette receló de su humor. Siempre, todas y cada una de las veces que se encontraban, la saludaba con besos y sonrisas.

—Siempre puedo bloquearle.

A los ojos azules de Cannon asomó una sombra de sospecha.

—¿Entonces por qué no lo has hecho?
—Hasta ahora nunca había sido tan desagradable.
—¿Y te da pena?
Sobre todo, se había sentido culpable, pero ya no. El sudor se acumulaba entre sus senos y descendía por su espalda. Los mechones de pelo que habían escapado de la trenza quedaban enganchados en las sienes.

Cannon también estaba sudando; la camiseta se le pegaba a la piel y su pelo, oscuro y brillante, resplandecía empapado en sudor.

Yvette dejó el teléfono a un lado y tiró de la camiseta para dejar que entrara el aire.

—¿Has ido a correr con este calor?
Cannon aguzó la atención mientras la miraba.
—No —se quitó la camiseta y la utilizó para secarse el pecho—. Normalmente me ducho en el gimnasio, pero hoy estaba abarrotado, así que he preferido venir a ducharme a casa.

A pesar del reciente ataque de Heath, a los labios de Yvette asomó una sonrisa.

—Muchos van al gimnasio porque saben que tú estás allí.
—Sí —se acercó a ella, mirándola a los ojos—. Armie dice que soy bueno para el negocio. Creo que, solo hoy, ya se han apuntado diez tipos más.

Por lo que ella tenía entendido, cuantos más aficionados a las artes marciales mixtas se apuntaban, más programas podían ofrecerles a los niños del barrio en situación de riesgo.

—¡Qué bien!
Cannon continuó avanzando sin dejar de mirarla.
Ella intentó desviar la mirada, pero no fue capaz.
—Cannon...
Él se detuvo ante ella y la recorrió con la mirada, fijándose en particular en el lugar en el que la camisa se pegaba a sus senos.

—Aquí hace un calor infernal.

—Porque no circula el aire —susurró ella, mirándole fijamente y sintiendo de pronto que le faltaba el oxígeno.

Con un punto de admiración, Cannon trazó un camino con las toscas yemas de sus dedos a lo largo de su cuello, ascendió por su pecho y se detuvo en su escote.

—¿Cómo puedes parecer tan jodidamente sexy incluso ahora?

Rara vez hablaba mal delante de ella y oírle hacerlo en aquel momento, con aquel matiz ronco en la voz la impactó.

—Pero si estoy hecha un desastre.

—No.

Se inclinó para abrir la boca sobre su cuello y posarla contra su piel húmeda y caliente. Colocó una mano en su cintura y después, con irritante lentitud, la metió bajo la camiseta y fue ascendiendo hasta cubrir su seno.

Se quedaron los dos paralizados. Yvette con la respiración agitada. Cannon gruñendo suavemente.

Un aire húmedo y sofocante los envolvía. Afuera, un pájaro trinó. Y, en alguna parte, muy cerca de allí, se cerró la puerta de un coche.

Con el rostro todavía contra su garganta, Cannon comenzó a mover el pulgar sobre el pezón.

—Espero no estar interrumpiendo nada —dijo una voz de mujer en tono divertido.

Yvette intentó apartarse, pero Cannon la retuvo durante una décima de segundo y se volvió después, escondiéndola tras él.

—Hola —saludó a la recién llegada—. No te esperaba.

Yvette se asomó por encima del hombro desnudo de Cannon y vio a la secretaria del abogado. A pesar de la ola de calor, iba perfectamente maquillada, con pintalabios rojo incluido. Vestida con una blusa de seda azul sin mangas y una falda ajustada, tenía un aspecto elegante y moderno.

E, incluso delante de Yvette, se estaba comiendo el cuerpo semidesnudo de Cannon con la mirada.

Tras lamerse suavemente el carmín de labios, susurró:

—Te has recuperado muy bien, aunque todavía tienes algunos moratones.

A Yvette se le pusieron los pelos de punta. ¿Habría visto Mindi a Cannon sin camiseta? ¿Habría…?

—Deberías haber visto cómo estaba antes —respondió Cannon, aliviando la preocupación de Yvette sin ser siquiera consciente de ello—. He estado bastante colorido durante una temporada. Pero, sí, me he recuperado bastante rápido. ¿Ha ocurrido algo?

—Siento haber venido sin avisar, Cannon, pero no me has devuelto la llamada.

¿Había vuelto a llamarle? Yvette se colocó delante de Cannon. Mindi tomó nota del sudor y el polvo que la cubrían con un apenas disimulado desdén.

—Señorita Sweeny.

Intentando no parecer celosa ni posesiva, a pesar de lo que sentía, Yvette contestó:

—Señorita Jarrett.

Cambiando de táctica, Mindi adoptó una expresión compasiva y ronroneó:

—¿Y tú cómo estás, cariño? —le preguntó entonces, tuteándola.

Aquel tono humillante con el que parecía estar dirigiéndose a una pobre niña en apuros, atravesó a Yvette, dejando tras él un rastro de dolor.

—¿Qué quieres decir? —la tuteó ella también.

¿Hasta qué punto estaría enterada aquella mujer de su pasado?

—Has perdido a tu abuelo, has cambiado de casa… Estoy segura de que tiene que ser una situación difícil.

El temblor interno cesó y la opresión abandonó sus pulmones. De modo que aquella compasión fingida no tenía como objeto su pasado, sino su presente.

—Estamos los dos bien, gracias —puso un énfasis especial al decir «estamos».

Con la mano en el pecho, Mindi preguntó con tono de compasión:

—¿No pasas malos ratos?

Yvette se tensó, cada vez más indignada.

—¿Perdón?

—Estando aquí, en esta casa. Tengo entendido que sufriste un auténtico trauma en este lugar.

¡Ay, Dios! ¿Se lo habría contado Cannon? El corazón le latía con fuerza y la amargura de la traición le ardía en la garganta.

—No estoy al tanto de los detalles, pero supuesto, pero tu abuelo insinuó…

—¿Qué? ¿Qué contó? —se negaba a creer que su abuelo le hubiera contado lo ocurrido a aquella mujer.

—Ay, cariño —canturreó—, no pretendía molestarte.

Cannon posó las manos en los hombros de Yvette y preguntó:

—¿Qué podemos hacer por ti?

Furiosa, Yvette no podía pasar por alto la familiaridad con la que se dirigían el uno al otro. A ella la había llamado en un primer momento «señorita Sweeny», pero él era, sencillamente, Cannon.

—Deberíamos hablar —Mindi entró en el garaje.

El sol que dejó tras ella iluminó con un halo su melena rubia y su figura curvilínea.

A Yvette la desagradaba más con cada segundo que pasaba, pero no tanto como la propia situación.

No debería ser tan débil.

Alzó la barbilla y se enfrentó a ella.

—¿De qué tenemos que hablar? ¿El señor Whitaker te ha enviado aquí por alguna razón?

Ya estaba, pensó, a ver qué contestaba a eso.

Mindi endureció la sonrisa.

—Frank sabe que estoy aquí, si es a eso a lo que te refieres —se volvió hacia Cannon—. No he tenido noticias tuyas.

—No hay nada más que decir —respondió él, masajeándole los hombros a Yvette—. Nos quedamos.

Mindi se abanicó el rostro, intentando imprimir algún movimiento a aquel aire tan pesado.

—Pero ya te dije que mi amigo había subido su oferta.

—Eso no cambia nada.

¿Otra oferta? Aquello era una novedad para Yvette. ¿Cuántas veces le habría llamado Mindi? Pero tampoco importaba. Cannon tenía razón, cuanto más tiempo pasaba en aquella casa, más ganas tenía de quedarse.

—Todavía no has oído la oferta —le recordó Mindi, deslizando las uñas perfectamente manicuradas sobre las cajas almacenadas en el garaje.

Yvette escondió las manos tras ella, hasta que se dio cuenta de que las tenía justo a la altura de la bragueta de Cannon. La única reacción de este fue tensar las manos sobre sus hombros.

Sonrojada, volvió a colocar las manos ante ella, cerrando los puños para esconder sus uñas cortas.

—No voy a vender.

—No vamos a vender —repitió Cannon sonriente.

La dulce fragancia del lujoso perfume de Mindi se disolvía en el olor a moho del garaje.

—Supongo que eres consciente de que quedarte aquí, en esta casa, no significa que tengas que conservar la casa de empeños —miraba a Yvette mientras lo decía—. Tienes una importante carrera que te deja muy poco tiempo para distracciones insignificantes.

Comprendiendo el mensaje en absoluto sutil con el que la estaba llamando «distracción insignificante», Yvette tembló de enfado.

—Yo dirigiré la tienda.

—¿Y le comprarás su parte a Cannon? —levantó una de las cajas para curiosear en el interior, pero un plástico de burbujas ocultaba su contenido—. Porque la mitad de todo esto le pertenece a él.

—Lo cual —respondió Cannon con firmeza, rodeando a Yvette para cerrar de nuevo la caja— no es asunto tuyo.

Las dos mujeres se le quedaron mirando fijamente. A Yvette la sorprendió que fuera capaz de decir algo tan insultante sin mostrar el menor enfado. Había sonado casi tierno, como si le estuviera dedicando un cumplido.

Por supuesto, era consciente de que se había labrado toda una reputación por su capacidad para entablar amistad con cualquier mujer con la que se cruzara, pero nunca le había visto en acción.

—Es cierto, por supuesto —Mindi apretó los labios y el enfado le hizo entrecerrar los ojos—. Si me he excedido lo siento, pero…

—No pasa nada —la interrumpió Cannon, y añadió—: siempre y cuando te detengas ahora.

Un silencio casi palpable reverberó en el aire.

Mindi sonrió.

—Sí, por supuesto. Lo siento —en vez de retirarse, desvió la mirada hacia el abarrotado garaje—. ¿Qué es todo esto?

El hecho de saber que se lo estaba preguntando a Cannon no evitó que Yvette contestara:

—La mercancía de la tienda.

—¿Es lo que dejó Tipton? —miró en la caja que tenía más cerca—. ¿Has encontrado algo interesante?

—La mayor de las cosas son de mi anterior negocio.

—Ah —cerró la caja—. ¿Todavía no has revisado lo que dejó Tipton almacenado?

Yvette permaneció en silencio. No le gustaba que fuera tan entrometida, y tampoco la familiaridad con la que utilizaba el nombre de su abuelo.

Cannon llenó aquel silencio contestando vagamente:

—Cada cosa a su tiempo.

—Sí, lo entiendo —Mindi le sonrió a Cannon—. Bueno, ahora tengo que irme. Si cambiáis de opinión, sobre cualquier cosa, házmelo saber, por favor.

Cannon se acercó a ella y la agarró del brazo.
—Te acompaño a la puerta.
¡Oh, no, un momento! Yvette quería protestar, pero Cannon miró por encima del hombro y dijo:
—Ahora mismo vuelvo.

CAPÍTULO 11

Por todos los... Furiosa por haber sido despreciada de aquella manera, Yvette cruzó la puerta que conducía al interior de la casa, pero dominó las ganas de cerrarla de un portazo. No quería que Mindi supiera que estaba molesta. Como no estaba dispuesta a esperar a que Cannon terminara aquella conversación, se metió en el dormitorio, se encerró con cerrojo y se dirigió después al cuarto de baño para darse una ducha fría.

Que Cannon hablara con Mindi cuanto quisiera. A ella no le importaba.

O, mejor dicho, no quería que le importara. ¡Maldita fuera!

Sabiendo que jamás llegaría a ser tan elegante como Mindi, decidió no intentarlo siquiera. Después de secarse el pelo, se hidrató la piel, se recogió la larga melena en una trenza y se puso una camiseta grande y unos vaqueros cortos.

Cuando salió del dormitorio, encontró a Cannon cocinando, recién duchado también y con unos pantalones cortos y una camiseta. Los dos iban descalzos. Pero allí acababa todo el parecido entre ellos.

A diferencia de la de Yvette, que envolvía holgadamente su cuerpo, la camiseta de Cannon se ceñía a su musculado torso a la perfección. Y, mientras sus pantalones cortos eran cortísimos, la mujer del Pato Donald, los pantalones de Cannon, unos cargo cortos, le llegaban hasta la rodilla.

La trenza de Yvette caía en hondas y Cannon se había peinado aquel pelo negro como la tinta con la mano, dejándolo todo revuelto.

A juzgar por su piel rasurada, también se había afeitado.

Mientras Cannon cortaba la cebolla, ella observó los movimientos de los músculos de su espalda y sus hombros. Era injusto que un hombre pudiera ser tan atractivo.

—Vamos, pasa —le preguntó—. Tendré la cena preparada en solo unos minutos.

Yvette se dirigió hacia la nevera a por un refresco de cola, pero cuando vio la enorme jarra de té con hielo y sin azúcar que se había preparado Cannon, optó por el té.

Las buenas costumbres eran contagiosas.

—Sírveme uno, ¿quieres?

—Claro —intentando mostrarse un tanto diplomática, preguntó—: ¿De qué habéis hablado Mindi y tú?

—Le he dicho que rechazaba su oferta, eso es todo.

Con el borde del cuchillo empujó la cebolla para sacarla de la tabla y echarla en una sartén con aceite caliente.

—Ajá —se dio un minuto para pensar, sirvió el té, se lo dejó a Cannon al lado y dio un lago sorbo a su propia bebida—. ¿Y qué te había ofrecido exactamente?

Cannon le había dicho que no iba a salir con ninguna otra mujer, así que, a menos que tuvieran algún asunto importante sobre el que hablar...

—Sexo.

Atragantada, Yvette se llevó el dorso de la mano a la boca y resolló, intentando tomar aire.

Cannon desvió la mirada.

—¿Estás bien?

Yvette asintió con energía y le hizo un gesto para que continuara.

—Se me insinuó en el despacho de Whitaker el día que llegué.

Cuando por fin fue capaz de respirar, aunque con dificultad, Yvette dijo con voz ronca.

—¿En el despacho del abogado?

—Sí. Whitaker tuvo que irse a los juzgados, así que nos quedamos solos. Ella estaba interesada en mí y no tuvo ningún inconveniente en decirlo —se encogió de hombros con un gesto de indiferencia—. Le dije que lo dejáramos para otro momento porque, bueno, ya sabes, estaba bastante magullado, y el hecho de que Tipton me hubiera dejado la mitad de su herencia me tenía descolocado —deslizó la mirada sobre ella, deteniéndose durante unos instantes en sus muslos—. No tengo ningún interés en Mindi.

Rebosante de resentimiento, Yvette dejó el vaso bruscamente en la mesa.

—Pues ella todavía está interesada.

Él le dirigió una sonrisa radiante.

—Sí, lo sé, me lo ha dicho. Y ha estado toqueteándome en la acera.

Herida y furiosa, Yvette se le quedó mirando de hito en hito. Al final, el orgullo se hizo cargo de la situación.

—Espero que no la hayas rechazado por mí.

—Sabes que ha sido así.

Enfadada consigo misma, más que con Cannon, respondió:

—Ya te dije que no podía...

—Recuerdo lo que me dijiste —empezó a cortar el tomate a daditos—. Y estuviste dispuesta a aceptar mi propuesta.

¿Y de verdad quería que lo hiciera? Y, si así era, ¿por qué se mostraba tan seco cuando surgía el tema?

—Sí, pero desde entonces ya ha pasado casi una semana.

—¿Y has cambiado de opinión?

Resentida por el hecho de tener que volver a ofrecerse, alzó la barbilla.

—No.

—Genial, porque solo te quiero a ti.

¿Entonces a qué estaba esperando?

—¿Estás seguro?

Cannon soltó una carcajada.

—Claro que sí. Así que, ¿por qué iba a querer hacer nada con Mindi?

¿Porque Mindi no tenía ningún hándicap, por ejemplo?

—No tengo ningún problema —contestó Cannon a su propia pregunta—. Pero, por lo visto, ella todavía no lo había entendido, así que he pensado que era un buen momento para aclarar las cosas. No veía ningún motivo para ser cruel, sobre todo después de haberle dado a entender que podría estar interesado en ella. Antes de volver a verte —aclaró.

—¿Y se lo has explicado así?

Cannon asintió.

—Ahora lo comprende.

Sí, claro.

El silencio se alargó hasta que Yvette se sintió obligada a decir algo.

—¿Puedo hacer algo para ayudarte?

—¿Con Mindi? Ya me he encargado yo de todo.

Yvette apretó los dientes.

—Con la cena.

Sin disimular apenas su humor, Cannon esbozó una sonrisa.

—¡Ah, de acuerdo!

Maldita fuera. En la cocina hacía demasiado calor y ella no estaba de humor para bromas.

—Déjalo.

Dejó el vaso vacío en el fregadero y se habría ido si no hubiera sido porque Cannon se le adelantó, la rodeó con sus fuertes brazos y la apoyó contra la encimera.

—Me estás matando, lo sabes, ¿verdad? Esos pantalones... El efecto es letal.

Presionó sus caderas contra el trasero de Yvette.

—Te deseó en todo momento. Y solo a ti —le hociqueó el cuello, disolviendo su enfado, aunque no su dolor—. Incluso cuando te veo confundida —le dio un húmedo beso—, ¿o celosa, quizá?

—Cannon —su fuerza de voluntad languideció, pero aun así consiguió protestar—: Estoy enfadada.

—No tienes por qué —le acarició con la nariz detrás de la oreja—. Maldita sea, siempre hueles bien, incluso cuando estás sudando.

Qué poco necesitaba Cannon para excitarla.

—No huelo bien.

—Quiero respirar todo tu cuerpo.

Antes de que Yvette pudiera llegar a excitarse con aquellas palabras, le dio uno de aquellos delicados mordisquitos en el hombro.

Como siempre le ocurría, Yvette curvó los dedos de los pies y sintió que algo se removía en su vientre.

Cannon extendió la mano sobre su estómago, por encima de la cintura del pantalón, como si hubiera sido consciente de ello. Ella sintió el calor de la palma de su mano a través de la camiseta de algodón.

—¿Sabes lo que quiero hacer?

Yvette podía imaginárselo, pero aun así, preguntó:

—¿Qué?

—Lo primero que quiero hacer es besarte hasta que te olvides de tu enfado, o de tu confusión, o de tus celos, o de lo que quiera que estés sintiendo.

Sentía todas aquellas cosas y, sí, besarle le parecía una magnífica idea. Cerró los ojos y suspiró.

—¿Y lo segundo?

—Y después quiero disfrutar de una cena contigo.

Yvette abrió los ojos de golpe. Esperaba algo completamente diferente.

—¿Cenar? ¿De verdad? Pues… de acuerdo.

Sonriendo contra la sensible piel de su cuello, Cannon añadió:

—Y luego… —cubrió su pecho con la mano, en aquella ocasión por encima de la camiseta. Mientras lo acunaba y lo acariciaba, le dijo con voz ronca y susurrante—: Quiero seguir acariciándote. Así, pero sin que la camiseta se interponga en el camino.

De la garganta de Yvette escapó un suave gemido.

—Esos pantalones diminutos me tienen imaginándome todo tipo de cosas.

Alegrándose de que le hubieran gustado los pantalones, que se había puesto con la única intención de que volviera a pensar en ella, se presionó contra él.

—Sí, eso me gusta.

Tenía la mano grane, caliente y callosa y rozó con ella el tenso pezón, haciendo que le resultara difícil respirar.

—Quieres que te acaricie, ¿verdad?

—Quiero, pero...

—Dímelo, Yvette.

Para animarla a dar la respuesta correcta, tomó el pezón y tiró suavemente de él.

—Sí —contesto entonces Yvette con un gemido trémulo.

—Ahí lo tienes —bajó la mano hasta su muslo—. Y va a ser muy fácil meter la mano por el dobladillo de esos pantalones casi inexistentes.

Para demostrarlo, acarició con las yemas de los dedos la parte superior del muslo y fue subiendo y subiendo hasta deslizarla bajo los flecos del pantalón.

—Cannon... —le deseaba, y mucho, pero no quería decepcionarle cuando las cosas no salieran tal y como esperaba—. No estoy segura...

—Solo acariciarte.

Tiró de ella para que se diera la vuelta y tomó su boca con un beso ardiente. Hundió la mano en su pelo y abrió la otra sobre su espalda para estrecharla contra él. Y susurró entonces contra su boca.

—Si tú puedes con ello, yo también.

Yvette dejó escapar dos trémulas respiraciones antes de ser capaz de contestar;

—De acuerdo.

En la mirada hipnótica de Cannon apareció un brillo de satisfacción, y algo más. Alzó la mirada hacia él, consciente de que sería una agonía tener sus manos sobre ella sin poder alcanzar la liberación final. No estaba en absoluto segura de poder soportarlo, pero negar aquel placer a Cannon, y negárselo a ella, sería todavía peor.

Irrumpió entonces el sonido de un teléfono e Yvette recordó que se había dejado el móvil en el garaje. Ante aquella tregua, se sintió aliviada y, al mismo tiempo, frustrada al no poder descubrir hasta dónde podrían haber llegado.

Cuando ella se detuvo, Cannon le acarició las mejillas con los nudillos.

—¿Quieres que conteste yo?

Lo que ella quería era que siguiera acariciándola, excitándola.

—No.

Deslizó la mano sobre el pecho de Cannon, descendió por sus impresionantes abdominales y después se obligó a moverse, a pesar de la debilidad que sentía en las piernas. Estaba segura de que sería Heath con ganas de molestar.

—Ahora mismo vuelvo.

—Muy bien. Yo terminaré de preparar la cena.

Ardiendo por dentro, Yvette se preguntó por el plan de Cannon. Y se preguntó también si aquel distanciamiento formaría parte de su estrategia o si de verdad podría hacer algo así y quedarse después como si nada.

Porque ella no podía.

El teléfono dejó de sonar en cuanto llegó al garaje. Por supuesto, era Heath con ganas de volver a incordiar. Dejó un mensaje en el buzón de voz. Ella le escuchó despotricar una vez más, reprochándole lo mucho que la amaba y el que ella no le correspondiera. Alegrándose de que estuviera en la otra costa, borró aquel horrible mensaje y bloqueó su número.

Cannon había cerrado y asegurado la puerta del garaje para que los paquetes estuvieran seguros. Antes de comenzar a remover de nuevo entre sus cosas, se peleó contra la polvorienta ventana que había junto a la puerta interior. Quería que se moviera un poco el aire. A lo mejor así mejoraba un poco el ambiente.

Podría buscar también una forma de bajar la escalera para poder revisar el altillo.

Regresó a la cocina a tiempo de ver a Cannon echar la pasta, unos fideos de cabello de ángel, sobre la cebolla y el aceite de oliva, removerlo todo y añadir queso parmesano fresco.

Olía a gloria.

Cannon la observó mientras ella dejaba el teléfono en la encimera.

—¿Heath otra vez?

No había ninguna razón para molestarle con los detalles más sórdidos.

—Sí, pero le he bloqueado el teléfono.

Sacó los platos, volvió a llenar los vasos y los llevó a la mesa. E incluso una actividad tan simple como poner una mesa para dos la llenó de emoción.

Cannon la sorprendió entonces acariciándole el trasero y susurrando:

—Irresistible —la rodeó después para servir los platos—. ¿En qué estás pensando que estás tan seria?

En estado de alerta por la caricia y el increíble cumplido, Yvette sonrió.

—No había vuelto a hacer esto desde que me fui de aquí —señaló la mesa—: Sentarme a cenar comida casera noche tras noche.

Cannon colocó el tomate cortado a daditos sobre la pasta.

—¿Tipton cocinaba bien?

—Cocina tradicional —un tipo de cocina muy diferente a la comida saludable que Cannon prefería—. Lo que más le gustaba eran los guisos y su especialidad era el de pollo con bolitas de masa.

Caballero hasta la médula, Cannon sacó la silla de Yvette.

—¿Y te enseñó a cocinar?

—Sí —Yvette era consciente de que tener a alguien con

quien hablar, sobre todo después de la muerte de su abuelo, era tan conmovedor como aquellas cenas íntimas—. Estofados, sopas, costillas con chucrut, jamón con repollo —sonrió de oreja a oreja—. Todas esas cosas que tú no comes.

—Y todas esas cosas que me encantan —se sentó enfrente de ella y estiró sus largas piernas de tal manera que encerró los pies de Yvette entre los suyos—. A mi madre también le gustaba la comida tradicional, así que me he pasado la vida teniendo que salir a correr por las mañanas para no engordar.

—Tonterías —desde que conocía a Cannon siempre había sido un espécimen ejemplar—. No me lo creo.

Cannon le sonrió.

—La sopa de frijoles y jamón con paz de maíz era uno de mis platos favoritos. Era capaz de comerme la mitad del pan yo solo. Rissy se ponía furiosa cuando quería repetir y veía que había desaparecido.

—Por cierto, ¿cuándo volverán a casa tu hermana y su compañera de piso?

Él se quedó callado, haciendo que Yvette sacudiera la cabeza.

—¿Qué? ¿Pensabas que no había prestado atención? Sé que estás aquí porque es eso lo que quieres, pero que tenías otras opciones.

—Es verdad —la observó mientras ella probaba la comida y gemía de placer. Su mirada de oscureció—. Me alegro de que te guste.

—Está riquísimo.

Con la misma naturalidad con la que le había acariciado el trasero, Cannon le soltó:

—Cuando te acaricie también te va a gustar.

Entonces le tocó a ella enmudecer, pero su silencio no detuvo a Cannon en absoluto.

—Pero, si hay algo que no te gusta, quiero que me lo digas. O si hay algo que te gusta especialmente...

Cada vez más acalorada, ella le interrumpió.

—Estábamos hablando de tu hermana.

—Un tema más seguro, ¿eh? De acuerdo, podemos seguir con eso —mirándola con intensidad, comió un enorme bocado antes de contestar—: Podría haber ido a casa de Rissy, eso es verdad, pero ahora es su casa, no la mía. Respeto su intimidad y, estando ella y su compañera de piso fuera, no me parecía bien instalarme en su casa.

—¿No le habría gustado?

—Claro que le habría gustado.

—¿Y a su compañera de piso?

—Se llama Cherry Peyton. No la conozco bien, pero me parece maja. Denver parece tener algún interés en ella, ¿recuerdas?

—Sí —y, desde luego, por lo que ella había visto, Denver tenía interés en aquella mujer.

Dejando aquella cuestión de lado, Cannon añadió:

—Siempre queda el Hotel Colonial. Me he quedado allí en alguna ocasión.

Ella esbozó una tensa sonrisa.

—Mary esperaba ir contigo a un hotel —si Yvette no hubiera aparecido en el bar aquella noche, se habría llevado a Mary a su habitación.

—Olvídate de Mary —le pidió él—. Olvídate de Mindi. Quería estar aquí, contigo.

Ella nunca había sido una mujer celosa. Pero, siendo tan especial para él, Cannon se merecía la verdad.

—Me alegro de que haya sido así.

Él le tomó la mano y le besó los nudillos.

—Y ahora que eso ha quedado claro, vamos a comer. Cuanto antes terminemos, antes podré empezar a acariciarte.

Yvette detuvo el tenedor que estaba a punto de llevarse a la boca.

Él miró el reloj.

—Es pronto. Todavía tenemos muchas horas antes de acostarnos. Ya estoy medio excitado, solo por pensar en ello —pinchó con el tenedor otra buena cantidad de pasta.

Al parecer, el deseo no le quitaba el apetito. Pero era lógico, era la persona más activa que conocía.

Por su parte, Yvette estaba a punto de derretirse en su asiento.

—Ya sabes que no puedo…

—¿Alcanzar el orgasmo? —y continuó con más delicadeza—. No pasa nada. Lo único que vamos a hacer va a ser acariciarnos, ¿recuerdas?

¿Pero por qué? Seguramente él quería algo más que eso. El hecho de que ella no pudiera llegar al clímax no significaba que….

Y Cannon terminó diciendo:

—Por lo menos esta noche. Con el tiempo, voy a desearlo todo.

Al pensar en ello, al imaginarle encima de ella, dentro de ella, el deseo tensó cada uno de los músculos de Yvette.

—De acuerdo —susurró.

Con juguetona firmeza, Cannon le dijo:

—Pero esta noche no. Esta noche solo vamos a acariciarnos. A acariciarnos, a besarnos y a volvernos locos de deseo —tomó aire lentamente—. Así que termina, ya me he torturado bastante.

Yvette había estado muy callada durante el resto de la cena, y también después, mientras recogían la cocina.

A lo mejor estaba nerviosa. En cuanto habían terminado de recoger el último plato, había ido a buscar la ropa sucia y había desaparecido en el sótano durante una hora. Como Cannon no quería presionarla, él había aprovechado aquel tiempo para hacer la limpieza. Cuando había oído la aspiradora, Yvette había vuelto a subir.

Era divertido observar sus reacciones. Incluso después de que Cannon le hubiera dicho que estaba obsesionado con la limpieza y que podía llevar perfectamente la casa, parecía algo molesta. Había apartado la colada con desgana, y se había sentado para que él se sentara a su lado.

Cuando se sentó, Yvette le miró pensativa y recelosa.

¿Esperaba que se abalanzara sobre ella? ¿Que le quitara la camiseta y comenzara a meterle mano? Si era así, iba a decepcionarla siendo tan lento que, al final, sería ella la que terminara suplicándole que la desnudara

Y, con el tiempo, terminaría pidiéndole todo lo demás.

Pero, tal y como le había dicho, aquella noche pretendía convertirla en un dulce tormento. Terminarían los dos frustrados, pero ella se sentiría cómoda con él.

Lo suficientemente cómoda como para dejarse llevar.

Yvette había dejado el teléfono en la mesita del café, así que él hizo lo mismo y dejó allí también las llaves y la cartera.

Le miró después con los ojos abiertos como platos, pensando quizá que iba a detenerse. Una idea muy poco acertada, porque estaba deseando ponerle las manos encima. Su férreo control, por fuerte que fuera, tenía sus límites.

Se volvió hacia ella mientras se sentaba, estiró el brazo sobre el respaldo del sofá e hizo un esfuerzo supremo para parecer natural.

—¿Ya te he contado que he quedado con Rowdy en trabajar el sábado en el bar? Lo ha estado anunciando durante toda la semana. Se supone que va a venir mucha gente.

—¿El sábado?

—Sí —hundió los dedos en su pelo para atraerla hacia él—, estarás allí, ¿verdad?

Ella entreabrió los labios y respiró hondo.

—No sé.

Pues él sí lo sabía. Iría con él y disfrutarían a lo grande. Era importante que comprendiera que la química que había entre ellos no era solo sexual.

Cuando se inclinó hacia ella, las gruesas y oscuras pestañas de Yvette descendieron sobre sus ojos. Sobre aquellos hermosos ojos, verdes y enormes.

Pero la verdad era que no había nada en Yvette que no le resultara atractivo.

Tomó sus labios con delicadeza, le acarició el labio inferior y después el superior antes de alinear sus bocas en un beso delicado y hambriento.

Y el hecho de que ella se derritiera contra él le resultó gratificante y alentador al mismo tiempo.

Seguramente, una mujer capaz de reaccionar de manera tan rápida podría llegar con facilidad al límite. Con el hombre adecuado.

Con él.

—Quiero que estés allí —le dijo mientras trazaba un camino de besos hasta su oreja.

—De acuerdo.

—No me importa que otras mujeres coqueteen conmigo...

Ella empezó a apartarse, pero él la retuvo.

—... siempre y cuando comprendan cuáles son los límites —dibujó la línea de la oreja con la punta de la lengua, haciéndola estremecerse—. Si te ven allí conmigo, todo el mundo lo comprenderá.

Yvette le agarró la camisa con los puños y se inclinó hacia él.

—¿Qué es lo que comprenderán?

—Que estamos juntos —le besó tras la oreja y descendió hasta su nuca—. Mis amigos también estarán allí. Pero ellos ya saben cómo van las cosas.

—¿Te refieres a otros luchadores?

—Ajá —contestó mientras abría la boca contra su piel—. Respecto a tocarnos....

Ella contuvo la respiración.

—¿Sí?

Le tomó la mano y la acercó a su erección. Estaba ya inflamada y palpitante. Al parecer, intentar darse tiempo no le había servido para controlarse.

No, lo único que había conseguido había sido aumentar su urgencia.

—Puedes empezar tú.

Ella aspiró con fuerza. La mano de Yvette era pequeña, su caricia vacilante mientras la deslizaba a lo largo de su miembro.

Agonizando, Cannon la animó musitando palabras de placer. Ella le rodeó con los dedos todo lo que le permitía la tela de los pantalones y apretó después.

—Maldita sea —se apretó él mismo un instante, hasta que recuperó el control y le apartó la mano—. Espera un momento, cariño.

Yvette le observó con la mirada velada por el deseo mientras él se quitaba la camiseta y la arrojaba a un lado.

—Vamos a intentarlo otra vez, y en esta ocasión por encima de la cintura.

Sin vacilar, ella posó las manos sobre él, acariciando sus pectorales y sus hombros. Después descendió para examinar cada uno de sus abdominales. Cuando se inclinó hacia él, Cannon se quedó paralizado, con el corazón latiendo con fuerza.

La primera caricia de sus labios puso a prueba su resolución. Yvette rozó con los labios cada uno de aquellos moratones casi desaparecidos, frotó la mejilla contra el vello de su pecho, inhaló con fuerza y aspiró su esencia.

Posando una mano en su pelo, Cannon le dijo:

—Deberías saber, pequeña, que pienso devolverte todo lo que me estás haciendo.

Yvette alzó su mirada encendida hasta la suya. Mientras se miraban a los ojos, ella posó las manos sobre las tetillas de Cannon, rozándolos ligeramente con las uñas, y se inclinó para acariciarlos con la lengua.

Dios. Cannon le permitió acariciarle un minuto más y dijo después con brusquedad:

—Ahora me toca a mí.

No era fácil acordarse de cuál era su plan con el corazón a punto de atravesarle las costillas, pero consiguió recomponerse.

—Me gusta acariciarte —dijo ella.

—¿Sí?

Cannon retrocedió para besarle el cuello y bajar hasta la parte superior de sus senos.

—Me has pedido que te diga lo que me gusta. Eso me gusta.

—¿Y esto?

Con mucha delicadeza, cerró la boca sobre la camiseta, cubrió el pezón con los dientes y presionó con la lengua, mojando la tela.

Yvette se aferró a su pelo y, cuando él se desplazó hacia el otro seno, le atrajo hacia ella y se arqueó contra él. Antes de besarle el pezón, Cannon preguntó:

—¿Esto te gusta, Yvette?

—Sí.

—¿Y esto? —volvió a preguntar, succionando con suavidad a través de la tela—. ¿O esto? —sorbió el pezón con los labios y después tiró de él con los dientes.

—Sí —contestó Yvette, retorciéndose contra él.

Cannon continuó. Utilizó los labios para acariciar uno de los pezones mientras tomaba el otro entre los dedos hasta hacerla susurrar con voz jadeante:

—Cannon...

—Dime.

Pero, en vez de contestar, ella se apartó y estuvo a punto de provocarle un desmayo cuando se quitó la camisa.

¡Dios santo! Era tan atractiva que Cannon no sabía cómo iba a seguir aguantando.

Los pezones, rosas y mullidos, se erguían en medio de unos senos llenos y sonrosados. Tenía la respiración agitada y le observaba ansiosa.

Saboreando aquel momento, Cannon posó una mano en su cintura estrecha. Tenía la piel sedosa e increíblemente cálida. Aquellos pantalones de infarto descendieron por sus caderas. Apenas la cubrían mucho más que las bragas.

Cannon le acarició con los dedos la cadera y se trasladó de allí hasta el ombligo, excitándose todavía más cuando ella se contoneó.

—¿Tienes cosquillas?

—Sí.

Cannon estaba loco por ver cómo reaccionaba cuando deslizara esos dos dedos dentro de ella.

—Ven aquí —se reclinó en el sofá y la levantó para sentarla a horcajadas en su regazo, mirándole a él.

Sin los pantalones, podría haberla penetrado en aquella postura. Aquella posibilidad puso a prueba su resolución, sobre todo ella cuando abrió los muslos y descansó directamente sobre la protuberancia de su erección.

Yvette se movió contra él, meciendo las caderas hasta que Cannon la sujetó para que se detuviera.

Teniendo en cuenta la dificultad que había admitido, Cannon esperaba que se mostrara más reservada. Sin embargo, parecía ansiosa por alcanzar la liberación total y aquello también le encendió.

Cubriendo sus pechos con las dos manos, volvió a besarla, en aquella ocasión con un beso largo y profundo, ligero y fluido, utilizando la lengua y los dientes hasta que terminaron los dos jadeantes. Y, durante todos y cada uno de aquellos segundos, fue consciente de ella, de sus reacciones, estuvo analizando lo que le gustaba, lo que la entusiasmaba, lo que más la excitaba.

—Cannon —gimió ella—. Ahora ya no llevo la camiseta.

¿Era una insinuación?

—Créeme, pequeña, lo sé.

Jugueteó con los pezones siguiendo el mismo patrón que había seguido con su boca, primero, con un roce delicado y después con un insistente tirón.

¿Estaría dispuesta a decirle lo que le gustaba?

Esperanzado, volvió a tomar su boca con un beso profundo mientras, al mismo tiempo, movía las manos por todo su cuerpo a lo largo de aquella estrecha espalda, de la delicada curva de sus caderas, desde la parte superior de sus sedosos muslos hasta las rodillas para iniciar allí de nuevo el ascenso.

Con un brazo alrededor de su cintura y el otro bajo las

caderas, la arqueó hacia delante y trazó un camino de besos húmedos desde su garganta hasta la parte superior de sus senos.

La tentaba con la lengua, acercándose al pezón, pero sin llegar a tocarlo, por mucho que ella cambiara de postura, intentando dirigirle.

—Dime lo que quieres, Yvette.

Sintió la urgencia de su respiración agitada, la indecisión que la reprimía, hasta que, al final, posó la mano en su cuello y tiró de él hacia delante diciendo con la respiración entrecortada:

—Quiero sentir tu boca encima de mí.

—¿Dónde? —disfrutando al verla en aquel estado, le lamió la garganta—. ¿Aquí?

Descendió después hacia su escote:

—¿Así? —y siguió bajando hasta rozar apenas el pezón con los labios—. ¿O justo aquí?

Y, entonces, succionó el pezón.

Ella gritó, presionó las caderas contra sus abdominales, apretándole con el interior de los muslos y clavándole los dedos en la cabeza con tanta fuerza que le dolía.

Valiéndose de la posición de las rodillas de las Yvette y de su cuerpo en tensión, la encerró dentro de él y presionó hasta que comenzó a moverse rítmicamente sobre su regazo.

«Así», pensó, más convencido que nunca de que el único problema de Yvette era el de no haber encontrado al hombre adecuado.

Lo que quería decir a cualquier hombre que no fuera él.

Dedicó su atención al otro seno, besándola alrededor del palpitante pezón, enroscando la lengua a su alrededor, tirando y lamiendo antes de premiarla con otra larga y pausada succión.

La reacción de Yvette fue la más apasionada que había presenciado jamás.

Echó la cabeza hacia atrás, permitiendo que su larga melena cayera sobre su antebrazo y se alzaran sus senos. Abiertas, rodeando las caderas de Cannon, sus piernas largas y delgadas temblaron. Jadeaba al respirar, gemía y sollozaba.

A Cannon le encantó verla así, un poco perdida y absolutamente excitada.

No tenía ningún problema, no, con él no.

Al principio había pensado que tardaría horas, días quizá, en estar preparada. Pero jamás había visto a una mujer más dispuesta de lo que estaba Yvette en aquel momento.

Mientras se advertía a sí mismo que no debía presionarla, le bajó la cremallera de los pantalones. Metió la mano por dentro y la acarició por encima de las bragas. Incluso así pudo sentir el calor húmedo de su excitación.

Yvette se enderezó y se quedó quieta, salvo por el susurro de su honda respiración.

Y, rozándola apenas, él la acarició al tiempo que continuaba lamiendo lentamente el pezón.

Gimiendo, ella le clavó las uñas en los hombros. Cannon alzó la mirada y la vio dejando caer la cabeza hacia delante y cerrando los ojos con fuerza. La melena oscura caía sobre su rostro como una cortina.

Se sentía presionada, comprendió, y comenzó a preocuparle que aquello fuera solo una actuación. Quería que volviera a sentir aquel placer irracional, de modo que redirigió sus pensamientos.

—Solo caricias —le susurró.

Ella asintió temblorosa y dijo:

—No sé si voy a soportar esto.

—Sé que para ti es difícil, Yvette, pero me encanta tocarte. Aquí —le lamió el pezón—, y aquí.

Presionó los dedos contra su sexo, sintiendo sus labios henchidos a través de la tela de su ropa interior.

Ella volvió a mover las caderas una vez más y después se detuvo.

—¿Te parece bien?

—Yo... —tembló cuando él se hundió un poco más, dibujando la vulva.

—Hazlo por mí —la urgió, tirando del pezón con los labios—. Dime si te parece bien.

En vez de hablar, Yvette asintió.

Él apartó entonces la mano y la deslizó por detrás, moviéndola sobre su trasero perfecto.

Yvette llevaba un tanga.

Gimiendo, Cannon tomó el pezón más profundamente al tiempo que exploraba aquellos músculos firmes y delicados. La apertura holgada de las perneras del pantalón le permitía hundir los dedos en aquella carne lubricada y caliente.

Sedosa y húmeda.

Henchida por el deseo.

Abandonó los pezones empapados y erguidos y volvió a apoderarse de su boca, embriagándose junto a ella con un beso voraz mientras la penetraba apenas con un dedo. Ella intentaba presionarse contra él, cambiaba de postura buscando algo más, pero él maniobraba para impedírselo en todas las ocasiones. No le resultaba fácil recordar sus intenciones en un momento como aquel, deseándola tanto y estando ella tan excitada.

—Tranquila —le dijo.

Pero ella le sorprendió besándole otra vez y susurrando:

—Querías que te dijera lo que me gustaba.

Sorprendido por su audacia, Cannon asintió.

—Sí.

Ella fijó la mirada en sus ojos.

—Entonces quiero que me penetres con los dedos todo lo que puedas.

Mierda. Con su capacidad de control hecha trizas, Cannon apoyó la cabeza en el respaldo del sofá y tiró de Yvette hacia delante.

—Apoya las manos en mis hombros.

Ella lo hizo rápidamente, alzando al mismo tiempo las rodillas.

Sosteniéndole la mirada, Cannon le separó las piernas, la acarició con delicadeza y, a continuación, hundió lentamente dos dedos en ella.

Jadeando, Yvette se apoyó en él, frotó el rostro contra su cuello y movió las caderas.

—Dios mío, Cannon, lo que siento es…

—¿Te gusta?

—Me encanta.

Él sabía que podía hacerla sentir mucho mejor, pero, maldita fuera, tenía miedo de estropear aquel momento. Era preferible que fuera ella la que tomara las riendas.

—Bésame, cariño.

Yvette le besó, hundió los dedos en su pelo y se restregó contra su pecho. Su cuerpo se cerraba alrededor de los dedos de Cannon, intentando retenerle cada vez que intentaba retirarse y humedeciéndose cuando presionaba de nuevo contra ella.

Estaba tan tensa, tan excitada…

Cannon alzó el pulgar y encontró el clítoris ya desplegado, en tensión. La acarició, haciéndole contener la respiración. La sintió temblar y no pudo menos que pensar que estaba ya muy cerca. Continuó moviéndose alrededor de aquel sensible botón una y otra vez, extendiendo su propia humedad sobre ella, rozándola, atormentándola.

«Ahora», decidió. Tenía que ser en aquel momento.

—¿Confías en mí, Yvette?

Yvette le besó en el hombro y le mordisqueó el pecho. Su ronco «sí», seguido de un urgente «por favor» le confirmó a Cannon que todo iba a salir bien.

—Genial.

Apartó la mano que tenía entre las piernas de Yvette y la hizo tumbarse en el sofá. ¿Qué te parece entonces si te quito los pantalones?

La melena revuelta rodeaba el rostro de Yvette. El deseo imprimía una oscura pesadez a su mirada. Tenía los labios henchidos por los besos. Al mirarla, Cannon reconoció el brillo de las lágrimas en sus ojos, pero ella asintió.

Sin perder ni un segundo, le bajó los pantalones, dejándola

solamente con un minúsculo tanga negro. También quería quitarle aquella prenda, pero antes...

—Esto me toca a mí —le recordó—. Tú solo tienes que relajarte.

Se inclinó después hacia delante y presionó los labios entreabiertos sobre la tela húmeda.

CAPÍTULO 12

La sensación fue tan intensa que podría haber resultado dolorosa. En cambio, fue casi insoportablemente placentera. Con Cannon estaba sintiendo cosas que no había sentido jamás. Cosas increíbles.

Promesas abrasadoras que la empujaban hacia algo que deseaba con todo su ser.

Se cernían sobre ella, la arrastraban hacia allí olas cada vez más fuertes, pero siempre terminaban retrocediendo.

—Necesito saborearte.

Hundió los dedos en la cintura del tanga y se lo quitó. Y a ella no le importó. Quería que la viera.

Y, Dios, sí, quería sentir su boca sobre ella.

Estaba casi desesperada por sentirla.

Durante un segundo interminable, Cannon se limitó a mirarla, y aquello fue casi indescriptible. Un calor incandescente iluminaba los ojos azules de Cannon. Sus músculos parecían más definidos, tal y como los había visto Yvette en los combates, cuando la sangre bombeaba con fuerza a causa del ejercicio. La miraba con tal concentración y de una forma tan posesiva que la hacía sentirse sexy cuando ella siempre se había considerado un desastre.

—¿Cannon? —le susurró.

Cannon le separó las piernas para colocarse entre ellas. Sus manos enormes y ásperas parecían mucho más oscuras contra su piel pálida. Las fue moviendo sobre ella con una lenta caricia con la que fue abarcando sus hombros, sus senos, deteniéndose también en los pezones, la cintura y las caderas, para llegar después hasta la zona interior de los muslos, donde le abrió las piernas todavía más.

Se le inflaron las aletas de la nariz y su respiración se hizo más profunda.

Entrecerró los ojos y colocó la mano contra ella, con la palma hacia arriba. Yvette sintió que la abría y notó después la presión de dos dedos dentro de ella. Aquello ya fue mucho, pero después él hizo algo especial, dobló los dedos y alcanzó un punto determinado.

—¡Ahhh! —automáticamente, alzó las caderas ante aquella crepitante sensación.

Cannon levantó la mirada hacia ella, una mirada interrogante, intrigada, y regresó después hacia el lugar en el que trabajaban sus dedos.

Ella movió las piernas, maravillada por la creciente presión que nacía dentro de ella, por aquel anhelo cada vez más tenso, pero, al mismo tiempo, tan dulce. No podía ser tan fácil. No, después de tantas decepciones. No después…

—Sigue, cariño, te gustará.

Con una anticipación cada vez más intensa, le vio inclinarse hasta posar su cabeza morena entre sus muslos, con la respiración caliente y la boca todavía más.

Cannon inhaló su esencia y gimió.

Utilizando los pulgares para abrirla, lamió sin pudor sobre ella, dentro de ella.

Conmocionada tanto emocional como físicamente, Yvette posó las manos en su pelo oscuro y sedoso, acariciándole, alentándole.

Él enganchó los brazos por debajo de las piernas, la apresó posando las manos en sus senos y continuó devorándola hasta que Yvette supo que estaba a punto de llegar. Cada embestida de Cannon así se lo indicaba.

Sobre todo desde que acompañaba cada una de ellas con una leve caricia en el clítoris. Ella se preparaba, anticipando el contacto. Lo ansiaba e intentaba seguirlo con las caderas. Y cada vez que la tocaba, se tensaba de tal manera que pensaba que iba a estallar.

Lo deseaba. Y mucho.

Con los ojos cerrados, concentrada y absorbiendo cada sensación al máximo, susurró su nombre, suplicando lo que esperaba que él pudiera darle.

—¿Y esto? —gruñó Cannon—. Dime si esto te gusta.

En vez de presionar únicamente con la lengua, cerró la boca alrededor del clítoris y succionó con delicadeza.

Aquella sobrecarga de estimulación puso todo el cuerpo de Yvette en tensión. Se retorció, pero Cannon la estaba sujetando, impidiendo que se moviera.

—Por favor —susurró ella, temiendo que aquella creciente urgencia pudiera llegar a disiparse. Se aferró a él, ciega de deseo—. Por favor, Cannon, por favor…

—Tranquila, cariño —susurró él.

Yvette notaba su mandíbula contra la parte interior de sus muslos, sus dedos en los pezones y el calor de su boca succionando.

—No pares —sabía que las lágrimas corrían por sus mejillas, pero no le importó—. Por favor, no pares.

—No, no me detendré.

Cambió de postura para poder seguir sujetándola con la mano que tenía extendida sobre su estómago y volvió a hundir los dedos de la otra mano en ella, buscando aquel punto mágico.

—¡Ah! ¡Ah!… —la tensión era cada vez mayor, la presión, el calor…— ¡Cannon!

Cannon emitió un gruñido de profunda satisfacción y ella alcanzó el orgasmo.

Concentrada en aquella fabulosa liberación, se entregó por completo, sin preocuparse de cómo se movía o del volumen de sus gritos. Cannon continuó junto a ella, implacable, tomándolo todo hasta que ya no quedó nada.

La tensión fue cediendo poco a poco, hasta dejarla agotada y sin fuerzas sobre el sofá.

Cuando Cannon la besó en la boca, Yvette abrió los ojos. Le vio cerniéndose sobre ella, entre sus piernas, y le bastó una sola mirada para comprender que él todavía no había llegado al final.

Quería acariciarle, pero la verdad era que apenas podía mover los brazos.

Fascinado, Cannon le secó las lágrimas de las mejillas y sonrió.

—Hola.

¡Hala! ¡Lo había conseguido!, pensó Yvette. O, mejor dicho, lo había conseguido Cannon. Se quedó mirando a Cannon con expresión incrédula.

—Me he corrido.

La ternura aportó otros cientos de vatios a la sonrisa de Cannon.

—Sí, lo sé. Lo he oído —bromeó.

En aquel momento, a Yvette no le importaron sus bromas. Estaba demasiado confundida como para que le importaran.

—Pero… no lo entiendo.

—Estás perfectamente, siempre lo he sabido. Y, si quieres que te diga la verdad, ahora mismo me siento como el mejor amante sobre la faz de la Tierra.

—Y lo eres —respondió ella con total sinceridad.

Pero Cannon no estaba tan serio como ella.

—No pensaba llegar tan lejos hoy.

Teniendo en cuenta que él todavía no había alcanzado el orgasmo, Yvette no consideraba que hubiera llegado demasiado lejos.

—Me alegro de que no te hayas detenido.

—Yo también.

Podía sentir su erección palpitando contra ella, pero, aun así, no hacía ningún movimiento para penetrarla. De hecho, al mover las piernas contra él, sintió el roce de una tela.

Todavía llevaba los pantalones puestos.

—¿No quieres desnudarte tú también?

Cannon la besó con tal delicadeza que volvieron a llenársele los ojos de lágrimas.

Cuando volvió a sonar su teléfono, le dijo a Cannon.

—Ignóralo.

—Es lo que pensaba hacer.

Cannon le acarició las sienes con los pulgares mientras continuaba cubriendo su rostro con unos besos tan suaves como el batir de alas de una mariposa. Ella se sentía tan mimada que le resultaba difícil detener aquel desahogo sentimental.

Un segundo después sonó el teléfono de Cannon. Este posó la frente en la de Yvette y maldijo con voz queda.

Yvette se tensó a su alrededor.

—Ignora tu teléfono también.

—Sí —se sentó en el sofá, pero, al instante, la sentó en su regazo—. Ya es hora de irse a la cama.

¡Genial!

—De acuerdo.

Se aferró a sus hombros mientras él se levantaba. Sabía que ella no era una persona muy grande, pero, aun así, la asombró la facilidad con la que se levantó. Cualquiera diría que solo acababa de levantar una almohada.

—¡Qué fuerte eres!

Cannon sonrió con picardía.

—Es verdad, pero no puedes juzgarme por esto. No pesas nada.

No podía decirse que cincuenta y cuatro kilos no fueran nada, pero entendía lo que quería decir. Cannon la dejó en la cama, retrocedió y se quitó los pantalones.

Pero no los boxers.

—Es injusto. Todavía…

Él la interrumpió diciendo con resolución:

—Solo caricias.

Yvette pensó en ello intrigada.

—¿Quieres que te haga lo que me has hecho a mí?

Cannon se quedó paralizado con una mezcla de asombro y deseo voraz. Resopló, cerró los ojos y permaneció allí, quieto y rígido, con los puños cerrados, hasta que fue capaz de tranquilizarse.

—Lo único que quiero es que me dejes abrazarte mientras dormimos.

No, de ninguna manera.

Pensando que lo único que Cannon necesitaba era que le confirmara lo que quería, Yvette se incorporó, apoyándose sobre un codo.

—No seas tonto. Te deseo —señaló los boxers con la cabeza—. Y tú también me deseas.

—No me presiones, Yvette. Todo esto es nuevo para ti y quiero que vayamos despacio, aunque eso termine matándome.

—Pero...

—No lo hagas más difícil de lo que ya es, ¿de acuerdo?

Apagó la luz y se metió en la cama, a su lado.

Confundida, con sentimientos encontrados, Yvette intentó decidir lo que debía hacer.

Cannon tomó la decisión por ella. La estrechó contra él, posó la mano en su seno, le dio un beso fugaz en la parte superior de la cabeza y dijo:

—Duerme.

El enfado socavó el apacible estado de ánimo de Yvette, pero no sabía cómo proceder. Tenía la sensación de que Cannon ya había tomado una decisión. Aun así, lo intentó:

—Estoy desnuda.

—Um —acunó su seno durante un segundo apenas, pero a esas alturas los pezones estaban tan sensibles que ella se estremeció—. Me gusta que estés desnuda.

Intentando apaciguar su corazón, Yvette dijo en tono razonable:

—Pero tú no estás desnudo.

—No creo que sea una buena idea que yo me desnude.

Ella pensaba todo lo contrario.

—¿Por qué? —y por si acaso no la había entendido, le aclaró—: ¿Por qué tenemos que esperar?

Cannon permaneció en silencio durante tanto tiempo que las dudas comenzaron a abrirse paso. Hasta entonces, Yvette no se había preocupado por nada que no fuera llegar al inalcanzable, e increíble, orgasmo.

Pero en aquel momento... Pensó que a lo mejor había hecho algo malo. A lo mejor había mostrado un entusiasmo excesivo, o había gritado demasiado. Era posible que le hubiera decepcionado de alguna manera.

—Deja de analizarlo todo, cariño. Compartir eso contigo ha sido de lo más excitante que he vivido en mi vida.

Aliviada, volvió a apoyar la cabeza contra él.

—Entonces...

—La cuestión es que quiero algo más que sexo contigo.

La rodeó, estrechándola con los músculos de su brazo y alineando sus piernas fuertes y velludas contra la parte de atrás de las suyas. Su calor y su esencia la arrullaban; y la dulzura con la que le besó el hombro la hizo sentir los párpados pesados.

—Todavía tenemos que averiguar durante cuánto tiempo más tendremos que esperar. Pero estoy convencido de que es mejor que vayamos paso a paso.

Con la mano sobre la de Cannon, Yvette dibujó sus nudillos. La sorprendía que un hombre capaz de dar golpes tan impresionantes la acariciara con tanta delicadeza.

—¿Lo dices porque estoy excitado?

Yvette asintió.

—No te preocupes, sé cómo manejarlo.

Y a ella le encantaría ver cómo lo hacía.

Cannon la estrechó contra él.

—Deja de pensar en guarradas, pequeña.

Al percibir la diversión en su voz, ella también sonrió.

—Lo siento.

—Y, ahora, duérmete y que tengas dulces sueños.

Yvette temía no ser capaz de hacerlo debido a la confusión que invadía su cerebro, pero, envuelta en el abrazo de Cannon, el cansancio terminó venciéndola. Cerró los ojos, escuchó su serena y relajada respiración y sintió el latido firme de su fuerte corazón contra su espalda. Comprendió entonces que se sentía a salvo, protegida. No de nada en particular, sino en general.

Y, al experimentar aquella sensación, fue consciente de lo insegura que se había sentido durante mucho tiempo.

La sensación de bienestar permitió que el cansancio fuera apoderándose de ella. Cuando se durmió, soñó con Cannon.

Y ninguno de ellos pensó en sus teléfonos.

Cannon sintió el cuerpo de Yvette relajándose contra el suyo y su respiración haciéndose más profunda, delatando que se había quedado dormida. Gracias a Dios. Si le hubiera pedido una vez más que hicieran el amor, habría cedido. Pero, por crudo que fuera lo que sentía, por desesperado que estuviera por estar dentro de ella, sabía que no sería capaz de controlarse.

Yvette lo negaría, pero necesitaba un amante considerado, delicado y amable.

En aquel momento, Cannon no era capaz de darle algo así.

Dejando escapar la respiración que tenía contenida, la abrazó con inmenso cuidado, deseando protegerla.

¿En qué demonios había estado pensando?

Él pretendía seducirla con dulzura, adentrarla poco a poco en los secretos de una relación sexual.

Y había terminado perdiendo la cabeza y tumbándola frente a él. Desnuda. Cuando él ni siquiera se había quitado los pantalones.

Había descendido sobre ella como si devorarla en su sofá fuera algo que ocurriera todos los días, y no una fantasía que había llegado a asumir jamás se haría realidad.

Cerró los ojos con fuerza y pensó en su dulce sabor, en la

humedad que le había regalado, en cómo se alzaba para recibir la caricia de su lengua.

En sus gemidos.

En la tensión de sus piernas esbeltas y sus manos cerradas como puños. En su espalda arqueada y en la succión de su vientre.

En las lágrimas que habían aparecido en sus ojos cuando se habían disipado los efectos del orgasmo, dejándola maravillada y estremecida.

En la admiración con la que le había mirado... como solía hacerlo años atrás.

Le dio diez minutos para asegurarse de que no iba a despertarse y después, sabiendo que no sería capaz de volver a dormir, se levantó, salió del dormitorio de Yvette y se dirigió al suyo para desfogarse. Con la esencia de Yvette impregnando todavía su piel, no le llevó mucho tiempo.

Cuando volvió a reunirse con ella en la cama, menos tenso, pero deseándola todavía, ella cambió de postura sin despertarse, se volvió hacia él y se acurrucó contra su pecho.

Cannon tardó mucho tiempo en quedarse dormido, pero jamás en su vida había disfrutado tanto del insomnio, ni había tenido una mejor causa que lo provocara.

Merissa no se permitió tiempo para las dudas. En el amor y en la guerra cada uno hacía lo que podía. Sí, ya sabía que el refrán no era exactamente así, pero le servía a su objetivo.

Subió los escalones de dos en dos porque sabía que, si vacilaba, terminaría acobardándose. Miró el reloj por décima vez. Solo eran las diez y media. No era muy tarde, pero, por si acaso... Cuando llegó a la puerta, llamó con suavidad. Si estaba en la cama... bueno, no tenía ningún motivo para despertarle.

Apenas acababa de bajar la mano cuando la puerta se abrió. Tras ella estaba Armie. Sonrojado, con el pelo revuelto, sin camisa y descalzo. El cierre y la cremallera de los vaqueros se abrían revelando una línea de vello.

El corazón de Merissa trastabilló y estuvo a punto de quedar paralizado.

Hasta que ella se fijó en la pelirroja que asomaba por detrás de su hombro.

En cuanto reparó en ella, Armie, ignorando a su invitada, cruzó el umbral y cerró la puerta tras él.

Se miraron fijamente el uno al otro y, poco a poco, un ceño fue reemplazando a la sorpresa en los ojos castaños de Armie.

—¿Qué demonios haces aquí, Rissy? —miró tras ella, como si estuviera buscando a alguien. Cuando se dio cuenta de que había ido sola, se puso más furioso todavía—. Pensaba que eras Kelli.

¿Eso quería decir que no habría abierto la puerta medio desnudo si hubiera sabido que era ella?

—¿Kelli? —le costaba mantener la mirada apartada de su cuerpo.

—Sí, es una amiga de Avril y… —parecía consternado, lo que le daba un aspecto tan amenazante como una nube de tormenta. Una nube de tormenta recién salida de una placentera actividad carnal—, ¿qué demonios estás haciendo aquí?

—¿Kelli y Avril? —preguntó Merissa casi al mismo tiempo.

La puerta se abrió tras él y la pelirroja preguntó, sonriendo a Merissa con picardía.

—¿Se va a unir a nosotros o no?

Merissa retrocedió vacilante.

—¡No! —gritó al mismo tiempo que Armie.

La mujer solo llevaba encima la camisa de Armie y unas sandalias de tiras con tacón . Hizo un puchero, rodeó a Armie con el brazo y hundió la mano en la apertura del pantalón.

—¿Entonces dónde está Kelli?

Armie le agarró la mano y se la apartó, sosteniéndola todavía contra su musculoso y desnudo pecho.

El corazón de Merissa palpitaba enfermo de resentimiento.

Se humedeció los labios resecos y comenzó a inventar una excusa para marcharse.

—Entonces yo...

—¡Hola, ya estoy aquí! —exclamó un mujer tras ella.

Se volvió. Una rubia. Con los senos casi al descubierto. Llevaba una botella de vino en una mano, las sandalias en la otra... y parecía preparada para unirse a la fiesta.

Con los ojos entrecerrados y la mandíbula apretada, Armie empujó la puerta y les dijo a las dos mujeres:

—Esperad dentro. Ahora mismo voy.

Ellas se saludaron la una a la otra con un largo beso. Armie las observó sin interrumpirlas y, cuando por fin se separaron, volvió a cerrar la puerta.

Rissy tenía serias dificultades para respirar. Sí, por su puesto, había oído hablar de los excesos de Armie, al igual que conocía su aversión a las chicas buenas. Aunque quizá lo de «buena» se lo aplicaba a cualquiera que no fuera capaz de adaptarse a su exagerado apetito.

Armie permaneció con la mirada fija en el suelo durante largo rato hasta que se decidió a volver a mirarla.

—¿Qué estás haciendo aquí?

Rissy ya no se acordaba de su excusa.

—¿Tú...? ¿Ellas...?

Él apretó la barbilla.

—Es un trío. No es para tanto. No hace falta que te desmayes.

Armie alardeaba de ser un hedonista en lo que a las relaciones sexuales se refería. A muchas mujeres les encantaba aquella faceta de su personalidad.

Merissa no era una de ellas.

Cuando por fin recuperó la voz, contestó:

—No puedo prometerte que no me vaya a desmayar.

Armie la observó con atención y dio un paso adelante.

—Mierda. Estás pálida.

¡De vergüenza!

—No me puedo creer que...

—¡Date prisa, Armie, o empezaremos sin ti! —gritó al otro lado de la puerta una voz cantarina.

Armie se frotó la boca y dejó caer la mano.

—Ya ves, parece que me necesitan dentro, así que me gustaría que me dieras una razón para esta visita inesperada.

No. Aquello era un grave error y no tenía ningún motivo para empeorarlo con una pésima excusa.

—No importa.

Se abrazó a sí misma para protegerse del frío provocado por la humillación y se volvió para marcharse.

Armie la agarró del brazo.

—No, ahora no te vas a ir —se acercó a ella y le susurró, muy cerca del oído—: No vas a dejarme con esta intriga.

Merissa sintió el calor de su torso desnudo a lo largo de la espalda. Armie no era mucho más alto que ella, pero, mientras que ella era una mujer de complexión delgada, él tenía la corpulencia y la musculatura de un luchador.

Continuó en silencio, pero él no se apartó. Estaba tan cerca de hecho, que hasta podría apreciar la fragancia de su pelo.

—La verdad es que estoy sorprendida.

—Lo mismo digo.

Merissa se apartó y se volvió para enfrentarse a él.

—¿Eso es una broma?

Armie negó con la cabeza y la recorrió con la mirada. A diferencia de sus amigas, ella iba completamente vestida, con unos vaqueros y una blusa sin mangas.

Sonriendo casi a su pesar, replicó:

—Me sorprendo cada vez que te veo.

Merissa se quedó boquiabierta.

—¡Dios mío! ¿Tienes a dos mujeres esperando a que entres para...?

—No creo que sigan esperando —le dirigió una sonrisa burlona—, son muy impacientes.

—¿... y tienes el descaro de coquetear conmigo?

Armie encogió sus hombros desnudos.

—No estaba coqueteando contigo.

¡Oh! La confianza de Merissa en sí misma sufrió un duro golpe, pero lo disimuló echándose hacia atrás su larga melena y mirándole a los ojos.

—Yo pensaba...

Con una larga zancada, Armie acercó su pecho desnudo hasta sus senos.

—Has sido tú la que ha venido a buscarme, Merissa.

Merissa no se acobardó, no tenía ningún miedo de Armie.

—¿Por qué estás tan enfadado? —le preguntó en un susurro.

Él buscó su mirada y se dio la vuelta después soltando una maldición. Puso los brazos en jarras y dejó caer la cabeza. Tenía todos los músculos en tensión y elevaba el pecho repetidamente, con respiraciones largas y profundas.

Merissa clavó la mirada en su espalda, en aquella piel oscurecida por el sol que contrastaba de forma tan atractiva con su pelo rubio.

El profundo surco de la columna vertebral dividía la firme musculatura. Sin pensar siquiera en lo que hacía, fue descendiendo hasta la piel más pálida de la parte inferior de la espalda, que asomaba por los pantalones desabrochados y ligeramente caídos.

Obligándose a detenerse, alzó la mirada hacia el tatuaje de un corazón con alas envuelto en alambre de espino que descansaba entre los omóplatos. No tenía color alguno. Puro negro... y mucha tristeza.

Los tatuajes de los brazos eran distintos: diseños tribales sencillos y a color que reforzaban su imagen de tipo duro. No creía que significaran nada. Pero aquel corazón...

Armie se frotó la nuca, provocando el movimiento de todos sus músculos y encendiendo, al mismo tiempo, un fuego secreto dentro de ella.

—Siento haber venido sin avisar.

Él la miró por encima del hombro con el ceño fruncido y se volvió lentamente.

—Venía a buscar a Cannon, pero es evidente que no está aquí.

No podía imaginar a un hombre tan estricto como su hermano participando en un *ménage à trois*. Y, en el dudoso caso de que lo hiciera, nadie se enteraría y, desde luego, jamás lo compartiría con unas mujeres tan extrovertidas y capaces de contar después todo lo ocurrido.

Armie profundizó el ceño y la observó después con una especie de amenaza crepitando en su mirada. Merissa se aclaró la garganta.

—He intentado llamarle, pero no ha contestado, y no está en el hotel. He pensado que a lo mejor...

—Está con Yvette.

¿Por qué Armie siempre guardaba las distancias? ¿Y por qué, por el amor de Dios, eso solo servía para que le deseara cada vez más?

—¿Con qué Yvette?

—Sweeny. Creo que la conoces. Es...

—¡Sí, claro que la conozco!

¡Vaya! Siempre se había preguntado si regresaría alguna vez. Cruzaron por su mente un millón de preguntas, pero se detuvo en una en particular.

—¿Y por qué está con ella?

Armie arqueó una ceja.

—¡Ah!

¡Vaya!, por segunda vez. ¿Cannon e Yvette? ¿Todavía? Debían de haber pasado, ¿cuántos? Tres años. Hizo un rápido recorrido en el tiempo. Recordó que Yvette siempre había estado loca por Cannon y cómo este la había rescatado... Después, él se había ido a combatir en la SBC y ella se había ido a vivir a California.

—Ya entiendo.

—Me están esperando, así que Cannon tendrá que contarte todo lo demás, pero ahora está en su casa. De hecho, está viviendo con ella.

Merissa iba de sorpresa en sorpresa.

—¿Desde cuándo?

—Desde que llegó, por lo que yo sé —por primera vez en aquella noche, Armie esbozó una sonrisa sincera—. En cuanto llegó Yvette, se mudó a su casa.

—Qué rápido todo.

—Si se lo preguntas a Cannon, seguro que le parece que ha ido muy despacio.

Cuando sonreía, Armie se convertía en el hombre más atractivo que Yvette había conocido en toda su vida.

—¿Despacio?

—Da la sensación de que ha estado esperándola desde hace una eternidad.

Volvió a abrirse la puerta y, en aquella ocasión, aparecieron la rubia y la pelirroja en bragas.

—¡Por el amor de...!

Merissa se volvió, ansiosa por evitar una situación para ella violenta.

Oyó a Armie tras ella, intentando acallar los gimoteos de aquellas dos mujeres, y pensó en taparse los oídos. Decidió, en cambio, concentrarse en su retirada.

No había dado ni diez pasos cuando Armie volvió a agarrarla del brazo.

—¡Espera un momento, maldita sea!

—¿Qué quieres? —le preguntó Merissa, volviéndose hacia él.

—Voy a acompañarte al coche.

—¡Ja! Ni se te ocurra —y comenzó a caminar otra vez.

Él no replicó, pero, maldita fuera, la siguió de todas maneras. Medio desnudo. Con aquellos vaqueros claros y desteñidos por debajo de sus esbeltas caderas.

Merissa abrió la doble puerta del edificio con las dos manos y salió al húmedo aire de la noche. Las luces de seguridad alejaban cualquier posible peligro, excepto el de Armie a su espalda.

El peligro de su paz mental.

—Armie, vete.

—¿Por qué estás tan enfadada? —preguntó Armie, repitiendo sus palabras.

—No estoy enfadada.

Armie soltó un bufido burlón y le tiró con suavidad de un mechón de pelo.

—Estás que echas humo por el trasero.

Merissa soltó una exclamación mientras le rodeaba.

—¡No es verdad!

Armie la escrutó con la mirada.

—A lo mejor también por las orejas. ¿Y dónde demonios has aparcado?

—Por allí —señaló su coche, un modelo azul con bastantes años.

Con los brazos en jarras, Armie miró hacia donde indicaba.

—En una zona oscura y alejada del edificio —desvió de nuevo la mirada hacia ella—. ¿Dónde demonios está tu novio?

Merissa se encogió de hombros. No lo sabía y la verdad era que tampoco le importaba. Se suponía que tenía que haber ido a buscarla al aeropuerto, pero no había aparecido. Y por ella mejor. Más que un noviazgo, había sido una relación de… conveniencia. Y como ya no le convenía tanto, en fin, no tenía ningún motivo para seguir viéndole.

Sabiendo que tendría que explicárselo a él, dijo:

—Eso lo dejo para mañana.

Armie arqueó las cejas.

—¿Eso?

—No me refería a «eso». Quería decir que mañana he quedado con él —sacudió la cabeza—. No todos somos simios obsesionados con el sexo.

—Yo no soy un simio.

A Merissa no le pasó por alto el hecho de que no negara que estaba obsesionado con el sexo.

—Adiós, Armie.

Pero él la siguió. Una vez más.

—¿No te preocupa que tus amigas puedan terminar sin ti?

—En ese caso, siempre puedo empezar otra vez. Ya sabes que se me da bien. Solo hay que revolucionar el motor y...

Cuando Merissa le miró, él cerró la boca y después musitó:

—Mierda.

—¿Qué pasa?

—No debería hablar contigo de esa forma.

—Pero si hablas así con todo el mundo.

Ignorando su interrupción, él añadió con más calor:

—No deberías permitírmelo. Diablos, ni siquiera deberías estar aquí.

Otra bofetada en pleno rostro. Armie le estaba haciendo saber, de todas las maneras imaginables, que no era bienvenida.

Merissa abrió la puerta del coche y se sentó tras el volante mientras intentaba pensar en una respuesta. Como hacía un calor sofocante, bajó la ventanilla, encendió el motor y conectó el aire acondicionado.

Y, de pronto, Armie apareció a su lado con expresión sombría, las manos apoyadas en el marco de la ventanilla e inclinado hacia delante.

—No vuelvas a hacer esto otra vez.

Merissa no alcanzaba a comprender por qué la mera vista de sus antebrazos la sofocaba. Lo único que sabía era que aquella postura, y todo cuanto Armie mostraba, multiplicaba su virilidad.

—¿Rissy? —susurró, y parecía dolido.

Merissa había oído aquel apodo durante la mayor parte de su vida. Y, sin embargo, sonaba distinto en labios de Armie. Más personal. Preparándose para el impacto, le miró a los ojos.

Y, cuando le miró, él endureció su expresión.

—No vuelvas a hacerlo nunca jamás —se enderezó—. Echa el seguro a las puertas —le ordenó, antes de marcharse.

Y, desde la acera, volvió a mirarla con gesto de impaciencia.

Alzando las manos a modo de disculpa, Merissa cerró las ventanillas y accionó los seguros.

Él asintió y comenzó a alejarse.

Y, con cada uno de los pasos que daba, ella iba deseándole más.

¿Alejarse de él?

En aquel momento le parecía imposible.

CAPÍTULO 13

Una vez en el interior del edificio, Armie permaneció entre las sombras y esperó a que pasara el coche de Rissy. Dios santo. Dejó escapar una tensa respiración y apoyó la cabeza contra la pared. Le dolía el pene, y aquel dolor no tenía nada que ver con los dos bellezones desnudos que se estaban divirtiendo en su apartamento.

De hecho, después de haber visto a Merissa, tenía cero interés en ellas. Sabía que regresaba ese mismo día y aquella era la única razón por la que había invitado a Avril. Necesitaba distraerse. Y había sido a Avril a la que se le había ocurrido liar un poco la cosa e invitar a Kelli. Diablos, cuanto más se excedía, más ganas tenían algunas mujeres de ponerse a su altura.

Pero no Rissy. No, a ella la había visto disgustada, impactada y violentada a partes iguales. Por su culpa.

Dio un puñetazo en la pared.

Las chicas buenas no contaban para él y Rissy era mejor que la mayoría. A eso había que añadir que era la hermana de Cannon y no tenía ningún derecho a hacerla formar parte de sus fantasías sexuales.

Pero, aun así, lo hacía.

Prefería masturbarse pensando en sus enormes ojos azules y en su boca abierta con gesto de sorpresa al encontrarle con los pantalones abiertos a terminar agotado con aquellas dos ninfómanas.

Mierda, mierda, mierda.

Alzó la mirada hacia las escaleras. A aquellas mujeres no les iba a hacer ninguna gracia, pero, por suerte para él, era lo suficientemente cretino como para mandarlas a su casa. Decidido, subió corriendo los escalones de la entrada.

Esperaba, por su paz mental, que Merissa mantuviera las distancias.

Porque tenía la plena convicción de que no podía confiar en sí mismo. Al menos con ella.

Con ella era imposible, porque cada día la deseaba más.

Cannon se despertó con un martilleo en la cabeza y una mujer cálida y suave entre sus brazos. Pero no era una mujer cualquiera. Era Yvette.

Su fragancia le enloquecía. El calor de su aliento en su pecho tenía un efecto similar al del sexo oral.

Estaba tan excitado que le dolía. Afortunadamente, ella parecía ajena por completo al mundo. Ni siquiera se movió cuando la tumbó de espaldas. Sus pestañas proyectaban una sombra sobre sus pómulos. Sus labios, apenas entreabiertos, suplicaban su atención e, incapaz de resistirse, Cannon se inclinó hacia ella para rozarla apenas con un beso. La melena descendía por sus hombros, en un marcado contraste con la palidez de sus senos. Y esos pezones rosados...

Estaba deseando posar sus labios sobre ellos y succionar con suavidad hasta hacerlos erguirse de deseo.

Hasta que Yvette se despertara deseándole tanto como él la deseaba a ella.

Cuando ella emitió un gemido en medio de su sueño, el corazón le latió con fuerza y su miembro se tensó.

Pero había sido un mero suspiro durante el sueño.

Maldita fuera. No tenía ningún sentido estar atormentándose como un masoquista. Con mucho cuidado, se levantó de la cama, localizó sus pantalones en el suelo y se los puso. Tras dirigir una larga mirada, primero a su cuerpo y después a aquel rostro bello y relajado, salió sigiloso del dormitorio.

¡Por Dios! Él era un luchador. Tenía capacidad de control, tenía fuerza de voluntad.

Sabía lo que era la motivación y el mantenerse firme a pesar de la incomodidad de su propio cuerpo. Podía hacerlo, lo haría y, al final, conseguiría el premio.

Yvette.

Veinte minutos después, ansioso por liberarse de aquella tensa urgencia antes de volver a enfrentarse a ella, se dirigía hacia la puerta. Llevaba unos pantalones cortos y las zapatillas deportivas, pero también el teléfono móvil por si Yvette se despertaba y le llamaba antes de que hubiera vuelto.

Vio el mensaje que le había dejado escrito su hermana en la camioneta polvorienta en cuanto llegó al camino de la entrada.

Rissy ha estado aquí.

Típico de ella. Encontraba a menudo notas parecidas, siempre breves, cada vez que se perdía alguna de sus visitas. Aquel «Rissy ha estado aquí» era la señal de que tenía que ponerse en contacto con ella.

Sonrió. Su hermana había vuelto. Miró el móvil y, por supuesto, la llamada a la que no había contestado la noche anterior era de ella. Se la devolvió al instante.

Su hermana contestó al tercer timbrazo con un gemido exagerado.

—No todos nos levantamos al amanecer, Cannon.

—Son las siete y media.

—¿No es eso lo que acabo de decir?

Cannon sonrió. Adoraba a su hermana.

—Me has dejado un mensaje en la camioneta.

—Te he dejado un mensaje en el polvo. En serio, tienes que lavarla.

Cannon rodeó la camioneta y se fijó en unas huellas que no podían ser de su hermana.

—He estado muy ocupado.

—Sí, eso me han dicho —se filtró por la línea el sonido que hacía al sentarse.

Cannon miró a su alrededor, pero no encontró nada más sospechoso que una pareja de ancianos besuqueándose en el porche de la casa de enfrente.

—¿Quién?

Silencio. Se hizo un largo y tenso silencio.

—¿Rissy?

—Cotilleos de tus compañeros de lucha. Ya sabes cómo son esos tipos.

Cannon soltó una carcajada.

—Estás como una regadera.

—¿Te apetece que desayunemos juntos? ¿Estás libre?

—Claro que sí —tenía ganas de verla—. Y puedo saltarme el ejercicio de esta mañana.

—No, no decía ahora. ¿Qué te parece a las diez?

—Demasiado cerca de la hora de la comida, pero, de acuerdo. Pasaré yo a buscarte.

—No, tu camioneta solo tiene dos asientos y quiero que traigas a Yvette. Venid a casa, yo cocinaré.

Cannon permaneció callado con el ceño fruncido. Así que sabía lo de Yvette, ¿eh? Al parecer, sus amigos se estaban dedicando a cotillear como unas abuelas.

Pero, en vez de profundizar en ello, respondió:

—Acabas de volver de Japón. En vez de cocinar, es mejor que te tomes el día libre. Invito yo.

Podían pasar la mañana juntos y podría explicarle, ¿qué? ¿Que había manipulado una situación complicada para utilizarla a su favor?

Su hermana soltó una risa burlona.

—¿Tú te tomaste libre el día que regresaste a casa?

Cannon se frotó la nuca y fue rodeando la casa para examinar todas las ventanas, pero no vio nada raro.

—Es una larga historia.

—Estoy deseando oírla. Entonces, ¿estás de vacaciones?

¿Puedo preparar algún plato tradicional o tengo que preparar unas repugnantes tortitas de trigo o algo parecido?

Sonriendo ante sus payasadas, Cannon dijo:

—Mataría por unas patatas fritas y beicon.

—¿Y unos bizcochitos con miel? Umm. Ahora me pongo a ello. A las diez en punto, ¿de acuerdo? No llegues tarde.

Pusieron fin a la llamada y Cannon se colocó el teléfono en la cintura, pero, antes de que pudiera empezar a correr, sintió unos ojos sobre él.

Se volvió y descubrió a Yvette en el marco de la puerta. Cuando la miró, ella se puso roja como la grana y clavó la mirada en sus pies.

El sol de la mañana se derramaba sobre ella, coloreando de oro su piel y arrancando destellos cobrizos de su pelo. Llevaba encima una camisa que dejaba al descubierto sus hermosas piernas. Sabía que no llevaba sujetador y, por la manera que tenía de tirar del dobladillo de la camisa, imaginó que tampoco se había puesto las bragas.

Al infierno con la carrera. Ni siquiera una sesión de triatlón bastaría para sofocar el deseo que le torturaba.

Sin dejar de contemplar su cuerpo, desanduvo lo andado.

—Buenos días.

Yvette movió sus pies descalzos.

—¿Pensabas irte sin mí?

—Estabas completamente dormida cuando te he dejado en la cama —se acercó a ella y le acarició la larga melena.

Tenía la piel caliente después del sueño, el pelo revuelto, los ojos somnolientos... y su miembro se enderezó, porque continuaba deseándola.

—¿Has dormido bien?

Ella asintió.

—¿Y tú?

Casi no había pegado ojo, pero mintió.

—Sí.

Ella no le miraba a los ojos y Cannon sabía que era porque

estaba avergonzada. No debería haber precipitado tanto las cosas.

—Si quieres venir, puedo esperarte.

Yvette negó con la cabeza.

Solo entonces se dio Cannon cuenta de que estaba conteniéndose. No solo estaba avergonzada, sino que también estaba a la defensiva. Preocupada. Insegura.

—Eh —la agarró por la barbilla—, ¿qué te pasa?

—Quiero.... Quiero ser totalmente sincera y honesta sobre todo lo que ha pasado.

—Sí —también él lo quería. La apartó para impedir que pudieran verla desde la calle y se mostró de acuerdo—, siempre.

Ella cambió de peso de una cadera a otra, llamando así la atención hacia sus piernas. Como en un flashback, Cannon recordó la tibieza de sus muslos contra sus mandíbulas, el intenso sabor de su cuerpo, sus movimientos y los provocadores sonidos que emitía.

—Fue tan... inesperado.

—¿El qué?

—Que consiguieras... que alcanzara el orgasmo.

Cannon apartó la mirada de sus senos y la posó en su rostro a tiempo de verla deslizando la lengua por su labio inferior.

Apenas fue capaz de reprimir un gemido. ¡Maldita fuera! Volvía a estar al límite. Bastaría una sola caricia de Yvette para hacerle explotar como los fuegos artificiales del Cuatro de Julio.

Al ver que ella continuaba jugueteando nerviosa con el dobladillo de la camisa, le tomó las manos e intentó adoptar un tono razonable, en vez de excitado.

—¿En qué estás pensando, cariño?

Ella contestó entonces bruscamente.

—Espero que me creas. Lo que quiero decir es que te ha resultado tan fácil que, de alguna manera, ahora me da vergüenza haberlo hecho parecer algo tan grave —se le aceleró la respiración mientras le apretaba las manos—. Pero te juro que hasta ayer por la noche no podía... no podía...

—Hacemos buena pareja —respondió él con satisfacción.

Y sabía, aunque ella quizá no lo supiera, que cuando pudiera estar dentro de ella sería algo alucinante.

—No —sacudió la cabeza—, fuiste tú.

—Fuimos los dos.

—¡Pero si yo no hice nada! —y añadió en tono acusador—: No me dejaste.

En aquel momento, Cannon no podía permitirse pensar en ningún gesto de reciprocidad por parte de Yvette, al menos, si pretendía seguir dando la imagen de tener controlada la situación.

—Yo te ayudé, es cierto. A eso se le llaman preliminares, y me encantan. Pero tú no tienes ningún problema.

Yvette se separó de él para abrazarse a sí misma.

—No lo entiendes, claro que tenía un problema. Es... no sé... —se volvió de nuevo hacia él—. No quiero que pienses que exageraba.

Cannon ya no entendía nada.

—¿En qué sentido?

—No quiero que pienses que utilicé esa... —buscó la palabra más adecuada— esa cuestión para utilizarte. Que te lo dije para que te compadecieras de mí y te sintieras obligado.

¿Temía que la acusara de habérselo inventado?

—Yvette...

—No es ningún secreto que siempre te he deseado —continuó ella sin detenerse—. En aquella época... antes... —tragó saliva—, antes de todo lo que ocurrió, hice muchas cosas para llamar tu la atención.

Cannon alargó los brazos hacia ella, pero Yvette se apartó.

—Pero jamás se me ocurriría utilizar la carta de la compasión, te lo juro. Jamás me inventaría algo tan patético ni...

—Basta —furioso, Cannon la agarró por los hombros y la hizo girarse—, ¿crees que sería capaz de acusarte de algo así?

Ella arqueó las cejas ante su enfado.

—No lo sé.

—Pues no. Dios mío, Yvette, no soy ningún idiota.

—Yo nunca he dicho...

Cannon la besó, pero apenas durante unos segundos porque, maldita fuera, tenía muchas cosas que decir.

—Y no eres tan manipuladora.

Suspirando, Yvette posó la mano en su pecho desnudo.

—Eso no lo puedes saber, Cannon, porque no me conoces. En realidad, tampoco me conocías entonces, pero, ahora, después de todo el tiempo que ha pasado... Solo llevo una semana aquí, ¿cómo vas a conocerme?

Se equivocaba, en lo que era fundamental, siempre la había conocido.

—Conozco a las mujeres.

Volvió a besarla otra vez, la hizo apoyarse contra la pared, se inclinó hacia ella y volvió a besarla hasta que la tuvo aferrada a sus hombros y moviendo los labios bajo los suyos con idéntica voracidad.

Cannon colocó un muslo entre sus piernas y alzó la mirada para tomar aire porque acababa de confirmarlo:

No llevaba bragas.

Lentamente, como si quisiera alargar el suspense, deslizó las manos por sus caderas, sosteniéndola mientras continuaba presionando con la pierna para acercarse más a ella.

A horcajadas sobre su muslo, Yvette alzó la mirada hacia él, con los ojos velados y los labios entreabiertos.

Él intentó resistirse, pero no lo consiguió. Manteniéndola sujeta contra la pared, buscó bajo la camisa hasta encontrar la piel desnuda. Fue trepando por su cuerpo y subiéndole la camisa, presionando así los abdominales contra su vientre blando y, Dios, fue de lo más dulce.

—Conozco a las mujeres —repitió contra su garganta—. Hay muchas admiradoras que vienen a verme después de los combates con ganas de pasar un buen rato. Mujeres que esperan poder atraparme.

—No quiero oír hablar de ellas —susurró Yvette, moviéndose sutilmente, ya excitada.

Aferrándose a los laterales de la camisa con las manos, Cannon tiró de la prenda hasta desnudar sus senos.

—Sé cómo son las mujeres. Sé cómo eres tú. Y tú eres distinta a todas —respiró con fuerza y se inclinó para tomar el pezón.

Yvette reaccionó al instante, arqueó la espalda y hundió las manos en su pelo. Dejándose llevar por su instinto carnal, más que por el sentido común, Cannon deslizó la mano bajo su trasero y la alzó.

Ella le rodeó con las piernas.

No fueron unos preliminares lentos. Succionó su seno deleitándose en los gemidos rotos de Yvette, regodeándose en su forma de retorcerse contra él.

Posó la mano en la pared, al lado de la cabeza de Yvette, y gimió contra ella.

—¡Oh, Dios mío! ¡Oh, Dios mío! —elevó la voz—. ¡Cannon!

Cannon estaba a punto de quitarse los pantalones y de mandar al infierno las consecuencias cuando sonó el teléfono de Yvette.

Aquel sonido no borró de golpe el deseo, pero le ayudó a sosegarse.

—No —repitió ella en tono suplicante—. Cannon, por favor.

El teléfono dejó de sonar.

Cannon estaba a punto de convencerse a sí mismo de que debían culminar aquello cuando el teléfono volvió a sonar.

Yvette gimió.

—Debe de ser importante —comentó Cannon—. Has bloqueado a Heath, ¿verdad?

Ella parecía al borde de las lágrimas.

—Sí.

Desgarrado por dentro, Cannon se apartó de la pared sin dejar de sujetar a Yvette y se dirigió al sofá. Se sentó con ella en el regazo, de cara a él, y agarró el teléfono con una mano. Respondió usando el pulgar.

—¿Diga?

Se hizo el silencio antes de que una mujer alterada preguntara con una nota de pánico.

—¿Dónde está Yvette? ¿Está bien? ¿Con quién estoy hablando?

—Está aquí mismo —la tranquilizó Cannon—, y está bien —muy bien, de hecho—. ¿Quién la llama?

—Yo he preguntado primero.

¿Así que tenían que jugar?

—Cannon Colter.

—¡Ah!

¿Le conocía?

—Ahora te toca a ti.

—Vanity Baker.

¡Ah! La amiga de California. Preguntándose qué le habría contado Yvette, le dijo:

—Me alegro de conocerte, aunque sea por teléfono.

—Igualmente —soltó un sonido burlón y preguntó—: ¿Yvette me está oyendo?

—Sí, está aquí mismo —todo lo cerca que podía estarlo una mujer vestida.

—La cuestión es que... tengo noticias sobre el idiota de su ex, así que hazme el favor de no alejarte mucho de ella.

A Cannon le gustó que quisiera protegerla, pero no tanto el momento que había elegido para llamarla. O a lo mejor había sido el mejor momento, teniendo en cuenta que se había dicho a sí mismo que debía ser precavido, lo cual, estaba convencido, no tenía mucho que ver con estrecharla contra una pared con tan poca delicadeza.

—No pensaba irme a ninguna parte.

—¿Ah, no? Pues me alegro de saberlo.

Yvette observaba aquel intercambio con escaso interés. Por supuesto, continuaba sentada a horcajadas en su regazo, respirando con fuerza, así que él tomó su seno con la mano y la observó mientras ella cerraba los ojos. Estaba tan excitada como él, a juzgar por la forma en la que se movió contra su erección.

Pero, maldita fuera, él no quería dejarla rota de deseo. Renuente, le colocó la camisa de tal manera que la tapara de nuevo.

Yvette volvió a gemir.

—Así que eres Cannon —dijo Vanity—. Mi amiga dice que eres luchador o algo así.

Él sonrió.

—O algo así, sí.

—Y también eres un héroe, ¿verdad?

Yvette comenzó a mirarle con recelo.

—¿Por qué no me dices qué es lo que tienes en mente, Vanity?

—Déjame hablar antes con Yvette.

—Un momento —mantuvo el teléfono contra el sillón—. Es tu amiga Vanity.

Yvette comenzó a levantarse de su regazo, pero él no estaba preparado para dejarla marchar. La retuvo posando la mano en su cadera y la acarició después.

—Me gusta abrazarte.

Yvette se mordió el labio, tomó el teléfono y se lo llevó a la oreja.

—Hola, Vanity.

—¿Por qué no contestaste anoche?

Como Yvette había conectado el manos libres de forma involuntaria, Cannon pudo oír la voz de Vanity alta y clara.

—Estaba... —comenzó a decir Yvette sonrojándose.

—¿Qué? ¿Qué estabas haciendo? ¡Ay, Dios mío! Estuviste haciendo eso, ¿verdad? —soltó un gritito—. Quiero detalles.

—Vanity...

Yvette soltó una exclamación.

—Estás en la cama con Cannon, ¿verdad? ¿Por eso ha contestado él? —otro grito—. ¿Ha estado bien? ¿Te has divertido? ¿Vuelves al grupo de las que sí pueden alcanzarlo?

Yvette parecía tan nerviosa que Cannon sonrió de oreja a oreja. Era evidente que Vanity estaba al tanto de muchos detalles de su vida.

—Tiene una voz de ensueño —continuó Vanity antes de que Yvette pudiera intervenir—. Dime que hace justicia a su cuerpo, por favor.

Yvette entornó los ojos.

—Tiene un cuerpo muy trabajado.

—¡Sí! —exclamó Vanity en tono victorioso.

Pero Yvette se precipitó a añadir.

—De todas formas no hemos... No hemos...

—Vaya, maldita sea, ¿y por qué no?

—Principalmente porque nos has interrumpido —dijo entonces Cannon—. Pero, por esta vez, te lo perdono.

Yvette cerró los ojos y aclaró:

—Estas hablando por el manos libres.

Se produjo un silencio. Al que siguió un escandalizado susurro:

—¿Ha estado oyéndome todo el tiempo?

—Sí.

—Bueno —desprendiéndose de cualquier posible vergüenza, Vanity añadió—: *C'est la vie*. No pienso ponerme colorada. De hecho, te recomiendo que te acuestes con él. Parece que merece la pena.

—Vanity...

—Solo para que lo sepas, Cannon, ese es su tono de advertencia.

Vanity iba cayéndole mejor más a cada segundo.

—Gracias.

—Y ahora vas a oír el mío: pórtate bien con ella.

—Eso ya lo hemos dejado claro, ¿no crees?

—A lo mejor. Yvette no permitiría que te acercaras a ella si no fueras un buen hombre. Y esa es la razón por el que dejó al pobre Heath. Pero yo estaba hablando de sexo. Ella se merece...

—¡Vanity!

—Estoy de acuerdo —dijo, Cannon intentando no reír.

—Podría ir a haceros una visita.

—Eres más que bienvenida a quedarte con nosotros.

—¿Nosotros? —un nuevo silencio y después—: Yvette, eres una descocada. ¿Te has ido a vivir con él? ¿Por qué no me has llamado para decírmelo?

—Estamos compartiendo la casa de su abuelo —le explicó Cannon.

—Dime que solo hay una cama y una ducha…

—La próxima vez que te vea te voy a matar —Yvette agarró el teléfono para quitar el manos libres.

—¡Espera! Quiero que Cannon oiga esto —dijo Vanity rápidamente.

—Si es un consejo…

Vanity soltó un bufido burlón.

—Si ese hombre necesita que le den consejos, entonces deberías dejarlo.

Aunque no lo demostraran los últimos sucesos, Cannon contestó:

—No necesito consejos.

—Yo tampoco creo que lo necesites. Pero, de todas formas, quería hablarte de Heath.

Cannon se irguió ligeramente, rodeando a Yvette con el brazo. Acababa de tener un mal presentimiento.

—¿Qué pasa con Heath?

—Ayer tomó un avión y siento deciros que se dirige hacia allá.

—No —dijo Yvette—, ¡eso es una locura!

—Sí, eso define a Heath perfectamente. Subió un mensaje a Facebook diciendo que pensaba marcharse y después lo actualizó en el aeropuerto. Y, escúchame con atención, decía que iba a buscar lo que le pertenecía. Por si no te ha quedado claro, se refiere a ti.

—Se refiere a mí —repitió Yvette desconcertada.

—Calculando el tiempo del viaje y la diferencia horaria, es posible que ya esté allí. Así que procura mantenerte vigilante. Acuérdate de cómo se comportó antes de que te fueras…

—Gracias por avisar —la interrumpió Yvette mientras escapaba del regazo de Cannon.

Lo cual le hizo preguntarse a Cannon qué habría hecho Heath y por qué Yvette no quería que lo supiera.

Yvette se llevó la mano a la melena y le explicó:

—Le he bloqueado en Facebook y también en mi teléfono, así que no tenía ni idea.

—Está completamente desquiciado. Estaré atenta y, si veo cualquier otra cosa, te lo enviaré —se comprometió Vanity.

—Hazme un favor —le pidió Cannon—. Si ves cualquier cosa que te llame la atención, cópiala y envíamela a mí también. Te daré mi teléfono.

—¿Le darás una buena patada en el trasero?

Cannon no sabía cuál podría ser la respuesta correcta, así que contestó:

—No voy a permitir que le hagan nada.

Yvette puso los brazos en jarras.

—¡Dejadlo ya los dos! Soy una mujer adulta y sé cuidar de mí misma.

El silencio que siguió a aquella frase la irritó todavía más. Dejó escapar un sonido de frustración.

—Gracias, Vanity, en serio. Sabes que te quiero.

Vanity le lanzó besos a través del teléfono.

—Pero quizá lo mejor sea ignorar a Heath —propuso Yvette.

—No, claro que no. La última vez lo intentaste y mira cómo terminó todo.

Yvette frunció el ceño, probablemente porque era consciente de que Cannon la presionaría para saber lo que había ocurrido.

Gracias a Vanity, ni siquiera tuvo que preguntarlo.

—Forzó la entrada de tu casa —le recordó Vanity— y estuvo rebuscando entre tus cosas. Es un desequilibrado y un pervertido, Yvette, y no deberías olvidarlo.

Después de lo que Vanity había contado sobre Heath, no

salieron a correr. Pero Cannon recuperó la sesión de ejercicio siguiéndola por toda la casa e interrogándola para sonsacarle todo tipo de detalles.

Estuvo tras ella mientras Yvette se tomaba un café y una magdalena, apoyado en el lavabo mientras se lavaba los dientes, la siguió cuando fue a buscar ropa limpia. Solo cedió y le permitió un poco de intimidad cuando entró a ducharse.

Cuando salió del baño, vestida y ligeramente renovada, Cannon estaba sentado ante el ordenador portátil, buscando información sobre Heath.

—No he podido encontrar mucho, puesto que no somos amigos de Facebook, pero me he puesto en contacto con Vanity.

Lo que significaba que había visto las fotos de Vanity y sabía lo maravillosa que era.

—¿Y?

—¿Y qué? —cerró el ordenador, se levantó y la recorrió de pies a cabeza con aquella mirada tan ardiente.

—¿Te ha gustado en las fotos?

—He visto algunas fotografías en las que sales con ella —se acercó y añadió—: Incluyendo una en la que apareces en bikini.

¿De verdad se había fijado en ella? Al lado de Vanity, ella siempre pasaba desapercibida o, al menos, eso era lo que creía.

—Vanity también estaba en bikini.

Cannon le enmarcó el rostro entre las manos y se inclinó para darle un delicado beso en los labios.

—Siento haber vuelto a precipitarme.

Aquel repentino cambio de tono le hizo sacudir la cabeza.

—¿Qué?

—Me refiero a lo que ha pasado antes de que Vanity llamara —le dio otro beso, en aquella ocasión algo más largo, pero también fue un beso contenido, como si estuviera reprimiéndose—. Espero que estés hambrienta todavía...

¿A qué se refería?

—Umm.

Sonriendo, Cannon la besó en la nariz y retrocedió un paso.

—Mi hermana ha llamado esta mañana. Quiere invitarnos a desayunar.

¡Oh! Sufrió una gran decepción al saber que se refería a hambre de comida, y no de sexo. Aquello demostraba que Cannon había conseguido poner su vida del revés.

—Me encantará ver a tu hermana.

Rissy y ella se habían conocido en el colegio. En aquella época habían llegado a ser amigas, pero no tanto como para haber mantenido el contacto.

—Genial. De camino hacia allá puedes seguir contándome lo que pasó el día que Heath irrumpió en tu casa.

En cuestión de minutos estaban en la carretera, pero el trayecto era corto, así que Yvette se puso a ello de inmediato. Con la esperanza de que aquel asunto continuara siendo privado, decidió acabar con aquella conversación antes de que llegaran a casa de la hermana de Cannon.

—No sé qué más puedo decirte, Cannon, pero lo intentaré.

—Me has dicho que llegaste a tu casa y te lo encontraste todo revuelto. Y que echaste de menos algunas cosas.

—No había desaparecido dinero ni nada de valor. Tampoco ningún aparato, pero alguien había estado revisando mi correo electrónico y mi Facebook. Y... eh —sabiendo cuál iba a ser la reacción de Cannon, decidió limitarse a decir—: Y me habían volcado el cajón de la ropa interior.

Cannon tensó las manos en el volante, pero no dijo nada.

—Suelo comprarme las bragas y los sujetadores a juego, así que me di cuenta de que faltaban algunas prendas.

—Parece algo propio de un hombre loco y desesperado.

Era una buena manera de describir a Heath, y la razón por la cual ella se había negado a aceptar sus llamadas.

—Después me lo devolvió todo.

Cannon la miró con incredulidad.

—¿Estás intentando excusarle?

—¡No! Es solo que... bueno, fue todo patético. Estaba desesperado, como tú mismo acabas de decir.

Y tenía que admitir, aunque solo fuera para sí, que ella se había sentido culpable por haberle hecho sufrir tanto.

—Y supongo que no cumplió ninguna clase de condena.

—No estuvo nunca detenido.

Cannon se aferró con más fuerza al volante.

—¿Por qué no?

—En cuanto vi aquel desastre, supe que había sido cosa de Heath. Me puse tan furiosa que le llamé y le puse firme.

Cannon gruñó para sí, dejando así clara su opinión sobre las tácticas de Yvette para manejar la situación.

Intentando defenderse, y defender sus decisiones, ella continuó:

—Se justificó, se disculpó profusamente, me devolvió todas mis cosas y me dejó en paz, al menos durante la mayor parte del tiempo.

—¿Durante la mayor parte del tiempo?

Yvette odiaba que se hubiera estropeado aquel día que había empezado con un beso maravilloso y la promesa de mucho más.

Contra una pared.

Atrapada allí por el cuerpo duro y ardiente de Cannon.

Volvió a sentir un cosquilleo en todo su cuerpo al recordar lo excitado que estaba. Quería disfrutar del sexo. Quería conocerlo todo sobre el sexo.

Y, en cambio, allí estaba, hablando del estúpido de Heath.

Necesitaba que mejorara el día.

Necesitaba... a Cannon.

Con aire distraído, se enredó un mechón de pelo entre dos dedos e intentó apaciguarle.

—Como ya sabes, me envía de vez en cuando algún mensaje cargado de resentimiento. Pero estoy decidida a ignorarlos. Y a ignorarle a él. Así que espero que tú hagas lo mismo.

Cannon giró hacia al camino de la entrada de la modesta casa de su familia, en aquel momento, la casa de su hermana, aparcó y apagó el motor. Los segundos iban marcando el silencio que se hizo hasta que quitó las llaves del encendido y giró hacia Yvette, con sus ojos azules resplandeciendo hasta lo imposible en medio del sol de la mañana.

—Pensaré en ello —le apartó el pelo de los dedos con delicadeza y le alzó después la mano para besarle los nudillos—. A no ser que aparezca e intente molestarte, porque entonces puede pasar cualquier cosa.

CAPÍTULO 14

Armie no podía creer que le hubieran convocado a casa de Rissy. Maldición y doble maldición, no quería verla otra vez. No tan pronto.

A pesar de que había ido al gimnasio muy temprano, había estado levantando pesas, haciendo ejercicio cardiovascular y golpeando un saco hasta terminar empapado en sudor, no había conseguido recuperarse del encuentro de la noche anterior.

Cuando aparcó en la acera, vio a Cannon, a Yvette y a Rissy junto a la camioneta de Cannon. Rissy iba con unos pantalones cortos, así que estuvo pendiente de ella hasta que se detuvo. Aunque estuvieran rozando los treinta y cinco grados, él sabía que su repentino sofoco no tenía nada que ver con el tiempo.

En cuanto salió de su vehículo, Yvette se acercó a él.

—Hola, Yvette —tuvo que hacer un serio esfuerzo para no mirar hacia Rissy—. ¿Qué ha pasado?

Yvette señaló hacia la camioneta con el ceño fruncido por la preocupación.

—Hemos sufrido un acto vandálico.

Las cuatro ruedas estaban pinchadas.

Cannon se agachó junto a la rueda trasera del lado de pasajeros.

—Hay clavos en las cuatro.

Tras soltar un largo silbido, Armie se sentó en cuclillas junto a él.

—¿Has pasado por alguna zona en obras?

—No.

—Vaya —la mirada de Cannon había sido suficientemente elocuente. Pensaba que alguien le había pinchado las ruedas. Alarmado, volvió a levantarse—. ¿Y esto ha sido aquí o en casa de Yvette?

—Supongo que en casa —Cannon también se levantó—. Si hacía poco que las habían pinchado, las ruedas todavía no se habían desinflado. Pero hemos venido a desayunar aquí alrededor de las diez, así que... —se encogió de hombros.

Un par de horas antes, puesto que ya eran las doce.

—Aun así, estoy pensando que sería una buena idea poner alguna medida de seguridad —dijo Armie.

Cannon se dirigió al otro lado de la camioneta, alejándose así de las mujeres.

Para Armie fue perfecto. Pero, aun así, continuaba sintiendo la presencia de Rissy a solo unos metros. Cuanta más distancia pusiera entre ellos, más fácil le resultaría respirar.

Miró a Yvette.

—¿Te importaría ir a buscarme un refresco?

—Eh... —Yvette miró a Rissy.

Armie no.

—Quieren quedarse solos —replicó Rissy resoplando—. Sabe que a mí no puede enviarme a hacer un recado, pero supongo que piensa que eres más fácil de engañar.

—O solo más amable —se oyó decir Armie a sí mismo.

Y maldijo después para sí.

Cannon intentó mediar desde el otro lado de la camioneta.

—Sé buena, Rissy.

Rissy fingió un inocente desconcierto, exhalando una muda exclamación y batiendo las pestañas de forma exagerada.

—Pero yo pensaba que querías que Armie te ayudara. Y, si soy buena, ¿no crees que eso le asustará?

—Rissy —le advirtió Armie, sin ningún efecto en absoluto.

—Le entrará tal ataque de terror que saldrá huyendo despavorido y entonces, ¿cómo va a poder ayudarte?

—En realidad —respondió Cannon, evitando decir algo de lo que pudiera arrepentirse—, yo también estoy sediento. ¿Por qué no vais a por un par de refrescos?

—Por ti, encantada —agarró a Yvette del brazo y se llevó a la confundida joven con ella.

Armie las observó alejarse, hasta que Cannon le dio un empujón que le lanzó contra el lateral de la camioneta. Ni siquiera se había dado cuenta de que Cannon había vuelto a acercarse.

—¿Qué demonios…?

—Te estabas imaginando un trío y una cosa así podría costarte la vida.

Armie se incorporó estupefacto, con los puños cerrados.

—¡Y un infierno! ¡Pero si una de ellas es tu hermana!

Y jamás la involucraría en algo tan sórdido, ni siquiera en sueños. Cuando pensaba en disfrutar del sexo con Rissy, y, sí, pensaba en ello, estaba solo con ella.

—Y la otra es tu novia —continuó—. Admito que soy un canalla, pero nunca caería tan bajo.

Cannon le analizó con la mirada, después, movió los hombros y giró la cabeza como si estuviera intentando relajar sus músculos agarrotados.

Compadeciéndose de él, Armie aligeró el tono.

—En realidad, me estaba haciendo gracia lo diferentes que son. Me refiero a que Rissy es muy alta —y tenía unas piernas kilométricas— e Yvette muy pequeña. Si no fuera porque las dos tienen el pelo largo y oscuro, no podrían ser más diferentes.

—Sí.

Cannon se pasó las manos por el pelo y se apartó.

Armie se apoyó contra la camioneta con los brazos cruzados y fue entonces consciente de su nerviosismo.

—¿Qué es lo que está pasando aquí?

—Es posible que ande por aquí el imbécil de su exnovio.

—¿En serio?

—Ayer por la noche nos llamó una amiga de Yvette y nos dijo que Heath venía en avión hacia aquí. Por lo visto, subió una estupidez a Facebook sobre que venía a reclamar lo suyo.

—¿Y crees que ya está aquí? —señaló con la cabeza hacia las ruedas—. ¿Crees que esto es cosa suya?

—No tengo ni idea, pero no me gusta.

—¿Y qué puedo hacer para ayudarte? Aparte de llevarte a algún sitio, quiero decir.

—¿Te importaría ayudarme a colocar esas medidas de seguridad que has mencionado antes?

¡No, diablos, no!, se lamentó Armie. Tragó saliva.

—¿Aquí?

—Sí —Cannon miró hacia la puerta—. No quiero asustar a Rissy y a Yvette, pero tengo un mal presentimiento.

—¿Tan terrible es ese ex?

—Es posible que lo sea. Por lo que me ha contado Yvette, tiene un perfil de acosador. Pero yo creo que es mucho más que eso.

Rissy trabajaba de día. Armie podía pedir a Stack o a Miles que le sustituyeran en el gimnasio y pasarse por allí. Así no tendría que pelearse con ella.

Así no tendría que resistirse a ella.

—Sí, claro. Me alegro de poder ayudar. Lo sabes.

Armie imaginaba que podrían tener todo resuelto en solo unas horas. Seguramente podría dedicarle ese tiempo.

—¡Eh, chicos!

Ambos alzaron la mirada y vieron a una despeinada Cherry Peyton acercarse con dos latas de cola. Su rubia melena se mecía mientras caminaba hacia ellos y la máscara de ojos se había corrido bajo sus ojos castaños.

—Cherry —aquella sí era una mujer a la que podía desear, pensó Armie—, ¿te hemos despertado?

Cherry arrugó la nariz.

—Me ha despertado Rissy, dando mamporros a los armarios e insultándote.

Armie retrocedió.

—¿A mí? ¡Pero yo qué he hecho! —pero, sí, sabía perfectamente lo que había hecho.

Cherry se inclinó hacia él, bromeando con coquetería.

—Querrás decir qué es lo que no has hecho.

Asomó a sus labios una sonrisa.

—Ahí me has pillado —tomó una lata de refresco.

Cherry le tendió la otra a Cannon

—Gracias —Cannon tiró de la pestaña—. ¿Te acostaste tarde?

Cherry asintió mientras ocultaba con la mano un bostezo.

—Llegamos tarde —dijo sin apartar la mano—. Y después me costó dormirme. Estuve dando vueltas en la cama y no me he dormido hasta esta mañana.

Armie sonrió, encantado con aquella mujer. Sabía que Denver estaba loco por Cherry, así que no iba a interponerse entre ellos, pero eso no significaba que no pudiera divertirse.

—Una copa te habría ayudado.

—La verdad es que lo intenté con una copa de vino.

—Entonces, a lo mejor lo que necesitabas era un hombre.

Cannon le miró con el ceño fruncido a modo de advertencia.

Cherry le dio un golpe en el brazo riendo y admitió:

—A lo mejor —antes de marcharse otra vez.

Los ceñidos pantaloncitos del pijama y el top eran lo bastante sexys como para mantener los pensamientos de Armie ocupados mientras la veía caminar.

En cuanto cruzó la puerta, Cannon abrió la boca para decir algo, pero Armie le interrumpió.

—Ahórratelo. Ya es tarde. Ya he almacenado esa fantasía.

—Armie... —le advirtió.

—Vete a la mierda, Cannon —dijo sin verdadera animosidad—. No es ni tu hermana ni tu novia y no pienso dejar que controles también mi imaginación. Puedo fantasear con ella si me apetece.

—Qué conversación tan interesante.

Armie se quedó paralizado, esbozó una mueca, se volvió y descubrió allí a Rissy. Con los ojos entrecerrados. Los brazos cruzados. Y dando golpecitos con el pie.

Maldita fuera, estaba imponente.

—¡Eh, largirucha! Menuda forma de pillar a un tipo por sorpresa.

Rissy le ignoró, no sin antes fulminarle con la mirada.

—Tengo que irme —le dijo a Cannon.

—¿Trabajas hoy?

—No, no vuelvo a trabajar hasta el lunes, pero me ha llamado Steve. Se suponía que tenía que venir a buscarme ayer por la noche y no apareció. A Cherry y a mí nos costó más de una hora conseguir un taxi.

—¿Por qué no me llamaste? —preguntó Cannon.

—¿Necesitas que te lo recuerde? No contestaste —sonriendo, rechazó con la mano su inmediata disculpa—. Llegamos a casa sanas y salvas, no fue para tanto. En cualquier caso, Steve acaba de llamar. Dice que está en la cama. Por lo visto le asaltaron y le dieron una paliza.

No le resultó fácil, pero Armie consiguió mantener un semblante inexpresivo, a pesar de que Cannon tenía la mirada fija en él. Steve era un maldito mentiroso, pero qué más daba.

Tampoco Rissy parecía muy preocupada por el estado en el que se encontraba su novio.

—Y tú vas a ir a hacer de enfermera, ¿eh? —aventuró Armie—. Suena todo muy fetichista.

Cannon volvió a darle un empujón.

Pero Rissy consiguió apaciguar a su hermano diciendo:

—En realidad, sobre todo voy para decirle que hemos terminado.

Mientras Armie se tambaleaba, al menos figurativamente, Cannon preguntó:

—¿Por qué? ¿Qué ha pasado?

—En realidad, nada. Es solo que en Japón me di cuenta de que no le echaba de menos. Con Cherry me divertí mucho más que si hubiera ido con él. Eso ya es bastante elocuente, ¿no crees?

Siempre dispuesto a apoyar a su hermana en tanto que hermano mayor, Cannon dijo:

—Creo que eres lo bastante inteligente como para saber lo que haces.

Ella se encogió de hombros.

—Eso espero, porque no tengo ninguna otra perspectiva en el horizonte.

Armie apretó la mandíbula. ¿Aquello era una indirecta? ¿Se lo estaría diciendo a él?

¡Ja! Imposible. Él no era ningún imbécil. Y ella sabía más que de sobra lo que sentía...

—Odio tener que irme tan deprisa —jugueteó con la correa del bolso—. ¿Sigues teniendo las llaves de casa?

Cannon asintió.

—No te preocupes, cariño. De todas formas, ya nos íbamos.

—Bueno, si necesitáis entrar, estará allí Cherry, aunque es posible que haya vuelto a acostarse —señaló a Armie—. ¡Y no digas una sola palabra!

Olvidándose de lo que había estado a punto de decir, algo que tenía que ver con Cherry, con la cama y en absoluto con dormir, Armie cerró la boca.

Rissy le miró con recelo y desvió después la mirada hacia Cannon.

—Si tienes un rato libre, llámame.

Cannon la abrazó con fuerza.

—Lo haré.

Rissy se apoyó en él.

—Me gusta, Cannon. No lo estropees, ¿de acuerdo?

Cannon le revolvió el pelo riendo, le dio un beso en la frente y la soltó.

Armie consiguió no mirarla. Diablos, intentó no mirar a

Cannon tampoco. Pero, en cuanto Rissy separó el coche de la acera, Cannon se le quedó mirando con expresión amenazante.

Se le daba muy bien, pero también a Armie.

—¿Qué pasa?

—¿Por qué demonios no me dijiste que con quien te habías peleado era Steve?

No viendo razón alguna para negarlo, Armie soltó un bufido burlón.

— Porque no fue una pelea, por eso no te dije nada. Sus amigos punkies y él saltaron sobre mí, se llevaron unas cuantas caricias y se marcharon cojeando. Ya lo has oído, Rissy, ese imbécil todavía está en la cama, intentando sacarle jugo a lo que pasó —molesto por aquella posibilidad, susurró—: Seguro que el muy imbécil está intentando apelar a su lado más sensible.

—¿Qué sabes tú del lado más sensible de mi hermana?

—Lo único que sé es que lo esconde muy bien —le palmeó el hombro a Cannon—. ¿Vamos a llamar a alguien para lo de las ruedas o qué?

—La grúa ya está en camino. En cuanto llegue podremos irnos. Lo único que necesito es que nos lleves a Yvette y a mí a casa. Después, iremos al gimnasio en su coche. Stack quiere que conozca a algunos de los chicos nuevos. Y, tal como vamos, apenas me va a dar tiempo.

—Pongámonos a ello, entonces.

—Muy bien —cruzó los brazos sobre el pecho y le miró, todo firmeza e insistencia—. En cuanto me cuentes lo que pasó con Steve.

—Ya te lo he contado.

—Sí, claro.

Armie conocía lo suficientemente bien a Cannon como para saber que no iba a dejarlo pasar, de modo que se encogió de hombros. ¿Por qué no? Había censurado la información porque le había parecido lo más adecuado y, si acaso, Cannon incluso se lo agradecería.

—Le oí hablando de más, eso fue todo.

La expresión de Cannon se ensombreció.

—¿Sobre Rissy?

—No —respondió Armie, negando con la cabeza —en ese caso, habría hecho algo más que darle un puñetazo—. Sobre otra chica con la que anda tonteando. Y con la que ha estado acostándose mientras Rissy estaba en Japón.

Cannon dejó caer los brazos.

—¿Ha estado engañándola?

Aquel era justo el resentimiento que Armie había anticipado.

—Sí, y, por lo que estaba diciendo, no era la primera vez que pasaba. Estuvo largando todo tipo de detalles nauseabundos sobre lo fácil que era aquella chica. Dijo que, estando Merissa fuera, tenía que disfrutar del placer allí donde lo encontrara.

—Así que también habló de ella.

—No tienes por qué hacer nada —contestó Armie a toda velocidad.

—¿Porque ya lo hiciste tú?

—Eh... —sí, ese aspecto ya estaba cubierto, pero no quería dar una impresión equivocada—. Ya has oído a Rissy. Está como un perro apaleado. ¿Para qué mancharte las manos?

Cannon pareció considerarlo.

—No tenían una relación muy seria.

—No le defiendas.

—Jamás lo haría —miró a Armie—. Lo único que estoy diciendo es que a Rissy no le gusta atarse a nadie. Es posible que hayan llegado a algún tipo de acuerdo. No estoy seguro. Pero, de todas formas, cualquier tipo que se dedique a fanfarronear de esa manera delante de sus amigos es un estúpido.

—Exactamente.

De hecho, Armie había seguido a aquel cretino por desconfianza, después de haberle oído hacer comentarios jocosos sobre que iba a tirarse a aquella chica porque estaba puesta y él necesitaba abastecerse antes de que Merissa volviera a casa.

Desgraciadamente, además de imbécil, Steve era un paranoico. Cuando se había dado cuenta de que le estaban siguiendo, había reaccionado rodeando a Armie con sus amigos.

—¿Le hiciste mucho daño?

—Bastante.

—Quiero detalles.

—Es posible que le haya roto la mandíbula y quizá un par de dedos. A lo mejor, hasta la mano —Armie pensó en ello—. No estaba exagerando cuando he dicho que se fue cojeando, pero no creo que tenga nada en la rodilla. Solo le escocerá durante unos cuantos días.

—¡Jesús! —Cannon ahogó una risa—. ¿Algo más?

Armie entrecerró los ojos. ¿Cómo demonios podía encontrarle Cannon ninguna gracia a todo aquello?

—Le di una patada en los huevos, así que, aunque Rissy se arregle con él, no va a poder acostarse con ella durante algún tiempo.

Aquello bastó para que desapareciera del semblante de Cannon cualquier rastro de humor.

—No quiero ni pensar en ello.

—No seas nenaza.

—Eso lo dice un tipo que no tiene hermanas —Cannon comenzó a sacar sus cosas de la camioneta para llevarlas al todoterreno de Armie—. Pero tengo que reconocer que has ejercido muy bien de hermano mayor. Gracias por cuidarla.

Sí, claro. Armie jamás había pensado en Merissa Colter como en una hermana.

—Ha sido un placer.

—Sin embargo, me pregunto si no deberíamos decírselo antes de que vaya a verle.

—No, qué va —Rissy era una mujer inteligente. Se daría cuenta de lo que había hecho Steve, si no se había enterado ya—. Pero, si hace las paces con él, puedes estar seguro de que se lo diré.

O, mejor aún, se lo diría Cannon. Porque él estaría intentando guardar las distancias.

Para cuando terminaron de hablar y de cambiar las cosas de un vehículo a otro, apareció la grúa. Mientras Cannon hablaba con el conductor, Armie fue a buscar a Yvette.

Siguiendo el sonido de sus voces y sus risas, llegó hasta la mesa de la cocina. Allí estaban Cherry e Yvette, hablando de los luchadores. Armie las escuchó sin el menor pudor.

Todavía entre carcajadas, Cherry dijo:

—Me muero de risa con esos tipos.

—Desde luego, con ellos no te aburres —corroboró Yvette.

¿Pero a qué se referían? Armie siguió escuchando, pero, al parecer, se había perdido la parte graciosa.

—Es una pena que no vinieras a Japón nosotras. Nos lo habríamos pasado en grande.

—Seguro que sí. Solo he visto una pelea en directo.

Armie estaba seguro de que eso iba a cambiar gracias a Cannon. Si conocía bien a su amigo, y no podía decir que no le conociera, Cannon iba a querer tenerla siempre cerca.

—Espero que Cannon tenga algún tiempo libre antes de que le ofrezcan otro combate.

Yvette estaba reclinada en la silla, con sus largas piernas cruzadas, un brazo sobre el pecho y jugueteando con la otra mano con las puntas del pelo.

Aquel era uno de aquellos gestos femeninos que Armie adoraba.

Las mujeres como Yvette podían resultar condenadamente sexys sin darse cuenta siquiera. A él le encantaba ver a las mujeres toquetearse las uñas, pintarse los labios, alisarse la falda... Nunca había visto hacer nada parecido a Rissy y, sin embargo, estaba loco de deseo por ella.

—Debería esperar por lo menos unos cuantos meses —dijo Yvette—, pero, hasta ahora, Cannon nunca ha funcionado de esa manera.

—Rissy dice que aprovecha todas las oportunidades que tiene para combatir.

—Y es el seguidor número uno de ese deporte —Yvette

sonrió—. Le encanta, y la verdad es que a mí también. Empecé siguiéndolo por él, pero ahora estoy enganchada.

—Me gustan los luchadores, y esos cuerpos que tienen —admitió Cherry con una sonrisa—. Pero el deporte en sí me resulta muy lioso. La clasificación por pesos las normas, los movimientos. A veces, creo que un tipo ha perdido y resulta que es el ganador. O un hombre que parece muy duro no lo es y viceversa.

—Para mí es más importante el corazón que el físico —Yvette dejó escapar un fuerte suspiro—. Afortunadamente, Cannon tiene las dos cosas.

—Y Denver... —Cherry se estremeció—, está muy bueno, ¿no te parece?

—La verdad es que todos lo están.

—Tengo curiosidad por saber si son igual de atractivos en todos los aspectos.

—Probablemente. Yo no les he visto ningún defecto —Yvette removió su refresco mientras parecía pensar en ello—. A mí todos me parecen muy atractivos, pero Cannon es especial.

Cherry bromeó con ella diciendo:

—Supongo que tú lo sabes mejor que nadie, puesto que has podido verle muy de cerca.

—Quizá —respondió Yvette, también en tono de broma.

—Me encantan los hombros de Denver. Y sus muslos.

Armie estuvo a punto de soltar una carcajada.

Después, Cherry añadió:

—Y los brazos de Armie. Y el pecho de Stack. Son todos muy sexys.

Pobre Denver. Todavía no les había robado todo el protagonismo a los demás. Aunque le habría encantado seguir escuchando un poco más, Armie anunció su presencia dando unos golpecitos en la pared.

—Toc-toc.

Las dos mujeres se volvieron y se le quedaron mirando de

hito en hito. Su sorpresa no tardó en transformarse en una expresión de culpa.

Armie esbozó la más pícara de sus sonrisas.

—Os he pillado chismorreando, ¿eh? Y sobre algo tan superficial como el físico de un hombre —se llevó la mano al pecho y chasqueó la lengua—. Estoy destrozado. Yo pensaba que las mujeres eran menos materialistas, que a ellas solo les importaban los sentimientos y ese tipo de cosas.

La vergüenza había encendido el rostro de Cherry, tiñendo sus mejillas de un rojo brillante.

Yvette le señaló con el dedo.

—Tienes la mala costumbre de aparecer en los momentos más inoportunos.

—Y yo que pensaba que había aparecido en el momento oportuno cuando te encontré en ese local de películas por...

—¡Armie!

Armie obedeció riendo. Desde luego, pensaba continuar bromeando con ella sobre aquel local hasta el fin de los tiempos, podría incluso comprarle alguna película porno para su cumpleaños, pero estaba dispuesto a ceder cuando hubiera gente delante.

Le gustaba bromear, pero no quería hacerle pasar apuros.

—Lo siguiente va a ser oíros decir que el tamaño sí importa —bromeó Armie, cambiando de rumbo la conversación.

Cherry se levantó lentamente de la silla, recuperando todo su aplomo.

—¡Oh, no sé! Se supone que, al igual que con los senos, cuanto más grandes, mejor —echó los hombros hacia atrás, haciendo que Armie desviara la atención hacia su pecho—. Pero yo creo que lo importante es cómo se usa.

—¿Ah, sí? Sigue, y sin ahorrar detalles.

Con una tensa sonrisa, Yvette empujó su silla hacia atrás y se levantó.

—Voy a ver si Cannon necesita ayuda.

¿Se había molestado por aquel coqueteo tan tonto? Armie la

observó salir de la cocina sin saber qué decir para hacer que se sintiera más cómoda. Se volvió hacia Cherry.

—Así que tienes ganas de ver de cerca a un jugador.

Cherry titubeó un momento.

—¿Durante cuánto tiempo has estado espiándonos?

—Durante el suficiente como para enterarme de tu curiosidad. Y tengo una solución.

Con intención de ponerla nerviosa, se llevó la mano al cierre de los vaqueros.

La cara de Cherry no tuvo precio.

Armie no podía esperar el momento de contárselo a Denver.

—Relájate —le acarició la barbilla y dijo—: no pienso hacerte un *striptease*.

—¡Oh! —parecía desmayada de alivio, pero aun así respondió—: La verdad es que estoy un poco decepcionada.

—No tienes por qué —Cherry era una mujer ingeniosa, eso había que reconocérselo. Ingeniosa valiente, rubia, con unos ojos castaños enormes y una bonita pechera. No era extraño que Denver estuviera loco por ella—. Sé de buena tinta que Denver te lo haría encantado,

Le guiñó el ojo y se marchó dejando a una Cherry Peyton sin habla tras él.

Cuando volvió a mirar hacia atrás, la vio dejarse caer en la silla con una mano en el pecho mientras se abanicaba el rostro con la otra.

Si mordía el anzuelo, Denver iba a deberle un gran favor.

Yvette sentía, por encima de todo lo demás, que la situación se había vuelto a encarrilar.

La hermana de Cannon le había caído muy bien. Rissy no había mencionado el pasado ni una sola vez, aunque, por supuesto, era consciente de todo lo que había sucedido. Al fin y al cabo, su hermano había jugado un papel muy importante en su rescate. Pero Rissy se había mostrado cariñosa y abierta, se había centrado en el presente en vez de en el pasado y había hecho evidentes sus ganas de conocerla mejor.

Habían hablado, sobre todo, de lucha. La hermana de Cannon sabía tanto de aquel deporte como él. Y, como ella también entendía algo del tema, había disfrutado de cada palabra.

En medio de las protestas de su hermano, Rissy le había permitido descubrir cómo era Cannon en casa. Aunque habían terminado riendo los tres, Yvette tenía que admitir que Cannon era la quintaesencia de un buen hermano mayor: sensato, cariñoso y protector.

Los tres habían acordado volver a verse pronto.

Después de que Armie les llevara hasta el coche de Yvette, fueron al gimnasio.

Durante el trayecto, Cannon se mostró un tanto distraído. Iba concentrado en la carretera y le acariciaba de vez en cuando la mano, la rodilla… Y otros rincones más tentadores.

Le prestaba atención, sí, pero no estaba tan centrado en ella como habitualmente.

Yvette comprendía que estaba preocupado por el daño que había sufrido su camioneta y rezaba para que Heath no hubiera tenido nada que ver con ello. Cuando le había dicho que estaba dispuesta a reparar el daño, Cannon se había negado de manera tajante y después había cambiado de tema.

—¿Te has divertido?

—Tu hermana es maravillosa.

Cannon sonrió.

—¿Ah, sí?

—Y Cherry también me cae muy bien.

—Por lo visto, le cae muy bien a todo el mundo. Sobre a Denver.

Yvette pensó que sería maravilloso poder tenerlas como amigas.

—A lo mejor nos vamos las tres de compras esta semana.

—Suena bien —miró por el espejo retrovisor—. Y, si te apetece, podríamos invitar a todo el mundo a casa una de estas noches.

Organizar una pequeña fiesta.

—Me encantaría.

De forma muy sutil, Cannon estaba consiguiendo que se sintiera parte de su vida.

Aparcaron delante del gimnasio.

—Estaremos aquí un buen rato. Si te aburres o necesitas marcharte, avísame antes, ¿de acuerdo?

—Prefiero quedarme —pareció reconsiderarlo—, siempre y cuando no moleste...

Cannon se inclinó hacia ella, la agarró por la nuca y le dio un largo beso.

—No vas a molestar.

Stack, que llegaba en aquel momento al gimnasio, les dio unos golpecitos en la ventanilla.

—¡Buscad una habitación!

Cannon dijo entonces sonriendo:

—No le hagas caso. Se muere de envidia.

Cuando entraron, Yvette tuvo que soportar algunas bromas, pero todas eran bienintencionadas y no le importó nada en absoluto.

Todos aquellos hombres eran muy distintos, pero, al mismo tiempo, muy parecidos.

Y disfrutaban haciéndola sonrojarse.

Tal y como Cannon había previsto, estuvieron en el gimnasio hasta la hora de la cena. Yvette disfrutó aprendiendo más cosas sobre el mundo de Cannon. Descubrió que era magnífico con los niños. Todos lo eran, en realidad, pero Cannon era el luchador más famoso y los chicos le idolatraban.

A última hora de la tarde cambió el tipo de usuarios del gimnasio. Comenzaron a llegar chicos más mayores. La mayoría eran hombres que pagaban por entrenar y había también algunas mujeres. Al principio, Cannon estuvo dedicándose a dar clases individuales y después dirigió una sesión en grupo. Entre y una y otra, se dedicó a hablar con sus fans, a hacerse fotografías, firmar autógrafos y acercarse a menudo a comprobar cómo se encontraba, por muchas veces que le dijera Yvette que estaba bien.

A ella le encantaba observarle, ser testigo de aquella fuerza combinada con tanta delicadeza, de la fluidez del movimiento de sus músculos, ya fuera cuando hacía una demostración para los chicos de más edad o cuando peleaba con los más jóvenes. Cada vez que reía, el corazón de Yvette se aceleraba y ella se henchía de emoción.

En aquel momento permanecía de pie, en un lateral, hablando con los abuelos de dos chicos. Estos contaban maravillas de Cannon, no solo por la influencia tan positiva que su labor tenía en los niños, sino también por cómo había ayudado a sus negocios consiguiendo, de manera pacífica, que los camellos desaparecieran de sus esquinas.

Aunque sabía que no tenía ningún derecho a ello, fue tal el orgullo que sintió que casi se quedó sin respiración.

Estaba absorta pensando en Cannon y en su sobrecogedora presencia cuando una voz de hombre susurró tras ella:

—Hola, Yvette.

El impacto fue tal que toda su columna se puso en tensión. Se volvió con un gesto brusco y vio a Heath tras ella. Éste le dirigió una sonrisa alegre y un tanto avergonzada, pero, maldita fuera, ella le conocía muy bien.

Y era evidente que la había seguido hasta allí.

¡Desde California!

Heath alargó la mano hacia ella y le acarició el pelo con un gesto casi reverencial antes de colocárselo tras la oreja.

—¿Se te ha comido la lengua al gato?

La pareja de abuelos se apartó, como si quisieran dejarles a solas y, en cuanto lo hicieron, Heath la envolvió en un abrazo, a pesar de que Yvette no había dado la menor señal de bienvenida.

Tenía que recomponerse, y de inmediato.

—Heath —posó las manos en sus hombros para apartarle.

Con evidente desgana, él puso distancia entre ellos.

Yvette retrocedió un paso. Nadie podría decir que Heath Nordan tenía el aspecto de un peligroso acosador. Con más de uno ochenta, aquel cuerpo atlético que se vislumbraba bajo la camiseta polo y los pantalones de pinzas, el pelo oscuro y bien cortado y su radiante sonrisa, encajaba a la perfección con los otros hombres del gimnasio.

Fuerte, atractivo, musculoso. Feliz.

Encantado de verla.

CAPÍTULO 15

Yvette sacudió la cabeza, intentando aclarar las ideas. No podía disimular su frustración.

—¿Qué estás haciendo aquí?

—He venido a verte —contestó él como si fuera algo evidente.

¡Dios Santo! Yvette se negaba a mirar a Cannon, sabía que, si lo hacía, la miraría a los ojos y se sentiría obligado a intervenir en aquel drama.

De modo que agarró a Heath del brazo y le urgió a avanzar hacia el extremo opuesto del gimnasio, esperando que no la vieran los otros luchadores.

—¿Cuándo has llegado?

—Esta mañana.

Así que podía haber sido él el que le había pinchado las ruedas a Cannon. Desde luego, los pequeños actos de vandalismo eran su especialidad.

Una vez estuvieron a cierta distancia, al otro lado de la zona de inscripción, volvió a separarse de él.

—¿Cómo me has encontrado?

Heath se echó a reír. Y el hecho de que su risa sonara tan normal, casi divertida, el hecho de que no pareciera la risa de un desequilibrado, no la tranquilizó nada en absoluto.

—No ha sido difícil.

Volvió a alargar la mano para acariciarla, pero ella le esquivó, lo que le valió un ceño ligeramente fruncido. Heath dejó caer la mano, mostrando su decepción.

—Te estás acostando con un jugador famoso que vive aquí —se encogió de hombros—. No hacía falta ser detective para encontrarte.

¿Pero cómo sabía que estaba allí en aquel preciso momento? La posibilidad de que pudiera haberla vigilado y seguido le resultaba tan repugnante que no supo qué responder.

—Di algo —le pidió él, expectante.

Yvette intentó suavizar su ceño, pero no lo consiguió y aquello hizo que Heath frunciera todavía más el suyo.

—Heath...

—No me digas que me vaya.

¡Ah! Ahí estaba el tono desequilibrado que había estado esperando. Era un tono en el que subyacía una rabia trémula; destilaba exigencia y desesperación.

—Eso es lo que tienes que hacer y lo sabes. Tienes que marcharte.

Heath volvió a alargar la mano hacia ella y, en aquella ocasión, Yvette no pudo esquivarla. Heath la agarró con fuerza del brazo y, ¡Dios santo!, Yvette pudo percibir su determinación, su intención.

La agarró con una fuerza inquebrantable.

Nunca la había maltratado, Pero sí que le había enviado toda una serie de mensajes desagradables antes de llegar a ese punto.

Con un ligero tirón, la atrajo hacia él de tal manera que casi chocaron.

—Te he echado de menos —insistió, como si aquello debiera emocionarla—. Echaba de menos todo lo nuestro.

Apartándose, Yvette afirmó:

—No hay nada entre nosotros —intentó liberarse, pero él continuó sujetándola con fuerza, hasta obligarla a esbozar una mueca de dolor.

—No digas eso —su mirada se tornó un tanto salvaje—. No vuelvas a decirlo. Sabes que no lo piensas.

Si no hubieran estado en un lugar público, Yvette habría sentido la necesidad de huir. Pero sabía que bastaría un solo grito para que todos fueran a ayudarla, Cannon el primero.

Y saberlo la tranquilizaba.

En aquel momento, lo más importante era evitar una escena. Ya había sido la protagonista de demasiadas noticias desagradables.

—Escúchame, Heath...

—¡Ah, estás aquí!

Armie apareció invadiendo su espacio. Su único atuendo eran unos pantalones cortos y unos guantes sin dedos. El pelo, rubio y de punta, lo tenía empapado en sudor.

¿Aquel hombre vivía en el gimnasio?

Fijó su oscura mirada en Heath y, cuando este le devolvió la mirada, arqueó las cejas.

—Hola, Armie —le saludó ella aliviada.

—Hola, Yvette —contestó él en aquel tono seductor al que Yvette ya había llegado a acostumbrarse.

Y, sin dejar de arquear una de las cejas, musitó:

—Tienes un prototipo de hombre, ¿verdad muñeca? Alto, moreno... —sacudió la cabeza—. Por alguna razón, esperaba que fuera diferente. Más bajo, más blando. Con pinta de bobalicón.

Así que Cannon ya le había hablado de Heath.

—¿Quién eres? —exigió saber Heath—. ¿Otro de sus novios?

—¡Qué va! Solo soy un tipo que te va a romper las piernas como no la sueltes ahora mismo.

No se apreciaba ni una gota de animadversión en su tono. De hecho, Armie podría haber estado hablando del tiempo.

—¿No estás saliendo con ella?

—No —bebió un sorbo de agua—. Voy a contar hasta tres. Una, dos...

Para sorpresa de Yvette, Heath la soltó.

Como si no esperara menos, Armie bebió otro sorbo de agua.

Yvette resistió las ganas de frotarse el brazo. No quería hacer nada que pudiera hacer estallar a Heath. Se acercó a él y le susurró al oído:

—Ya es hora de que te vayas, Heath.

—He venido hasta aquí para verte. No pienso marcharme hasta que hablemos.

Armie la miró.

—¿Tienes algún interés en hablar con este listillo?

Maldita fuera. Armie estaba provocando una pelea y eso solo serviría para llamar la atención de todos los que estaban en el gimnasio.

—Tranquilízate, Armie, por favor. Si es posible, me encantaría evitar una escena, ¿de acuerdo?

Él se echó a reír.

—Cariño, ya sabes que a mí no me importa montar una escena.

—Es posible que a ti no, pero a mí sí.

—¿Entonces no puedo darle una paliza?

Heath apretó la mandíbula.

—Tengo todo el derecho del mundo a estar aquí. Estamos en un espacio público.

—Pues no, la verdad es que no —replicó Armie.

Yvette le interrumpió a toda velocidad.

—Heath, si tienes algo que decir, dímelo y márchate.

Si Armie le decía que Cannon era el propietario del gimnasio, era muy probable que fuera el centro deportivo el que se convirtiera en víctima de algún acto vandálico. Ella no quería causarle más problemas a Cannon.

Ya le había causado bastantes.

Heath hervía de rabia. Armie le dirigió una sonrisa cargada de superioridad y ella se devanó los sesos intentando encontrar la manera de apaciguar el ambiente sin que Heath malinterpretara sus intenciones.

De pronto, alguien deslizó un brazo por su cintura y sintió el calor de Cannon envolviéndola. Poniendo por testigos a Heath, a Dios y a cuantos allí había, la tomó por la barbilla y la besó en los labios. No prolongó el beso, pero tampoco fue breve.

—¿Por qué no me habéis invitado a esta fiesta? —preguntó contra los labios entreabiertos de Yvette

Esta cerró los ojos y emitió un quedo gemido.

El aliento de Cannon le acarició el oído mientras él le decía en voz tan queda que solo ella pudo oírlo:

—Ten un poco de fe, cariño.

Después, sin dejar de abrazarla, le tendió la mano a Heath.

—Soy Cannon.

Heath le miró con el odio destellando en su mirada.

—Ya sé quién eres.

Cannon no se inmutó.

—Heath, ¿verdad? ¿Qué tal estás?

Perplejo, Heath miró la mano que le ofrecía y la aceptó receloso. No hubo demostración alguna de fuerza, ni le destrozó la mano, ni hizo nada, más allá de ofrecerle una amistosa sonrisa. Cannon fue la calma personificada.

—Estoy bien.

La mirada de Heath fue de Armie hasta Yvette y de esta hacia Cannon. Hundió las manos en los bolsillos.

—La verdad es que estoy muy cansado después del viaje. Me gustaría hablar con Yvette antes de ir a descansar a mi habitación.

Armie hizo sonar los nudillos y el cuello. Como un auténtico hombre de las cavernas.

Durante un breve instante, Cannon le dirigió a su amigo una sonrisa.

—Ya me encargo yo de esto, Armie. ¿Por qué no vas a terminar la demostración por mí?

—Nunca me dejas divertirme.

Armie se marchó con la misma actitud relajada que había utilizado para acercarse.

Yvette miró a los dos hombres con enfado. Por muchas ganas que tuviera de evitar una pelea desagradable en público, no quería que Cannon librara sus batallas por ella.

—El caso es —permaneciendo relajado y con una actitud en absoluto amenazadora, Cannon le explicó— que ella no quiere hablar contigo.

Heath se tensó de nuevo.

—No hables por ella.

—Jamás se me ocurriría. Yvette habla por sí misma y los dos sabemos que ha sido muy clara.

—Más que clara —intervino Yvette—. Y en numerosas ocasiones.

Incapaz de aceptarlo, Heath la fulminó con la mirada.

—Te estás volviendo muy contestona.

Ambos hombres la miraron, Heath, enfadado, y Cannon, dándole todo su apoyo.

—Estoy harta, Heath. ¿Qué más puedo decir? Hemos terminado y no hay nada más que hablar.

—¿Estás segura de que quieres utilizar ese tono? —ignoró a Cannon y se concentró solo en Yvette—. ¿Después de todo lo que hemos pasado?

Al notar que Cannon se tensaba, Yvette posó la mano en él, haciéndole saber que podía manejar la situación. Sí, estaba temblando, se sentía mortificada y nerviosa, pero no permitiría que Heath la acobardara.

—Utilizaré el tono que sea necesario para que lo entiendas.

Heath clavó en ella su mirada y dio un paso adelante, pero Cannon se interpuso en su camino.

—No.

Tras él, Heath continuó:

—Te conozco mejor que nadie. Mejor de lo que podrá llegar a conocerte él, y será mejor que lo recuerdes.

Yvette sintió que se le tensaban los labios. Los ojos le ardían.

—No podrías estar más equivocado.

—Sí, claro —desvió su mirada burlona hacia Cannon—. ¿Ya te ha hablado de los problemas que tiene?

—Eso no es asunto tuyo —le espetó Yvette.

—Por lo que yo sé, no tiene ninguno —añadió Cannon.

Heath enrojeció de rabia, de una rabia que dirigió a Yvette:

—¿Entonces te estás acostando con él?

Ella se encogió al oírle levantar la voz. Si mirara a su alrededor, ¿vería a todo el mundo pendiente de ella?

—Bueno —Cannon se colocó tras él—, esto ya es más que suficiente.

—¡Vete al infierno!

Como ya había visto Yvette en otras ocasiones, Heath se alteró por completo en un abrir y cerrar de ojos.

—La cuestión es —continuó Cannon con una calma y una queda autoridad que irritaron a Heath más de lo que habría hecho cualquier grito— que no vas a hablar con ella a solas. Ni hoy ni nunca. Si quieres hablar con ella, lo harás cuando estés tranquilo y estando yo presente. Y eso siempre y cuando Yvette esté de acuerdo. Y ahora mismo no lo está.

—¡No lo está nunca!

—¿Y puedes culparla por ello, teniendo en cuenta cómo te estás comportando? —dejó que asimilara sus palabras y añadió entonces—: Sé que no quieres molestar a la gente tan agradable que hay en el gimnasio, muchos de ellos niños.

Heath recorrió el gimnasio con la mirada, como si acabara de recordar que estaban en un lugar público.

—No queremos que nadie llame a la policía, ¿verdad? Así que, ¿por qué no te tranquilizas y te piensas un poco las cosas?

Heath estaba rabioso pero, por alguna clase de milagro, consiguió controlarse al final.

—¿Dónde te alojas? ¿Cerca de aquí? ¿Lo suficiente como para que podamos vernos después y hablemos un rato?

Yvette, comprendiendo los motivos por los que lo preguntaba Cannon, permaneció en silencio.

—¿Para que hablemos? —el recelo aumentó el sonrojo de Heath.

—Tú y yo.

Heath miró tras Cannon, donde Yvette permanecía con los brazos cruzados y el rostro encendido.

Cannon se interpuso en su línea de visión.

—Mírame a mí, Heath, no la mires a ella.

—Estoy en el Colonial.

—Sé dónde está. Cuando venía de visita, yo también me alojaba allí.

—¿No vives aquí?

—No siempre —Cannon comenzó a encaminarlo hacia la puerta—. ¿Tienes una tarjeta o algo parecido? Te llamaré para que podamos quedar un rato y arreglar esto. ¿Qué te parece?

Heath miró hacia atrás con un acusado anhelo, intentando ver a Yvette, pero Cannon retuvo su atención posando la mano en su hombro.

—¿A la hora del desayuno, quizá? ¿O prefieres el almuerzo?

Heath asintió, superado por la situación.

—Sí, claro, a la hora del almuerzo estaría bien.

Sacó una tarjeta de su cartera y se la tendió, pero se plantó en la puerta.

—Aun así, tienes que comprender que quiera hablar con ella —miró de nuevo a Yvette—. Te he dado tu tiempo, he intentado ser comprensivo. Ya me has esquivado demasiadas veces.

Y, sin más, salió dando un portazo.

Paralizada donde estaba, Yvette no pudo menos que admirar lo bien que había manejado Cannon la situación. A diferencia de ella, no había terminado destrozado. Ni había sido necesario ningún golpe, tal y como Armie pretendía.

A lo mejor era la extrema habilidad de Cannon la que le evitaba tener que recurrir a la violencia. Podía manejar cualquier cosa que Heath hiciera, de modo que, ¿por qué alterarse?

Mientras Cannon permanecía junto a la puerta, asegurándose de que Heath se marchara, ella se escabulló hacia la habitación de descanso. Sentía los ojos de todo el mundo sobre ella, sentía a todo el mundo observando, especulando.

Otra vez.

Con la cabeza alta y la mirada al frente, intentó no acelerar el paso. Cannon se merecía mucho más que los problemas que le estaba causando. Se merecía mucho más que aquel espectáculo.

Maldita fuera, estaba consiguiendo avanzar. No iba a permitir, bajo ningún concepto, que Heath arruinara sus progresos.

Haciendo todo lo posible para ocultar su rabia, Cannon observó a Heath mientras este se dirigía hacia su coche. Tomó nota del modelo y la matrícula y esperó hasta que aquel miserable dobló la esquina. Se volvió entonces, y no le sorprendió advertir que Yvette había desaparecido y que Armie estaba tras él.

—Se ha ido a la habitación de descanso —dijo Armie en voz baja—. Ha salido con la dignidad de una reina, pero está muy afectada. Me entran ganas de estrangular a ese cretino.

—Sí, lo sé, pero puedo manejarlo —le aseguró Cannon.

—¿Puedo hacer algo por vosotros?

—Llama al Colonial y pregunta por Heath Nordan. Comprueba si puedes dejarle un mensaje. Quiero asegurarme de que se aloja allí.

—Claro —Armie avanzó a su lado—. Apuesto a que fue él el que te pinchó las ruedas.

—Si no fue él, entonces tengo más de un problema, ¿no crees?

Dejó a Armie en el mostrador de recepción para hacer la llamada y se dirigió hacia la zona de descanso.

Stack le interceptó antes de que llegara.

—¿Está bien?

—Lo estará —en cuanto la tranquilizara, cosa que pensaba hacer cuanto antes.

Denver también le bloqueó el paso.

—¿Necesitas algo?

Cannon negó con la cabeza.

—Ya está todo cubierto, gracias.

Miles y Brand también se acercaron. Cannon estuvo a punto

de soltar una carcajada. Yvette tenía todo un ejército a su disposición, tanto si era consciente de ello como si no.

—Bastará con que os mantengáis vigilantes —les dijo Cannon, sabiendo de antemano que lo harían.

Lo hacían siempre por el bien de aquel barrio. Y redoblarían la vigilancia por uno de los suyos.

Porque Yvette lo era. Aunque todavía no lo supiera, aunque ni siquiera lo pretendiera, la habían aceptado en aquel círculo.

La encontró sentada a la mesa, con la espalda tensa y los hombros hacia atrás, con la postura más orgullosa de la que era capaz.

Durante unos segundos, Cannon permaneció quieto, mirándola, reparando en sus facciones, en su larga melena y su cuerpo perfecto. Aquella mujer le parecía excitante en muchos aspectos, y no solo físicos.

Ni siquiera se había tomado la molestia de servirse un refresco. Tenía las manos, serenas y quietas, sobre la mesa, pero él vio el pulso que latía en su garganta y advirtió lo profundo de su respiración.

Tras haber conocido a Heath, comprendía mejor los motivos por los que Yvette pensaba que tenía un problema. Pero, en cuanto le resultara humanamente posible, le demostraría de cientos de maneras diferentes que no era así.

No, con él, no.

—Hola.

Al oír aquel suave saludo, ella alzó los ojos. Sus miradas se encontraron.

—¿Se ha ido?

—Sí.

Cannon entró, pero no se sentó. En cambio, tiró de Yvette para que se levantara y la estrechó en sus brazos.

Ella se resistió.

—Le has preguntado dónde se alojaba para vigilarle, ¿verdad?

Cannon asintió.

—En realidad, no quieres reunirte con él.

—No creo que él quiera, pero, si está de acuerdo, lo haré —dibujó el contorno de sus labios con un dedo—. No creo que haya mejor manera de aclarar las cosas.

Yvette hundió la cabeza.

—Tenemos que hablar.

—De acuerdo.

Él aflojó los brazos y, cuando ella se puso de puntillas y elevó el rostro, tomó sus labios y la besó con toda la pasión protectora que ardía en su interior.

Al principio, Yvette no se movió, pero terminó cediendo, inclinándose contra Cannon mientras este le sostenía el rostro y continuaba besándola con delicadeza. Cuando terminó, posó la frente contra la de Yvette.

Toda la furia que había conseguido mantener a raya pareció reflejarse en su tono en aquel momento.

—Estoy deseando matarle, lo sabes, ¿verdad?

Yvette cerró los ojos, tragó y asintió.

—Pero jamás te pondría voluntariamente en una situación embarazosa. Lo sabes también, ¿verdad?

—Gracias.

Comenzó a volverse, pero él la agarró por la cintura, la sentó en la mesa y posó las manos a ambos lados de sus caderas.

—Lo comprendo, Yvette. En cuanto te he visto, he sabido lo que estabas sintiendo.

Ella le miró a los ojos.

—¿Vergüenza?

Aquello le hizo fruncir el ceño.

—Preocupación.

—En realidad, he sentido las dos cosas.

—Pero lo has disimulado muy bien. Me siento orgulloso de ti.

Entonces fue ella la que frunció el ceño.

—Puedes confiar en mí. Puedes apoyarte en mí. Lo sabes, ¿verdad, Yvette?

—Lo sé —la tristeza hizo vacilar su sonrisa—. Pero ya no quiero seguir siendo esa persona...

—¿La persona que me necesita?

Porque, maldita fuera, él quería que continuara siendo eso y más.

—La chica que siempre termina convirtiéndose en una carga para ti.

Él dejó escapar un largo suspiro.

—Eso lo dices para fastidiarme.

Antes de que pudiera sentirse ofendida por aquellas palabras, la besó otra vez.

Yvette posó la mano en su mandíbula, suavizándole a él y a su enfado.

—Todo el mundo nos estaba mirando.

—Sabían lo que estaba pasando, sí. Pero el problema era Heath, no tú.

—No quiero que piensen que soy patética.

Él negó con la cabeza. Era una mujer profundamente herida y, por mucho que intentara ocultarlo, por decidida que estuviera a permanecer firme, las heridas todavía no habían sanado

—No seas tonta, ¿de acuerdo? Nadie te está juzgando. De hecho, cualquier mujer en tu situación recibiría la misma consideración y sería objeto de la misma preocupación por parte de los chicos.

Recobrando de nuevo su valor, Yvette se levantó de la mesa.

—¡Pues yo no quiero que se preocupen por mí!

—¿De verdad? —le agarró la mano y se la sostuvo—. Muy bien. Vete a decirle a ese puñado de luchadores que no tienen que prestar atención cuando aparezca un estúpido dispuesto a molestar a una mujer a la que dobla en tamaño. Adelante. A ver cómo reaccionan.

En aquella ocasión, asomó a los labios de Yvette una auténtica sonrisa.

—Déjalo —volvió a apoyarse contra él con un gemido—. Ya sabes que todavía no pienso volver a salir.

Él le frotó la espalda para calmarla.

—Vas a salir dentro de dos minutos porque yo también voy a salir

Aquel era su mundo, su familia. Quería que Yvette se sintiera cómoda en él en cualquier circunstancia. Quería que su familia fuera la suya.

—Tienes que seguir trabajando con los niños —señaló ella—, y tienes que ducharte.

Teniendo en cuenta su manera de abrazarse a él, era evidente que no le importaba que estuviera un poco sudoroso.

—Armie se está ocupando de los niños, y puedo ducharme en casa. De hecho, estaba pensando que, a lo mejor...

Armie se aclaró la garganta.

Ambos se volvieron hacia la puerta.

Al lado de Armie había un tipo enorme que le sacaba incluso a Cannon varios centímetros. Le habían roto la nariz en numerosas ocasiones y tenía la oreja derecha abultada a causa de los golpes. Y tanto su perilla como su cresta necesitaban un buen corte.

Yvette retrocedió, pero Cannon la rodeó con el brazo para mantenerla a su lado.

—Eh, Justice, ¿qué pasa? —se inclinó hacia delante para estrecharle la mano.

Sonriendo, Justice le separó de Yvette y le envolvió en un abrazo de oso.

—Me alegro de verte, Santo —le palmeó la espalda.

Tras sufrir aquel abrazo, Cannon retrocedió y flexionó los hombros.

—Maldita sea, tío, no tienes por qué romperme la espalda —hizo avanzar a Yvette—. Cariño, este es Justice.

Ella le tendió su mano diminuta.

—Un luchador, supongo.

—Vaya, supongo que mis orejas me delatan, ¿eh?

Al igual que había hecho con Cannon, ignoró su mano y la arrastró hacia un abrazo mucho más delicado. Después, la retuvo a su lado, posando su brazo gigantesco en sus hombros.

—Una nueva adquisición, ¿eh, Santo? Cada una es mejor que la anterior —la apretó con fuerza—. No te conozco, pero me gustas. Sí, me gustas.

Yvette soltó una carcajada mientras se liberaba.

Armie se apoyó contra el marco de la puerta.

—Justice tiene algunas noticias que compartir con nosotros.

—¿Ah, sí? —Cannon señaló las sillas—. ¿Quieres sentarte?

—La verdad es que preferiría quedarme así, si no te importa.

—Siéntete como en casa.

Armie soltó un sonido estrangulado, pero Cannon no tenía idea de por qué.

Con otra enorme sonrisa, Justice dijo:

—Tu amigo se está ahogando, así que será mejor que te lo diga.

—Te escucho.

—Me cambian de categoría. Ya está todo organizado con el jefe, así que los siguientes en combatir —movió el dedo, señalándose a sí mismo y señalando a Cannon— seremos tú y yo. El ganador tendrá la oportunidad de conseguir un título. ¿Qué te parece?

A Cannon le pilló por sorpresa. No por el hecho de poder pelear por el título. Eso ya se lo esperaba.

Diablos, Justice solo había perdido una pelea como peso pesado, pero el hombre con el que había perdido representaba un serio obstáculo para el campeonato, de modo que tenía sentido hacer un cambio.

—Creo que has elegido el camino más duro, porque te voy a destrozar.

—¡Ja, ja! —Justice soltó una sonora carcajada, haciendo que Armie apretara los labios—. Eres un jodido creído.

—Cuida ese lenguaje —le advirtió Cannon sin demasiado énfasis.

Justice hizo el gesto de quitarse un sombrero imaginario.

—Le pido mis disculpas, señora.

Yvette no terminaba de comprenderlo. Les miró alternativamente.

—¿Vais a luchar el uno contra el otro?

—Eso dice él.

Cannon reconocía una fanfarronada al instante y, aunque Justicie pudiera querer dar a entender que pensaba que sería un combate sencillo, no era ningún estúpido. Sabía que iba a tener que esforzarse.

—¿Está todo cerrado? —le preguntó a Justice.

—Ya es inamovible. El matchmaker lo ha aprobado. Es probable que sea dentro de dos o tres meses. Deberías recibir una llamada hoy mismo —bajó la voz y le dijo a Yvette—: Espero que no creyeras que iba a estar siempre tan guapo, porque tengo la intención de destrozarle un poco.

Ella inclinó la cabeza, haciendo que su larga melena cayera sobre un hombro.

—Eres enorme. ¿Cuánto peso tienes que perder?

—Unos veinte kilos, más o menos,

Yvette inclinó la cabeza entonces hacia el otro lado, como si estuviera estudiando a Justice.

—¿Eres tan rápido como Cannon?

Justice se tiró de una oreja.

—Probablemente.

Aunque no lo expresó con palabras, la sonrisa de Yvette evidenció que le parecía una tontería.

—A mí me das pinta de pegador. ¿Qué tal te manejas en el suelo?

—Bastante bien.

—No demasiado, ¿eh? —emitió un sonido de lamentación.

Justice esbozó una sonrisa ladeada mientras miraba a Cannon.

—Maldita sea, Santo. Me gusta.

—Eso significa que sabes que en el suelo eres un desastre —se burló Cannon, dándole un amigable codazo.

—Estoy trabajando en ello, estoy trabajando en ello —se volvió hacia Armie—. Dime, Veloz, puesto que tú pareces el perro guardián…

—¿Veloz? —Yvette arqueó las cejas—. ¿Ese es tu nombre de luchador?

A Armie se le pusieron las orejas tan coloradas que Cannon y Justice soltaron una carcajada.

—Sí —confirmó Justice—, pero no por la rapidez con la que tumba a sus oponentes.

Cannon le pasó el brazo por los hombros a Yvette.

—En su mayor parte, es una broma...

—¡Es una broma total! —protestó Armie—. Y ya es demasiado vieja.

—,.. que viene de cuando era joven y era excesivamente rápido con las damas.

—¡Solo fue con una mujer! —Armie alzó los brazos—. ¡Y lo solucioné con ella después!

Yvette miraba a los hombres confundida.

—No lo comprendo.

Aquello solo sirvió para hacer reír a Justice con tanta fuerza que terminó apoyándose contra la pared.

Adorándola más cada segundo, Cannon se inclinó hacia ella.

—Acabó demasiado rápido. De hecho, se corrió antes de que las cosas hubieran empezado siquiera.

—¡Ah!

Armie la miró fijamente.

—¡Por el amor de Dios! Todavía estaba en el instituto.

—¡Ah, Veloz! Hay cosas que nunca se olvidan —Justice se secó los ojos y lo miró con una enorme sonrisa—. Entonces, ¿todavía me vas a dejar echar un vistazo al centro?

—Quédate durante todo el tiempo que quieras —Armie intentó aparentar indiferencia—. Si Cannon es capaz de aguantarte, supongo que yo también.

—Vamos —se volvió hacia Cannon—. Llévame a dar una vuelta por el gimnasio.

—Yo me encargo —se ofreció Armie, consciente de que Cannon quería quedarse con Yvette.

—Gracias —le agradeció Cannon y, volviéndose hacia Justice, añadió—: No tardaré.

—Tienes algo más importante que hacer, ¿eh? Lo comprendo. Y no puedo decir que te culpe.

Armie salió, así que Justice corrió tras él.

—Más despacio, tío. ¡Ah, espera! Olvidaba que siempre eres muy rápido.

Lo que Armie le dijo a continuación no era apto para oídos humanos.

Cuando desaparecieron, Cannon se dio cuenta de que todavía estaba sonriendo. Siempre le gustaba regresar a su hogar, pero nunca había disfrutado tanto como entonces, estando junto a Yvette.

—Te gusta la lucha, ¿verdad?

Cannon tiró de ella, para poder saborearla con un beso. Buscó sus labios e hizo una rápida incursión con la lengua. Cuando tenía a Yvette cerca, no era capaz de resistirse.

—Me encanta.

Pero no tanto como le gustaba... No, no podía comenzar a pensar de ese modo. Todavía no. Era demasiado pronto para presionarla de aquella manera.

—Y también me gusta el desafío que representa.

Pero, maldita fuera, Yvette era el mayor desafío al que se había enfrentado en su vida. Un desafío para su control y para su paz mental. Un desafío para su corazón.

Armie volvió a asomar la cabeza.

—He dejado a ese enorme primate con Stack. Y quería decirte que ya he hecho esa llamada y que todo es correcto.

—Perfecto, gracias —antes de que pudiera volver a marcharse le dijo—: ¿Armie?

—¿Sí?

—Justice es un buen tipo. Invítale a quedarse por aquí y a utilizar el gimnasio, ¿de acuerdo?

—Claro —comenzó a marcharse otra vez—. Ya estaba pensando en darle una buena bienvenida.

Cannon se echó a reír y al ver que Yvette le miraba confundida le aclaró:

—Armie va a ofrecerse a entrenar con él.

—Pero eso es una locura. ¿Cuánto mide Armie? ¿Uno ochenta?

—Lo sé. La diferencia de tamaño es enorme. Pero, créeme, sabrá cómo arreglárselas. Es posible incluso que pueda con él.

Agradeciendo el tener otro tema en el que centrarse, Yvette preguntó:

—Si Armie es tan bueno, ¿por qué no combate en la SBC?

—Tiene sus razones para no hacerlo, pero la falta de talento no es una de ellas —Cannon apoyó la cadera contra la mesa—. Mira, ¿sabes lo que creo que deberíamos hacer?

—¿Volver a casa para que puedas darte una ducha?

Por su manera de decirlo y por el calor de su mirada deslizándose por su cuerpo, Cannon supo que esperaba que volvieran a disfrutar de un encuentro íntimo. Y no podía ser más partidario de aquella idea. Pero antes…

—Tenemos que ir a ver a la teniente.

CAPÍTULO 16

La teniente Margaret Peterson-Riske era tan imponente como Yvette la recordaba. Una mujer vigorosa que rezumaba confianza en sí misma, capacidad de control y feminidad. Dash, su muy adorado marido, también se mostró tan atento como recordaba, a pesar de los muchos años que habían pasado.

Cuando Cannon la había llamado, Margaret había insistido en que se pasaran por su casa, de modo que allí estaban, en casa de Margaret, con su preciosa hijita, Bethany, subiéndose a Cannon y gritando su nombre.

Cannon levantó en brazos a la niña, alzándola hasta la altura de sus ojos.

—Hola, pequeñaja, ¿me has echado de menos?

La niña volvió a gritar y le besuqueó la mejilla, haciendo sonreír a Yvette.

—Bethany —le dijo Margaret—, esta es la amiga de Cannon, Yvette.

—Vette —dijo a continuación, mirándola recelosa.

Cannon la retuvo contra su pecho y le acarició los rizos oscuros. La niña tenía el pelo idéntico al de su madre, aunque había sacado los ojos oscuros de su padre.

—Vamos, cielo, sé buena.

Pero la niña escondió la cara en el cuello de Cannon al tiempo que alargaba la mano hacia Yvette.

Encantada, Yvette tomó la mano que le ofrecía.

—Eres muy guapa.

—Como mamá —dijo Bethany.

—Exacto —corroboró Dash—. Y solo oye cuando le conviene. En eso también es como mamá.

Margaret le miró de reojo.

—Cuidado, papá.

Riendo, Cannon besó a la niña en la cabeza.

—Es la hora del baño, cariño. Después podrás hacer los honores a Cannon.

Como los baños le gustaban incluso más que Cannon, Bethany accedió encantada y se lanzó a los brazos de su padre.

—Quiero burbujas, y el barco, y a Bob Esponja, y la Barbie, y…

Desparecieron por el pasillo mientras Bethany continuaba enumerando sus juguetes. Bob Esponja y Barbie. Qué pareja tan extraña.

Margaret se sentó con ellos a la mesa de la cocina, les ofreció algo de beber y se puso manos a la obra.

Cannon le había contado algo sobre Heath por teléfono. A Yvette le había molestado el no haber hecho personalmente la llamada, pero Cannon conocía a Margaret mejor que ella.

Yvette, con la esperanza de poder tratar con Heath sin tener que montar un espectáculo, había evitado involucrar a la policía. Pero, aquel día, Heath había estado fuera de control y ella lo sabía. Eso significaba que podía representar una amenaza para Cannon o para el gimnasio, y no solo para ella.

De modo que habían llegado a un acuerdo y allí estaban, hablando con Margaret fuera de la comisaría.

Por desgracia, eso solo significaba que habían invadido su tiempo libre. Yvette detestaba todo aquel drama.

—Siento mucho molestarte con esto, sobre todo en tu casa.

—Tonterías. Cannon es un hombre con mucha intuición. Si está preocupado por algo, me alegro de que se haya puesto en contacto con nosotros —se sentó frente a ellos—. He pensado en ti muy a menudo. Me alegro de volver a verte.

—Y yo —Margaret había parecido bastante sincera, así que Yvette intentó relajarse—. Tienes una hija preciosa.

—Sí, lo sé —su serena sonrisa traslucía su felicidad—. Dash está loco por ella. ¡Y el resto de los hombres! Como ya has podido ver, adora a Cannon, pero también a Reese y a Logan —se inclinó hacia delante—. ¡Y a Rowdy, por Dios! Es escandaloso cómo se derrite por él.

Yvette no podía imaginar a aquellos policías, y mucho menos a un hombre de aspecto tan agresivo como Rowdy, jugando con una niñita. Pero también Cannon parecía acostumbrado a mimarla.

—Es muy tímida con las mujeres —le explicó Cannon—, pero parece esperar que todos los hombres a los que conoce se doblegüen a su voluntad.

—Y ellos lo hacen —añadió Margaret—. Hasta Marcus, el hijo de Reese. Le trata como a un reverenciado hermano mayor y él cae rendido a sus pies.

Cannon ya le había hablado de Marcus, el niño al que habían adoptado el policía y su esposa después de que su madre muriera de sobredosis y su padre, que lo maltrataba, hubiera terminado en prisión. El pensar en ello la puso melancólica. No tenía ningún derecho a ser tan débil cuando un niño como Marcus había demostrado tanta fortaleza.

—Entonces —Margaret se recostó en la silla—, ¿tu ex ha venido hasta aquí desde California solo para fastidiarte?

—Eso creo, aunque es probable que tenga alguna excusa para venir. Viaja mucho por motivos de trabajo, así que no me sorprendería que hubiera organizado algo para estar aquí.

Yvette tuvo que pasar un buen rato contestando preguntas, explicando el trabajo de Heath, que era representante de una compañía farmacéutica, contando cómo se habían conocido, cuándo habían comenzado a salir y los motivos de su ruptura.

—Puedes enseñarle una fotografía —propuso Cannon.

Yvette le mostró una de las que tenía en el teléfono.

—Ahora tiene el pelo un poco más corto, pero, por lo demás, está igual.

—¿Te importa enviármela para que la tenga a mano?

—Por supuesto que no.

En realidad, odiaba tener que airear sus trapos sucios, pero, como Cannon y ella ya habían hablado de ello y al final ella lo había aceptado, decidió compartir también todo lo demás.

—Tengo correos electrónicos, mensajes de texto y mensajes de Facebook. Además, mi amiga me ha dicho que sigue compartiendo información sobre mí en su muro.

—¿Te importa que vea esos mensajes?

Sí, le importaba. Ninguna persona en su sano juicio querría compartir algo tan desagradable como la rabia de aquel hombre. Pero aceptaba que la mejor manera de proteger a todos los que estaban involucrados en aquel asunto era compartirlo todo, de modo que abrió los mensajes y le tendió el teléfono a Margaret.

Era evidente que también Cannon quería leerlos, pero ella no se los ofreció y él no preguntó.

Margaret permaneció en silencio, leyendo, con expresión severa. Cuando terminó, le devolvió el teléfono a Yvette.

—Lo sé —dijo Yvette, intentado superar su embarazo—. Es muy desagradable. Pero, ¿de verdad Heath es…?

—Sí, lo es —y Margaret le preguntó a Cannon—: ¿Has leído algo?

Cannon tomó la mano de Yvette y le acarició los nudillos con el pulgar.

—No gran cosa.

—Estoy segura de que no es la clase de mensajes que una mujer quiere enseñar a todo el mundo. Pero bastará con que te diga que es un hombre muy retorcido y, desde luego, un auténtico problema. De modo que esto es lo que quiero que hagáis —sacó una hoja del cajón y comenzó a hacer una lista—. En primer lugar, mantente alejada de él. Y tú también, Cannon, evítale todo lo que puedas.

Cannon frunció el ceño al oírlo, pero Yvette le dirigió una mirada con la que parecía estar diciéndole «te lo dije».

—Necesitarás una orden de alejamiento. Eso tiene que ser

lo primero de la lista este mismo lunes. Por desgracia, no será válida hasta que le sea entregada de forma oficial. Si todavía está en el hotel, podremos dársela. Pero, hasta entonces, si se te acerca cuando estés sola y no puedes huir, llama inmediatamente a alguien. A la policía incluso, ¿de acuerdo?

Aquello la alarmó.

—¿De verdad crees que es tan peligroso?

—He visto a muchos enfermos como este, así que, ¿por qué arriesgarse? En segundo lugar, conserva todos los mensajes que te ha enviado. Imprímelos y tráeme una copia. Y pídele a tu amiga que imprima toda la información que comparte en el muro de Facebook. Asegúrate de que todo vaya con fecha.

Con cada palabra que decía, iba ensombreciéndose el humor de Cannon.

—Sé que has sido muy sincera, y eso es bueno. Pero no sigas siendo amable con él. No vuelvas a decirle que no es una buena idea que seáis amigos. Dile que jamás volverás a ser su amiga y que no quieres que se ponga en contacto contigo bajo ningún concepto.

Yvette, consciente de que aquello solo serviría para que fuera más hiriente con ella y le montara una escena, no pudo menos que temer las consecuencias, pero se mostró de acuerdo. No era ninguna estúpida. La teniente sabía de qué estaba hablando. Tenía experiencia con todo tipo de pervertidos. Yvette estaba dispuesta a hacer cuanto le dijera.

—Sé que a la mayor parte de las personas nos cuesta ser tan mezquinas, pero no des lugar a ningún malentendido. Ese hombre no puede pensar que podría llegar a convencerte, o que, si Cannon desapareciera de escena, estarías más dispuesta a volver con él.

¿Desaparecer de escena? El miedo la golpeó con fuerza.

—No pensarás que....

—No sé lo que podría llegar a hacer —respondió Margaret con delicadeza—, y tú tampoco. Teniendo en cuenta lo que he leído, es evidente que ese hombre no está bien de la cabeza.

Ningún hombre en su sano juicio le diría esas cosas a una mujer a la que dice amar.

Cannon se apartó de la mesa y se apoyó contra el fregadero. Yvette rara vez le había visto enfadado, pero, en aquel momento, su cuerpo entero exudaba rabia.

Yvette respiró hondo, aunque con ello no consiguió aliviar la inquietud que la apresaba, y asintió.

—De acuerdo, sí. Por supuesto.

—Ten siempre el móvil encendido. Y asegúrate de que tu casa es segura.

—Eso ya lo hemos hecho —respondió Cannon.

Margaret se volvió para mirarle.

—¿Hemos?

—Estoy viviendo con ella.

Yvette sintió que su rostro se encendía, pero Margaret se limitó a asentir.

—Genial. Podrías considerar también la posibilidad de tener un perro. Un animal con un ladrido fuerte —continuó dando instrucciones—. Cuando empieces a trabajar en la tienda, evita mantener un horario fijo. No salgas siempre de casa a la misma hora y no cierres la tienda estando sola.

Poco a poco, el enfado iba ganando terreno a cualquier otro sentimiento. ¿Cómo se atrevía Heath a hacerle algo así?

—Y lo último que quiero sugerirte —le tomó la mano—, es que me dejes hablar con él. Sabemos dónde está, pero no cuánto tiempo piensa estar allí. ¿Y si decide quedarse una semana, un mes, o más tiempo incluso? Nunca está de más que un acosador sepa que la policía le está vigilando.

Cannon se volvió con los brazos cruzados y los ojos entrecerrados, pidiéndole a Yvette en silencio que le perdonara. Yvette reconoció aquel sentimiento, pero no lo entendió.

Hasta que Cannon le dijo a Margaret:

—Tiene miedo de volver a convertirse en el foco de atención.

Yvette se irguió en la silla.

—No pasa nada —insistió, esperando que Cannon lo dejara pasar.

Pero no lo hizo.

—La última vez que estuvo aquí, se vio envuelta en una macabra investigación, rodeada de periodistas interesados en conocer toda la historia.

Se acercó a ella y posó la mano en su hombro antes de continuar.

—Su rostro aparecía en las noticias a todas horas, así que supongo que puedes comprender los motivos por los que prefiere evitar cualquier tipo de publicidad.

—Lo que esos hombres hicieron conmocionó a toda la comunidad —recordó Margaret—. Durante la investigación y el juicio, salieron titulares a todas horas.

—La gente nunca lo olvidará —se mostró de acuerdo Yvette.

—Pero la verdadera historia, lo único que de verdad importa, es que todos salimos con vida. Con independencia de lo que puedan pensar los demás, eso es lo único que deberías recordar.

—Lo comprendo —sí, claro que lo comprendía. Y estaba muy agradecida. Mucho más de lo que nadie podía imaginar—. Es solo que… no soportaba ser el centro de todo tipo de rumores y especulaciones.

—Cualquiera sentiría lo mismo. Pero te prometo que puedo ser muy discreta. Siempre y cuando él no haga nada extraño, nadie tiene por qué enterarse de que he ido a verle.

—Gracias.

Margaret le apretó la mano.

—Mañana a primera hora me ocuparé de ello.

Se levantó e Yvette la imitó.

Cannon la agarró para que se pusiera a su lado.

Margaret reparó en aquel gesto y sonrió.

—¿Sabéis? Mientras estabais aquí, he estado pensando en algo.

Cannon arqueó una ceja al advertir su tono vacilante.

—¿En qué estás pensando, Margaret?
—Ya estás haciendo tanto con el gimnasio que no sé si plantearlo.
—Cuento con todo tipo de ayuda, así que dime lo que quieras.
—De acuerdo —se colocó tras él—. ¿Has considerado alguna vez la posibilidad de dar clases de autodefensa para mujeres? —y añadió, precipitadamente—: Hay muchas mujeres en el barrio que podrían beneficiarse.

Y otras muchas mujeres, pensó Yvette con una sonrisa, que se apuntarían solo para estar con otros luchadores.

Cannon asintió, primero sorprendido y después pensativo.
—La verdad es que es una idea genial.
—Estaré encantada de participar y ayudarte a empezar.
—Sí, claro, es posible que necesitemos algunas indicaciones —esbozó una sonrisa—. Supongo que los movimientos que necesita conocer una mujer son distintos a los que yo hago en las competiciones.

Margaret levantó el puño.
—Las manos son más pequeñas, y también la estructura ósea. La mayoría de las mujeres no serían capaces de dar un puñetazo en un ataque. Pero hay otras muchas formas de atacar.

Cannon se llevó la mano a los genitales, fingiendo un gesto de dolor.
—Apuesto a que sé en lo que estás pensando.

Margaret soltó una carcajada.
—Siempre existe esa posibilidad. Pero hay otros golpes que también son muy efectivos. Yo puedo hacer una demostración y vosotros podéis seguirme, ¿qué te parece?
—Avísame cuando estés preparada —dijo él, mostrando su acuerdo.
—¿Piensas quedarte una temporada por aquí?

Yvette también se lo preguntaba. Hasta entonces, Cannon no había dicho cuánto tiempo planeaba permanecer por la zona, aunque ya sabía que tenía otra pelea a la vista.

Frunció el ceño cuando le vio asentir sin aclarar cuánto podía significar «una temporada».

Se oyó un grito en el pasillo y, un segundo después, asomó una niña desnuda por la esquina.

Tras ella, con una toalla entre las manos y la camiseta y parte de los pantalones empapados, Dash gritó:

—Bethany Marie Riske.

Un gato en el que Yvette no había reparado hasta entonces apareció corriendo tras ellos, pero se escondió debajo del sofá cuando se dio cuenta de que tenían compañía.

—Es mi mascota —explicó Margaret—. Es viejo y está ciego, pero, a pesar de todo, intenta seguir el ritmo de Bethany.

—La adora —añadió Dash, y miró a su hija con el ceño fruncido.

La niña arrugó la nariz, se cruzó de brazos y frunció también el ceño.

Sonriendo y de mejor humor, Cannon la levantó en brazos.

—Pero bueno, ¿qué haces corriendo desnuda por toda la casa?

—Ven a bañarte conmigo.

—Eh, no, lo siento —le dio un beso en la nariz y se la tendió a Dash, que la envolvió en una enorme y esponjosa toalla.

—No hay que salir corriendo antes de vestirse —la regañó Dash.

Después, la besó en la mejilla y en la oreja y, en cuestión de segundos, la niña estaba riéndose.

Sosteniéndola bajo el brazo como si fuera un balón de rugby, Dash se dirigió de nuevo hacia el pasillo. Bethany reía con ganas y el gato reapareció dispuesto a seguirlos.

Margaret sacudió la cabeza, pero también sonrió.

—No te vayas antes de que se ponga el camisón. Se llevará una gran desilusión si no te despides de ella.

Apenas pasaron un par de minutos antes de que Bethany volviera, en aquella ocasión, con un camisón amarillo y arrastrando una manta. De nuevo en brazos de Cannon, apoyó la cabeza en su hombro. Parecía ya dispuesta a acostarse.

Despacio, para no asustarla, Yvette alargó la mano y le acarició uno de sus tirabuzones.

—¿Estás lista para irte a la cama? —le preguntó Cannon con suavidad.

—Mamá me va a leer un cuento.

—Sí, claro que sí —contestó Margaret mientras tomaba a su hija en brazos y la abrazaba—. Despídete de Cannon y de Yvette, cariño.

—Adiós, Cannon. Adiós, Vette —dijo la niña con un enorme bostezo.

Margaret le tocó el brazo a Yvette.

—Hablaremos pronto. Ten cuidado, ¿de acuerdo?

—Gracias.

Cannon envolvió a Margaret y a Bethany en un abrazo.

—Gracias, teniente.

Margaret le palmeó el pecho.

—Sabes que puedes contar conmigo para lo que necesites —y añadió con más suavidad—. Lee alguno de esos mensajes, ¿de acuerdo?

Cuando se marchó con la niña, Dash preguntó:

—¿Habéis conseguido ponerlo todo en orden?

—Sí, gracias —contestó Yvette—. Y, una vez más, siento haberos molestado...

—No es ninguna molestia —la interrumpió él—. Margo adora su trabajo. Y le afectan de forma especial todos esos cretinos que se dedican a acosar a mujeres.

—Eres un hombre afortunado —le dijo Cannon.

—Y lo sé.

Les acompañó hasta la puerta, pero antes de que se fueran, detuvo a Yvette, posando la mano en su brazo.

—Llama en cualquier momento, ¿de acuerdo? Te prometo que Margaret prefiere que la despierten a descubrir después que ha pasado algo. No sé si to lo ha dicho, pero tiene la sensación de que, después de lo que pasamos, hay un vínculo entre todos nosotros.

Yvette no acertaba a imaginar qué había hecho para merecerse a una gente tan maravillosa. Todos ellos habían sido muy valientes, heroicos casi, y ella había sido... una completa cobarde.

—No era así como quería que nadie me viera cuando decidí volver —dijo con total honestidad.

Dash sacudió la cabeza.

—¿Sabes lo que yo veo? Veo a una mujer que podría haberse quebrado bajo esta presión y, en cambio, es lo bastante inteligente como para manejar las cosas de una forma adecuada.

—¿Y esa forma adecuada consiste en involucrar a tu esposa? Dash sonrió.

—Es muy buena en lo suyo.

—Muy buena, sí —Cannon la rodeó con el brazo y la atrajo hacia él—. Es la mejor aliada que cualquiera podría tener.

—Todos necesitamos aliados —se mostró de acuerdo Dash—. Y vosotros dos, cuidaos, ¿de acuerdo? Si necesitáis cualquier cosa, avisadnos.

Cuando estaban ya en el coche y fuera del camino de la entrada, Cannon le aseguró:

—Puedes confiar en ellos.

Al principio, Yvette no lo comprendió.

—¿En quién? —después, entendió lo que pretendía decir—. Estás hablando de Margaret...

—Y de Dash, Rowdy, Avery, Logan, Reese... —continuó conduciendo con una mano y posó la otra en su rodilla—. Yo he confiado en ellos en múltiples ocasiones y viceversa.

Pero ella no pensaba ir a llorar a los amigos de Cannon en busca de ayuda. Antes de llegar a esa situación, regresaría a California. Pero era una mujer optimista, así que tenía que confiar en que todo iba a salir bien.

Una vez había sacado él el tema, Yvette se volvió hacia Cannon y se dejó llevar por la curiosidad:

—Esos paseos que das con tus amigos, las bailarinas de striptease con las que hablas, la gente de las tiendas... todo eso lo haces porque estás vigilando el barrio, ¿verdad?

—Algo así.

—Una pareja de ancianos me ha contado que habías espantado a los camellos de su tienda.

Modesto en extremo, Cannon se encogió de hombros.

—Lo único que hice fue sugerirles de forma muy convincente que se marcharan.

—Sí, claro. Estoy segura de que eso fue lo único que hiciste. Tener con ellos una conversación agradable y amistosa.

Cannon le dirigió una breve sonrisa.

—Antes de conocer a Rowdy y a todo su séquito, hicimos cosas que sirvieron para respaldar lo que decíamos. Y, sí, antes de que lo preguntes, eso significa que nos metimos en muchas peleas. Llegó un momento en el que a los matones les resultaba más fácil evitarnos que meterse con nosotros.

—Suena peligroso.

—Solo fueron unas cuantas veces —le acarició la rodilla. Dejó escapar un suspiro—. Hace muchos años, mi padre murió por resistirse a los intentos de extorsión de un grupo local.

A Yvette se le hundió el corazón.

—Lo siento mucho.

—Ya te he dicho que fue hace muchos años.

Yvette cubrió su mano con la suya, consciente de que había más, y esperó.

—Después de aquello, algunos punkis intentaron hacérselo pasar mal a Merissa. Y yo decidí que no iba a permitir que eso ocurriera —frunció ligeramente el ceño mientras recordaba aquellos días lejanos. Se sacudió segundos después aquel humor sombrío—. Fue entonces cuando aprendí que podía pelear —le dirigió una breve sonrisa—, y que tenía muchas posibilidades de mejorar. Comencé entrenando, me involucré en algunas actividades y me integré en el trabajo social del barrio.

Yvette entrelazó los dedos con los suyos.

—Eres increíble. Lo sabes, ¿verdad?

Él se llevó su mano a los labios para besarle los nudillos.

—No soy increíble. Pero aprecio lo que tenemos y a la gente

que conozco. Eso te incluye a ti. Y eso cierra el círculo. Si, por algún motivo, no consiguieras localizarme alguna vez, bueno, Rowdy es el tipo más duro y más honrado que he conocido en mi vida, seguido muy de cerca por la teniente.

Al oírle, Yvette se echó a reír y dijo:

—Un tipo duro, ¿eh?

—Una persona dura y, definitivamente, honrada. Tanto Dash como los policías... son todos buena gente —la soltó y volvió a conducir con las dos manos—, pero siempre puedes acudir a Armie, a Denver, a Stack o...

—Vaya —Yvette se recostó en el asiento ahogando una risa—. ¿Esperas que me encuentre con un incidente a cada paso? Porque, en serio, Cannon, lo que yo espero es que Heath se marche y desaparezca para siempre de mi vida y, en ese caso, ¿por qué iba a necesitar todo ese respaldo?

—Lo que espero es que sigas siendo tan guapa y tan atractiva y que continúes volviéndome loco de deseo.

¡Guau! Yvette no tenía nada que añadir a aquello, excepto, quizá, que lo mejor sería que intentara apaciguar su deseo. Aquella misma noche, por ejemplo.

—Pero soy un hombre precavido —continuó él—, y creo que hay que estar preparado. De modo que sígueme la corriente, ¿de acuerdo?

Yvette tardó cerca de un minuto en ordenar sus pensamientos, después, se inclinó para acariciarle el hombro a Cannon. Tenía un cuerpo increíblemente musculado. Adoraba sentirlo bajo la suave tela de algodón de la camiseta. Pero acariciar su piel cálida le gustaba todavía más, así que deslizó los dedos bajo la manga.

Él se puso en alerta de un modo muy masculino.

—No quiero que te preocupes, Cannon. No voy a permitir que Heath dicte mis decisiones, pero tampoco voy a hacer ninguna tontería —Cannon comenzó a decir algo, pero ella todavía no había terminado—. La cuestión es que no quiero que esto se convierta en tu problema. Sí, estamos vivimos en la misma casa. Y, sí, quiero… —¿cómo decirlo?—. Quiero estar contigo —aquello quedaba bastante claro. Pero, para asegurarse, añadió—: En todos los sentidos.

—¡Maldita sea, cariño! —Cannon cambió de postura, estiró una pierna y tiró de los pantalones.

—Te agradezco cómo has tratado hoy lo ocurrido con Heath. Me ha pillado por sorpresa y estaba avergonzada. Pero, al margen de lo que él haya dicho o hecho, jamás me iría sola a ninguna parte con él. La situación podría haber llegado a ser más violenta, pero habría sabido manejarla.

Aquello solo sirvió para aumentar la determinación de Cannon.

—Me alegro de oírlo.

Sin embargo, no parecía en absoluto convencido, y aquello le preocupó.

—Espero que hayas oído lo que ha dicho Margaret —dijo ella—. No tienes por qué salir a la búsqueda de Heath. No necesitas defender mi honor.

—No, ¿eh?

Parecía casi enfadado. Yvette le miró a los ojos.

—No estoy diciendo que tengas que ignorar los insultos de Heath si te encuentras con él.

—Caramba, gracias.

—Pero puedes intentar dejar que maneje yo la situación antes de entrometerte.

Cannon gruñó al oírla.

—Pero, sobre todo, quiero darte las gracias.

Aquello consiguió atrapar su atención.

—¿Por qué?

—Por ofrecerme tu apoyo —una vez más—. Por cuidarme —Dios, esperaba que continuara haciéndolo—. Por todo.

Y, sobre todo, por ser como era.

Cannon permaneció callado durante largo rato, haciendo que Yvette se sintiera más insegura todavía sobre la naturaleza de sus sentimientos. Cannon era un tipo magnífico con todo el mundo. Era conocido por el respeto con el que trataba a las mujeres, incluso a aquellas a las que rechazaba. Desde que Yvette le conocía, había sido un defensor de… de todo el mundo.

Sabía que la apreciaba, pero la verdad era que apreciaba a mucha gente.

Y ella quería sentirse especial.

Porque él lo era para ella.

Al final, Cannon dijo:

—Voy a dejar mi camioneta en casa de Rissy hasta que despejemos el garaje. Después, los dos podremos aparcar dentro. No quiero dejarla fuera como si fuera un cebo.

—Tiene sentido —se lo ocurrió entonces otra cosa—. Tú pasas mucho tiempo en Harmony, en Kentucky, ¿verdad?

—¿Por qué lo preguntas? —preguntó receloso.

—¿Tienes casa allí?

—Sí —la miró—. Algún día te la enseñaré, ¿quieres? No está lejos de aquí. A unas tres horas quizá.

El darse cuenta de que Cannon tenía toda una vida en alguna otra parte ensombreció su humor. Por fuerza, el tiempo que iba a pasar Cannon en Warfield sería limitado.

—Me encantaría, gracias —y, recuperando el curso inicial de sus pensamientos, preguntó—: ¿Tu casa tiene garaje?

—Sí, de tres plazas —volvió a mirarla—. Y piscina. Me encantaría verte en bikini.

Yvette debería haber sonreído al ver la sonrisa lobuna con la que hizo aquel comentario, pero la culpa volvió a dominarla.

—Si no estuvieras aquí, viviendo conmigo —en gran parte porque le preocupaba que estuviera sola—, tu camioneta habría estado a salvo en un garaje en vez de…

—No pienses en eso —volvió a fruncir el ceño y apretó la mandíbula—. Me alegro de que estés aquí a pesar de todo lo que ha pasado. Y quiero que tú también estés contenta.

¿Cómo era posible que no se diera cuenta? Estaba encantada de estar en casa. De estar con él.

¡Pero cuánto le habría gustado que las cosas fueran diferentes!

Como en aquel momento no podía hacer nada con Heath, ni con los neumáticos pinchados, cambió de actitud, sonrió, se inclinó de nuevo hacia delante y le acarició el hombro.

—Estoy contenta. Mucho.

Cannon se volvió un instante para besarle la muñeca.

—Lo primero que haré mañana por la mañana será ponerme a trabajar con el resto de las cajas —se comprometió Yvette.

Estaba ansiosa por ver todo lo que tenía y por trasladar lo mejor del inventario a la tienda. Aunque le encantaba estar con Cannon, le estaba quitando el tiempo que dedicaba a los entrenamientos, su contribución al gimnasio, a sus amigos. Además, no estaba acostumbrada a estar ociosa durante tanto tiempo. Necesitaba sentirse ocupada.

En cuanto abriera la tienda, recuperaría la rutina del trabajo. Y aquello contribuiría en gran medida a restablecer su equilibrio emocional.

—¿Qué te parece lo del perro?

—No estoy segura.

Siempre había querido tener uno, pero en el apartamento en el que vivía en California no permitían tener mascotas. Y, aunque le hubieran dejado, era demasiado pequeño para compartirlo con un animal.

Pero una mascota... era una señal de permanencia, ¿no? Eludió contestar a la pregunta diciendo:

—Me gustan los animales.

—A mí también. Con todos los viajes que entraña mi trabajo, es imposible tener uno, pero ahora tú piensas quedarte, ¿verdad?

—Sí.

—Y en el patio hay espacio más que suficiente. Incluso podría colocar una cerca.

Más y más planes que insinuaban una permanencia, pero sin decirle en ningún momento que tenía intención de permanecer con ella a largo plazo. Aun así, con independencia de las vueltas que fuera dando la vida, le encantaría tener un perro.

—De acuerdo.

—Genial —y añadió decidido—: ¿qué te parecería que fuéramos a visitar el refugio el domingo, cuando salga de trabajar del Rowdy's?

Pensar en dar un paso tan importante con él la hacía sentirse nerviosa, insegura y completamente eufórica. Comenzó a sonreír y no fue capaz de parar de hacerlo.

Cuando miró a Cannon, este también estaba sonriendo.

—¿Estás contenta? —le preguntó él.

—Mucho.

Giraron en la esquina de su casa. Los últimos rayos del sol de la tarde bañaban el horizonte de colores intensos.

Yvette estaba tan concentrada en Cannon, pensando en tantas cosas, que vio el momento exacto en el que este frunció el ceño.

—¿Qué pasa?

Cannon flexionó las manos sobre el volante.

—Sabes que hay algo entre nosotros, ¿verdad

Como él mismo acababa de decirlo, Yvette aventuró:

—¿Deseo?

—Sí, claro. Hay deseo a espuertas. Me basta pensar en ti para desearte. Es verte y levantarse la bandera.

—¿La bandera? —repitió ella confundida.

—Mi miembro se levanta y se pone en alerta.

—¡Ah! —desvió la mirada hacia su regazo y abrió los ojos como platos.

—Pero es algo más que eso también.

Fue su tono, más que ninguna otra cosa, lo que le hizo desviar la mirada hacia su rostro.

El calor inundó su corazón. Recordando lo paciente que había sido siempre con ella, incluso cuando le había hablado de sus problemas, se mordió el labio.

—¿Algo más?

—Pase lo que pase, quiero que lo recuerdes —dijo Cannon con expresión sombría.

¿Qué quería decir? Parecía estar esperando una respuesta, así que ella asintió.

—De acuerdo.

Con gesto de determinación, se detuvo en el camino de la entrada, apagó el motor y se quedó mirando la puerta.

Yvette siguió el curso de su mirada y palideció al ver lo que tenía delante. La furia se fundió con la sensación de derrota.

Habían hecho una pintada con espray y habían destrozado la puerta. Las gotas de pintura de color rojo sangre trazaban un camino por el porche.

Vuelve a tu casa, zorra.

Sacudiendo la cabeza, Yvette se opuso con determinación a aquella orden.

Alguien pretendía que se fuera cuando ella acababa de decidir quedarse.

CAPÍTULO 17

Salieron juntos del coche para acercarse a la puerta.
Evitando la pintura, todavía fresca y pegajosa, Cannon abrió la puerta principal y ayudó a Yvette a entrar.
—Espera un segundo, ¿de acuerdo?
Con un asentimiento de cabeza, ella permaneció donde estaba, un tanto paralizada y muy desafiante.
Era una mujer muy orgullosa.
Cannon hizo una rápida supervisión de la casa, pero todo parecía estar en orden. Comprobó el estado del garaje, del pequeño patio trasero y de cada una de las ventanas.
Cuando regresó, ella tenía el teléfono móvil en la mano. Sin necesidad de que él le preguntara, Yvette le explicó:
—Estaba preparada para pedir ayuda si la necesitábamos.
—Muy inteligente —deseando poder haberla protegido de aquello, le acarició la mejilla con el pulgar—. Pero no parece que hayan hecho nada más.
—Genial.
Se apartó, dejó caer el bolso en el sofá y se dirigió a la cocina. Cannon oyó el grifo del agua y, molesto por la contención de Yvette, la siguió. Ella había metido un cubo en el fregadero y lo estaba llenando de agua con jabón.
Cannon se acercó a ella, cerró el grifo y la abrazó contra su pecho.

—Eso solo servirá para extender la pintura y será todavía peor. Con este calor, estará seca dentro de media hora. Entonces podremos lijarla.

—Vamos a destrozar la puerta.

—La cambiaremos.

—Pero hay pintura por todo el porche.

—La quitaremos con una máquina de lavar de alta presión.

Con una tensa risa, Yvette se reclinó contra él.

—¿Tienes respuesta para todo?

—Para mezquindades como esta sí —sin apartarse de ella, la giró en sus brazos—. No vas a ir a ninguna parte.

Yvette alzó la mirada hacia él con aquellos ojos enormes cargados de tristeza y dulzura. Como le hubiera pasado a cualquier tipo y en cualquier lugar, Cannon reaccionó con una palpitante erección.

—Prométemelo —le dijo.

—No me voy a marchar —le palmeó el pecho y se apartó—. Pero tampoco pienso dejar ahí esa pintada para que todos los vecinos la vean.

—Puedo cubrirla.

—Antes voy a hacerle una fotografía. Margaret quería que lo tuviéramos todo documentado —le recordó solemne.

¿Entonces ella también imaginaba que había sido cosa de Heath?

—De acuerdo.

Salieron juntos y tomaron la fotografía.

Después de informar de lo ocurrido a Margaret, Cannon lijó la pintura todo cuanto pudo. Quedó con un aspecto terrible, pero al menos así nadie sabría lo que habían puesto.

Yvette sacó una sábana y la colocó sobre la puerta mientras Cannon mantenía una rápida conversación con los vecinos más cercanos. Desgraciadamente, la mayor parte de ellos eran personas mayores y no habían visto nada.

O a lo mejor no querían tener nada que ver con aquel asunto.

Si alguno de los vecinos tuviera un negocio en la zona, Cannon habría encontrado la manera de convencerles. Pero todos ellos eran jubilados bastante callados y con ganas de evitarse complicaciones.

No era ningún problema. Tenía una red social que podría cubrir mucho terreno. Esa misma noche pondría a trabajar a cuantas personas fueran necesarias.

—¿Nada? —preguntó Yvette cuando volvió a reunirse con ella. Él sacudió la cabeza.

—Debería haber puesto una maldita cámara de seguridad en la casa.

Aunque ella intentaba disimularlo, sabía que aquel acto repugnante había destrozado a Yvette.

—Soy yo la que debería haberse dado cuenta de hasta dónde era capaz de llegar Heath. Jamás habría imaginado que podría seguirme hasta California. No entiendo por qué de pronto se ha vuelto tan insistente.

Cannon sabía que era por él. Probablemente, Heath había asumido que Yvette permanecería disponible hasta que pudiera encontrar la manera de convencerla de que volviera a su lado.

Y, en cuanto había aparecido otro hombre en escena, se había sentido amenazado.

—A partir de ahora, los dos tendremos que tener más cuidado —la rodeó con el brazo—. Vamos.

Una vez en el interior de la casa, Cannon intentó comportarse con naturalidad para disimular su enfado.

—¿Por qué no preparas algo de comer mientras me doy una ducha?

—¿Alguna preferencia?

«Tú». No, no debería pensar en eso. Sobre todo cuando ella le estaba mirando con tanta expectación. Necesitaba, o bien darse una ducha de agua helada, o hacerse él mismo cargo de la situación.

—Algo ligero. Un sándwich a lo mejor.

—Creo que podré apañármelas —volvió a palmearle el pecho con un gesto que, maldita fuera, se pareció demasiado a una despedida—. ¿Dentro de quince minutos?

Él no necesitaba tanto tiempo.

—Déjalo en siete.

Como no quería dejarla sola durante mucho tiempo, agarró la ropa limpia y se dio una ducha frotándose de pies a cabeza. Con desahogo incluido, estuvo fuera de la ducha un minuto antes de los siete anunciados. Había conseguido aliviar las aristas más afiladas de aquel fogoso deseo, pero no había hecho mella alguna en su sentimiento de posesión.

Alguien, probablemente Heath, quería asustar a Yvette. Y, teniendo en cuenta la obsesión de aquel hombre, podría incluso querer hacerle daño.

Pero eso no iba a ocurrir.

Cannon sabía que tenía que poner fin a aquel acoso de una manera u otra.

Encontró a Yvette sentada en su parte del sofá con una bandeja de comida sobre la mesita del café. Cannon analizó hasta el último matiz de su estado de ánimo mientras se sentaba junto a ella. Además de preparar el almuerzo, Yvette se había cambiado y se había puesto un camisón. Sentada con las piernas cruzadas sobre los cojines del sofá, se colocó el pelo sobre el hombro y, a una velocidad de vértigo, se hizo una trenza. Sostenía una goma entre los dientes y, cuando llegó al final de la trenza, la sujetó con ella.

Alzó las pestañas cuando se volvió hacia él.

—No estaba segura de si preferías patatas fritas o encurtidos. Lo digo por lo de los entrenamientos.

Había servido ambas cosas, así que Cannon tomó un encurtido.

—Así está bien, gracias.

Yvette había cortado los sándwiches en dos triángulos. Todo muy cuidado. Cannon se comió el primero de un solo bocado.

Ella mordisqueó apenas el suyo y, como no era una mujer quisquillosa con la comida, él lo interpretó como señal de que todavía estaba preocupada.

—¿Quieres que vaya al local porno a por una película?

Aquella broma estuvo a punto de hacerla sonreír, pero transformó el gesto en una expresión de «compórtate». Y aquello le hizo sonreír a él. Asumiendo que tendría que aguantar algún drama sentimental, preguntó:

—¿Entonces qué te apetece ver?

Ella agarró el mando a distancia y encontró una película de miedo antigua.

—¿Qué te parece esto?

Increíble. Cómo no iba a gustarle aquella mujer.

—Tiene buena pinta.

Se pusieron a ver la película y, gracias a la cantidad de sanguinolentos efectos especiales y al horripilante monstruo de la película, Yvette terminó acurrucada contra Cannon.

La deseaba, y mucho, pero no veía la manera de pasar de una forma fluida de lo que había ocurrido a la seducción.

Estaba repantigado en el sofá, con las piernas abiertas y sintiendo el cálido peso de Yvette contra él, cuando terminó la película. Comenzó a moverse, y se dio cuenta de que se había quedado dormida. Con mucho cuidado para no despertarla, la colocó de tal manera que apoyara la cabeza en su muslo. Deslizó los dedos por su trenza y después por el hombro. Avanzó después por el costado hasta aquella cintura diminuta, regresó a la cadera y descendió por la pierna, esbelta y bien torneada.

Por muchas ganas que tuviera de sentirla desnuda y debajo de él, también quería que se sintiera segura y a salvo cuando estuviera a su lado.

Quería que se apoyara en él.

No iba a presionarla por nada del mundo.

Cada vez que miraba a Cannon, se le disparaba la temperatura.

En parte por la inquietud y, en parte, por un deseo desesperado.

La noche anterior se había quedado dormida encima de él.

Lo último que recordaba era que había estado esperando a que hiciera algún movimiento. Pero no había hecho nada. Y, por mucho que se odiara a sí misma por ello, no podía dejar de preguntarse si no estaría conteniéndose por consideración hacia ella, pensando que necesitaba más tiempo.

O a lo mejor lo necesitaba él.

Aquella mañana se había despertado en el momento en el que Cannon se había estirado y solo entonces se había dado cuenta de que continuaban en el sofá. Sobresaltada, se había incorporado a toda velocidad y, sin querer, le había dado un cabezazo. Los dos habían gemido, él se había puesto a frotarse la barbilla y ella la parte superior de la cabeza.

Cannon siempre estaba deslumbrante, pero, sobre todo, por las mañanas, con aquella sombra de barba, el pelo revuelto y aquellos ojos azules con expresión somnolienta y rodeados de unas pestañas largas y oscuras.

Y cuando le había dirigido aquella sonrisa tímida y sexy... Sí, le habían entrado ganas de exigirle que calmara su deseo. Allí mismo y en ese preciso momento.

Sin embargo, había permanecido en silencio hasta que él la había besado con suavidad antes de dirigirse al cuarto de baño.

Al recordarlo, le entraron ganas de gemir otra vez.

Después de aquello, Cannon había recibido una llamada de uno de sus entrenadores, un tipo llamado Havoc, que le había dado más detalles sobre su siguiente pelea. Yvette había estado preparando el café mientras le escuchaba.

Tendría que volver a combatir después de Halloween.

Eso significaba que pronto tendría que reiniciar unos entrenamientos más rigurosos. En Kentucky.

Lejos de ella.

Y, maldita fuera, ¡Ya estaba echándole de menos!

Quería, y con una urgencia desesperada, aprovechar el poco tiempo que les quedaba. Pero, justo después de salir a correr, Cannon había llamado a Armie para contarle el acto de vandalismo que habían sufrido. Lo siguiente que había sabido Yvette había sido que estaban allí todos aquellos tipos. Todos, en plural: Armie, Stack y Denver. Solo faltaban Miles y Brand, que se habían quedado a cargo del gimnasio.

La habían abrazado uno tras otro, mostrando su compasión y ofreciéndose a abrirle a Heath la cabeza. Y, sin ser conscientes de ello, habían impedido que Yvette se abalanzara sobre Cannon.

Se habían mostrado todos muy protectores, en un ambiente incluso divertido, pero, cuando Margaret había llamado para decir que Heath ya había abandonado el hotel, Cannon se había puesto serio. La teniente había contado que lo primero que había hecho aquella mañana había sido ir a buscarle, pero que Heath ya no estaba alojado allí.

De modo que, o bien había vuelto a su casa, o había cambiado de alojamiento.

No había otros muchos lugares para quedarse en aquella pequeña localidad de Warfield, pero justo en las afueras, en los límites del pueblo, había varios hoteles entre los que elegir.

Si Heath no había decidido regresar a su casa, al menos ya no estaba tan cerca. Aquello le proporcionó a Yvette cierto consuelo.

Para que Cannon estuviera más tranquilo llamó a Vanity y le pidió que la avisara si Heath subía cualquier información al Facebook. Hasta el momento, no había subido nada.

Sabía que Cannon estaba preocupado y, por ello, estaba cada vez más cariñoso. Continuaba acariciándola, besándola, observándola.

Pero había llegado ya la última hora de la tarde e Yvette continuaba sintiendo un intenso deseo.

Mientras Denver y Cannon se encargaban de que instalaran la puerta nueva, Armie y Stack terminaron de cargar las últimas cajas del garaje en la camioneta de Cannon. Como en aquel momento no la necesitaban, Yvette entró a por más bebidas.

Con la ayuda de todos ellos, la tienda estaba ya a punto para que comenzara a organizarlo todo. El garaje estaba casi vacío, en el porche no había quedado un solo resto de pintura… y ella tenía ganas de llorar por ninguna razón en concreto. ¿Sería por la preocupación? ¿Por el alivio? ¿O quizá por una mezcla de todo, empezando por el hecho de que había perdido a su abuelo y terminando porque había sido víctima de un vándalo desconocido?

¿Quizá por la frustración sexual? Resopló para quitarse el pelo de la cara. Sí, podía ser eso. Porque el estar cerca de Cannon la mantenía en constante tensión.

Cuando Merissa y Cherry se dejaron caer por allí, Yvette las oyó antes de verlas. Merissa comenzó a dar instrucciones y Cherry se dedicó a coquetear, a gastar todo ese tipo de bromas que a ella le salían de una manera tan natural, pero que tanto le costaban a Yvette.

Después de añadir más hielo a la jarra, Yvette se sirvió un vaso de té frío. Trabajar con todos aquellos hombres la había dejado sudorosa, cubierta de polvo, mugrienta y demasiado sensible.

—¡Eh!

Alzó la mirada y vio a Armie entrando a grandes zancadas en la cocina con expresión seria.

Yvette bajó el vaso y le preguntó:

—¿Qué te pasa?

—Iba a preguntarte lo mismo.

La rodeó para volver a llenarse el vaso y lo bebió como un hombre muerto de sed.

—Tendría que habértelo llevado.

—Necesitaba un descanso —le quitó una telaraña que tenía en el pelo—. Por cierto, ¿qué haces aquí escondida?

—No estoy escondida —no exactamente, pero, para evitar que Armie siguiera ahondando en ello, preguntó a su vez—: ¿Y tú por qué te escondes?

Armie estaba empezando a contestar, pero se calló cuando entró Merissa murmurando:

—Cobarde.

Ella también quería té con hielo.

Armie se quedó paralizado como un corzo ante los faros de un coche mientras Merissa se acercaba. En cuanto pasó por delante de él, Yvette le vio bajar la mirada hacia el sur, hacia el trasero de Merissa, realzado por unos pantalones cortos y ceñidos.

Se le inflaron las aletas de la nariz.

¡Hala! ¿Sabría Cannon que su mejor amigo estaba loco por su hermana? Lo dudaba.

Armie le tendió el vaso a Yvette.

—Gracias, muñeca. Será mejor que vuelva al trabajo.

Y, sin más, salió volando de la cocina.

Intentando disimular una sonrisa, Yvette preguntó:

—¿A qué venía todo esto?

Para su sorpresa, Merissa se dejó caer en una silla.

—Me desprecia por alguna razón, pero, aunque me fuera la vida en ello, no sería capaz de entender cuál es.

Yvette solo fue capaz de sostenerle la mirada. ¿En serio? ¿Eso era lo que pensaba Merissa?

Porque, si así era, sabía menos de hombres que ella.

—No creo que...

Cannon entró en aquel momento en la cocina.

—¿Quieres ir a la tienda para indicar dónde debemos poner las cajas? ¿O prefieres que las dejen los chicos allí y tú y yo ya iremos a arreglarlo todo cuando tengamos oportunidad?

—Prefiero ir ya.

De todas formas, necesitaría más tiempo para colocarlo todo. Aquella noche pensaban ir al bar de Rowdy y probablemente estarían allí hasta tarde.

Eso significaba que continuaría sin tener oportunidad de explorar aquella excitante intimidad con Cannon. Sería mejor que se mantuviera ocupada en vez de lamentarse por las oportunidades perdidas.

—¿Quién va a ir? —preguntó Merissa.

—Denver se quedará para ayudarme a terminar la puerta, pero todos los demás van a la tienda.

Merissa se terminó el té.

—Entonces iré con ellos —agarró a Yvette del brazo—. Estaré encantada de poder echarte una mano.

Cannon se acercó a Yvette antes de que pudiera marcharse. Se fijó entonces en su pelo revuelto y sus mejillas sonrojadas. Le quitó el polvo de la nariz.

—Ten cuidado.

A Yvette le resultaba difícil bromear siendo tan consciente de la cercanía de Cannon.

—¿Tienes miedo de que a alguno de esos tipos se les caiga algo?

Con un tono cariñoso en extremo, Cannon le acarició el pelo.

—Deja que sean ellos los que se ocupen de los objetos más pesados.

—¡Eh, que no soy tan débil!

—Tampoco eres un luchador.

La estrechó contra su pecho y buscó sus labios, rozándolos con la suavidad de una pluma y despertando al mismo tiempo una tormenta.

Cuando la soltó, Yvette se llevó la mano a los labios.

Lo que le urgió a besarla otra vez.

—Tenemos que salir hacia el Rowdy's a las seis —le alzó la barbilla con dos dedos y la miró con cariño y admiración—. Dedica todo el tiempo que quieras a arreglarte.

—¿No quieres que vaya así?

Cannon hizo un pequeño movimiento de cabeza y susurró:

—Se montaría una revuelta.

Vaya, ¿qué quería decir con eso? Estaba hecha un completo desastre y lo sabía. Arrugó la nariz.

—Tardaré más de una hora, así que no estaré mucho tiempo fuera.

Manteniéndola contra él, Cannon estudió su rostro y deslizó la mano por su nuca.

¡Oh! Yvette conocía aquella mirada.

Y, sin vacilar, en aquel mismo instante y acompañado por las protestas de Merissa, volvió a besarla. En aquella ocasión fue un beso más largo y fogoso. Justo lo último que necesitaba, puesto que no podían darle continuidad.

Aunque tenía que admitir que jamás rechazaría una oportunidad de besarle.

—Las demostraciones públicas de afecto, sobre todo delante de tu hermana, son algo muy poco elegante —le reprochó Merissa.

Cannon sonrió de oreja a oreja mientras se separaban.

—Cuando tengo a Yvette cerca, no puedo evitar las demostraciones públicas de afecto de vez en cuando.

—Me cae bien, así que estás perdonado —reconoció Merissa.

Yvette se preguntó si ambos lo dirían en serio. Si Cannon sentía algo sincero por ella, ¿Rissy estaría de acuerdo con aquella relación?

Después de que Merissa se montara en el coche con Yvette, Armie intentó cambiar de sitio con Denver. Pero Cherry había decidido montarse detrás, de modo que Denver no se movió.

Todo fue alegría y diversión y, desde luego, muy entretenido.

Una vez en la tienda, todos colaboraron. No solo descargaron las cajas de la camioneta, sino que vaciaron gran parte de ellas y colocaron su contenido en las vitrinas y en las estanterías que Yvette ya había colocado alrededor de la tienda.

Después de haber fregado los suelos y haber puesto varias alfombras, tenía un aspecto increíble, o al menos eso le parecía a ella.

En cuanto tuviera la licencia para el negocio, que esperaba conseguir en menos de dos semanas, podría organizar la gran inauguración.

Justo cuando estaban terminando, advirtió que varias chicas, probablemente de instituto, tenían la mirada clavada en el escaparate principal. Cuando miró tras ella, Yvette vio a Stack y Armie tal como, probablemente, les estaban viendo ellas.

Grandes, musculosos, y sin camiseta.

Esbozó una enorme sonrisa y le dio un codazo a Merissa.

—¿Qué pasa? —preguntó esta mientras desarmaba una caja vacía.

Yvette señaló el escaparate con la cabeza.

Con una carcajada, Merissa miró también a los luchadores. O, más específicamente, a Armie. Ajeno a su público, sobre todo porque había estado haciendo todo lo posible por ignorar a Merissa, alzó los brazos, unió las manos y se estiró.

Merissa suspiró.

Las chicas que estaban fuera golpearon el escaparate y le saludaron. Cuando Armie miró hacia ellas, las jóvenes comenzaron a reír y a flirtear. Una de ellas se colocó la camisa como si quisiera enseñar más escote.

Con una sonrisa ladeada, Armie sacudió la cabeza y, cuando desvió la mirada, sus ojos aterrizaron en Merissa. Al ver su ceño fruncido, su sonrisa se desvaneció.

Merissa colocó las manos bajo su barbilla y se burló de las chicas, fingiendo una risa nerviosa y batiendo las pestañas, todo ello con una actitud ridícula.

Yvette y Stack se echaron a reír.

Incluso Armie comenzó a esbozar una sonrisa.

—Nuestro adorado club de admiradoras —dijo Stack—. Es una pena que no tengan veintiún años y que sean menores de edad.

Yvette recordó aquella época en la que también ella era una adolescente menor de edad que le tiraba los tejos a Cannon sin ninguna vergüenza.

Rissy dejó de actuar, se cruzó de brazos y dirigió su ira hacia Armie:

—¿Por qué? ¿Saldrías para ofrecerte?

—Seguro que sí —replicó Armie en un tono igual de desafiante.

Stack alzó la mano.

—Yo lo haría —desvió la mirada hacia las chicas y arqueó

una ceja con expresión especulativa—. Diablos, si estuviera seguro de que tienen dieciocho años...

Merissa alzó las manos y soltó una exclamación ahogada.

—¡No tenéis vergüenza!

Stack le preguntó entonces a Armie en un aparte.

—¿Se creerá que su hermano es un santo?

Yvette, que no quería oír nada sobre las aventuras de Cannon, les interrumpió.

—No sé cómo daros las gracias. Mirad cómo está ahora el local —giró sobre sí misma, riendo embelesada—. La tienda está casi llena y todavía tengo algunas cajas que vaciar.

—¿Qué más quieres que hagamos? —se ofreció Stack.

—Nada más por hoy.

Miró la hora en su teléfono móvil y comprendió que había llegado el momento de regresar a casa para arreglarse.

—Bueno, si nos necesitas, avísanos.

Yvette le dirigió a Stack una sonrisa.

—Lo mismo digo —se sumó Armie.

Yvette asintió, maravillada por su generosidad.

—Sois todos... maravillosos.

—Así es como funciona esto —le explicó Armie—. Cannon me ha salvado el trasero más veces de las que puedo contar.

—Y a mí también —reconoció Stack.

—Sé lo que ha hecho por ti —le dijo Rissy a Stack antes de volverse hacia Armie—. ¿Pero qué ha hecho por ti?

—No es asunto tuyo —se puso la camisa—. Digamos que ahora somos familia.

—Tú y yo no —respondió Rissy.

Armie la miró entonces con el ceño fruncido.

—Estaba hablando de Cannon y de mí.

—Soy su hermana.

—¡Qué novedad!

—Se pelean como hermanos, ¿verdad? —señaló Stack por encima de ellos. Rodeó a Yvette con el brazo y dijo—: Si ya hemos terminado aquí, deberíamos volver al gimnasio.

—Merissa va hacia allí. Puede llevarte a ti y yo iré con Yvette —propuso Armie.

Merissa abrió la boca para protestar, pero algo la hizo cambiar de opinión en el último momento.

—Claro. Vamos, Stack. Hablaremos, sobre… cosas —fulminó a Armie con la mirada para que entendiera exactamente sobre qué quería hablar.

Sonriendo, Stack musitó:

—¡Ah! La de historias que puedo llegar a contar…

Cuando desaparecieron por la puerta, Yvette esperaba que Armie estallara, pero, para su sorpresa, se echó a reír.

—¿No estás preocupado? —apagó las luces, buscó las llaves en el bolso y se reunió con él.

—No.

Le quitó las llaves y, cuando salieron, lo cerró todo.

—Stack disfruta metiéndose conmigo, pero jamás contará nada que no deba. Me fío por completo de él.

—Qué gran secreto —musitó Yvette—. Me estoy muriendo de curiosidad.

Armie le abrió la puerta de la camioneta sin morder el anzuelo.

—Quieres saberlo, ¿verdad?

—¡Ah! —sorprendida por su tono de voz, sacudió la cabeza—. No, es solo que…

Armie cerró la puerta y caminó hasta el asiento del conductor.

—Eres consciente de que Cannon es un gran tipo, ¿verdad?

—Absolutamente —Yvette alargó la mano y la posó en el brazo de Armie—. Pero, Armie, de verdad, no pretendía entrometerme. Solo era una broma.

—No pasa nada —arrancó la camioneta, pero no se puso en marcha. Con la cabeza clavada en el parabrisas, le contó—: En una ocasión, fui acusado de algo… bastante malo. La clase de cosa de la que no quiere ser acusado un tipo decente.

Al sentir su distancia emocional, Yvette se apartó.

—Lo siento —volvió a decir.

Él se mordió el labio, sacudió la cabeza y metió una marcha. Tras echar un rápido vistazo a la carretera, se apartó de la acera.

—Solo para que lo sepas, yo no había hecho nada.

Yvette no tenía la menor idea de a qué se refería, pero asintió.

—De acuerdo.

—Cannon también lo sabía. No me hizo ninguna pregunta. no tenía ninguna duda sobre mí. Me creyó en un cien por cien.

Algo muy propio de Cannon. Era un hombre de fuertes convicciones y era evidente que era un gran conocedor de la naturaleza humana.

—Me alegro de que pudieras contar con él.

—Si no hubiera sido por Cannon... No sé. La cosa se habría puesto bastante fea. Pero Cannon hizo lo que hace siempre. Se involucró. Encontró a las personas adecuadas para que pudieran ayudarme, me defendió cuando otros no lo hicieron —flexionó los hombros e hizo sonar su cuello—. Puedes preguntarle por lo que pasó cuando quieras.

—No necesito hacerlo —comprendía que debía de ser algo muy íntimo, un incidente que todavía le resultaba doloroso—. Confío en Cannon y, si él confía en ti, a mí me basta.

Armie se relajó lo suficiente como para guiñarle el ojo.

—¿Lo ves? Por eso encajas tan bien entre nosotros.

¿De verdad encajaba? Eso esperaba. Cuando estaba con los amigos de Cannon, se sentía mucho más en casa de lo que se había sentido desde que se había mudado a California.

—La cuestión es que es algo que tiene que ver con Cannon y contigo. Pero eso no te obliga a nada conmigo —dijo Yvette.

—Claro que sí.

—No...

—Si Rissy necesitara algo, intentarías ayudarla, ¿verdad?

—Por supuesto —contestó ella sin pensarlo siquiera.

Armie curvó los labios con una sonrisa de satisfacción.

—Porque es la hermana pequeña de Cannon y tú aprecias a Cannon.

Que el cielo la ayudara, pero la verdad era que amaba a Cannon. Siempre le había querido y, probablemente, siempre le querría. Haría cualquier cosa él.

Tras despejar el nudo que tenía en la garganta, que parecía del tamaño de un melón, graznó:

—Sí.

—Ahí lo tienes. Acepta nuestra ayuda cuando te la ofrezcamos. De lo contrario, nos sentiríamos ofendidos. Y, en serio, podemos llegar a ser insoportables cuando nos ofenden.

Hablaba de «nosotros», siempre en plural, como si los luchadores que utilizaban el gimnasio pensaran todos de la misma manera. Y quizá lo hicieran, sobre todo en lo relativo a ciertos temas como Cannon. No sabía qué decir y se limitó a contestar:

—Te lo agradezco mucho.

—Y es mucho más divertido, ¿no te parece? Todos disfrutamos haciendo cosas con los demás. Y así no hace falta tanto esfuerzo a la hora de colgar una puerta o de mover unas cuantas cajas.

—Sí, yo también me he divertido.

—Genial.

Giró para dirigirse hacia casa de Yvette. Vieron entonces que habían colocado ya la puerta y que tenía un aspecto magnífico. Mejor que la antigua. Y, probablemente, también fuera más segura.

—Escoria.

Yvette estaba concentrada observando a Cannon mientras este llevaba las herramientas al garaje, pero, al oír aquel gruñido, miró a Armie.

—¿Qué?

—El cobarde que te hizo la pintada en la puerta. Odio a la gente que actúa a escondidas.

Ella también lo odiaba.

—Me molesta que mis problemas se estén desbordando y estén afectando a Cannon. Si pudiera, le mantendría completamente al margen.

Armie soltó un bufido burlón.

—Si quieres que te dé un consejo de amigo, no le digas eso a Cannon. A ningún hombre con ganas de comprometerse le gustaría oír algo así y Cannon se compromete mucho más que la mayoría.

Consciente de que era muy posible que tuviera razón, Yvette dijo en voz más baja:

—Me refería a que no quiero que le afecten mis problemas —y, antes de que pudiera hacerla sentirse peor todavía, le explicó—: Quería que en esta ocasión me viera de forma diferente.

Al oírla, Armie soltó una carcajada.

Ella le miró con los ojos entrecerrados, sintiéndose ofendida.

—¿Por qué te parece tan gracioso?

—¿Cómo demonios querías que te viera? El pobre tipo está del revés —arqueó una ceja—. Está loco de deseo.

—Armie —le advirtió.

Pero él ya estaba continuando:

—Pero también le gustas en otros sentidos. Si no fuera así, no te habría llevado al gimnasio. Y es evidente que se lo pasa muy bien contigo. Nunca le había visto tan cariñoso y tan sonriente —sacudió la cabeza y preguntó—: ¿Y pretendías que no te hiciera caso?

—Por supuesto que no. Quería que se sintiera... no sé... impresionado.

¿Pero no la convertía eso en una mujer superficial?

—En ese caso, yo diría que te está viendo exactamente como tiene que verte —poniéndose más serio, le dijo—: Pero entiendo lo que quieres decir. Querías demostrarle que te habías liberado del pasado.

¡Exacto!

—Sí, eso era lo que quería decir.

—Pero nadie puede liberarse del pasado. Ni yo, ni Cannon —la miró—. Ni tú. Algunas cosas se clavan en nosotros, se hundan bajo la piel y, aunque podemos llegar a acostumbrarnos, no podemos deshacernos de ellas. Forman parte de todo lo que hacemos, de todas las decisiones que tomamos.

¿Jugaría algún papel el pasado de Armie en su forma de comportarse con las mujeres? Probablemente. Yvette se frotó una mancha de suciedad de los vaqueros.

—La cuestión es que Cannon se vio envuelto en todos mis problemas antes de que yo me fuera. Después, cuando regresé, me enteré de que, en cierto modo, mi abuelo le había obligado a cargar conmigo. Ya estaba empezando a asumirlo cuando, de pronto, aparece Heath, causando más problemas.

La mancha no desapareció, como tampoco iban a desaparecer sus problemas.

—Lo que yo te sugiero es que te dejes llevar.

Yvette renunció a limpiar su desastrado pantalón y fijó la mirada en Armie.

—¿Que me deje llevar?

—Deja de luchar contra el destino. Deja de luchar contra Cannon.

—¡No estoy luchando contra él!

—Tonterías. Yo lo veo y puedo garantizarte que él también.

Aparcó en el camino de la entrada y Cannon salió a recibirles.

—Ahora estás aquí —continuó Armie—. Y a mí me parece que vas a quedarte. Así que lánzate de lleno. No se consigue nada yendo de puntillas.

Yvette no tuvo tiempo de asimilar lo que acababa de decirle antes de que Cannon abriera la puerta, tirara de ella y la recibiera con un beso en los labios.

—Una buena manera de hacerme sentir como el tercero en discordia —se quejó Armie.

Cannon continuó agarrándola por la cintura.

—Todo el mundo sabe que te encantan los tríos.

—No cuando soy un mero espectador —Armie sonrió al ver a Yvette sonrojarse y añadió—: Ya hemos metido todo y hemos dejado el local bien cerrado antes de marcharnos.

—Genial. Esta noche pago yo las copas.

Al ver que los dos se echaban a reír, Yvette preguntó:

—¿Dónde está la broma?

—En que ninguno de nosotros beberá alcohol —le robó otro beso, le tomó la mano y comenzó a caminar hacia el garaje—. Tengo que enseñarte lo que he encontrado —miró hacia atrás—. Ven, Armie. Seguro que a ti también te interesa verlo.

En medio del suelo del garaje había caja fuerte de tamaño mediano. Yvette alzó la mirada y vio que faltaba un panel en el techo.

—¿Estaba allí?

—Sí. Encima de unos tablones colocados entre las vigas. Esa maldita cosa pesa por lo menos cincuenta kilos. Hemos tardado una eternidad en bajarla.

—¿Hemos? —preguntó Armie mientras rodeaba la caja.

—Me ha ayudado Denver. Apenas cabía a través de la apertura, así que ha sido bastante complicado.

—Un paso en falso y tanto tú como la caja habríais terminado atravesando el techo.

Yvette se arrodilló para mirar de cerca la cerradura.

—¿Por qué la habrá guardado allí el abuelo?

—No tengo ni idea —contestó Cannon—. Pero tiene un cierre doble, así que vamos a necesitar tanto la llave como la contraseña para abrirla —se agachó a su lado—. ¿Te habías encontrado alguna vez con algo parecido?

—No, hasta ahora no. Pero puedo echarle un vistazo.

—Hasta entonces, creo que voy a guardarla dentro, por si acaso contiene algo de valor. Lo dudo, teniendo en cuenta dónde la había dejado, pero nunca se sabe —Cannon se encogió de hombros—. También puede haber cualquier cosa ahí dentro, si es tan importante como para que no quisiera dejarla en un lugar más visible.

—Un misterio —Armie se frotó las manos—. Ahora sí que me interesa.

—¿Dónde quieres que la deje? —preguntó Cannon.

—En nuestro… —Yvette miró a Armie y se corrigió—. En mi dormitorio, supongo.

Aunque Armie no dijo nada ante aquel desliz, tuvo que apretar los labios para disimular una sonrisa.

—Supongo que debería marcharme. Os veré en el Rowdy's.

Cuando se marchó, Cannon levantó la caja para guardarla en el interior e Yvette le sostuvo la puerta. Cannon la metió en el armario de Yvette para mantenerla a salvo.

Yvette volvió a revisar las diferentes llaves y documentos que les había entregado Whitaker, pero no encontró nada relacionado con la caja fuerte. Miró el reloj y comprendió que tenía que darse prisa si quería arreglarse.

Aquella noche, cuando regresaran del Rowdy's, intentaría buscar la manera de abrir la caja.

Observó a Cannon mientras este se quitaba la camiseta para dirigirse a la ducha y decidió que la caja fuerte podría esperar. En cuanto llegaran a casa, le haría saber que ya estaba preparada. Más que preparada, incluso.

Ya había esperado suficiente.

CAPÍTULO 18

El bar estaba lleno hasta la locura. Hasta la última mesa y el último taburete de la barra estaban ocupados y ya solo quedaba sitio para quedarse de pie. Denver, Armie, Stack y algunos otros se habían sentado en las mesas de la parte de atrás, dejando las de delante para las admiradoras de Cannon. Por suerte, le habían reservado a Yvette un asiento.

Después de acompañarla hasta la mesa, Cannon le enmarcó el rostro entre las manos.

—Es posible que esté ocupado durante unas cuantas horas, pero volveré a ver cómo estás de vez en cuando.

¿Para qué? Si Heath andaba todavía por la zona, no iba a molestarla en un lugar tan abarrotado y lleno de espectadores.

—Estaré bien —le prometió ella—. Ve a divertirte.

Los clientes comenzaron a gritar su nombre, para disgusto de Cannon. Acarició los labios de Yvette con las yemas de los dedos y se inclinó para darle un beso con el que quiso dejar claro que estaban juntos. Después, se volvió y se dirigió hacia la parte delantera del bar.

Durante todo el trayecto, sus admiradores le saludaron chocando con él los puños y las palmas de las manos o con alguna palmada ocasional en el hombro.

Sus admiradoras fueron más atrevidas, deslizaban la mano por sus hombros o sus brazos cuando pasaba a su lado, le lanzaban besos y hacían cuanto podían para reclamar su atención.

Completamente en su elemento, Cannon les correspondía y posaba para las fotografías.

Rowdy y su esposa, Avery, permanecían ocupados llenando copas detrás de la barra mientras Ella y otras dos camareras se desplazaban entre la multitud con las bandejas.

Cuando Cannon llegó hasta la barra, Rowdy se detuvo para sacar una camiseta con el logotipo del bar y, acompañado por los aullidos y los vítores de las mujeres, se la tendió a Cannon.

Yvette apenas podía verle, pero, cuando oyó un nuevo rugido, se puso de puntillas para mirar.

Y vio a Cannon vestido únicamente con los vaqueros.

El corazón le dio un vuelco, sobre todo cuando vio a Mary brindando delante de él con una cerveza.

Cannon se puso la camiseta negra que hacía las veces de uniforme del bar y los vítores se convirtieron en protestas. Sonriendo, Cannon movió el dedo índice en gesto de burlona amenaza.

Armie se inclinó hacia Yvette y le susurró al oído:

—Será mejor que vayas acostumbrándote. En la presentación de los combates es todavía peor. Y en las fiestas de después, ni te lo imagines. Las mujeres no le dejan en paz.

Yvette le dio un codazo, que solo le provocó una sonrisa.

La noche transcurrió de forma agradable. Las mujeres que no coqueteaban con Cannon lo hacían con Armie, Denver o Stack.

Armie se mostraba inmune a sus intentos, lo que le indicó a Yvette que aquella noche él era su perro guardián.

—Esta noche te han aguado la fiesta, ¿eh?

—Qué va. De todas formas, necesitaba un descanso.

Yvette soltó una carcajada.

En aquel momento, apareció Cannon con una copa de vino para ella, sendas cervezas para Denver y Stack y agua con lima para Armie.

Y volvió a besarla.

—¿Te estás divirtiendo?

—Esto es genial —le dijo. Posó la mano en su pecho y la deslizó por el logotipo de la camiseta—. ¿Qué tal lo llevas?

Cannon posó la mano sobre su nuca, acercó los labios a su cuello y ascendió por la mandíbula hasta su oído, donde le susurró:

—Te echo de menos.

Yvette sintió que se sonrojaba. Todo el mundo les estaba mirando.

—Esta noche vas a romper muchos corazones.

Él le mordisqueó el lóbulo de la oreja, la acarició con la lengua y susurró:

—Estoy intentando desanimar a todos esos tipos que te están mirando.

Yvette rio sorprendida y le abrazó.

—No seas tonto.

—Así que soy tonto, ¿eh?

—Eres tú el centro de atención —señaló ella—. Nadie me está prestando atención.

Perplejo, Cannon estudió su rostro con los ojos azules oscurecidos por la tenue luz del local. Las pestañas proyectaban unas sombras exageradas sobre su maravilloso semblante.

—Es increíble.

—¿El qué?

—No te das cuenta —sacudió la cabeza, volvió a acercarse a su oído y susurró—: Me encanta que seas tan modesta. Me parece algo tan sexy como toda tú.

Con el corazón palpitante y los labios entreabiertos, Yvette le observó recorrer el bar.

Se sobresaltó cuando Armie le dio un codazo.

—Un penique por tus pensamientos.

El rostro le ardió. Lo último que haría sería contarle que las palabras de Cannon le estaban debilitando las rodillas, o que el breve roce de su lengua ardiente había provocado un lento fuego en absoluto apropiado en aquella situación.

A los ojos de Armie asomó un brillo travieso.

—He oído de todo, ¿sabes? Y también lo he hecho. No me voy a asustar.

Ella negó con la cabeza en silencio.

—Te ha gustado ¿eh? Maldita sea, muchacha, sabes cómo avivar la curiosidad. Y apuesto lo que sea a que lo que estoy imaginando es mucho más explícito que la verdad.

Cuando Denver se echó a reír, ambos se volvieron y descubrieron a Cherry sentada en su regazo. Aquella posición no le impidió a Cherry seguir tonteando y lanzando bromas subidas de tono al resto de los chicos.

Cherry era una coqueta de primera, pensó Yvette. A lo mejor debería aprender de ella. Y así, en vez de enmudecer cuando Cannon tonteara con ella, podría responder en el mismo tono.

Pasó una hora sin que Cannon volviera a acercarse a ellos. Alternaba el ir sirviendo copas con la firma de autógrafos y el posado con los fans. Hubo un tipo al que no le gustó que su novia estuviera comiéndose a Cannon con la mirada. Ya borracho, y demostrando ser un estúpido, intentó desafiarle, pero Cannon se lo tomó a risa y se agachó para esquivar un puñetazo en pleno rostro.

Rowdy acompañó al borracho y a su pareja, que no dejaba de protestar, hasta la puerta.

Yvette, que no era una gran bebedora, iba ya por su tercer... ¿era ya el tercer vino?, qué más daba. El caso era que estaba bebiendo otro vino cuando advirtió que Armie estaba mirando tras ella con manifiesto interés. Esperando ver a Merissa, siguió el curso de su mirada, y se encontró con Mindi.

En vez de su habitual traje de trabajo, la ayudante del abogado se había puesto un vestido ceñido y sin mangas y unas sandalias de tiras. Llevaba la melena suelta, cayendo en suaves rizos. Sus miradas se encontraron. Yvette quiso desviar la suya, pero, por alguna razón, no pudo.

Después de sonreír y saludarla con un gesto de cabeza, Mindi fijó la mirada en Cannon. Entrecerró los ojos con sensualidad y asomó a las comisuras de sus brillantes labios una sonrisa.

Todos y cada uno de los hombres que estaban en la mesa se fijaron en Mindi, de modo que Yvette no pudo menos que asumir que también Cannon la encontraría atractiva. ¿Y por qué no? A pesar de su dura personalidad, Mindi era una mujer despampanante.

Se arrepintió entonces de haberse puesto una camiseta de la SBC con la imagen de Cannon, unos vaqueros ajustados y unas sandalias bajas. Solo había pensado en apoyar a Cannon, pasar una noche divertida y estar cómoda.

Debería haberse puesto un vestido más sexy, maldita fuera. Pero eso no iba con ella. Y, en cualquier caso, ¿por qué esforzarse tanto? No quería competir con Mindi. ¿Acaso no se había propuesto ser una mujer valiente e independiente? Y eso implicaba ser fiel a sí misma.

Terminó su copa, la dejó en la mesa y se levantó de su asiento.

—Voy a apretujarme por ahí delante un poco.

Con un brazo alrededor de Cherry, Denver alzó su cerveza para brindar por ella.

—¡A por ellos, Yvette!

Yvette le dirigió a Armie una mirada furiosa.

—¿Por qué está bebiendo él si Cannon y tú no bebéis?

Stack ya se había tomado un par de cervezas, como la mayor parte de los luchadores que estaban allí.

Arme también se levantó.

—Cannon rara vez bebe y, desde luego, jamás lo hace cuando está trabajando. Y, como yo tengo una pelea dentro de tres semanas, me toca a mí ser el conductor que deje a todos estos borrachos sanos y salvos en casa.

¡Menuda manera de lanzar un bombazo! Yvette se apoyó en la mesa.

—¿Tú también estás combatiendo? ¿Desde cuándo?

Armie pareció un tanto cohibido.

—Desde... No lo sé. ¿Desde hace un par de meses quizás? Ella le dio un empujón en el hombro.

—¿Y por qué no has dicho nada?

—Acabo de decirlo.

—A Armie no le gusta presumir —contestó Denver.

—Y se lo guarda todo para sí mismo —añadió Stack. Se llevó después un dedo a los labios—: Shh, no digas nada. No quiere que nadie se fije en él.

Yvette se preguntó si aquello tendría algo que ver con su pasado.

—¿Dónde?

—¿Dónde qué?

Yvette se cruzó de brazos y dio unos golpecitos en el suelo con el pie.

—¿Dónde vas a combatir?

—Es un combate local. No tiene ninguna importancia.

Claro que la tenía. Sobre todo después de saber que guardaba tantos secretos.

—Quiero ir a verte.

Armie se encogió de hombros como si no le importara, pero después se frotó el cuello con un gesto de incomodidad.

—De acuerdo, como quieras. Cannon también va a estar allí. Si quieres, puedes ir con él.

—No te estaba pidiendo permiso —suavizó su actitud, le palmeó el pecho y recordó entonces que Mindi estaba intentando acercarse a Cannon—. Después hablaremos.

Armie le tiró de la camiseta para hacerla volver.

Yvette, que estaba menos sobria de lo que debería, cayó contra él.

Armie la sujetó y frunció el ceño.

—¿A qué viene tanta prisa?

Yvette le apartó de un manotazo y le fulminó con la mirada.

Él arqueó entonces una ceja, con aquella expresión interrogante tan suya.

¿Por qué no contárselo? A lo mejor era el vino el que la estaba ayudando a abrirse, pero Armie le caía bien, se sentía cómoda teniéndole como amigo. Y él podía proporcionarle mucha información sobre Cannon.

—¿Ves esa rubia a la que no le quitas ojo?
—¿La pechugona que está exhibiéndose?

Sí, se estaba exhibiendo, maldita fuera.

—¿Estabas mirando a alguna otra?
—A casi todas ellas, cariño.

Aquella respuesta la desconcertó, pero solo durante un segundo.

—Trabaja para el abogado que llevó todos los asuntos de mi abuelo y es evidente que anda detrás de Cannon.

Entornando los ojos de forma exagerada, Armie la agarró del brazo y comenzó a avanzar con ella hacia la barra.

—¿Estás borracha?
—Un poquito achispada —se inclinó hacia él y le advirtió en tono confidencial—: Yo nunca bebo.
—¿No? ¿En serio?

¿Pretendería ser una pregunta ingeniosa?

—Vanity dice que no aguanto el alcohol. Es mi amiga.

Armie se echó a reír.

—Muy bien.
—Pero el vino no tiene nada que ver con eso.
—Sí, claro que tiene que ver, y deberías saber que no tienes que preocuparte por...

Yvette se paró en seco.

—¡También ha venido Mary!
—¿Quién?
—Sigue avanzando, ¿quieres? Mary es la mujer con la que Cannon iba a acostarse, hasta que, de pronto, aparecí yo y le arruiné el plan —algo de lo que en aquel momento se alegraba—. Estoy segura de que... quiere recuperar el contacto.

Armie resopló y sonrió.

—Siento tener que decírtelo, pero Mary y Mindi van a tener que esperar a la cola.

Se detuvieron delante de la multitud e Yvette descubrió a Cannon rodeado por un montón de mujeres que se abrazaban a él para hacerse una fotografía.

Había más mujeres esperando, tal y como Armie había dicho, en una larga y desorganizada cola.

Eran muchas mujeres.

Yvette se hundió.

—Él no es un hombre infiel —le aseguró Armie al oído para que solo ella pudiera oírlo.

Yvette lo sabía, pero tampoco quería que se sintiera tentado, o que se arrepintiera de haber decidido ir a vivir con ella.

Ser testigo de la facilidad y la comodidad con la que Cannon se relacionaba con otras mujeres le provocó un nudo en el estómago. Todas ellas eran mujeres normales, sin complicaciones, le deseaban y él podía estar con ellas. Cualquiera de ellas disfrutaría de su atención y del placer que podía llegar a recibir.

Se acercó alguien a su lado, pero no le prestó atención. El bar estaba tan abarrotado que apenas se respetaba el espacio personal.

Hasta que la golpeó una ráfaga de un caro perfume y deseó gemir. Giró la cabeza y se encontró con la condescendiente sonrisa de Mindi.

—Hola, Yvette.

Armie la miró también y desvió la mirada. A lo mejor, pensó Yvette, podían evitarla y ella se limitaba a alejarse.

Pero el plan se frustró en el instante en el que Merissa la saludó con la mano desde el otro extremo de la habitación. Yvette le devolvió el saludo, pero Armie, tras soltar un gemido ahogado, se colocó a su lado y recorrió a Mindi con la mirada, de la cabeza a los pies y ascendiendo de nuevo hasta su escote.

—Mindi, ¿verdad? —pareció preguntar a sus senos.

Mindi asintió con una sonrisa lenta que rezumaba placer.

—Exacto —y le dijo a Yvette—: Veo que has cambiado.

Yvette arqueó las cejas sin comprender.

—Me sorprende —respondió Mindi, dirigiéndole a Armie su propio escrutinio—. Son muy diferentes.

—¡Ah! —¿de verdad pensaba que dejaría a Cannon por Armie? Era absurdo—. No, yo no estoy... Es solo...

—Somos amigos —aclaró Armie, arrastrando las palabras—. Solo amigos.

Al percibir su tono suave y seductor, Yvette giró lentamente para mirarle. Y le pilló justo antes de que se transformara en un hombre dispuesto a pasar a la acción.

Fascinada, permaneció a su lado, con los ojos abiertos como platos. ¿Aquel cambio se debía a que Mindi de verdad le excitaba o lo hacía porque Merissa le estaba mirando? Desvió la mirada y vio el dolor que reflejaba el rostro de Merissa.

—Entiendo lo que quieres decir —musitó Armie—, y estoy de acuerdo.

Aquel tono seductor volvió a capturar la atención de Armie. Mindi se atusó el pelo.

—Dime que has venido sola.

A Yvette le entraron ganas de vomitar. Y la verdad era que podría haberlo hecho al ver cómo le sonreía Armie y cómo le frotaba el hombro.

—Estoy sola, sí —el interés aceleraba la respiración de Mindi.

De alguna manera, Armie consiguió colocarse entre ellas dos sin hacer ningún movimiento perceptible.

—Pero no te vas a ir sola.

—¿Ah, no?

—No, vas a venir a casa conmigo —respondió Armie en tono firme y confiado.

—¡Ah! —Mindi se inclinó hacia él con la mano en el pecho, pero se detuvo de pronto—. Pero he venido a ver a Cannon.

—Puedes mirarle todo lo que quieras, cariño, no me importa. Pero no te voy a dejar hacer nada más.

Le acarició la clavícula y tanto Mindi como Yvette contuvieron la respiración. Pero él se limitó a ascender hasta su hombro, fingiendo que quería retirarle la melena.

¡Dios del cielo! Aquello era peor que ver una película porno; era algo mucho más cercano, mucho más personal. Yvette necesitaba alejarse de allí si no quería terminar viendo más de lo que le apetecía.

—¿Qué dices? —le preguntó Armie.

Mindi desvió la mirada de Armie a Yvette para volver a mirarle otra vez.

—Me has convencido.

—¿Tenías alguna duda?

Qué arrogante. Yvette sacudió la cabeza. Iba a hacer falta una mujer muy fuerte para encarrilar a Armie... Buscó a Merissa con la mirada y la encontró sentada en la mesa de atrás, junto a los otros luchadores, evitando mirar a Armie.

—Está todo tan lleno —ronroneó Mindi—. ¿Te importaría ir a buscarme una copa de vino? Después podemos intentar conocernos mejor.

—Lleguemos antes a un acuerdo.

Armie bajó la mirada y tomó sus labios sin tocar ninguna otra parte de su cuerpo. Mindi cayó rendida. Se inclinó contra él, se aferró a sus hombros, se puso de puntillas y...

Armie la apartó con una sonrisa.

—No te muevas.

Mientras se alejaba hacia la barra, Yvette intentó chocar la mano con él.

Armie soltó una carcajada, le apretó la mano y se alejó a grandes zancadas.

Bueno, tanto si quería celebrarlo con ella como si no, apreciaba que hubiera cambiado el objetivo de Mindi.

Un objetivo que no era Cannon.

Mindi parecía estar intentando recomponerse, momento que Yvette aprovechó para escapar.

Hasta que Mindi la detuvo diciéndole:

—Quiero hablar contigo sobre Cannon —fue empujando a Yvette hasta una esquina más tranquila—. En concreto, sobre tu relación con él.

—No entiendo por qué.

Tuvieron que esquivar la cola que se había montado por Cannon. En aquel momento, este estaba sirviendo copas a las mujeres que le llamaban sacudiendo sus billetes en el aire.

Cannon miró a Yvette y frunció el ceño.

Yvette consiguió esbozar la más radiante de sus sonrisas, le saludó con la mano e hizo cuanto le fue posible para hacerle saber que todo iba bien. Lo último que quería era aguarle la diversión.

—¿Entonces todavía estás con él?

Yvette se apartó de Mindi y se apoyó contra la pared. No porque necesitara aquel apoyo, aunque la verdad era que estaba un poco mareada.

Mindi la miró con compasión.

—Oh, cariño, ¿cuánto tiempo crees que duraréis?

—Te repito que eso no es asunto tuyo.

—Solo lo digo porque odiaría verte sufrir otra vez —le acarició el brazo, como si quisiera mostrarle su compasión.

A Yvette se le erizó la piel.

—Pobrecita, has sufrido tanto.

La corriente helada que recorrió la columna vertebral de Yvette la ayudó a despejar la cabeza.

—Todo el mundo pierde a algún miembro de su familia antes o después.

—Sí, pero no es a eso a lo que me refiero —Mindi se apartó por fin, juntó las manos delante de ella y continuó mirándola con expresión compasiva, como si lo único que pretendiera fuera protegerla—. Cannon me lo contó todo.

El dolor estalló en el diafragma de Yvette como si acabara de golpearla un puño gigante. El orgullo la ayudó a mantener la voz fría.

—¿Todo?

Mindi asintió, miró a su alrededor y se acercó a ella.

—Es un gran tipo, todo el mundo lo sabe. Pero… —se mordió el labio y pareció vacilar, algo extraño en ella— sigue siendo un hombre.

Pensar que Cannon podía haber revelado sus secretos a Mindi la hundió, pero no pensaba demostrarlo, y mucho menos delante de ella. Con el cuello rígido, la garganta tensa y los ojos ardiendo, preguntó:

—¿Qué quieres decir exactamente?

—Tengo entendido que ya hubo algo entre vosotros antes de que te fueras.

En absoluto, Cannon la había esquivado siempre que había podido. Al menos, hasta que habían estado a punto de matarla.

—Te salvó, lo sé —Mindi hablaba en un todo suave y amable—. Me contó que, como eras muy joven, después de aquello le idolatrabas.

Cada una de aquellas palabras la hería más que la anterior. Había estado enamorada de Cannon mucho antes que eso. Pero sí, al salvarla, le había robado para siempre el corazón.

—A los hombres les gusta sentir que lo son —le explicó Mindi—. Y a los hombres como Cannon más todavía. Ahora que has vuelto, se siente atraído por todo ese glamour del culto al héroe.

A Yvette le entraron ganas de vomitar.

O, por lo menos, de salir de aquel bar atestado de gente para poder enfrentarse a solas a su dolor.

Sin necesidad de que Yvette la alentara, Mindi continuó hablando.

—Tenemos que ser realistas, querida. Tú sabes que Cannon tiene una vida a la que regresar. Una carrera importante y muy exigente.

Eso era cierto.

—Ahora vive en Harmony, Kentucky.

—Lo sé —al igual que sabía que, con el tiempo, tendría que volver a Harmony.

—Si lo sabes, ¿por qué estás intentando empezar una vida aquí? Una vida en la que está Cannon incluido. Lo único que vas a conseguir va a ser terminar con el corazón destrozado.

Incapaz de evitarlo, Yvette buscó a Cannon con la mirada.

Estaba sentado en uno de los taburetes de la barra, riendo junto a dos hombres y rodeado de admiradoras, todas ellas mirándolo con adoración.

Si supiera lo que Mindi le estaba diciendo correría a su rescate, una vez más.

Tal y como Mindi acababa de exponer, continuaba considerándola una joven inmadura, incapaz de cuidar de sí misma.

—Sé que empezamos mal —continuó Mindi—. Sobre todo porque las dos le deseamos. La diferencia es que yo soy una mujer realista y tú no.

Tenía que marcharse. Tenía que salir de allí. De inmediato.

Cannon la había llevado hasta el bar, pero no quería molestarle. Y menos por algo así.

Quizá porque le estaba observando, Cannon alzó los ojos y sus miradas se fundieron. Aunque Cannon continuó sonriendo al hombre con el que estaba hablando, Yvette sintió su escrutinio. Curvó sus tensos labios en una sonrisa y consiguió asentir con la cabeza.

Por desgracia, aquello solo sirvió para despertar su atención. Cannon se apartó de la multitud, pero Mary le bloqueó entonces a Yvette a visión.

Aquello ya fue demasiado. La ansiedad hizo arder su mirada y trepidar su corazón.

—Me conmueve tu preocupación, Mindi, de verdad, pero sé cuidar de mí misma.

—No fue eso lo que Cannon me dijo.

Yvette tomó aire, derrotada por aquella traición.

—Está convencido de que le necesitas. ¿Por qué crees que se ha ido a vivir contigo?

—Mi vida es cosa mía. Haz el favor de dejarme en paz.

Mary continuaba reteniendo la atención de Cannon.

Y Armie les estaba presionando.

—Adiós, Mindi.

—¿Te vas? —preguntó Mindi, sin disimular apenas su tono triunfal.

Yvette no contestó.

—Vete, cariño —Mindi se ajustó el escote del vestido—, yo se lo diré a Cannon.

Yvette no tenía nada que añadir a eso, así que se volvió y comenzó a abrirse paso entre la multitud. Oyó que Denver la llamaba. Vio que Stack la estaba mirando.

Todos estaban preocupados por ella y, ¡maldita fuera!, era lo último que quería.

Salió, respiró el sereno aire de la noche e intentó recomponerse.

No debía marcharse. Si lo hacía, le arruinaría la diversión a Cannon. Sería una cobarde, cuando se había prometido no volver a serlo nunca más.

Había más gente fuera del bar, algunos bebiendo, la mayoría charlando y unos cuantos fumando. El tráfico pasaba ante ellos, los faros de los coches iluminaban los edificios de los alrededores. En la otra acera, un grupo de jóvenes reía a carcajadas.

Por encima de su cabeza, la luna creciente y un millón de estrellas reposaban sobre el negro manto del cielo nocturno.

Yvette apartó la mirada de dos hombres que la estaban observando. Se acercó a la pared más cercana a la puerta, se apoyó contra ella y posó las palmas de las manos en el áspero cemento. Cinco minutos, era lo único que necesitaba. Cinco minutos para aclarar sus pensamientos y recuperar el equilibrio.

Después volvería entrar y le demostraría a todo el mundo… ¿qué? ¿Qué no le había herido, que no le había afectado la traición de Cannon?

Sí. Se mostraría simpática y educada, se reiría y se divertiría. O, al menos, fingiría estar divirtiéndose.

Decidió que ya se sentía mejor. Que podía enfrentarse a todo ello y lo haría.

Armie abrió en aquel momento la puerta, buscándola.

—¿Buscas a alguien? —preguntó Yvette tras él.

Armie se volvió bruscamente, la recorrió con la mirada y disimuló su enfado.

—Hola, Yvette.

—Hola, Armie —contestó ella con una sincera sonrisa.

—¿Qué estás haciendo aquí? —preguntó Armie, escrutando la zona con la mirada.

—Necesitaba alejarme un poco de tu cita. Y supongo que tú has salido a toda velocidad dispuesto a salvarme de mí misma.

—Sí —se frotó la nuca con un gesto evidente de incomodidad—. Pensaba que estabas huyendo.

—No —no pensaba volver a escapar—. Solo necesitaba tomar aire.

—¿Tan aburrida es Mindi?

—No puedes hacerte una idea.

—Bueno, en realidad, tampoco pensaba hablar mucho con ella.

Ella le miró sacudiendo la cabeza.

—Te prometo que volveré pronto.

Armie la miró con recelo.

—¿Cuándo es pronto?

Yvette ensanchó su sonrisa, convirtiéndola al final en una carcajada. Armie era tan divertido.

Y Cannon... Cannon era el amor de su vida.

No escaparía. No volvería a huir de él.

Nunca más.

Aunque tuviera problemas que solucionar. Al fin y al cabo, había estado enfrentándose a problemas durante la mayor parte de su vida. Como poco, serían amigos. Y tenía la esperanza de que pudieran llegar a ser también amantes.

—Había pensado estar unos cinco minutos. Quizá dos o tres más. Armie abrió la boca, pero ella le interrumpió—. Sola, por favor.

Pero él no quería dejarla allí.

—Estoy bien, te lo prometo. Por favor, dile a Cannon que no abandone a sus fans —posó la mano en su muñeca—. No quiero causarle ningún problema en su trabajo.

—De acuerdo —pero, antes de irse, le advirtió—: Si dejas

que lo que te diga una estúpida como Mindi te afecte, voy a sufrir una gran decepción contigo.

El bueno de Armie.

Y Cannon, siempre tan maravilloso.

Ohio. Su hogar.

Eran muchos los pensamientos, las preocupaciones y las emociones que abarrotaban su mente. Pero lo que prevalecía por encima de todo era el amor. Por Cannon.

Cuando vio salir a Mary del bar, dejó escapar un largo suspiro. A lo mejor no necesitaba esos tres minutos. Lo que de verdad necesitaba era estar con Cannon.

Se apartó de la pared y la luz de la farola proyectó una larga sombra en su camino.

Alzó la mirada con un miedo azuzado por un mal presentimiento.

Y, como si se alegrara realmente de verla, como si de verdad fueran unos buenos amigos que acabaran de encontrarse, como si no fuera un depredador que acababa de localizar a su presa, Heath sonrió.

—Yvette.

Así que no se había ido. El miedo intentó abrirse paso, pero estaban en un lugar público. Había gente a su alrededor. Edificios iluminados. Tráfico.

Recordando lo que Margaret le había dicho, Yvette sacudió la cabeza.

—No deberías estar aquí .

—Pero estoy.

Se acercó a ella, arrinconándola contra la pared de ladrillo.

Asustada por su actitud, intentó empujarle para abrirse paso por delante de él.

—¿Pensabas que iba a irme sin hablar antes contigo?

—¡Ya has dejado el hotel!

Heath escrutó su rostro.

—¿Cómo lo sabes? —la desesperación oscurecía sus facciones, pero la esperanza suavizó su voz—. ¿Has ido a buscarme?

—¡Dios mío, no! Envié a una policía a hablar contigo, a decirte que me dejaras en paz.

Un relámpago de furia transformó la expresión de Heath. Con el rostro fruncido, se acercó tanto a ella que Yvette podía sentir su aliento en el rostro.

—¿Crees que soy imbécil? ¿Eso es lo que crees?

Su voz era un sordo susurro, imperceptible para las personas que estaban cerca de ellos.

—Lo que creo es que deberías dejarme en paz.

Volvió a intentar alejarse, pero él la agarró del brazo con el mismo gesto inquebrantable y la misma fuerza con la que la había agarrado en el gimnasio.

—¡Ya basta!

—Estuve pensando en los motivos que podía tener tu nuevo novio para preguntarme dónde me alojaba. Sabía lo que quería ese canalla.

Yvette forcejeó, intentando alejarse de la amenaza que representaba su tono de voz y aquel cuerpo enorme.

—Lo que quiere es que me dejes en paz, igual que yo.

Heath entrecerró los ojos, como si acabara de comprender algo.

—Estás borracha.

—No.

En aquel momento sentía que tenía la cabeza completamente despejada. Y estaba preocupada. ¿Cómo salir de aquella situación sin soltar un grito?

Heath la apretó con más fuerza.

—¿Ese tipo te ha emborrachado?

—No seas idiota.

Ya tenía bastante con lo que había pasado en el gimnasio como para que se repitiera la escena mientras Cannon estaba atendiendo a sus admiradores.

—Te huele el aliento a alcohol.

—Aléjate de mí y así no lo olerás.

Le empujó con fuerza, pero, sin esforzarse apenas, él la presionó contra su cuerpo, apretándola con tanta fuerza que apenas podía respirar.

—No —graznó, fue la única protesta de la que fue capaz.

Nadie intervino. Nadie dijo una sola palabra.

Cuando Heath la sujetó con renovadas fuerzas, la oscuridad cercó su visión. Intentó combatirla al tiempo que luchaba contra él.

Heath intentó calmarla, acariciándole el pelo y susurrando:

—No pasa nada, cariño, relájate.

Yvette apenas tocaba el suelo con las puntas de los pies, tal era la fuerza con la que él la sujetaba.

Para cualquiera que les mirara, probablemente Heath solo fuera un hombre preocupado ayudando a su novia borracha a volver a casa.

—Tenemos que hablar —miró por encima del hombro mientras continuaba arrastrándola—, y será mejor que lo hagamos en privado.

CAPÍTULO 19

Después de abrirse paso bruscamente hasta él, Mary le agarró del brazo.

—¿Cannon?

No, otra vez no.

Acababa de deshacerse de ella de la forma más educada posible, pero no habían pasado ni dos minutos y ya estaba allí otra vez.

Cannon ya le había dicho que no iba a haber nada entre ellos y no le apetecía tener que recordárselo tan pronto.

La esquivó con facilidad gracias a la atención que seguían reclamándole los demás y le dio la espalda.

Pero ella se aferró a su cintura y tiró de él. Cannon la miró estupefacto, pero ella se disculpó.

—Lo siento —le dijo a la joven pareja a la que Cannon estaba a punto de atender—. No te interrumpiría si no fuera por algo importante. O, por lo menos, a mí me parece que lo es.

Hubo algo en su tono de voz que le hizo detenerse y le llevó de manera automática a escrutar el bar con la mirada, buscando a Yvette.

No la vio. Armie le había asegurado que solo había salido a tomar aire y que volvería pronto.

¿Pero dónde estaba?

Mary volvió a tirar de él y, cuando se inclinó hacia ella, le susurró:

—Solo quiero ayudar, te lo prometo.

¿Ayudar a qué? Dejó la bandeja sobre la barra.

—Voy a tomarme un descanso —le dijo a Rowdy.

—Claro —desvió su atención hacia Mary, pero no hizo ningún comentario—. De todas formas, hace tiempo que deberías haberlo hecho.

—Gracias —le prometió que volvería, se excusó con sus admiradores y, buscando un poco de intimidad, apartó a Mary—. Muy bien, cuéntame lo que pasa.

—Tú… supongo que es tu novia, ¿no?

—¿Yvette?

Mary dejó escapar un suspiro de desilusión, como si acabara de confirmarle algo.

Cannon debería haber comentado algo al respecto, pero ella continuó con determinación.

—La he visto fuera.

Sí, Cannon ya lo sabía.

—Quería tomar un poco de aire fresco.

La impaciencia, y algo más, un sentimiento inquietante, bullía en su interior.

—Creo… creo que te necesitaba.

¿Le necesitaba porque estaba triste por algo? ¿O sería algo más?

Deseando verlo por sí mismo, asintió con la cabeza.

—Gracias —comenzó a alejarse, pero Mary volvió a retenerle.

—Escúchame un momento, ¿quieres? —consciente de la cantidad de personas que les rodeaban, bajó la voz—. Cuando he salido fuera, estaba sola. Pero, de pronto, ha aparecido un hombre a su lado. No conozco bien a Yvette, pero sé reconocer a un hombre agresivo. Y este lo era —Mary se encogió de hombros—. Y estoy segura de que a ella no le estaba gustando.

¿Heath? No, imposible. Allí no, en un lugar público. Seguramente era algún idiota que estaba intentando ligar con Yvette. Pero, maldita fuera...

Cannon le dio un beso en la mejilla.

—Gracias. Te lo agradezco, de verdad.

La aprensión palpitaba en sus sienes. Cruzó el bar a grandes zancadas, abriéndose camino entre los clientes de forma precipitada, sin tiempo para saludos e ignorando preguntas.

Sabía que Mary le estaba siguiendo. A lo mejor también alguien más.

Maldita fuera. Yvette odiaba montar una escena. Si salía de allí con tanta prisa, la mitad del bar saldría con él.

Probablemente estaba exagerando. No podía imaginar a un solo hombre que la viera y no intentara ligar con ella. Y eso no significaba que tuviera que salir hecho una fiera

Pero su corazón latía con fuerza y una peligrosa mezcla de furia y miedo iba creciendo en su interior.

Empujó las puertas y escrutó con la mirada a los grupos de gente que deambulaba fuera. No la vio y le entró pánico. Se volvió, explorando con la mirada callejones y rincones oscuros. Al final, miró hacia la acera de enfrente.

Un grupo formado por tres adolescentes le vio y a él le bastó ver su expresión para comprender que algo no andaba bien.

Cruzó corriendo hacia ellos. Sonó el claxon de un coche y un conductor le insultó.

Los chicos no le saludaron como lo hacían normalmente, no sonrieron ante su presencia. Eran jóvenes, pero habían visto suficiente violencia como para reconocerla en sus entrañas.

—¿La habéis visto? —preguntó Cannon, incluso antes de llegar hasta ellos.

—¿Entonces está contigo? —preguntó uno de ellos.

Mierda, mierda, mierda.

—¿Dónde está?

El mayor de los chicos, de unos dieciséis años, giró la cabeza hacia un lado y hacia atrás.

Cannon miró a través de la zona oscura que separaba dos edificios altos del aparcamiento que había tras ellos… y vio a Heath y a Yvette al lado de un coche. El lenguaje corporal de ambos indicaba que estaban enfadados. Heath elevaba la voz, no se distinguía sus palabras, pero era evidente que estaba furioso.

Los chicos se movieron incómodos. Estaban acostumbrados a no buscarse complicaciones, pero la influencia de Cannon les invitaba a hacer todo lo contrario. Libraban una batalla diaria entre la apatía social y el sentido de la justicia que les habían inculcado

—Estábamos intentando decidir si deberíamos ir a buscarte…

Heath abrió la puerta del coche e Yvette protestó. Se volvió para marcharse, pero Heath volvió a agarrarla.

Hasta el último sentimiento inflamable de Cannon se encendió y terminó estallando. Olvidándose de los chicos, salió corriendo mientras la rabia se expandía con el impacto de cada una de sus zancadas. Todo desapareció de su vista, salvo Yvette. Salvo sus ojos desorbitados por el miedo. Y su intento de alejarse de Heath. El sonido de sus sandalias sobre la grava.

—¡Suéltala!

Aquella orden letal debería haber obligado a Heath a detenerse, pero este vaciló. Yvette estuvo a punto de escapar, pero Heath la agarró por la camiseta, rasgándosela a la altura del hombro.

Sin importarle quién pudiera llegar a oírle, Cannon le amenazó.

—Eres hombre muerto.

Al oírlo, Heath empujó a Yvette y salió corriendo hacia Cannon.

Cannon apenas tuvo un segundo para mirar a Yvette, para ver si estaba bien, antes de que Heath se abalanzara contra él.

Cannon le recibió con un puñetazo que le hizo echar la cabeza hacia atrás. Y con otro en el estómago. Cuando se tambaleó hacia atrás, le golpeó en las costillas. El golpe sonó como una explosión y Cannon supo que le había roto un par de costillas.

Con un rugido salvaje, Heath se abalanzó contra él y terminaron los dos en el suelo.

Aquello no supuso ningún problema.

A pesar de la sobrecarga de emoción, Cannon se movía con precisión. Heath creía contar con alguna ventaja al estar encima de él y Cannon permitió que se alzara un poco, esperó para darle un puñetazo y le sujetó el brazo. A tal velocidad que Heath no pudo anticiparlo, le agarró la cabeza y el tronco con las piernas. Una la colocó bajo la barbilla y con la otra cruzó su pecho, inmovilizándole el brazo. Alzó las caderas y le estiró del brazo hasta hacerle sonar el hombro.

Después, volvió a tirar para asegurarse de que había dislocado la articulación.

Heath soltó un rugido brutal. Y, en el segundo en el que Cannon le soltó, intentó hacerse un ovillo.

Pero no lo consiguió.

Cegado todavía por la furia, Cannon volvió a golpearle el rostro con toda una batería de puñetazos, con el puño derecho primero, después con el izquierdo, con el derecho otra vez...

—¡Ya basta!

Armie le bloqueó para apartarle de Heath y ambos cayeron sobre la dura grava. Cuando Cannon intentó apartarle instintivamente, Armie repitió:

—¡Ya basta!

Cannon lo había dicho en serio: quería matar a Heath.

Armie le encerró entre sus brazos y le dijo con un duro susurró:

—Este no es el público para el que quieres actuar.

La nube oscura se desvaneció y la realidad se abrió paso. Reconoció entonces los rostros de los clientes del bar rodeándoles, hablando y tomando fotografías con los móviles.

Respirando con fuerza, Cannon se desasió de Armie sin la menor dificultad.

Le resultó fácil porque Armie no estaba peleando con él. Lo único que pretendía era evitar que matara a aquel imbécil.

—Rowdy ha llamado a Logan —le dijo Armie—. Lo siento.

—No importa.

Con el cuerpo pidiéndole todavía una dosis mayor de violencia, se obligó a levantarse. Los flashes de una docena de cámaras continuaban iluminando la noche.

—Mierda.

—Tranquilízate —le aconsejó Armie.

Lo intentó. Pero lo que sentía en aquel instante, pura sed de sangre, era todo lo opuesto a una pelea reglada, en la que necesitaba tener la cabeza fría para ganar. Y algo muy distinto también a la defensa que había ofrecido a los vecinos que tenían negocios en el barrio para combatir a los matones. Era diferente a todo cuanto había conocido.

Aquello era furia al rojo vivo. La rabia le cegaba, le impulsaba a matar.

Manteniéndole cerca, por si acaso volvía a por Heath, Armie dijo:

—Creo que a Yvette no le vendría mal un poco de ese control que te ha hecho tan famoso.

Él había estado evitando mirar a Yvette, pero solo porque, en aquellas circunstancias, no se reconocía a sí mismo. Había peleado en múltiples combates. Había luchado por la justicia, por sus amigos.

Tres años atrás, había peleado contra aquellos pervertidos que habían intentado violar a Yvette, que, probablemente, la habrían matado. Aquello había sido devastador, tanto para ella como para él.

Pero aquello era algo mucho más personal porque, en aquel entonces, Yvette solo era una jovencita dulce del barrio. Demasiado joven. Intocable.

Y en aquel momento... era suya.

Cannon nunca había luchado por nada tan importante.

En el instante en el que posó en ella la mirada y la vio alejada del coche de Heath, agarrándose el brazo y perdida en muchos sentidos, necesitó acariciarla.

Tenía que acariciarla.

Comenzó a avanzar hacia ella.

Para su sorpresa, Yvette se irguió, cuadró los hombros y fue a su encuentro. Cuando estuvieron cerca, se mordió el labio indecisa.

Cannon tomó la decisión por ella, se acercó y la rodeó con sus brazos, sujetándola, pero teniendo mucho cuidado del brazo dolorido de Yvette.

Le costó un poco, pero preguntó:

—¿Estás bien?

Yvette asintió con rapidez.

—Lo siento mucho.

Cannon la sostuvo contra él durante un instante, absorbiendo su esencia, su suavidad y los firmes latidos de su corazón. Pero, maldita fuera, no había otra mujer como ella para hacerle arder de deseo, para confundirle. Sin intentarlo siquiera, le había dejado hecho pedazos.

Una primera respiración le ayudó. La repitió. Y con la tercera respiración consiguió recuperar la cordura.

—Pero antes —dijo con voz ronca—, ¿cómo tienes el brazo?

—Estoy bien.

Apretó la mandíbula y le dolieron las sienes.

—Déjame ver —intentó agarrarle el brazo, pero ella se resistió.

—Cannon —le dijo en un precipitado y trémulo suspiro—, tengo la camiseta rota —lo decía como si hubiera cometido un pecado.

—Te daré otra. Dios, te daré cincuenta camisetas si hace falta —de acuerdo, todavía no había recuperado del todo la cordura—. Déjame verte el brazo.

Yvette bajó la cabeza e intentó sostener juntas las piezas de aquella enorme camiseta mientras él le revisaba el brazo.

Los moratones ya habían aflorado y el verlos fue como lanzar una cerilla sobre las brasas de su rabia.

—Debería haberle roto la pierna también. O ese maldito cuello.

—No —se le quebraba la respiración, demasiado rápida y superficial—, no deberías haberte metido en esto.

No podía haberle dicho nada peor.

Alejarse de ella parecía la mejor opción, pero no se había separado de ella ni medio metro cuando volvió furioso:

—¡Estoy metido en esto porque estamos juntos!

Con los ojos abiertos como platos y los labios entreabiertos, Yvette comenzó a acariciarle como si fuera un perrillo asustado.

—Lo sé —dijo con suavidad y en tono tranquilizador—, y me alegro.

¿Se alegraba? ¿De verdad había dicho que se alegraba?

—Pero tú no tienes tiempo para... —continuó diciendo ella.

—¿Para qué? ¿Para ti?

No hubo respuesta, solo una enorme y amedrantada inseguridad. Quería serenarse, ser lo que tan obviamente necesitaba Yvette en aquel momento, pero no podía.

—¿Para disfrutar del sexo? —hundió la mano en la melena de Yvette para estrecharla contra él—. ¿Para mantener una relación?

Ella pestañeó con aquellos ojos enormes y perplejos.

—No lo sé.

—Pues yo sí lo sé.

Sintiéndose como un extraño en su propia piel, le echó la cabeza hacia atrás para que alzara el rostro, hasta que abrió sus labios para él.

Entonces tomó su boca. Con fuerza.

Ella no se resistió. Se limitó a soltar una exclamación de sorpresa. Cannon hundió la lengua en su boca, ahogando el sonido de su exclamación.

Saboreándola.

Saboreando el vino que había bebido junto a su miedo.

Su confusión.

Utilizó la mano libre para acercarla a él y giró la cabeza, consumiéndola y deleitándose en sus delicados gimoteos, en su suave gemido de aceptación.

Armie le palmeó la espalda con fuerza, obligándole a volver al presente.

—Creo que deberías poner freno a tu deseo, Santo. Parece que lo has olvidado, pero no tienes una cama cerca.

Dios santo.

Cannon abandonó los labios de Yvette, pero continuó estrechándose contra su pecho. Ella se quejó y se aferró a él, escondiéndose quizá. Sin compasión alguna, Cannon reprimió las partes más sombrías de su rabia.

—Supongo que continuamos teniendo público.

—La mayor parte de las mujeres se han desmayado, pero, sí, todavía hay público.

Oyó a Yvette reír contra su pecho.

Imposible. Le echó la cabeza hacia atrás para intentar verla, pero ella soltó un grito y volvió a estrecharse contra él.

Acababa de pasar un infierno. Se había sentido agredida.

Por Heath y por él.

Le frotó la espalda.

—¿Estás histérica?

Su brusco bufido le sorprendió.

—Solo me siento un poco débil, eso es todo.

Armie rio para sí.

—No te apartes —le dijo cuando volvió a intentar ver su rostro—. Tengo la camiseta rota, ¿recuerdas? Te estoy utilizando como escudo.

Cannon estaba sorprendido por su capacidad para permanecer entera después de todo lo que había pasado. Pero su forma de mantenerse en pie le inquietaba. Seguía aferrada a él, le había devuelto el beso, pero... sentía algo. Cierta distancia. Como si estuviera escondiéndose tras una falsa fachada de fortaleza.

¿Lo haría por las personas que les estaban mirando?

¿O por él?

—Yvette...

No podía haber un momento peor. Y, aun así, necesitaba hacerla desprenderse de aquel falso equilibrio.

Ella le palmeó el pecho.

—Ya hemos causado suficiente revuelo. No quiero escandalizar a las masas.

Y suficiente revuelo también sin necesidad de que él forzara una situación que era preferible dejar para un momento más íntimo.

—Cariño, me estás destrozando.

Yvette se quedó helada al oírlo, de modo que él suspiró e imaginó que tendría que poner los puntos sobre las íes cuando llegaran a casa. Y, pensando en ello... Volvió la cabeza y buscó con la mirada.

—¿Dónde está Heath?

Armie miró hacia el lugar en el que le habían dejado, pero todo un ejército de personas llenaba aquel espacio.

—¡Maldita sea!

Armie avanzó furioso en aquella dirección, justo en el momento en el que una sirena violentaba el silencio de la noche.

El detective Logan Riske apareció entre la muchedumbre acompañado por dos policías uniformados.

Y a partir de aquel momento todo fue de mal en peor.

Yvette se sentía como el Flautista de Hamelin mientras iban de regreso al bar seguidos por los clientes. Armie le había dejado su camiseta para que cubriera con ella la que Heath le había desgarrado, pero todavía estaba hecha un desastre y continuaba siendo el foco de susurros y miradas especulativas y curiosas. Y lo odiaba.

Cannon pidió a los mirones que se apartaran y dejó muy claro que no quería más fotografías.

Le gente se dispersó farfullando sus disculpas.

Incluso durante aquella nueva crisis, el respeto que Cannon recibía la hizo sentirse orgullosa.

Rowdy la condujo a la habitación de descanso y le sacó una silla junto a la larga mesa.

Él se sentó a su lado y Cannon permaneció de pie.

Tanto el detective Riske, que era además cuñado de Rowdy, como el oficial Huffer permanecieron sentados.

Rowdy repartió tazas de café a todo el mundo y después le llevó una bolsa de hielo para el brazo de Yvette.

Cuando Cannon vio que ella ignoraba el café, se lo puso en la mano.

—Bebe un poco.

La idea de tomar algo le revolvía el estómago, pero Cannon parecía tan afectado que lo aceptó, aunque solo fuera para tranquilizarle.

Pero incluso aquel gesto hizo que Cannon apretara los dientes.

La posición de Yvette era tan indefendible que no estaba segura de qué hacer o qué decir. Percibía la forma de mirarla de aquellos hombres. Su preocupación por ella la abochornaba, haciendo arder su rostro y tensando su garganta.

¿Por qué había salido?

Por culpa de Mindi.

Los celos y el dolor le habían hecho perder el juicio.

¿Por qué no había huido de Heath nada más verle?

Por arrogancia. Había llegado a pensar que, habiendo tanta gente a su alrededor, podría mantener la dignidad intacta y marcharse cuando ella quisiera.

Había sido tan, tan estúpida. Y después todo aquel jaleo.

—Un poco más —insistió Cannon, presionando la taza de café azucarado contra su mano.

—Gracias —sintiéndose el centro de todas las miradas, bebió obediente.

El silencio invadió la habitación hasta que Cannon se levantó y se acercó a Logan.

Yvette les oyó cuchichear, pero no sabía qué estaban diciendo.

La habitación comenzó a vaciarse. Antes de salir, Armie le apretó el hombro y se inclinó para darle un beso en la cabeza.

—Si necesitáis cualquier cosa, no dudéis en decírmelo —le pidió Rowdy.

—Gracias.

Cannon reclamó su asiento al lado de Yvette. Se sentó mirando hacia ella, tocándole el muslo con la rodilla y con la mano derecha posada en su hombro.

El oficial Huffer no dijo nada. Se limitó a agarrar su café y a salir en silencio.

Con la mano libre, Cannon sostenía la bolsa de hielo contra los moratones que habían aparecido en las zonas del brazo que Heath había agarrado.

Yvette pensó en ello, en el miedo que había pasado y en lo estúpida que se sentía en aquel momento, y sintió la amenaza de las lágrimas. Tomó aire e intentó combatirlas.

Cannon abrió su mano enorme en su espalda y la acarició con delicadeza.

Ella odiaba todo aquello. Aquella prudente consideración. Sus miradas de preocupación. Sus cuidados. ¿Por qué tenía que seguir siendo la víctima?

—Cuéntame lo que ha pasado —le pidió Logan—. Tómate todo el tiempo que necesites y no te olvides de ningún detalle.

Yvette asintió y procedió a contar todo lo ocurrido, explicando cómo se había acercado Heath y cómo la había arrastrado y no se había detenido hasta llegar al coche.

Su relato fue interrumpido por una pregunta tras otra.

Sí, había intentado marcharse, pero él la había retenido y le había suplicado antes de ponerse furioso.

No, nadie parecía haberse fijado en que la estaba arrastrando.

A lo mejor habían pensado que estaba borracha. O, sencillamente, no habían querido meterse en líos.

Sí, Heath había intentado meterla en el coche. Por eso había terminado con el brazo amoratado y la camiseta rota.

Todo había ocurrido muy rápido.

Les contó también que Armie había salido a ver cómo estaba y que ella le había prometido que no iba a tardar en volver al bar.

No había sabido nada de Mary hasta que Cannon le había contado cómo se había enterado de que había un problema y por qué había salido a buscarla.

La próxima vez que la viera, le daría las gracias, pensó Yvette.

Qué ironía.

Era horrible. No podía continuar siendo tan patética.

Levantó el vaso de café y se lo terminó. No le resultaba fácil, pero se obligó a permanecer sentada, erguida en la silla, y a evitar todo contacto visual.

—¿Queréis saber algo más? —preguntó.

—Sí —Logan apoyó la cadera en la mesa—. ¿Estás bien?

—Sí, estoy bien —y si no lo estaría, porque no pensaba, bajo ningún concepto, ponerse a lloriquear—. Gracias por venir. Siento…

—Nada de eso —dijo Logan en tono amable, pero firme—. Huffer ha ido a interrogar a los testigos. Y ya he emitido un requerimiento.

Cuando Yvette sacudió la cabeza sin comprender, le aclaró:

—Una orden de búsqueda.

—¿Lo encontrarán?

—Eso depende de lo que haga. Tenemos el modelo de su coche y su matrícula, además de una buena descripción. Y Cannon dice que está herido.

—Tiene el hombro dislocado —dijo Cannon sin ninguna inflexión en la voz—, la nariz rota y, con un poco de suerte, también alguna costilla.

Tras emitir un sonido neutral, Logan dio un sorbo a su café.

—¿Entonces va a necesitar cuidados médicos?

—Es posible.

Logan esperó, arqueando una ceja.

—Yo sé cómo colocarme un hombro —le explicó Cannon—. Y también tratar una nariz rota. Las costillas solo necesitan tiempo para curarse. Pero él no soy yo.

Yvette le miró horrorizada. No, Heath ni siquiera se parecía a Cannon. Pero estaba loco.

Logan siguió hablando.

—Muy bien, en ese caso, avisaremos a los principales hospitales de la zona. Aunque, si va directamente a urgencias… —se encogió de hombros—. El problema de una orden de búsqueda es que la policía tiene que dar con él. No tiene residencia en la zona y no sabemos dónde se aloja, de modo que, si mantiene un perfil bajo, será difícil atraparle.

Cannon miró a Yvette con expresión enigmática. Era imposible adivinar lo que estaba pensando. Era una mirada intensa, ¿pero era una mirada de preocupación? ¿De enfado? No era capaz de decirlo.

Logan le pidió que contara de nuevo la historia para asegurarse de que no había olvidado ningún detalle.

Y le resultó más fácil contarlo por segunda vez.

—Tardaremos un par de días en conseguir la orden de detención —arrugó el vaso vacío y lo tiró a la papelera—. ¿Conseguiste una OA en California? Si es así, tenemos que notificarlo.

Yvette volvió a mirarle sin comprender.

—Una orden de alejamiento —le aclaró.

—No me pareció necesario. Heath… —odiaba tener que defenderse—. No era así, no se comportó de forma tan brutal hasta que me marché. Allí me bastaba con ignorarle.

—Pero eso ya no basta —les miró alternativamente a Cannon y a ella—. Procura no quedarte a solas.

Cannon echó la silla hacia atrás.

—No se quedará.

CAPÍTULO 20

Cannon no quería abandonarla ni siquiera un segundo. Pero también se negaba a dejarla sin protección.

Solo habían estado cuarenta y cinco minutos en la sala de descanso, menos de un ahora, pero se le habían antojado más de diez mientras oía su voz quebrada, veía sus manos temblorosas y era testigo de su humillación.

Yvette no entendía que nadie la culpaba. Porque se culpaba a sí misma.

Nadie esperaba que fuera capaz de mantener el tipo, pero lo había hecho.

Siguió a Logan hasta la puerta y volvió a darle las gracias. Era una suerte tener amistad con la policía.

La clientela del bar había disminuido de forma considerable. Aun así, todavía se oía el escándalo de las risas y las conversaciones. La música de la gramola. El tintinear de las botellas de cerveza… Cannon se frotó el puente de la nariz, y rápidamente tomó una decisión.

—Quédate aquí un momento.

Yvette se volvió asustada y preguntó:

—¿Adónde vas?

—No me voy —todavía—. ¿Vas a quedarte aquí?

Parecía tan herida que no pudo menos que preguntárselo.

—Sí.

Cannon asintió y salió de la habitación para ir a buscar a Rowdy. Le encontró en la cocina.

—Necesito que me hagas un favor.

Rowdy asintió mientras se secaba las manos y se acercó él.

—¿Quieres que ponga en funcionamiento las antenas?

Lo que la policía no podía encontrar por canales legales, Rowdy normalmente lo encontraba… por otros medios.

—Sí, quiero. Pero yo también haré mi propio trabajo.

—¿Vigilancia en el barrio?

Cannon asintió.

—¿Puedes quedarte con ella mientras voy a buscar a Armie? Solo necesitaré diez minutos para organizarlo todo.

—Ningún problema —consciente de que no tenían mucho tiempo, Rowdy se puso manos a la obra.

Cannon le detuvo, posando la mano en su brazo.

—Ella es… —siempre reservado, más allá de lo normal—. Esto es…

—Lo sé —Rowdy le apretó el hombro—. Date prisa, ¿quieres? Diga lo que diga, te necesita mucho más que cualquier otra cosa.

Cannon, con aquella rabia virulenta palpitando todavía por sus venas, se preguntó si sería cierto. Por lo que él sabía, Yvette no quería necesitar a nadie. Ni siquiera a él.

Pero pensar en ello en un momento como aquel le impedía pensar en lo que tenía que hacer.

Encontró a Armie exactamente donde esperaba que estuviera; reunido con un grupo de hombres, haciendo planes. Habían salido todos juntos y estaban a suficiente distancia de la policía como para evitar que les oyeran.

Armie le vio, le miró preocupado y dijo con voz queda:

—Ya he puesto el balón a rodar.

—Gracias —debatiéndose entre lo que quería hacer y el lugar en el que le apetecía estar, apretó los puños—. Esta noche no puedo ir a ninguna parte.

—Claro que no —se mostró de acuerdo Stack, con una mirada considerablemente firme para haber estado bebiendo—. Quédate con ella. Nosotros nos acercaremos por las zonas de siempre.

—Y haremos las preguntas de siempre —añadió Denver—. En cuanto nos digan algo, te avisaremos.

—En caso contrario, tendrás noticias mías mañana por la mañana —Armie flexionó sus hombros desnudos—. Si está cerca de aquí, nos enteraremos.

—Quiero otro par de ojos vigilándola.

Cannon sabía de su considerable habilidad. Era capaz de manejar cualquier enfrentamiento físico. Pero, si Heath decidía empezar a disparar, nadie sabía qué demonios podía llegar a ocurrir. No quería dejarla sola con ese canalla.

Su barrio estaba lleno de chicos jóvenes con ganas de ganar dinero. Él había invertido cantidad de tiempo y energía en apartarles del camino de las drogas y las bandas. El gimnasio había sido de gran ayuda. Algunos incluso habían conseguido trabajos decentes, pero no todos.

Y, si por algún motivo los necesitaba, a Cannon no le importaba utilizarles. Les pagaba y evitaba que pudieran hacer nada ilegal. Jamás cedería la protección de Yvette en primera línea, pero, ¿por qué no buscar apoyo? ¿Algún observador extra?

De aquella forma, todos salían ganando.

—¿Sabes? —Armie hundió las manos en los bolsillos—. Todavía tienes los ojos inyectados en sangre y un aspecto feroz.

Con los brazos en las caderas y la cabeza gacha, Cannon admitió lo evidente:

—Nunca había estado tan...

—¿Tan fuera de control?

Cannon cerró los ojos y respiró el aire denso de la noche.

—Quería matarle.

—Sí, yo también estaba allí. Lo he visto —le empujó con el hombro—. ¿Pero no te parece más divertido dejar que ese estúpido se pudra en la cárcel?

—No.

—Míralo de esta forma —insistió Armie, que jamás se rendía—. ¿De verdad querías que Yvette te viera destrozándole?

De los labios de Cannon escapó un sonido de reluctancia, medio risa medio gemido.

—Probablemente, continuaría comportándose como si no hubiera pasado nada.

—¡Ja! ¿A qué viene eso? ¿Preferirías que empezara a llorar a gritos y se pusiera histérica? Porque yo no lo soporto.

—Ni yo —dijo Stack.

—Lo mismo digo —se sumó Denver.

Cannon fue mirando a cada uno de ellos con el ceño fruncido y se dio cuenta de que también a ellos les habían fastidiado la noche.

—Lo siento.

—¿El qué? —preguntó Armie.

—Todos teníais planes para esta noche y ahora…

—Yo no —dijo Stack—. A mí me han dado calabazas.

Todos miraron a Denver, pero este sacudió la cabeza.

—Yo tampoco.

—¿Y Cherry? —Cannon la había visto sentada en su regazo y había dado por sentado que…

—Ha estado tonteando con una decena de tipos diferentes —miró a Stack—. Incluyéndote a ti.

—Solo estaba bromeando.

Denver sacudió la cabeza y miró a Armie.

—A ti te he visto con una rubia de infarto.

Armie se encogió de hombros.

—No sé si me esperará o no, y tampoco me preocupa —señaló a Cannon—. Pero tú ya tienes lo que querías, así que no sé qué haces perdiendo el tiempo con nosotros. Ya lo tenemos todo cubierto.

Cannon entrelazó las manos detrás de la cabeza y comenzó a pasear nervioso. ¿Qué quería él en realidad?

A Yvette, sí. ¿Pero durante cuánto tiempo? ¿Para siempre? Probablemente.

¿Quería que fuera una mujer dependiente? No, eso jamás. Le encantaban su fuerza y su independencia. Pero necesitaba su confianza. Necesitaba que fuera ella misma.

—Cada cosa a su debido tiempo —le aconsejó Armie. Se inclinó hacia él para que nadie más pudiera oírle—. Y, teniendo en cuenta el duelo lingüístico que habéis mantenido antes de que apareciera la policía, bueno, creo que ella tiene su propia manera de enfrentarse a lo ocurrido. Y tú ahora lo que tienes que hacer es comportarte como un héroe, llevártela a casa y ayudarla a superarlo.

Cannon se frotó la cara y soltó una carcajada.

—Muy bien. Me alegro de poder contar siempre contigo para no perder de vista lo que es verdaderamente importante.

—Sabes que puedes contar siempre conmigo.

En realidad, era así como conseguían enfrentarse a los problemas, aquella era su manera de ver las cosas con cierta perspectiva.

A pesar de las bromas, sabía que Armie haría cuanto estuviera en su mano para ayudarle, al igual que él lo habría hecho por su amigo. Tenían una confianza plena el uno en el otro.

Y Cannon deseaba llegar a tener ese tipo de relación con Yvette.

Intentando contribuir en todo cuanto podía, hizo unas cuantas llamadas organizativas y después interrogó él mismo a algunos testigos. Quedó muy claro que Heath había intentado llevársela, que ella se había resistido y que el muy canalla había continuado insistiendo.

Menos de diez minutos después, regresaba a la habitación de descanso. Justo en aquel momento, Rowdy estaba en el proceso de ofrecerle a Yvette una nueva bolsa de hielo.

Y ella estaba en el proceso de decirle que no la necesitaba.

—Nos la llevaremos —intervino Cannon.

Tras haber hecho todo lo que estaba en su mano, quería llevarse a Yvette a casa.

Y quería aclarar malentendidos. Cuanto antes, mejor.

Cuanto más pensaba en ello, más difícil le resultaba a Yvette comprender su propia conducta.

Heath había intentado obligarla a meterse en un coche.

Cannon le había machacado. Literalmente.

Y ella había reaccionado… ¿con deseo?

La mujer que no era capaz de alcanzar el orgasmo. O, mejor dicho, la mujer que no había sido capaz de alcanzar el orgasmo… hasta que había conocido a Cannon.

Pero, por Dios, ¿en un aparcamiento, con un público entregado que, en algunos casos, incluso estaba grabando lo que allí ocurría?

Incluso en aquel momento, cuando era consciente de que Cannon terminaría alejándose de ella y sabiendo que le había revelado a Mindi sus más oscuros secretos, le deseaba.

Desesperadamente.

Tenía sentido. Cannon era un tipo magnífico, respetado por muchos. Tenía un cuerpo perfecto, trabajado por el ejercicio.

Y su rostro: aquellos ojos de color azul eléctrico, las pestañas tupidas, los pómulos marcados, la fuerte mandíbula…

El calor trepó por su cuello; en el aparcamiento, se había olvidado por completo de sí misma, y todo porque Cannon la había besado sin el filtro de delicadeza del que solía servirse.

El pensar en ello le provocó un calor palpitante entre las piernas. Y en el vientre. Y en los senos. En lo más profundo de su corazón.

Había visto a Cannon consumido de deseo… por ella.

Gracias a Dios, nadie le había pedido que repitiera aquella parte. Se había limitado a explicar que Cannon estaba comprobando lo que le había hecho Heath y este había aprovechado para escapar.

Pero ya todo había terminado, así que necesitaba dejar de pensar en ello y ponerse a solucionar sus problemas.

¿Cómo habría conseguido Heath levantarse y huir después de aquella paliza? Los testigos decían que se había ido en coche. Que tenía un aspecto terrible. El brazo dañado, la nariz torcida, un ojo hinchado y sangre por todas partes.

Y, aun así, había conseguido escapar.

Yvette no sabía a dónde había ido Cannon después de dejarla en la habitación de descanso. Tampoco se lo había dicho después, y se estaba mostrando tan distante que ni siquiera se lo había preguntado.

Había sido humillante salir del bar con tanta gente observándola. Y casi todos ellos desconocidos.

Gracias a Dios, Armie le había prestado su camiseta. Por lo menos, aquello le había permitido salir cubierta, ocultando la camiseta desgarrada. También le agradecía que hubiera impedido a Cannon continuar pegando a Heath. No porque le importaran las heridas de Heath, sino porque no quería que Cannon tuviera que enfrentarse a las consecuencias por su culpa.

De Armie le gustaba todo, salvo el hecho de que le gustara Mindi.

No entendía aquella atracción. Pero, al fin y al cabo, no era un hombre. Y a veces le costaba comprenderles.

Pensando en hombres difíciles... miró de nuevo a Cannon. Cada farola por la que pasaban iluminaba durante unas décimas de segundo su perfil.

Cannon tenía los nudillos desollados y su mirada continuaba siendo letal.

Conducía en silencio y flexionaba las manos repetidamente sobre el volante. Yvette no sabía si lo hacía porque estaba enfadado o porque le dolían.

Parecía... a punto de estallar.

El agotamiento, tanto físico como emocional, le había dejado demasiado entumecida como para analizar el estado de ánimo de Cannon.

Todas ellas.

Demasiado cansada como para seguir siendo discreta, preguntó:

—¿Estás enfadado?

—Sí —contestó él sin vacilar.

¡Uf! Nunca le había visto de tan mal humor. Solía ser un hombre sereno, la calma personificada, el paradigma del control.

—¿Conmigo?

Intensificando su ceño, la recorrió con la mirada y volvió después a prestar atención a la carretera.

Antes de que pudiera contestar, se oyó la risa nerviosa de Yvette.

—Porque espero que sepas que no pensaba marcharme. En eso no te mentí. Solo quería tomar un poco de aire de fresco.

—Debería haber salido contigo.

Cuando ella había salido, no había querido que la acompañara. Y le dolía pensar en Cannon hablando con Mindi sobre ella. Pero sacarlo a relucir en aquel momento solo serviría para estropear la velada todavía más.

Además, tenía su orgullo.

Si lo único que Cannon quería, tal y como Mindi había dicho, era poner fin a lo que habían empezado, ella también. De alguna manera, conseguiría que con ello fuera suficiente. Cannon jamás averiguaría que continuaba arrastrando el enamoramiento de su adolescencia.

Consciente de que Cannon estaba esperando, le dio la primera excusa que se le ocurrió, procurando no abrir otro frente de discusión.

—Tenías toda una cola de admiradores esperando.

—Yo también necesito descansar —la calma gélida de su voz fue mucho peor que un grito—. ¿O crees que necesito atender a mis fans durante cuatro horas seguidas?

Yvette esbozó una mueca. Lo había dicho de tal manera que parecía una estupidez.

—No quería ser una molestia.

Cannon soltó una carcajada en la que no había ni pizca de humor.

—Lo sé —perdiendo ella misma parte de su control, se giró en al asiento para dirigirle una mirada desafiante—: ¡He terminado siendo una molestia mucho mayor!

—Yo no he dicho eso.

Pero ella le ignoró y continuó recalcando:

—Yo no sabía que Heath todavía andaba por aquí. No sabía que era tan idiota como para intentar secuestrarme estando rodeados de gente. Hasta ahora había sido muy pesado, pero no se había comportado como un absoluto psicópata —de hecho, había empezado a mostrarse como un obseso desequilibrado a tal velocidad que ella todavía necesitaba tiempo para asimilarlo—. ¡No me fui con él voluntariamente y tú lo sabes!

Muy serio, y perdiendo también él la paciencia, Cannon gruñó:

—Pensaba que a lo mejor habías accedido a marcharte «para evitar una escena».

Hasta aquel momento, hasta el instante en el que Cannon pronunció aquellas palabras, Yvette jamás le había creído capaz de algo tan mezquino. Apenas podía respirar. Con voz tensa, replicó:

—Sí, odio montar una escena, ¿de acuerdo? Tengo motivos para ello y lo sabes.

Cannon volvió a desviar la mirada hacia ella, con remordimiento, quizá, pero Yvette no podía estar segura.

—Cuando Heath me agarró, quise gritar —lo había deseado con todas sus fuerzas. Apretó los puños para evitar que le temblaran las manos—. Pero él me agarraba con mucha fuerza.

Volvió a revivirlo todo una vez más, volvió a sentirlo y renació también el pánico. Desesperada, intentó reprimirlo. No podía ponerse histérica delante de Cannon.

—Apenas podía respirar —susurró—. Pensaba que me iba a romper las costillas.

La furia tensó los hombros de Cannon, también sus manos, y convirtió su voz en un gruñido.

—Debería haberle matado.

Yvette observó enmudecida el movimiento de su barbilla y su manera de entrecerrar el ojo derecho. Cannon era más temperamental de lo que ella pensaba.

Nerviosa, se enroscó la melena entre los dedos mientras le observaba. Tomó entonces una decisión. Si estuviera con Heath, o con cualquier otro hombre, se habría asustado al verle tan furioso.

Pero era Cannon, y, pasara lo que pasara, siempre se sentiría a salvo con él. Jamás se había sentido amenazada.

Comprendía que estaba furioso por lo que le habían hecho. Sabía que quería protegerla, como protegía a todo el mundo. Y no soportaba verle en aquel estado.

Pero no podía decir nada que pudiera mejorar la situación. Hacían falta algo más que palabras.

Y ella sabía lo que necesitaba.

Sí, era un hombre fuerte, un gran luchador, pero quizá también él lo necesitara.

Se quitó el cinturón de seguridad y se acurrucó contra él.

—¡Qué haces! Vuelve a ponerte el cinturón.

—No.

Se aferró a su brazo y suspiró al sentir el contacto de su cuerpo cálido. Aquellos músculos sólidos como rocas flexionándose bajo sus manos evidenciaban todavía más el enfado de Cannon.

—Estoy bien —le dijo con delicadeza.

Cuando Cannon gruñó:

—¿Qué habría pasado si te hubiera metido en el coche?

Yvette no pudo hacer otra cosa que admitir la verdad.

—No lo sé.

Había pasado un miedo mortal, preguntándose qué podría llegar a hacerle.

En cuestión de dos o tres minutos estarían de nuevo en casa.

Yvette estaba deseando tomarse un cuenco de cereales, ponerse el pijama y meterse con Cannon en la cama. Y no necesariamente en ese orden.

Apoyó la cabeza en su hombro.

—No paraba de decirme que me amaba y que solo quería hablar conmigo.

Necesitada de aquel contacto, deslizó los dedos bajo la manga de la camiseta y abrió la mano sobre aquella fortaleza sedosa y cálida. Cannon tenía unos bíceps tan increíbles que le entraban ganas de morderlos. De lamerlos.

—A lo mejor debería intentar llamarle. Hablar con él —reflexionó en voz alta.

—Ni se te ocurra.

—De acuerdo.

Le apretó el brazo, adorando tocarle, a pesar de todo lo que había pasado.

Al día siguiente, volvería a planteárselo y sugeriría que hablaran con Margaret sobre ello. Podría ser la manera de que Heath saliera de su escondite. Podrían incluso intentar llamar desde su teléfono.

Saber que podía continuar por aquella zona con intención de volver a abordarla le asustaba más que cualquier otra cosa.

Parecía todo muy tranquilo a aquella hora de la noche en una carretera en la que solo pasaba algún que otro coche ocasional. Acarició con aire ausente la parte interior del brazo de Cannon, sintiendo su piel suave y sedosa y la dureza de sus músculos.

—No te enfades conmigo, ¿de acuerdo? —estaba demasiado cansada para aguantarlo.

—No estoy enfadado contigo —la apartó de su hombro, pero solo para poder abrazarla—. Estoy furioso con todo lo que ha pasado, pero no contigo.

—¿Quieres que hablemos de ello?

—Sí, claro que quiero —le dio un breve apretón en señal de advertencia—. Vamos a tener una larga conversación.

—Pero esta noche no, ¿de acuerdo? —contestó ella, ahogando un gemido.

—Ya veremos.

Eso quería decir que pensaba hablar con ella esa misma noche. Otro gemido intentó salir de su garganta, pero lo ahogó también. Si Cannon necesitaba hablar, hablarían. Pero quizá pudieran hacerlo con ella sentada en su regazo.

En pijama.

Y, a lo mejor, en aquellas circunstancias, sería capaz de aplazar la conversación hasta el día siguiente.

Un minuto después, Cannon detuvo la camioneta en el camino de la entrada, salió para abrir la puerta del garaje y aparcó.

Sujetándose la enorme camiseta de Armie, Yvette abandonó el vehículo. Necesitaba, más que ninguna otra cosa, el confort de Cannon. Abrazarse a él. Sexo.

Deseaba a Cannon.

Pero, si él prefería regañarla, tendría que esperar, por lo menos, a que ella terminara los cereales.

Cannon la observó entrar en la casa moviendo su precioso trasero y supo que la había asustado.

Estaba intentando dominar su genio, pero sabía que era inútil, de modo que consideró la posibilidad de bajar a desahogarse con los aparatos de gimnasia que tenía en el sótano.

No le haría ningún daño desfogar parte de su rabia antes de enfrentarse a ella.

¿Que si estaba enfadado? ¡Ja! Aquella palabra ni siquiera se acercaba a definir lo que sentía. Estaba atrapado en una cólera tan intensa que apenas podía controlar las ganas de salir a buscarse problemas. Seguramente había alguien en el barrio que necesitaba una buena paliza. Y, si la necesitaba más de uno, mejor.

En aquel preciso instante, le encantaría disfrutar de una pelea.

Pero sabía que si le respetaban el papel de pacificador que él mismo se había asignado era, en gran parte, porque no se metía en líos.

Se limitaba a ocuparse de ellos cuando surgían.

Era injusto dejar a Yvette preguntándose por lo que quería decirle, así que bajó de la camioneta. La luz que se encendió al abrir la puerta iluminó el suelo de cemento, los paneles de las paredes… y la ventana abierta del garaje.

Convencido de que la había dejado cerrada y había echado el cerrojo, salió lentamente del vehículo. Percibió algo en el aire que le puso en alerta. Escrutó el garaje y examinó la ventana.

Faltaba uno de los cristales, estaba roto, y los pedazos crujieron bajo sus pies.

Eso quería decir que algún intruso podía haber metido la mano para abrir la ventana.

Revisó el interior del garaje y advirtió que solo habían descolocado algunos objetos. Habían movido el cubo de la basura y habían abierto los cajones de las herramientas, como si alguien hubiera estado buscando algo.

Vigilante, se acercó la ventana para cerrarla y, gracias a la luz de la luna, distinguió una silueta moviéndose por el césped.

Todavía había alguien allí.

Deseando que fuera Heath, necesitando incluso que fuera él el intruso, salió a investigar, corriendo a grandes zancadas. Y acababa de cruzar la puerta del garaje cuando se oyó más ruido de cristales en interior de la casa.

Seguido de un grito de Yvette.

Con el corazón en la garganta y apoyada contra la pared, Yvette fijó la mirada en los cristales rotos que brillaban en el fregadero y en el suelo. El objeto que habían lanzado por la ventana estaba también allí, semioculto debajo de la mesa.

Era una piedra del tamaño de un puño.

Cannon entró disparado en la habitación, mirando como un loco a su alrededor. Examinó cuanto le rodeaba en un nanosegundo antes de recorrerla a ella con la mirada.

—Estoy bien —se precipitó a tranquilizarle—. Han tirado una piedra desde la calle.

—¿No te ha golpeado? ¿No estás herida?

—No... solo me ha asustado.

Cannon miró por la ventana con los ojos entrecerrados, con frustración visiblemente creciente, y comenzó a salir de nuevo.

—¡Espera!

Cannon la miró fijamente y ladró:

—¿Qué pasa?

Era evidente que estaba deseando poder destrozar a alguien, pero ella no quería quedarse sola.

Aprovechando el silencio de Cannon, Yvette le agarró del brazo.

—No se te ocurra salir.

Intentó inventar una excusa para forzarle a quedarse, pero su preocupación se transformó rápidamente en una dura realidad.

—¿Y si hay alguien en la casa? —susurró, aterrada por aquella posibilidad.

La mirada de Cannon relampagueó.

—Llama al 911 —se volvió para irse, pero antes de salir añadió—: Y no te muevas de la cocina.

Con manos temblorosas, Yvette llamó y se apoyó después contra la puerta de la cocina para observar a Cannon mientras este salía al pasillo, en aquella ocasión con más sigilo. Cannon revisó la puerta del sótano, vio que todavía estaba cerrada y continuó hacia los cuartos de baño y los dormitorios.

Cuando la operadora contestó, Yvette explicó rápidamente lo ocurrido a la muy tranquila mujer que estaba al otro lado del teléfono.

Esta le aseguró que ya había un policía en camino, pero quería que Yvette permaneciera al teléfono hasta que llegara.

El ir dando un informe detallado de todos los movimientos

de Cannon por la casa, sin que apareciera nada, la ayudó a recuperar la calma.

Cuando Cannon regresó, le explicó a la operadora que no había encontrado nada. Casi al mismo tiempo, aparecieron las parpadeantes luces rojas y azules del coche de policía delante de la casa.

Aliviada, Yvette se apoyó contra la pared.

El policía rodeó la casa iluminándose con la linterna. Habían destrozado dos luces de seguridad con una escopeta de aire comprimido. El policía encontró los perdigones en el suelo e incrustados en uno de los laterales de la casa. Hizo un informe, prometió avisar a Logan y a Huffman y se hizo una fotografía con Cannon.

Aunque este parecía a punto de perder la paciencia, permaneció con gesto amable y sonrió para hacerse la foto

En cuanto el policía se marchó, Yvette recogió los cristales mientras Cannon aseguraba la ventana de la cocina. Cuando terminaron, siguió a Cannon al garaje.

—¿Por qué no te duchas mientras yo me encargo de todo esto?

—Preferiría esperarte —Yvette odiaba admitirlo, pero no le quedó otro remedio.

Cannon se detuvo cuando estaba a punto de cerrar la ventana del garaje. Aquella muestra de vulnerabilidad pareció difuminar parte de su rabia, porque Yvette le vio destensar los hombros.

—De acuerdo. Será solo un momento.

Yvette se sentó en el capó de su coche, con las piernas encogidas, sobresaltándose a cada momento. Cuando Cannon clavó un tablón en la ventana, se tapó los oídos y apretó los ojos.

El ruido cesó y notó los brazos de Cannon rodeándola y sus manos en la espalda.

—¿Estás bien?

No, no estaba bien, en absoluto. Pero aun así, asintió.

—Estoy cansada.

Se obligó a alzar la cabeza y miró a aquellos ojos de color azul eléctrico en los que en aquel momento no era capaz de descifrar ningún sentimiento.

—¿Y tú?

Con sorprendente calma, Cannon contestó:

—Tengo una rabia asesina.

Por alguna razón, aquello la hizo sonreír, aun teniendo los ojos llenos de lágrimas.

—Vamos.

Cannon la levantó en brazos y la condujo al interior de la casa.

Solo un minuto, pensó Yvette mientras apoyaba la mejilla en su pecho. Después, recuperaría las fuerzas y dejaría de permitir que la mimara.

—¿Qué quieres hacer antes? —Cannon le acarició la frente con la barbilla—. ¿Ducharte? ¿Comer? ¿Meterte en la cama?

«Quiero estar contigo», contestó en silencio, «te quiero a ti». Pero, por desgracia, no le había ofrecido aquella opción. Y ya no le apetecía comer nada. Ni siquiera un cuenco de cereales. Sabía que si intentaba comer algo terminaría vomitando.

—Estoy agotada —contestó con una falsa sonrisa—. Lo único que quiero es lavarme la cara y los dientes y meterme en la cama.

«Contigo abrazándome muy fuerte».

—De acuerdo.

No protestó cuando la llevó al cuarto de baño. Y cuando permaneció a su lado mientras se cepillaban los dientes, agradeció el no estar sola.

Pero, cuando se estaba lavando la cara, él comenzó a desnudarse y ella terminó metiéndose jabón en el ojo, porque, en serio, ¿cómo no iba a mirar?

Cuando Yvette terminó, él le tomó la mano y, llevando solamente los boxers puestos, la acompañó al dormitorio.

A cada paso que daban, le latía con más fuerza el corazón, dejándola casi sin respiración. La anticipación crepitaba en todas sus terminales nerviosas. Le necesitaba. Necesitaba a Cannon.

Cannon abrió un cajón y sacó otra camiseta de la SBC que sostuvo en la mano mientras miraba a Yvette.

—No vas a dormir con una camiseta de Armie.

En realidad, hasta se había olvidado de que la llevaba puesta.

—De acuerdo.

Con Cannon medio desnudo, no necesitaba que la convenciera. La idea de estar piel contra piel a su lado aumentó todavía más su excitación.

Alentada y emocionada por su forma de mirarla, se quitó los pantalones vaqueros, se sacó la camiseta de Armie por encima de la cabeza y después la camiseta desgarrada. Al advertir cómo se oscurecían los ojos azules de Cannon, alargó las manos hacia el broche del sujetador.

Cannon emitió un ruido que parecía casi de dolor y desvió la mirada.

—Puedes mirar —le dijo ella con voz temblorosa.

Quería que lo hiciera, de hecho. Quería que la mirara, que la acariciara, que la besara...

—No —la rigidez volvió a instalarse en sus anchos hombros—. Si te miro, no podré detenerme.

¿Acaso no comprendía hasta qué punto la deseaba?

—No te detengas.

Desviando todavía la mirada, Cannon le tendió la camiseta.

—Hazme caso, ¿quieres? Esta noche no es la más adecuada.

Ignorando la camiseta que le ofrecía, Yvette se movió contra él, rozando con sus senos su espalda desnuda.

—¿Por qué?

Cannon se tensó.

Con los brazos a su alrededor, Yvette posó las manos sobre el vello del pecho y descendió hasta sus marcados abdominales. Cannon tiró la camiseta y la agarró por las muñecas.

—No sabes lo que estás haciendo.

—Te estoy seduciendo, de modo que sí, sé lo que estoy haciendo.

Cannon soltó una tensa carcajada. Sin soltarle las muñecas, tomó aire y se volvió hacia ella.

Aunque Yvette solo llevaba encima un tanga rosa, Cannon mantuvo la atención fija en su rostro.

Ella podría haberse sentido humillada, herida incluso, pero sabía que estaba intentando ser noble con ella. Aquella noche había sido muy complicada y él pensaba que necesitaba tiempo para recuperarse.

Pero, si quería que Cannon la viera de manera diferente, tendría que ser diferente.

Más atrevida.

Necesitaba ir tras aquello que quería. Tenía que ir tras él.

Decidida a convencerle, se restregó contra él.

Los pezones endurecidos rozaron el abdomen de Cannon. Este gimió e intentó aflojar su abrazo.

—Estás herida.

—Solo un poco.

—Y también estás muy afectada por lo ocurrido.

—Sí, y me sentiría mejor si nosotros…

—¿Qué? —con evidente recelo, le enmarcó el rostro entre las manos y se lo alzó para poder mordisquearle el labio inferior, que después acarició con la lengua—. ¿Que me vuelva loco contigo? Porque eso es lo que va a pasar. No podrá haber tanta delicadeza y tanta paciencia como la última vez.

—Me encanta la idea de volverte loco —no necesitaba paciencia, solo le necesitaba a él.

A Cannon se le inflaron las aletas de la nariz. Cerró los ojos.

—No soy un cerdo egoísta.

—No, claro que no. Eres dulce…

Cannon soltó un bufido burlón.

—… y atractivo —continuó Yvette—. Y necesito estar contigo.

Cannon respiró con fuerza; su resistencia iba haciéndose añicos.

—No puedo garantizarte un orgasmo...

Yvette abrió la boca sobre su pecho y lo mordisqueó con suavidad.

Cannon se estremeció.

—Porque no puedo garantizarte que vaya a durar lo suficiente.

Le tomó los testículos a través del suave algodón de los boxers y rodeó su miembro palpitante con los dedos para apretarlo y acariciarlo.

—Entonces nos olvidaremos de dormir y seguiremos haciéndolo hasta que los dos lleguemos.

La erección de Cannon se ablandó y, un segundo después, apartó las manos de Yvette de su cuerpo.

—Espera un momento.

Estupefacta al ver que todavía continuaba rechazándola, Yvette se apartó para mirarle a los ojos.

—¡Estoy empezando a pensar que el que tiene el problema eres tú!

Tras pasarse la mano por la cara, Cannon asintió.

—Sí, y a lo mejor mi problema eres tú.

Yvette se quedó sin respiración, aquellas palabras le dolieron como una verdadera bofetada. Incapaz de pensar en nada que no fuera alejarse, se apartó de él.

Cannon la agarró y la hizo volverse. Posó las manos en sus hombros, con tensión, pero sin hacerle daño. Con un aspecto tan desesperado como el de ella, apoyó la frente en la de Yvette.

—Tú no confías en mí, Yvette, y yo te deseo. Te deseo con desesperación.

¿Confiar en él?

—Claro que confío en ti.

—No, llevas siempre esa máscara con la que escondes lo que eres y lo que sientes. Ocultas tu manera de reaccionar ante las cosas. Crees que voy a juzgarte. No confías en mí lo suficiente como para mostrarme la verdad.

—¿Qué verdad?

—Que eres una mujer fuerte, independiente e inteligente. Todo el mundo tiene problemas, y todos tenemos que enfrentarnos a ellos. La cuestión es que no tienes por qué hacerlo sola, sabiendo que estoy yo aquí —le dio una breve sacudida seguida por un reconfortante abrazo—. Incluso en este momento —añadió con la voz desgarrada—, sé que te ocurre algo.

—¡Mi ex ha intentado secuestrarme!

—Lo sé —le acarició la melena, mostrando su determinación—. Estás enfadada y nerviosa. Es comprensible. Pero no es ese el problema que hay entre nosotros.

No, era imposible que entendiera lo que le ocurría con tanta facilidad, no podía conocerla tan bien.

—No sé lo que quieres decir.

Se sintió de pronto desnuda y se agachó para recoger la camiseta que él había dejado en el suelo.

Cannon la pisó. Yvette tiró de ella, pero Cannon no se movió. Ella miró hacia su regazo. Solo llevaba encima los boxers. Ella, el tanga.

Deberían estar disfrutando del sexo, no discutiendo. Y, si se hubiera tratado de cualquier otro hombre, estarían haciéndolo.

Pero si se hubiera tratado de cualquier otro hombre ella no habría querido.

La golpeó de pronto lo absurdo de la situación, una sensación que llegó acompañada por una oleada de indignación.

Agachada todavía ante él y respirando bruscamente, confesó:

—Mindi dijo que lo único que querías era terminar lo que habías empezado años atrás.

—¿De qué estás hablando?

—De lo que ha pasado estas noche en el bar, antes de que Mindi ligara con Armie.

—¿Mindi y Armie?

Yvette volvió a tirar de la camiseta. Él continuó sin moverse.

—Me dijo que, cuando consiguieras acostarte conmigo, se acabaría todo. Aunque no sé cómo puede llegar a acabar nada si te niegas a empezarlo.

Renunció a conseguir la camiseta y se enderezó, cruzando los brazos para ocultar sus senos. Le miró a los ojos y se detuvo en seco.

Su expresión asesina la obligó a detenerse.

Se acercó a ella y, en voz baja y amenazadora, le dijo:

—¿Has hablado con Mindi de mí?

¿Estaba ofendido? Yvette se puso de puntillas con expresión acusadora y se inclinó hacia él.

—¡Fuiste tú el que habló con ella! ¡Le contaste todo!

—Eso no es verdad y deberías saberlo mejor que nadie.

Aquellas palabras susurradas, dichas casi entre dientes, disiparon su enfado. Se dejó caer sobre los talones.

—Pero… entonces… ¿cómo?

—Es imposible que lo sepa por mí. Pero Heath estuvo en el bar. Es muy posible que tuviera oportunidad de hablar con ella.

Todos los sentimientos anteriores, el enfado, el resentimiento, el dolor, colisionaron sobre ella.

—Yo no le conté todo a Heath.

—Pero él está aquí. No es ningún secreto lo que ocurrió. Si ha estado investigando…

—Es probable que tengas razón.

Cannon volvió a agarrarla por los hombros.

—En vez de cuestionarlo, ¿te has creído automáticamente que yo se lo había contado?

—Mindi me ha hecho creer… —se frotó la sien. ¿Cuántas veces podía llegar a meter la pata en veinticuatro horas?—. Lo siento —como Cannon no contestó, añadió—: Siento todo lo que ha pasado.

Con un poco de suerte, tras algunas horas de sueño, todo mejoraría. Porque en aquel momento no era capaz de imaginar que las cosas pudieran ir peor.

Permaneció allí, sin saber qué hacer, temiendo volver a hacer un movimiento equivocado.

—¿De verdad crees que solo quiero echar un polvo rápido? —con una ternura apabullante, le acarició la melena, apartándola de sus hombros para poder contemplar mejor sus senos—. ¿Crees que en cuanto consiga hundirme en ti ya habré terminado?

La estaba mirando de una forma… Negó con la cabeza. No, no pensaba eso, por lo menos hasta que Mindi lo había dicho delante de ella. Después de oírla, todo le parecía posible.

—Sinceramente, no sé qué pensar.

Cannon la tomó por la barbilla.

—Supongo que solo hay una manera de averiguarlo.

Aquellas palabras, combinadas con el particular calor de su mirada, le aceleraron el pulso.

—¿Esta vez no vas a renunciar a mí?

Cannon curvó los labios al oírla.

—No puedo —la apartó para poder contemplar hasta el último milímetro de ella. Mientras la devoraba con la mirada, musitó—: La primera vez será rápida y ardiente. La segunda podría ser mejor, todavía no estoy del todo seguro —la atrajo hacia él y le mordisqueó el labio—. Pero, la tercera… te aseguro que será toda para ti.

¡Ay, Dios! Apenas podía esperar.

Cannon la llevó a la cama e Yvette comprendió que no iba a tener que hacerlo.

CAPÍTULO 21

Su cálida suavidad, la firmeza de sus senos, las curvas tentadoras, los besos húmedos... Cannon lo quería todo. Ya. Con Yvette.

Le abrió las piernas, se colocó encima de ella, posó la boca en su cuello y una mano frenética sobre sus senos. Aquel día tan largo, la velada en el bar y el torbellino posterior, habían intensificado el olor de su piel. Respiró su esencia y la deseó hasta el dolor.

Disfrutaba con su respiración jadeante, con su forma de arquearse contra él.

¿Cómo podía pensar que con una vez sería suficiente? Aquel día había pasado por todo un abanico de emociones, terminando con una rabia ciega que le había hecho perder la cabeza.

Todavía estaba intentando calmarse, aplacar aquella oleada de adrenalina, haciendo cuanto podía para consolarla, cuando Yvette había decidido darle a todo aquello un cariz sexual.

Con la boca abierta sobre su piel, fue devorándola hasta alcanzar sus senos, succionó un pezón y lo acarició mientras pellizcaba el otro con las yemas de los dedos.

Yvette gimió su nombre y hundió las manos en su pelo, acercándole más a ella.

No bastó. Ni de cerca.

Dejando el pezón húmedo y erguido, descendió hasta su

torso. Acarició después su vientre plano, las caderas y la parte interior de los muslos para terminar enterrando el rostro contra las minúsculas bragas.

Allí, su olor almizcleño era incluso más fuerte, hasta el punto de resultar embriagador.

La erección palpitaba, le dolía. La había deseado desde siempre y había estado negándose aquel deseo durante demasiado tiempo. Yvette ya estaba húmeda y él la saboreó a través de las bragas, presionando con la lengua y mordiéndola con delicadeza.

Ella intentó apartarse, pero él la agarró por las caderas. Se lo había advertido, pero ella lo había querido así de todas formas.

—Cannon —susurró ella con un gemido.

Cannon se sentó precipitadamente, la agarró por debajo de las piernas con un brazo y después le quitó las bragas y las tiró. Le atormentaba mirarla. Se obligó a contenerse, a saborear la visión de Yvette completamente desnuda. Ella movió los pies y apretó las rodillas.

—¿Cannon?

Utilizando las dos manos, Cannon le separó las piernas. Yvette volvió el rostro hacia la almohada y colocó las manos a ambos lados de las caderas.

No podía haber un ofrecimiento más perfecto.

El pecho de Cannon se movía como un fuelle. La presión fue creciendo hasta que… ¡ah! Le abrió la vulva para exponerla todavía más. Para contemplar su rosada y brillante humedad. Los labios interiores henchidos. El clítoris maduro y dispuesto.

Gimiendo, se inclinó hacia delante y la saboreó en profundidad, hundiendo la lengua en ella. Las aletas de su nariz se inflaron de excitación. Succionó, lamió y la acarició con los dientes.

Intentó dominarse, pero, con cada uno de los pequeños gemidos de Yvette, iba creciendo la presión dentro de él.

Aceptando que, o lo hacía en aquel momento o no lo haría nunca, Cannon giró para agarrar un preservativo y después se levantó y se desnudó por completo.

Yvette no se movía, excepto para retorcerse de deseo. A Cannon iba a encantarle verla correrse otra vez, ser testigo de aquella peculiar mezcla de placer y dolor en su rostro.

Su perplejidad.

Con toda la atención de Yvette pendiente de él, estiró el preservativo sobre su miembro, se inclinó hacia ella y colocó la mano entre sus muslos para hundir dos dedos en ella.

Estaba completamente preparada.

Cambió de postura, se colocó y, con los dientes apretados, comenzó a hundirse en ella.

Yvette inclinó la cabeza hacia atrás, ofreciéndole sus senos una vez más.

Era tan condenadamente bella. Y no solo eso, sino que estaba, definitivamente, preparada. Succionó durante un breve instante uno de los pezones erguidos, después el otro, jugueteando con la lengua y dejándolos húmedos y enrojecidos. La contempló a través de la niebla del deseo y de una afilada necesidad, deleitándose en la respiración entrecortada de Yvette, en cada estremecimiento, en sus senos henchidos, en la suavidad del interior de sus muslos.

En la cremosa contracción de su cuerpo alrededor de su sexo.

Descendió, se apoyó en los antebrazos y tomó su boca con un beso profundo y ardiente.

Y presionó cuanto pudo en su interior.

Ella jadeó y apartó la cara, pero él volvió a atrapar sus labios, inclinando la cabeza para un mejor encaje, tomando su boca al mismo tiempo que su cuerpo y moviendo las caderas, consumido por el deseo.

Con un grito vibrante, Yvette se aferró a sus hombros, clavándole las uñas.

Y él lo adoró.

Le habría gustado ser delicado y, sin embargo, empujaba con fuerza, cada vez más profundamente, hasta que Yvette le rodeó con las piernas, le clavó los talones en el trasero e igualó aquel ritmo tan urgente.

Cannon batalló para detener lo inevitable.

Una batalla perdida.

Se alzó con un fuerte gruñido y se liberó dentro de ella, siendo apenas consciente de que Yvette le estaba observando y moviendo las manos con delicadeza sobre su pecho y sus hombros.

Tomó aire cuando se hubo derramado por completo al tiempo que caía sobre aquel cuerpo tan entregado. Pero solo había liberado parte de la tensión.

Yvette continuaba acariciándole.

Por fuera, estaba tranquila y serena mientras cubría de pequeños besos húmedos la piel empapada por el sudor y hundía las manos en su pelo.

Pero Cannon sentía que continuaba reteniéndole con fuerza. Notaba las contracciones provocadas por el deseo. El calor de su piel y el palpitar de su corazón.

Respiró hondo, intentando despejar la niebla del placer, pero aquello solo sirvió para sentir la tentación del olor del sexo, que había quedado prendido en el aire.

Hundió el rostro en su cuello y la sintió temblar.

La había llevado al límite sin darle la oportunidad de alcanzar el orgasmo, pero, aun así, ella le estaba acariciando con cariño.

Sonriendo contra su garganta, le recordó:

—Te lo dije.

—¿Umm?

Ella volvió a besarle.

Y, maldita fuera, Cannon sintió aquella lengua excitante lamiéndole el hombro bañado en sudor.

Se incorporó de nuevo sobre los antebrazos y la miró. Tenía los labios hinchados y la melena enmarañada. Las mejillas sonrosadas y los ojos entrecerrados de una mujer excitada hasta la desesperación.

—¿Cómo te encuentras?

—Mejor.

A los labios de Cannon asomó una sonrisa.

—¿Ah, sí?

Con un lánguido asentimiento, Yvette deslizó las uñas sobre sus pectorales.

—Excitada —volvió hasta los hombros de Cannon—. Un poco tensa, quizá.

Cannon se presionó ligeramente contra ella.

—Húmeda.

—Eso también —cambió de postura—. Me gustaría poder sentirte, poder sentirte solo a ti.

Era peligroso. Pero, maldita fuera, la idea de hacer el amor con Yvette sin que hubiera nada entre ellos le excitó.

Su carne y la suya.

Se inclinó hacia su boca, alargando el beso en aquella ocasión, jugueteando con su lengua.

—Tengo que quitarme el preservativo.

En medio de las protestas de Yvette, se apartó de ella y se levantó.

No podía estar preparado para el impacto que la causó. La vio tumbada en la cama, entregada y dispuesta, y aquello desató algo dentro de él.

Unos sentimientos locamente posesivos.

Sentimientos que, comprendió, había experimentado antes incluso de que se hubiera ido a California. Y aquellos sentimiento se habían amplificado, se habían hecho más tangibles porque podía acariciarla, podía disfrutarla.

Disfrutar del sexo con ella.

Hacer el amor con ella.

Mientras la contemplaba, Yvette movió nerviosa los pies y se aferró con los puños a las sábanas.

Cannon tenía la intención de dedicar un buen rato a excitarla y darle placer, pero no pudo. Olvidándose por el momento del preservativo, se sentó a su lado en la cama y posó la mano entre sus piernas abiertas.

Ella cerró los muslos y se arqueó contra él.

Contemplarla era lo más erótico que Cannon podía imaginar. Sin precipitación, la acarició y hundió después un dedo en su interior. Yvette se retorció, meciendo las caderas, y su respiración se hizo más rápida.

El verla tan preparada le excitó antes de lo que había imaginado.

Retiró el dedo, pero solo para hundir otros dos, curvándolos para alcanzar un punto muy especial para Yvette. Ella le siguió sin ningún tipo de inhibición, jadeando, moviendo las caderas y acercándose a su objetivo, aunque sin alcanzarlo todavía.

Cannon se tumbó a su lado, apoyándose sobre un codo. La besó en la boca y después besó los pezones, succionándolos hasta dejarla loca de deseo.

Y entonces descendió hasta su vientre.

—¡Dios mío, Cannon, por favor!

—Ya estamos llegando.

Ella hundió la mano en su pelo, intentando presionarle.

Cannon volvió a sacar los dedos para ocuparse del reluciente clítoris.

—¿Aquí pequeña? ¿Esto es lo que quieres?

Yvette ronroneó en respuesta y abrió las piernas todavía más.

Cannon la acarició en círculos, extendiendo la humedad por aquel botón diminuto lleno de nervios ultrasensibles, aplicando la presión precisa y tirando con delicadeza.

—Cannon, por favor…

Sin dejar de acariciarla con los dedos, Cannon empleó también la lengua. La acarició con ella, presionó y, en menos de dos segundos, Yvette se rompió. Sus gemidos fueron tan intensos y sinceros que llevaron a Cannon al punto de partida.

Apenas había terminado Yvette, todavía estaba recuperando la respiración, cuando Cannon se deshizo del preservativo que había utilizado y se puso otro. Sin darle tiempo a prepararse, posó las manos en las rodillas de Yvette, le abrió las piernas y se hundió en ella.

Ella respondió con un gemido de placer y protesta.

—Ahora sí que estás húmeda.

La fricción fue haciéndose más intensa. Con cada una de sus embestidas, ella fue tensándose hasta que los dos terminaron atrapados en la ardiente presión del orgasmo final. Con el cuello y la espalda arqueados, Yvette dejó escapar un gemido nacido de sus entrañas. Sus músculos interiores apretaban con la fuerza de un puño. Mientras se liberaba, Cannon mantuvo la mirada clavada en ella, dejando que su imagen multiplicara el placer. E, incluso mientras se vaciaba, su cuerpo continuó vibrando.

Largos minutos después, cuando por fin encontró la energía necesaria para levantarse, descubrió a Yvette profundamente dormida, ajena por completo al mundo.

Sus propios sentimientos le resultaron entonces demasiado inquietantes como para analizarlos después de un día tan infernal y a tan altas horas de la noche. Incapaz de contenerse, la besó una vez más, con suavidad para no despertarla. Besó sus labios entreabiertos, su cuello. Los, en aquel momento, blandos pezones.

Ella farfulló una protesta y cambió de postura, haciéndole esbozar una sonrisa bobalicona que sintió en su corazón.

Los moratones que vio en el brazo de Yvette le destrozaron. Habría preferido romperse un brazo a verla marcada de aquella manera. La besó allí también y después, con mucho cuidado, se separó de ella y permaneció a su lado en la cama.

Yvette continuaba con las piernas abiertas, con una postura muy poco elegante, exponiendo su tierno sexo. Cannon la acarició con un solo dedo.

Ella musitó algo en sueños, giró de lado y encogió una pierna.

Sí, también le gustaba aquella imagen.

Quería volver a acariciarla. Diablos, quería descender por la columna vertebral hasta alcanzar su trasero perfecto. «Más tarde», se dijo.

Se frotó la cara con las dos manos e intentó dominarse. Yvette no necesitaba que la molestara mientras dormía. Apartó la colcha, alzó a Yvette para colocarla sobre las sábanas y la tapó .

Se limpió en apenas un minuto, volvió a su lado, la giró hacia él y la abrazó.

Sabiendo que nunca, jamás, dejaría que se marchara.

En medio de la oscuridad absoluta que la rodeaba, Yvette veía ojos brillando por doquier, oía risas y susurros. Desesperada por encontrar la luz, empezó a buscar, palpando a ciegas. Olía a gasolina. A muerte.

Otra risita seguida por una suave carcajada. Alguien la agarró por las muñecas, sujetándole la mano como si lo estuviera haciendo con una argolla de hierro. Notó otra mano en el hombro. En el cuello. Luchó en silencio. Pero se unieron nuevas manos a aquellos ojos. Los rostros se acercaban...

Yvette se despertó sobresaltada, jadeando, buscando a su alrededor con la mirada.

—Eh... —Cannon se irguió al instante sobre ella y posó la mano en su mejilla—. ¿Estás bien? —la acarició al tiempo que fruncía el ceño con gesto de preocupación.

¡Ay, Dios! Tenía el rostro mojado, ¿por culpa de las lágrimas? Se sintió tan humillada que se le encogió el corazón.

—Sí, estoy bien.

Durante unos segundos interminables, Cannon escrutó su rostro, hasta que Yvette ya no fue capaz de sostenerle la mirada. Se tumbó entonces boca arriba y la colocó contra su pecho, entrelazando las manos en su espalda.

—Has tenido una pesadilla —aventuró Cannon.

La negativa surgió de forma casi automática, pero, al recordar cuánto había insistido Cannon en que confiara en él, Yvette dejó de lado sus reservas.

—Sí.

Sorprendido quizá, él permaneció en silencio durante unos segundos. Después preguntó:

—¿Muy mala?

—Ya la he tenido otras veces —y muy a menudo—. Es... inquietante.

Intentó no aferrarse a él, pero los vestigios de la pesadilla, la impotencia y el miedo incesante, continuaban presionándola.

Cannon movió las manos para abrazarla.

—¿Quieres hablarme de ello?

Dios santo, No. Yvette negó con la cabeza.

Cannon la acarició por detrás, sobresaltándola cuando llegó a su hendidura.

Ella intentó apartarse al instante.

Pero Cannon volvió a enmarcar su rostro, intentando tranquilizarla.

—Prefiero que te quedes donde estás.

Ella le miró parpadeando, sintiéndose un poco más insegura en aquel momento, cuando la luz de la mañana bañaba la habitación.

Por supuesto, Cannon no tenía las mismas reservas.

Mirando su boca y palpando de nuevo su trasero, Cannon le recordó:

—Al final, ayer por la noche no tuvimos la conversación que teníamos pendiente.

Aturdida por aquella pesadilla a la que había seguido la atrevida caricia de Cannon, hizo un esfuerzo para tranquilizarse.

—Sin embargo, disfrutamos de una sesión de sexo alucinante.

Sí, ojalá pudiera concentrarse en eso.

—Sí, alucinante.

Yvette se incorporó apoyándose en los brazos para disfrutar de una mejor visión de Cannon: el pelo revuelto y negro como el azabache. Ojos de un azul ardiente. Y unas pestañas tan largas que resultaban pecaminosas.

No pudo reprimir un gemido de admiración. Incluso en reposo, tenía unos bíceps increíbles. Y su pecho, el fascinante camino de vello que descendía...

—¿En qué estás pensando?
—En que me gustaría lamerte entero.

Cannon la miró estupefacto, paralizado durante un breve instante. Después, la tumbó de espaldas y se colocó sobre ella, manteniéndola en su lugar.

—Me encantaría que lo hicieras.

Yvette soltó una carcajada.

—Eso espero.

—Pero antes vamos a hablar.

Volvió a gemir Yvette, pero en aquella ocasión por un motivo totalmente distinto.

—Nada de gruñir —rozó apenas sus labios con un beso—. ¿Quieres que empecemos a hablar ahora en la cama o prefieres ir antes al cuarto de baño y tomarte un café?

Retorciéndose, Yvette intentó mirar la hora en el reloj, pero Cannon no le dejaba mucho espacio para incorporarse.

—Son las nueve y media —le informó Cannon.

—¡Hala! —muy tarde para él—. Nos hemos dormido.

—Ya estaba casi amaneciendo cuando por fin has conciliado el sueño.

Con los ojos entrecerrados, Yvette preguntó:

—¿Entonces has estado despierto hasta que me he dormido?

—Sí.

Tomó el seno de Yvette con gesto de indolencia y deslizó el pulgar por el pezón hasta tensarlo. Entrecerró después los ojos satisfecho.

—No podía dejar de mirarte. Ha merecido la pena.

¿La había estado observando mientras dormía? Sus mejillas se encendieron y entonces se dio cuenta de que...

—Me quedé dormida.

—Sí.

—Lo que quiero decir es...

—Justo después de correrte.

Moviéndose todavía sin ninguna prisa, deslizó los dientes por su cuello y su hombro y comenzó a descender.

Ella contuvo la respiración cuando, esos mismos dientes, le rozaron ligeramente el pezón. La chispeante sensación la hizo arquear la espalda.

—No puedes ser más sexy —su mano enorme abandonó su seno para posarse sobre su mejilla—. Pero tenemos que hablar.

Aquello tenía que ser una broma. Pero no, parecía estar hablando en serio. Incrédula, le empujó por los hombros, pero él ni se inmutó.

—¿Y por qué has empezado a acariciarme si no pensabas...?

—Porque eres irresistible —la besó en la frente—. Y no puedo dejar de pensar en los sonidos tan sensuales que hacías, en cómo olías, en el aspecto que tenías y en lo que sentía estando dentro de ti, cuando me apretabas con tanta fuerza.

En vez de apartarlo, Yvette curvó los dedos sobre sus músculos.

—Cannon...

—El sexo no siempre es así.

A ella no hacía falta que se lo recordara.

—Desde luego, no para mí.

Cannon sacudió la cabeza.

—Ni para mí tampoco, cariño. A lo mejor no te das cuenta, pero juntos somos buenos. Más que buenos.

A Yvette le habría encantado creer que había algo especial entre ellos, porque para ella su relación iba mucho más allá de lo físico.

¿Pero cómo podía estar segura?

—Tú siempre has disfrutado del sexo.

Él mismo se lo había dicho.

—Es verdad, pero contigo es algo más —asaltó el otro seno y le acarició el pezón con los labios, haciéndola desear mucho más— y siempre lo será —sopló suavemente contra su piel y la miró a los ojos—. Lo sé, tanto si eres consciente de ello como si no.

Al retorcerse contra él, Yvette fue consciente de su erección. Deseando postergar lo inevitable, le rodeó el cuello con los brazos y deslizó el pie por uno de los velludos gemelos de Cannon.

—Podemos hablar más tarde.

Tomándola por sorpresa, Cannon le agarró las manos y se las colocó por encima de la cabeza. Después, le abrió las piernas con una de las suyas.

La excitación la hizo estremecerse. Sí, no le habría importado ir al cuarto de baño. O hacer gárgaras para asegurarse de que no tenía mal aliento. Pero todo quedó en un segundo plano al lado de lo que Cannon la hizo sentir.

Anticipando el siguiente movimiento de Cannon, contuvo la respiración e intentó no moverse.

—Y ahora —susurró Cannon tras succionarle el pezón con suavidad—, cuéntame esa pesadilla.

Un momento, ¿qué estaba pasando allí? Tiró tentativamente de las muñecas, pero él la retuvo. Yvette negó con la cabeza y frunció el ceño.

—Ha sido una tontería.

Cannon le sujetó las dos manos con una de las suyas.

—Cuéntamelo de todas formas.

—¿Por qué?

—Porque... —comenzó a decir él.

Le succionó el pezón hasta que la respiración de Yvette quedó convertida en un vibrante gemido. Cannon continuó lamiendo el pezón y tiró de él antes de liberarlo, dejándolo dolorosamente tenso. Sopló contra ella y susurró:

—... porque quiero saberlo.

—Eres diabólico.

—Estoy muy excitado —la miró a los ojos—. Y decidido a obligarte a abrirte para mí.

—Si te lo cuento, ¿dejarás de tentarme?

—Dejaré de hacerlo si no me lo cuentas.

Bueno, aquel fue incentivo suficiente para animarla a hablar.

—De verdad que ha sido una tontería.

—La mayor parte de los sueños nos lo parecen cuando nos despertamos. Pero no tanto cuando los estamos viviendo.

Era cierto. Yvette intentó disimular su vergüenza.

—Estaba... todo estaba oscuro.

Se sonrojó. Una mujer adulta no tenía por qué temer la oscuridad.

Pero ella la temía.

—Continúa.

—No podía ver mucho, pero sabía que había gente mirándome —no hacía falta ser un genio para saber que odiaba llamar la atención—. Podía oír a la gente hablar entre las sombras.

Cannon le acarició el pelo, la barbilla, los hombros...

—Me parece un sueño horrible.

Y lo había sido. Pero sabía que Cannon, si alguna vez se encontraba en una situación como aquella, ya fuera en el mundo de los sueños o en la realidad, se enfrentaría con valentía a la oscuridad. Al final, admitió la que para ella era la peor parte.

—Y olía... a gasolina.

—¡Maldita sea!

Cannon entendía mejor que nadie el significado de aquel olor. Sabía que la habían amenazado con quemarla viva. El sueño, y los sentimientos que había evocado, regresaron. Se puso a temblar otra vez y su respiración se tensó.

Cannon la besó en la mejilla, como si quisiera recordarle, que no estaba sola. O quizá fuera para animarla a continuar hablando.

—Me agarraban muchas manos —se volviera hacia donde se volviera, había alguien. Contempló los hermosos ojos azules de Cannon—. Estaba a punto de gritar.

—¿Y por qué no has gritado? —preguntó él con extrema delicadeza.

—Porque me he despertado.

En silencio, sin dejar de acariciarla, en aquel momento la cintura y la cadera para regresar después a su pelo, Cannon intentaba tranquilizarla.

—Teniendo en cuenta todo lo ocurrido, es una pesadilla horrible.

«Teniendo en cuenta todo lo ocurrido». Yvette tragó saliva y asintió.

—Gracias por decírmelo.

Era tan amable y tan comprensivo. Y tan valiente. Sin pensarlo, le dijo:

—Ojalá fuera como tú.

Cannon soltó una risa burlona y se inclinó hacia su pecho.

—Estaré eternamente agradecido por el hecho de que no lo seas.

Tomó la punta del pezón entre los labios y la acarició con la lengua.

Dios, era un genio en aquel arte. En el arte de excitarla y revolucionar su deseo.

Pero a ella no se le daba tan bien asimilarlo. Temblaba mientras se tensaba bajo su mano.

—Si no piensas seguir, será mejor que pares.

Para su decepción, Cannon la soltó y se sentó.

—¿Sabes lo que creo que deberíamos hacer?

Pensando que jamás llegaría a comprenderle, Yvette negó con la cabeza.

—Vamos a ir a por un zumo para mí y a por un café para ti —le acarició el vientre, deteniéndose entre sus piernas—. Dejaremos que las cosas vayan calentándose poco a poco.

—¿Que se vayan calentando? —¡ella ya estaba hirviendo, maldita fuera!

—Sí, ya están bastante calientes, pero la anticipación las hará todavía más excitantes. Podemos ducharnos juntos, ¿qué te parece?

—¿Quieres volver a acostarte conmigo?

Cannon sonrió de oreja a oreja.

—Cuenta con ello.

Yvette le deseaba en ese mismo instante, pero también quería ir al cuarto de baño, y peinarse, y cepillarse los dientes.

—Me gusta. Es un buen plan.

Escéptico ante la rapidez con la que había aceptado, Cannon se levantó.

—Hoy mismo podemos ir al refugio y echar un vistazo a los perros. Quiero hablar con Margaret para asegurarme de que está al tanto de todo lo que ha pasado.

Yvette tomó la mano que le tendía y se levantó de la cama.

—Yo estaba pensando que no sería mala idea avisar también a Vanity. Para que compruebe si Heath ha vuelto a subir algo —sugirió.

—Buena idea —Cannon recogió una camiseta de la SBC que había tirada en el suelo, se la puso a Yvette, se la alisó y sacó la melena por el cuello. Con mirada cálida, confesó—: Me gusta verte con mi camiseta.

Suspirando mientras asimilaba la imagen de Cannon bajo la intensa luz matutina, ella también admitió:

—Y a mí me gusta verte desnudo.

—Me alegro de saberlo —reconoció él sin el menor pudor.

Su sonrisa tuvo un efecto mucho más intenso en Yvette que aquel cuerpo tan alucinante.

—¿Pero qué te parece que me ponga los vaqueros hasta que volvamos a la cama?

—Si quieres —respondió ella, esbozando una mueca.

Mientras se enfundaba los vaqueros, Cannon le recordó a Yvette cuál era su objetivo:

—Creo que de esa forma nos resultará más fácil hablar, ¿no te parece?

Sin molestarse en subirse la cremallera de los vaqueros, le dio un beso en la frente.

—Vete haciendo lo que tengas que hacer y yo iré a preparar el café.

Ella le observó alejarse con la anticipación y el miedo revolviéndose en su interior. Aquella mañana había vuelto a mostrarse delicado y amable, pero con un filo más intenso. Y todas aquellas caricias tan tentadoras habían sido... Se abrazó a sí misma. Deliciosas.

De alguna manera, había conseguido convencer a Cannon de que no era necesario tener tanto cuidado con ella. No tenía por qué estar tan pendiente de su estado de ánimo, de comprender sus miedos y sus inseguridades.

En realidad, prefería que los ignorara.

A lo mejor, cuando se abriera por completo a él, conseguía que la tratara como a cualquier otra mujer.

Había sido una mujer reservada durante tanto tiempo que no le resultaría fácil. Pero quería a Cannon por completo, lo quería todo, sin reservas.

Y con aquel pensamiento en mente, decidió que encontraría la manera de que eso ocurriera.

CAPÍTULO 22

Cannon entró en el cuarto del baño del pasillo y se aferró al lavabo. ¡Dios del cielo! Aquella mujer era una bomba para su libido. Alejarse de ella le había costado más fuerza de voluntad de la que realmente tenía.

Lo había dicho en serio. Dejar que la cosa fuera subiendo poco a poco sería explosivo. Y, teniendo en cuenta lo novata que era Yvette en todo aquello, al menos en la parte del placer, quería asegurarse de que se sintiera cómoda y estuviera todo lo preparada que se podía llegar a estar.

La noche anterior... Sacudió la cabeza. Había perdido la paciencia y estaba loco de deseo. No era la mejor combinación para estar con una mujer con dificultades para llegar al orgasmo.

La verdad era que con él no parecía costarle demasiado, pero aun así...

Se lavó la cara con agua fría, ignoró la sombra de barba y se cepilló los dientes a toda velocidad. Sabiendo que Yvette todavía tenía que arreglarse, por lo menos se peinaría y se pondría unos vaqueros, se dirigió a la cocina. Y acababa de llegar al final del pasillo cuando oyó una tenue y vacilante llamada a la puerta.

Corrió la cortina de la ventana y vio allí a Armie. Genial. Con Armie no hacía falta ser demasiado educado. En cuanto abrió la puerta, le dijo:

—No puedes quedarte mucho tiempo.

Armie, con una nota en la mano y un pie en el umbral de la puerta, se detuvo.

—¿Quieres que me vaya?

—No, qué va. Puedes quedarte unos cinco minutos.

Y se dirigió a la cocina sabiendo que Armie le seguiría.

—De todas formas quería hablar contigo.

Mientras Cannon llenaba la botella en el fregadero, Armie sacó la silla de la mesa más cercana a la pared.

—Tenías esto en la puerta.

Cannon se volvió y leyó: *Rissy ha estado aquí.* Sonrió.

—Supongo que se ha pasado por aquí esta mañana y ha pensado que había salido a correr.

—Pero no has salido.

Cannon negó con la cabeza. No, se había quedado en casa, disfrutando de la belleza de Yvette mientras dormía plácidamente.

—A lo mejor, al no ver luz dentro de casa, ha imaginado que estábamos durmiendo.

Armie se sentó en una silla, con las piernas estiradas,

—Supongo que estará preocupada.

—Sí, anoche no tuve oportunidad de hablar con ella, pero estoy seguro de que a estas alturas ya está enterada de lo que pasó.

—Se marchó pronto —le recordó Armie.

Cannon le taladró con la mirada.

—Te diste cuenta, ¿verdad?

Armie se encogió de hombros y se repantingó todavía más.

—La llamaré más tarde. A lo mejor la invito a comer. Creo que es posible que algún idiota haya herido sus sentimientos —Cannon calculó los granos de café—. Cuando vino a decirme que se iba, parecía… No sé. Triste.

Armie permanecía tan callado que Cannon volvió a fulminarle con la mirada.

Tras aclararse la garganta, su amigo se enderezó un poco en la silla.

—¿La viste con alguien?

—Yo no, ¿y tú?

Armie negó con la cabeza.

—Bueno, estuvo con los chicos, pero ninguno de ellos haría nada que pudiera molestarla.

—No —se mostró de acuerdo Cannon.

A todo el mundo le caía muy bien Rissy. ¿Y por qué no iba a caerles bien? Era una mujer inteligente y divertida, además de atractiva.

Armie se inclinó hacia delante.

—No habrá vuelto con el idiota de su ex, ¿verdad?

—No, qué va —se volvió hacia Armie—. No es ninguna estúpida.

—Desde luego —comenzó a relajarse de nuevo.

Comprendiendo que era la oportunidad perfecta, Cannon empezó a decir:

—Pero, hablando de estúpidos...

—¿Estábamos hablando de estúpidos?

—¿Qué demonios hiciste con Mindi Jarrett?

—Nada.

Contestó tan serio que Cannon soltó un bufido burlón.

—¡Qué raro en ti!

Armie no era partidario de las segundas citas, a no ser que en la primera hubiera conseguido más incluso de lo que había ido a buscar.

—Bueno, había planeado todo tipo de perversiones, pero se largó.

Cannon sintió entonces una fuerte inquietud.

—¿Anoche no estuvo contigo?

—Ya sabes que no. Por Dios, estuve delante de ti toda la noche ¿recuerdas?

Cannon hizo un gesto, despreciando aquella respuesta.

—Después de eso, quiero decir. Cuando Yvette y yo nos fuimos.

Armie comenzó a contestar, pero recibió un mensaje en el teléfono.

—Espera un momento.

Volvió a recostarse en la silla mientras leía el mensaje.

Cannon pensó que se trataría de algo relacionado con el gimnasio, con su próximo combate o con alguna mujer, así que continuó preparando el café. Asumiendo que Armie querría también café, sacó dos tazas. Estaba a punto de servirlas, cuando sintió dos manos suaves a su alrededor, descendiendo con certera puntería hasta su sexo,

Aquello ya le pareció pasmoso, pero después notó dos senos desnudos contra su espalda.

Estuvo a punto de dejar caer la jarra al suelo, pero consiguió dejarla en el fregadero.

Casi al mismo tiempo, la silla de Armie cayó al suelo. Cannon se volvió a tiempo de ver a Armie dándose la vuelta.

Al darse cuenta de que no estaban solos, Yvette soltó un chillido y se escondió detrás de Cannon.

Apoyando una mano en la pared y frotándose con la otra la nuca, Armie saludó:

—Hola, Yvette.

—¡Ay, Dios mío! ¡Ay, Dios mío! —susurró Yvette.

—Imbécil —le insultó Cannon a Armie mientras alargaba el brazo hacia Yvette y comprobaba que estaba completamente desnuda—. Pega la nariz contra la pared.

—Sí, claro —Armie se encogió de hombros—. De todas formas, ya lo he visto todo.

Cannon gruñó.

—¡Cierra el pico, maldita sea!

Armie comenzó a reírse.

Y, para sorpresa de Cannon, también lo hizo Yvette. Entre sentidos lamentos, gimió, rio e incluso soltó alguna que otra maldición.

—Vamos.

Manteniéndola escondida tras él y con un ojo puesto en Armie, la condujo de nuevo al pasillo. Después, le dijo a su amigo:

—¡No te muevas! Ahora mismo vuelvo.

—¿Estás seguro de que no quieres que me vaya?
—Quédate —tenía docenas de preguntas para Armie.

Sin dejar de desviar la mirada, Armie le saludó con la mano.

En cuanto estuvieron fuera de la cocina, Cannon colocó a Yvette delante de él para así poder cubrirle la espalda.

Y para ocultar lo maravillosa que era por detrás.

Ella continuaba riendo, así que le dio un azote en aquel delicioso trasero.

Yvette dio un salto, se lo tapó con las dos manos y comenzó a reír a carcajadas, provocando una sonrisa en el propio Cannon.

Una vez en el dormitorio, Cannon cerró la puerta y se apoyó contra ella. Era imposible que un hombre estuviera más dividido.

Su mejor amigo acababa de ver a Yvette desnuda.

Yvette le había deseado lo suficiente como para ir a buscarle desnuda a la cocina.

No estaba seguro de qué diablos hacer.

Con los brazos sobre el estómago, Yvette se sentó en la cama e intentó poner freno a su risa.

¡Maldita fuera! Estaba preciosa. El pelo, largo y oscuro, descendía con suavidad sobre sus hombros, derramándose por sus senos y dejando que los pezones rosados jugaran a asomarse y esconderse. El vello que florecía entre sus piernas, tan oscuro como la melena, marcaba un dramático contraste con la piel pálida del vientre y el interior de los muslos. Yvette era todo dulzura y suavidad.

Y era evidente que había ido a buscarle con la esperanza de hacerle olvidarse de su conversación pendiente.

Cannon se cruzó de brazos.

—Armie acaba de verte el trasero.

—Lo sé —fue incapaz de contener un nuevo ataque de risa—. Ha estado a punto de caerse de la silla.

Cannon ladeó la sonrisa.

—No va a dejar de bromear con esto en toda su vida.

Yvette le sonrió mientras se secaba los ojos.

—Podrías haberme dicho que tenías compañía.

—Pensaba que nos oirías hablar.

—He estado lavándome los dientes, alisándome el pelo con el secador… —su sonrisa se tornó pícara— y pensando en todo lo que quería hacerte.

Cannon estaba deseando descubrirlo.

Aunque todavía tenía las mejillas rojas por aquel encontronazo, Yvette se levantó con los brazos a ambos lados de su cuerpo y permitió que Cannon la observara.

—Esperaba distraerte un poco.

—Lo sé —pero no iba a permitírselo.

—¿Quieres saber cómo?

Avanzó lentamente hacia él, sin abandonar aquella sonrisa tan sexy.

—Estás desnuda. Y me has agarrado por detrás —arqueó una ceja—. Creo que puedo imaginármelo.

Cuando llegó hasta él, Yvette deslizó ambas manos por su cuerpo. Suspiró con fuerza y susurró:

—Ayer por la noche, estuviste…

Enloquecido por el deseo.

—¿Sí? —preguntó Cannon.

—Me encantó —se inclinó para besarle el pecho—. Voy a proponerte un trato.

—De acuerdo, oigamos lo que tienes que decir.

Era el momento ideal. Sabiendo que Armie estaba esperándole, no cedería fácilmente. Tener a un colega a una distancia que le permitía oírles garantizaba que Yvette no iba a ser capaz de persuadirle.

Sin dejar de besarle, ella deslizó la nariz por el vello que cubría su pecho, y, tras acariciar con la lengua la tetilla derecha, dijo:

—Intentaré dejar de ser tan reservada si dejas de tratarme como si fuera de porcelana —le mordisqueó el pectoral y después alzó la mirada hacia él con aquellos ojos cálidos y hambrientos—. ¿Cómo voy a olvidarme de la niña asustada que fui en el pasado si tú no eres capaz de olvidarlo?

¿Aquello era lo que Yvette pensaba?

¿Así era como se había comportado con ella?

Desde el final del pasillo, Armie gritó:

—Estaba dispuesto a esperar a que echarais un polvo rápido, pero, si crees que voy a quedarme aquí mientras alargáis los preliminares, ya te puedes ir olvidando —le advirtió a Cannon.

Sonriendo, Cannon apoyó la frente en la de Yvette. Incapaz de detenerse, deslizó las manos por todo su cuerpo, descendiendo por la bahía de su cintura y por la curva de las caderas para trepar después hasta sus senos. Necesita tocarla por lo menos una vez antes de postergar aquel encuentro.

—Cannon —susurró Yvette escandalizada— , ¡no pienso hacer nada sabiendo que Armie está ahí fuera!

La sonrisilla de Cannon se transformó en una sonrisa de oreja a oreja.

—Y yo tampoco te pediría que lo hicieras. Pero cuando se vaya... —la atrajo hacia él y tomó su boca en un largo y profundo beso con lengua— ya puedes ir preparándote para cumplir todas esas promesas que estás haciendo.

Se apartó con ella de la puerta.

—Ahora vístete, ¿de acuerdo?

Yvette le dio un cachete.

—Ahora que sé que no estamos solos, puedes contar con ello.

Cannon volvió a darle un firme y sonoro beso y salió, cerrando la puerta tras él.

Cuando llegó a la cocina, encontró a Armie apoyado contra el fregadero, tomándose una taza de café. En cuanto vio a Cannon comenzó a sonreír.

—He estado a punto de sufrir un paro cardiaco. Y todavía me queman los ojos.

—¡Cállate!

Cannon abandonó la idea del zumo y se sirvió también una taza de café. Necesitaba la cafeína para despejarse.

—Te compadezco, amigo.

Cannon clavó en él la mirada, sin entender a qué se refería.

Armie ronroneó entonces con voz sensual.

—Esa mujer está muy bien.

Sí, lo estaba, pero, ¡maldita fuera!, él no quería de hablar del cuerpo desnudo de Yvette con nadie.

—Ya te he dicho que cerraras la boca.

—Y aquí estás, atrapado en la cocina conmigo —medio disimulando su diversión, Armie bebió un sorbo de café—. ¿Estás seguro de que no quieres que me largue?

—No, no te vayas —señaló la mesa y dijo—: Siéntate.

Armie se sentó a horcajadas en una silla, con actitud desenfadada.

—Tus prioridades son evidentes, tío, y para mí también lo serían.

—Estás tentando a la suerte.

—Sí, me refería a si Yvette no estuviera contigo, ¿sabes? —dejó la taza a un lado—. Teniendo en cuenta que ha intentado meterte mano en la cocina, supongo que las cosas van bien.

Intentando poner freno a sus pullas, Cannon se sentó frente a él y le sostuvo la mirada.

—¿Entonces no estuviste con Mindi ayer por la noche?

Como todavía le quedaba algo de sentido común, Armie olvidó las bromas y le hincó el diente a aquel nuevo tema.

—Esa zorra caprichosa parecía dispuesta a todo, hasta que de pronto desapareció. Se largó sin decir una sola palabra.

Nuevas sospechas comenzaron a alimentar la teoría de Cannon.

—¿Adónde crees que pudo ir Heath anoche?

A Armie no le extrañó aquel giro en la conversación.

—Yo creo que fue directo al médico. Los dos sabemos lo que es tener un hombro dislocado. Ese dolor puede volverte loco... —Armie sacudió la cabeza—. Tú y yo podemos soportarlo, pero él no está entrenado. Es un tipo grande, eso no lo voy a negar. Tenía aspecto de pasarse por el gimnasio con bastante frecuencia. Pero no creo que le hayan roto nunca nada, ni que le hayan pegado como tú lo hiciste. Se quedó pasmado cuando le heriste.

Como si estuviera formándose una tormenta, la tempestad comenzó a penetrar de nuevo en Cannon. Se encogió de hombros, intentando liberarse de las garras de la rabia.

—¿Crees que estaba en condiciones de causar más problemas?

—Claro que no —respondió Armie en tono burlón—. Aunque encontrara a alguien que le colocara el hombro, bueno, eso también duele. Y si no, es probable que haya pasado la noche acurrucado en alguna parte y llorando. ¿Por qué lo preguntas?

Cannon señaló con la cabeza hacia la puerta de la cocina.

—Hoy no estás muy observador, ¿verdad?

—Lo he visto —se defendió Cannon—, pero he imaginado que la habías cerrado con tablones como medida extra de seguridad. Como Yvette está tan nerviosa y todo eso...

Yvette entró en aquel momento en la cocina con el rostro rojo como la grana y los pies descalzos.

—No estoy nerviosa.

Llevaba un vestido blanco de verano que se ceñía en su pecho y caía desde allí hasta a las rodillas. La tela revoloteó entre sus piernas mientras se acercaba a la mesa. No podía parecer más dulce y virginal y Cannon la deseó como nunca.

Armie sonrió y se relajó todavía más en su asiento.

—Hola, Yvette.

Con los hombros inclinados y la cabeza gacha, de manera que la melena ocultara su rostro, ella contestó:

—Cállate, Armie.

—Pero ahora... ya hay más confianza entre nosotros, ¿verdad?

Ella gimió.

—¿Quieres que te enseñe mi trasero para que estemos en paz?

Yvette irguió la cabeza.

—¿Eso es lo único que has visto?

—No.

Gimiendo, Yvette cruzó los brazos sobre la mesa y dejó caer la cabeza. Escondiendo la cara, le preguntó a Cannon:

—¿Puedes hacer que cierre la boca?

—Claro, si eso es lo que quieres.

Armie se inclinó hacia ella y replicó:

—Podrá arrancarme la lengua, pero la imagen quedará grabada para siempre en mi cerebro.

Cannon comenzó a intervenir, pero Yvette se le adelantó. Le plantó un bofetón a Armie y le empujó.

—Idiota.

—Qué sexy.

—Dios, déjalo ya, Armie —cuadró los hombros con un gesto que a Cannon ya le resultaba familiar—. Somos adultos.

—¿Y hemos visto a mucha gente desnuda? —añadió Armie.

Yvette volvió a languidecer y preguntó con un hilo de voz:

—¿De verdad lo has visto todo?

Riendo, Armie le tomó la mano y se la apretó.

—Sinceramente, cariño, en cuanto me he dado cuenta de lo que estaba viendo, he girado tan rápido que he estado a punto de chocarme contra esa maldita pared.

—¿Me lo prometes?

—Ha sido todo muy borroso —arqueó las cejas y añadió—: Una visión borrosa condenadamente sexy, pero aun así...

Ella apartó la mano.

—¡Cambio de tema! —se volvió después hacia Cannon—. ¿Tú crees entonces que Heath estaba demasiado herido como para venir hasta aquí, romper la ventana y darme tal susto que estuve a punto de desmayarme?

—No te desmayaste —respondió Cannon un tanto distraído por lo que estaba observando—. Mantuviste la cabeza fría e hiciste lo que se suponía que tenías que hacer.

—Justo después de ponerme a gritar.

—Sí, después de gritar. Pero cualquiera se habría asustado.

—¡Cariño! —Armie intervino para darle seguridad—. Ayer

por la noche, después de que ese imbécil intentara llevarte, fuiste fuerte como una roca —le apretó el hombro—. Me dejaste impresionado.

Cannon intentó sacudirse aquella sensación, pero no salía de su estupor. Era evidente que Armie, el tipo al que nunca le habían gustado las chicas buenas, ni siquiera cuando estaban con otro hombre, se había hecho amigo de Yvette. Se sentía muy cómodo con ella, era cariñoso, divertido... natural.

Era increíble.

Por supuesto, Armie era capaz de ser amable con cualquiera. Lo era con Harper, la novia de Gage, pero Harper era casi como cualquier otro amigo y las interacciones de Armie con ella eran un tanto superficiales. Y con Rissy, aunque distante, siempre había muy respetuoso.

Pero con Yvette, la más buena entre las chicas buenas, era el buen amigo que Cannon tan bien conocía. Yvette había conseguido lo que ninguna otra mujer había logrado: había conseguido acercarse a Armie.

Este último frunció el ceño.

—¿Qué pasa?

Cannon se recompuso y se encogió de hombros.

—Nada.

—Y una mierda. Me estabas mirando como si me hubiera salido otra cabeza. Como si estuvieras diseccionándome o algo así. Y quiero saber por qué.

—No estás ligando con Yvette.

Armie se echó hacia atrás en la silla.

—¿Qué? ¡Claro que no! Jamás lo haría —miró a Yvette—. Y no te ofendas.

Yvette le sonrió.

—Por supuesto que no.

—Pero, demonios, el hecho de que la haya visto en cueros...

—¡Armie!

—... no significa que pretenda hacer lo que no deba.

—Sí, eso es justo lo que acabo de decir.

Cannon estaba en un cien por cien seguro. Confiaba en Armie sin ningún tipo de reservas.

—¿Entonces… qué? —ladró Armie con expresión fiera—. Di algo que tenga sentido.

—De acuerdo —si estaba en lo cierto, tenían un serio problema entre manos—. No creo que Heath estuviera aquí ayer por la noche. Creo que fue Mindi.

Tanto Yvette como Armie se quedaron mirándole boquiabiertos.

—Sé que puede parecer una locura, pero escuchadme un momento.

Inclinado hacia delante, con los codos apoyados en la mesa, Cannon fue dando cumplido detalle de sus sospechas, informando a Armie de todo cuanto había pasado.

—Ha estado persiguiéndome de una forma casi irracional.

—Es verdad —confirmó Yvette—, pero yo pensaba que le gustabas como le gusta a todo el mundo.

Armie tuvo que disimular una sonrisa al oírla.

—La verdad es que me extrañó que fuera detrás de Armie la otra noche —comentó Yvette.

—Para mí fue un alivio —dijo Cannon—. Hasta que me di cuenta de que no se había ido con él.

—El hecho de que estuviera dispuesta a venirse a casa conmigo no significa que no se muriera por estar contigo —reflexionó Armie en voz alta—. Y con eso no pretendo decir que fueras a aceptar ofrecerle un segundo servicio.

—Qué desagradable —Yvette le miró con el ceño fruncido.

—Por supuesto, no sería exactamente el segundo —respondió Armie con una risa—. A lo que me refiero es a que Cannon no acepta a las mujeres que dejamos los demás. Si yo toco a alguna mujer, él jamás le pondría las manos encima.

—Basta ya de hablar de las manías de Cannon —le advirtió Yvette, y se volvió hacia Cannon—. ¿Entonces creías que Mindi había pasado la noche con Armie?

—Sí, así que no pensé en ella en ningún momento. Pero, a

lo mejor, cuando todo se relajó, vio la oportunidad de venir, sabiendo que íbamos a estar liados durante un rato —señaló el teléfono de Armie con la cabeza—. Supongo que no has recibido ningún mensaje.

—No, solo del promotor. El combate será tipo torneo.

Yvette no lo comprendía, así que Cannon le explicó:

—Tendrá más de un combate.

—Siempre y cuando siga ganando —le aclaró Armie.

—Como acabo de decir, tendrá más de un combate —sabía de la capacidad de Armie, aunque él quisiera restarle importancia—. Se organiza como un torneo de lucha. Los ganadores siguen jugando.

Fascinada, Yvette se dispuso a hacer más preguntas, pero Armie las ignoró.

—Que Mindi no se acostara conmigo no significa que viniera corriendo hasta aquí para romper la ventana.

—No, pero me pareció percibir su perfume.

Yvette arqueó las cejas.

Armie soltó una risotada.

—¿Desde cuándo eres un sabueso?

—Desde nunca. Pero Mindi lleva un perfume condenadamente fuerte.

Yvette le miró de reojo.

—Creo que es un perfume muy caro.

—Como tú digas, pero no me gusta —él disfrutaba de la fragancia de Yvette en cualquier ocasión. Pero pensar en ello, pensar en su pelo, en su piel, en el olor de su excitación, podía causarle problemas—. Y me desagrada que se ponga tanto perfume. Justo antes de darme cuenta de que la ventana estaba rota, noté el olor a perfume, pero no lo registré. Estaba tan enfadado pensando que había sido cosa de Heath que ignoré por completo lo que eso significaba.

Yvette pareció espabilarse de pronto.

—¿Te acuerdas del día que pasó por aquí? Tenía mucha curiosidad por saber lo que había en las cajas.

—Lo sé —Cannon le tendió la mano y le gustó que respondiera posando la suya en ella. Parecía que necesitaba tocarla en todas y cada una de las circunstancias—. Creo que tu abuelo podría tener algo suyo, a lo mejor un objeto empeñado, y pretende recuperarlo.

—¿De forma ilegal? —Yvette frunció el ceño—. ¿Y por qué no nos lo pide?

—Buena pregunta —terció Armie. Se levantó—. Sé que estabais pensando en poneros a hacer guarrerías, así que…

—¡Armie!

—¿Pero qué os parece si le echamos otro vistazo a esa caja fuerte?

Yvette cambió de expresión de forma radical, dejó de censurar a Armie y se levantó de un salto para unirse a él.

—¡Estaba escondida! —tiró de Cannon—. ¡Casi me había olvidado de ella!

Manteniendo la mano de Yvette en la suya, Cannon disfrutó de aquella agradable camaradería.

—Creo que debemos averiguar qué hay dentro.

—¿Me voy o me quedo? —preguntó Armie.

Recordando sus planes, Yvette se mordió el labio y detuvo a Cannon.

Maldita fuera, en aquel momento la deseaba más que nunca. El hecho de que hubiera conseguido que Armie se abriera a ella la convertía en una persona más adorable todavía. Y no porque necesitara mucha ayuda en ese apartado.

Cuanto más tiempo pasaba con Yvette, más convencido estaba de que siempre la había amado. Incluso cuando se decía que era demasiado joven para él. O cuando hacía cuanto podía para recordarse que era una víctima. Mucho antes de que se marchara.

En muchos sentidos, siempre se había sentido atraído por ella: cuando se mostraba atrevida o tímida, decidida o temerosa. Llevaba mucho tiempo luchando contra lo inevitable.

Y una vez que él había dejado de luchar, no iba a permitir que le ocurriera nada.

—Hemos vuelto a perderle... —dijo Armie con un exagerado susurro—. Así que... podría concederos una hora.

Cannon no era capaz de articular palabra.

—¿Necesitas dos horas quizá? —le ofreció Armie, fingiendo estar impresionado.

—Creo que voy a necesitar mucho más que eso —repuso Cannon, sacudiendo la cabeza.

—Maldita sea, tampoco hace falta fanfarronear —le ofreció Armie.

—Estaba hablando de toda una vida.

Armie fue entonces todo sonrisas.

Y Cannon se detuvo para ver la reacción de Yvette.

Cariñosa, sin importarle que Armie estuviera pendiente y, al parecer, sin asustarse por aquella repentina declaración, se abrazó a su pecho. A lo mejor no le había entendido, o pensaba que lo había dicho al calor del momento. O que solo estaba hablando en términos sexuales. Pero le palmeó el pecho y le miró con aquellos ojos verdes, enormes y comprensivos.

—Si tú quieres, podemos ocuparnos después de la caja.

—Eres un tío con suerte —le susurró Armie.

Liberado por su propia admisión, Cannon puso a Yvette de puntillas y la besó. Pero antes de que a Armie se le ocurriera escabullirse, contestó:

—Veamos a ver si podemos encontrar una llave y una contraseña. Quiero saber lo que hay en esa caja.

CAPÍTULO 23

Yvette rebuscó en todos los cajones e incluso detrás de ellos, intentando encontrar la llave y la contraseña. Armie y Cannon revisaron la parte de arriba del aparador y de la nevera, los armarios más altos y todos y cada uno de los rincones a los que ella no llegaba. Incluso regresaron al garaje y subieron al ático para ver si se les había pasado algo por alto.
Pero el altillo del garaje estaba vacío.
Al final, Armie dijo:
—¿Y si revisamos la habitación de tu abuelo?
Cannon e Yvette se miraron el uno al otro.
Un poco avergonzada, ella sacudió la cabeza.
—No he vuelto a entrar allí desde el día que llegué —había pensado en ello muchas veces, pero le seguía resultando demasiado doloroso.
Cannon la abrazó.
—Yo tampoco he estado nunca. Me limité a dejar las maletas en la habitación de invitados.
Había dejado las maletas... y después se había trasladado a la habitación de Yvette.
—¿Es la habitación que tiene una sola cama? —preguntó Armie, que conocía la disposición de la casa—. ¿Esa tan pequeña?
Antes incluso de que Armie comenzara a bromear al respecto, Yvette se mordió el labio y se sonrojó.

Al verla, Armie esbozó una sonrisa traviesa.

—¡Ah! Así que nunca has utilizado esa cama, ¿eh? Muy bonito.

Intentó chocar el puño con ella, pero Yvette se negó a seguirle el juego e intentó darle un manotazo. Armie se las arregló para convertirlo en un choque de manos y consiguió que Yvette terminara riendo.

—Entonces, y no pretendo ser irrespetuoso ni nada parecido, ¿crees que podríamos echarle un vistazo? En el caso de que yo tuviera algo muy íntimo, es muy probable que lo guardara en mi dormitorio.

Yvette, que estaba de acuerdo con él, se dirigió hacia el pasillo.

—No recuerdo que mi abuelo guardara nada relacionado con el negocio en su dormitorio. Todos los papeles los tenía en su estudio y en el aparador del comedor. Aunque la verdad es que yo solo entraba en su dormitorio cuando me tocaba a mí limpiar la casa. Y solo para quitar el polvo y pasar la aspiradora —empujó la puerta y entró.

La luz se filtraba por las rendijas de la persiana, iluminando las motas de polvo que bailaban en el aire. La cama era la misma de siempre, con una sencilla colcha pulcramente estirada sobre el colchón y la almohada.

Los años habían cubierto de arañazos y muescas la cómoda y el tocador de madera oscura. En el platito que había en la mesilla de noche, había algunas monedas sueltas y varios recibos.

—No sé si me siento bien revolviendo entre sus cosas.

Tal y como Armie había dicho, su abuelo guardaba las cosas más personales en su dormitorio. Yvette no sabía gran cosa sobre los aspectos más íntimos de su vida. Para ella era, simplemente, su abuelo. Pero, para el resto del mundo, siempre había sido un hombre.

¿Sería posible que hubiera tenido algún que otro romance? Sonrió al imaginar una revista erótica escondida bajo el colchón. O una carta de amor.

Cannon y Armie esperaron a que decidiera lo que quería hacer. Ella fue directa hasta una fotografía que había encima de la cómoda.

—Esta es mi abuela. No la conocí, pero sé que mi abuelo nunca dejó de quererla.

A su lado había otra fotografía más pequeña. Cannon la levantó sonriendo.

—¿Eres tú?

—Cuando llegué aquí.

Era muy pequeña y se sentía completamente perdida. En la fotografía parecía tímida y un poco asustada... Pero su abuelo se había encargado de ponerle remedio a eso. La había querido, le había ofrecido un hogar y un lugar al que considerar como algo propio.

Colocadas en el marco del espejo del tocador, había más fotografías de Yvette. Algunas tomadas en el colegio y otras más espontáneas. En algunas aparecía en la casa de empeño.

Las emociones se transformaron en un sufrimiento casi físico. El corazón le dolía, literalmente.

Cannon la abrazó y posó la barbilla en su cabeza.

—¿Quieres que revisemos sus cosas Armie y yo? Aparte de buscar la llave, no vamos a mirar nada.

Yvette pensó en ello. Sabía que, de todas formas, con el tiempo habría que almacenar todo cuanto allí había. Y que tenía la obligación de hacerlo.

Posó las manos en las de Cannon y se inclinó hacia él.

—Gracias, pero yo también puedo ayudar.

—De acuerdo —le apretó la mano con cariño y se apartó—. ¿Por dónde empezamos?

Mientras pensaba en ello, Yvette miró a Armie y le encontró... examinando la lámpara de la mesilla de noche.

—¿Armie?

—Sí —sonrió de oreja a oreja—. Yo voto por empezar justo aquí.

Levantó una antigua lámpara de dos bombillas y mostró la

llave que colgaba del interruptor. Debajo de la lámpara, escondida en la base de bronce, había un cuadradito de papel.

¡Vaya! ¿De verdad había sido tan fácil?

La emoción se palpaba en el ambiente. La curiosidad por lo que iban a encontrar no podía ser mayor.

Cannon la instó a adelantarse, dándole un codazo.

—Creo que deberías hacer los honores.

Vacilante, ella retiró el papel y lo desdobló, con Armie y Cannon mirando por encima del hombro. Efectivamente, allí estaba la contraseña escrita con la letra firme de su abuelo.

Justo en aquel momento, el teléfono de Armie rompió el silencio, dándole el susto de su vida.

—Lo siento —dijo Armie mientras sacaba el teléfono del bolsillo. Contestó sin mirar el identificador de llamadas y mirando a Cannon, que estaba descolgando la llave—. Sí, soy Armie Jacobson, ¿qué puedo hacer por ti?

Quienquiera que contestara le hizo arquear las cejas.

—Pues, de hecho, tienes suerte, porque está aquí mismo —le tendió el teléfono a Cannon—. Es para ti. El impresentable de su ex.

Cannon, a diferencia de Armie, frunció las cejas en un sombrío ceño.

—¿Cómo demonios tiene tu número?

—Ha llamado al gimnasio para preguntar por ti y le han puesto en contacto conmigo.

Yvette le agarró la muñeca antes de que pudiera atender la llamada. Puso el teléfono en manos libres y se lo tendió después.

Cannon lo aceptó y contestó irritado.

—Heath, ¿cómo demonios estás?

Yvette se sentó lentamente en uno de los laterales de la cama. Con la llave todavía en la mano, Cannon se sentó a su lado. Armie se sentó al otro.

Aunque su regreso a Ohio había sido un auténtico torbellino, en aquel momento, ella se sintió en paz. Tenía mucho más de lo que muchas personas aspiraban a conseguir en su vida.

Tenía un hogar. Unos amigos maravillosos. Había disfrutado del amor de su abuelo.

Y, por lo menos de momento, tenía a Cannon.

Se apoyó contra Armie y le dio un abrazo. Él vaciló al principio, pero después la golpeó con el hombro con un gesto cariñoso. Suspirando, Yvette se recostó contra Cannon. Este la rodeó con el brazo y la acercó todavía más.

Tras lo que pareció una eternidad, Heath dijo:

—Me has roto el brazo —lo decía en el tono de un niño enfadado.

Sentada entre aquellos dos hombres, hombres honestos y con carácter, a Yvette le resultaba imposible no compadecer a Heath.

Cannon sonrió de oreja a oreja.

—No está roto, tío, solo tienes el hombro dislocado.

—Es lo mismo.

—Nunca te han roto un hueso, ¿verdad? Porque, si quieres, puedes volver a pasarte por aquí para que te enseñe la diferencia.

—Quiero hablar con Yvette —exigió Heath con la respiración tensa.

—No. ¿Algo más?

—Alguien entró en la casa estando ella dentro.

Con el corazón latiendo a toda velocidad, Yvette se irguió. Cannon la abrazó para que no se moviera.

—¿Qué sabes sobre eso? —le preguntó.

—Sé que no fui yo.

Aunque acababa de llegar a la misma conclusión, Cannon se encogió de hombros.

—Pues encaja con tu forma tan cobarde de actuar.

—Pero no fui yo.

—¿Y cómo sabes dónde vive Yvette?

Se oyó respirar a Heath.

—En cuanto llegué aquí, me encargué de averiguar todo sobre ella —replicó bruscamente—. ¡Para protegerla!

—¿De quién? Eres tú el que la estás acosando.

—¡Es evidente que no soy el único!

¡Que no era el único! ¿Eso significaba que Heath estaba admitiendo cuál era el problema?

Cannon continuaba abrazándola, con la mano en su cintura. Y Armie le palmeó la rodilla.

¿De verdad creían que necesitaban advertirle que permaneciera en silencio? Dejó escapar una lenta respiración y sonrió, dejando claro que no era ninguna estúpida.

—¿Quién más anda metido en esto?

—No lo sé, por eso te lo estoy advirtiendo.

—¿Que me estás advirtiendo? ¿A mí?

—¡Te estoy avisando para que la mantengas a salvo! —en un intento de dominar su genio, tomó aire varias veces—. Fui a la casa... para ver cómo estaba ella.

—Vaya, vaya.

Dios santo, iban a tener que avisar a Margaret. Y, a lo mejor, cambiar de casa durante una temporada.

—¿Qué motivo iba a tener para entrar en la casa? —le desafió Heath. Y después elevó la voz—. Quiero a Yvette, la quiero a ella en cuerpo y alma. No quiero nada suyo.

Cannon se levantó de un salto, con los músculos de los brazos y los hombros en tensión.

—Como se te ocurra acercarte otra vez —le advirtió en un tono asesino—, haré mucho más que romperte el maldito brazo.

El silencio se alargó durante tanto tiempo que Yvette pensó que Heath había colgado.

Por lo visto, Cannon no.

—Yo he tenido que volver a colocarme el hombro varias veces, Heath. ¿Conseguiste hacerlo tú solo?

—No, idiota. Pero encontré a alguien que lo hizo.

—¿Ah, sí? ¿Y lloraste?

—Vete al infierno —y, con voz más serena insistió—: No fui yo el que entró en casa. Y ahora, ¿piensas protegerla o no?

—Por supuesto.

—Muy bien. En ese caso, volveré a mi casa. Pero… pídele algo por mí. Dile que la quiero. Y que lo siento. ¿Lo harás?

Por lo visto, Heath estaba decidido a agotar la paciencia de Cannon.

—Le diré que vas a salir de su vida para siempre, ¿qué te parece?

Heath gritó. Fue un sonido gutural, casi primitivo, de frustración salvaje, que hizo temblar a Yvette y retroceder a Armie.

Después, colgó.

—Dios mío —exclamó Armie—. Ese tipo está completamente trastornado.

Aturdida, Yvette se levantó y se acercó a Cannon. Este se mantenía de espaldas a ella, con los hombros rígidos y apretando sus puños enormes.

Sin estar muy segura de cuál era su humor, ella acercó la mano a su brazo.

Y, como si aquello hubiera desatado algo en su interior, Cannon tiró de Yvette para colocarla delante de él, hundió la mano en su pelo y la besó con ardor, con dureza, con un beso capaz de paralizarle el corazón. Casi al instante, pareció apaciguarse y comenzó a acariciarle la cabeza.

Ella le comprendía. Heath había estado cerca de la casa. Había estado vigilándola, a lo mejor hasta la había seguido. La enfermaba pensar en ello.

Así que necesitaban pensar en otra cosa.

Enmarcó el rostro de Cannon con las manos y se apartó.

—Vamos a abrir esa caja fuerte.

Una pistola. Nada extraño ni fuera de lo normal, solo un revólver Smith & Wesson calibre treinta y ocho guardado en un estuche acolchado. La gran pregunta, y Cannon lo sabía, era por qué lo había guardado Tipton en una caja fuerte.

Antes de abrir el estuche, lo llevaron a la mesa de la cocina.

En aquel momento estaban todos sentados a su alrededor, mirándolo con curiosidad y recelo.

Pensó en la nota que Tipton le había dejado.

«Pero la venta obligará a vaciar la casa y eso podría entrañar otro tipo de problemas para ella».

¿Aquel era el problema al que se refería?

—Mi abuelo nunca tuvo armas de fuego en la casa de empeños —al lado de Cannon, Yvette cambió de postura—. ¿Crees que la tenía guardada porque alguien la utilizó para cometer un crimen?

—Esa puede ser una hipótesis tan buena como cualquier otra.

Le habría gustado comprobarlo, ver si estaba cargada, pero no debía tocarla por si había huellas en ella… La empuñadura era negra, el cañón estaba bruñido. Parecía nueva, no parecía presagiar nada malo.

Pero, por si acaso, nadie la tocó.

Armie estaba sentado a horcajadas en su silla.

—¿Crees que deberíamos ir a ver a Mindi?

—Creo que deberíamos llamar a Logan y a Margaret.

Desde la puerta de la cocina, intervino una voz.

—No será necesario.

Se volvieron los tres a la vez y descubrieron a Frank Whitaker en posición de disparar. A diferencia de cuando estaba en su despacho, parecía tener toda su atención alerta. Llevaba una Glock de nueve milímetros en la mano. Cannon podía ver la recámara y no tenía la menor duda de que estaba cargada.

Mientras colocaba a Yvette tras él, le preguntó:

—¿Cómo has conseguido entrar?

Whitaker alzó una llave con la mano izquierda.

—Hice una copia —en la derecha mantenía con firmeza la Glock—. No tienes por qué ir a ver a Mindi. Se ha ido.

—¿Adónde? —preguntó Armie, adelantándose a Cannon.

—¡No! No te muevas.

Movía la pistola, apuntándoles a los tres. Tras guardarse la llave en el bolsillo, se secó el sudor de la frente con el antebrazo.

—No quiero hacer ningún daño a nadie, así que, por favor, no me obliguéis a ello.

Desde el marco de la puerta, fuera de su alcance, apuntándoles con la pistola y en absoluto relajado, Whitaker señaló la mesa.

—Sentaos, los tres.

Cannon sacó una silla para Yvette, que seguía detrás de él.

—¿Qué quieres?

—En primer lugar, el estuche. Mindi estaba segura de que lo tenías tú y no era capaz de dejar de darle vueltas. Le dije que no importaba, que dejara las cosas tal y como estaban. Pero ella no estaba dispuesta a detenerse.

—No le habrás hecho ningún daño, ¿verdad?

—¿Hacerle daño a Mindi? No, claro que no. La amo.

Cannon sintió la mano de Yvette en la espalda, asegurándole que se encontraba bien. Después de todo lo que había tenido que pasar, Cannon no la hubiera culpado si se hubiera derrumbado en aquel momento.

Pero no lo hizo. Permaneció serena, acariciándole el hombro, y él se sintió muy orgulloso de ella. Siempre y cuando permaneciera a salvo, protegida tras él, podría manejar la situación.

—¿Dónde está?

—Me ha dejado.

—¿De verdad estuvo contigo alguna vez? —Armie le recorrió con la mirada, descendiendo desde su cabeza calva hasta su prominente barriga—. ¿Estás hablando en serio, tío?

—¡Mindi me amaba!

—¿Eso era lo que te decía?

Maldita fuera. Cannon sabía exactamente lo que se proponía Armie. Atraer la cólera de Whitaker. Sacrificarse a sí mismo si era preciso.

Reclamando la atención el abogado, Cannon dijo:

—Ya sabía yo que había algo entre vosotros.

—No sabías nada. Mindi me dijo que estaba intentando acercarse a ti… para localizar la pistola, por supuesto.

—Me da igual —insistió Cannon—, el caso es que lo sabía. Supongo que cualquiera que estuviera cerca de vosotros lo habría sabido.

—¿Cómo? —desesperado por obtener cualquier información, Whitaker se acercó a él—. ¿Cómo lo sabías?

—Por su forma de mirarte. Era demasiado íntima como para ser la de una secretaria.

Whitaker pareció suavizarse y sonrió.

—¿Qué piensas hacernos? —preguntó Armie.

—Esto no tiene nada que ver contigo —señaló a Cannon—. Pero tú… No quisiste vender, que es lo que deberías haber hecho —se inclinó hacia un lado para ver a Yvette—. Y pensaba que tú terminarías volviendo a California. Tipton me contó que te había pedido muchas veces que te quedaras, pero tú nunca quisiste. Y ahora, justo cuando ha muerto, ¿decides instalarte aquí?

—Nos iremos todos —le ofreció Cannon—. Ya sabes que tengo una casa en Kentucky. Iba a pedirle a Yvette que se reuniera conmigo allí.

Yvette continuaba posando la mano en la espalda de Cannon.

—Ojalá fuera cierto —sacudió la cabeza lentamente—. Pero quiere volver a abrir la tienda, lo que demuestra que pretende quedarse. Sabía que terminaría encontrando la pistola. No lo entiendes, no puedo arriesgarme a que la descubran.

Armie cambió de postura.

—¿Cómo llegó a manos del abuelo de Yvette?

Frank parecía tener ganas de disparar a Armie en ese mismo instante, pero tomó aire, jugueteó con los botones de su camisa y exhaló con renovada calma:

—Tipton y yo éramos amigos, ya te lo dije.

—Sí, lo recuerdo.

El abogado asintió.

—Después de la muerte de mi esposa...

—¿Después de que la mataras?

—¡No fui yo! —Whitaker parecía alarmado y ofendido. Se ahuecó el cuello de la camisa—. Ya te he dicho que yo no quiero hacerle ningún daño a nadie.

—¿Entonces quién?

—Mindi. Dijo que mi esposa tenía que desaparecer si queríamos llegar a estar juntos —tragó de manera audible—. Cuando yo estaba en el juzgado, se llevó algunas de las cosas de mi esposa para que pareciera un robo... y la mató.

—¿Has oído hablar del divorcio? —preguntó Armie en tono inexpresivo.

Whitaker negó con la cabeza.

—No podía. Al menos, sin perderlo todo —se secó las sienes y el cuello.

Aquel hombre estaba sudando como un cerdo. Y su nerviosismo aumentaba a medida que hablaba. ¿Porque pensaba quizá que tendría que matarlos a todos?

—Se negaba a divorciarse sin hacerme pagar por ello y Mindi se negaba a esperar a que lo arreglara todo —y, como si quisiera convencerles, añadió—: ¡Yo no soy un hombre rico! He tenido que trabajar mucho para conseguir todo lo que tengo, por modesto que sea. ¡Si tuviera que dar la mitad de lo que tengo me arruinaría!

—Es imposible que mi abuelo ayudara a encubrir a una asesina.

Tras aquella queda interrupción, Frank miró hacia el semblante furioso de Yvette.

—No, él no era así. Tu abuelo era un hombre muy bueno.

—Sí, lo era.

—Lo que no entiendo —Cannon volvió a bloquear a Yvette con su cuerpo— es por qué demonios no te deshiciste de la pistola.

—Mindi —parecía más abatido con cada segundo que pasaba—. Aunque era mi ayudante, actuaba siempre por su cuenta.

Le llevó a Tipton una caja sellada con los objetos más personales de mi esposa. Le dijo que yo estaba destrozado, que tenía miedo de que quisiera deshacerme de ellos y terminara arrepintiéndome —alzó la mirada. Tenía los ojos enrojecidos por las lágrimas—. A mí me decía que era una manera de atarme, que, si alguna vez intentaba culparla del asesinato, todo el mundo sabría que yo también estaba involucrado.

Cannon no podía comprender cómo un hombre, y mucho menos uno cultivado y con medios, podía ser tan estúpido.

—¿Y aun así sigues queriéndola? —Armie soltó un silbido—. No tienes remedio.

—¡Armie! —le advirtió Cannon.

No quería, y tampoco lo necesitaba, que su amigo hiciera ninguna heroicidad.

En cualquier caso, Tipton no pareció oírle. Les miraba, pero no parecía estar viéndoles.

—Como no sabía lo que había dentro, Tipton aceptó guardármela. Yo pensaba recuperar la caja, pero cuando murió…

—Él lo sabía —le dijo Cannon—. Era un hombre bueno, honesto, y sabía que te habías metido en algo que no debías. Por eso conservó la pistola, solo la pistola, Frank, nada más, escondida en una caja fuerte en el ático.

Frank negó con la cabeza.

—No, él confiaba en mí.

—Me temo que no, amigo —Armie se levantó—. Él estaba al tanto de todo, ¿y quién sabe a quién pudo llegar a contárselo? Acabamos de encontrar la llave y la contraseña de la caja fuerte, pero es posible que hubiera más notas. Deberías largarte mientras puedas.

Mierda. Cannon se tensó, preparándose para atacar en el caso de que fuera necesario. No podía permitir que Yvette terminara herida, maldita fuera, y tampoco quería que hirieran a Armie.

Asustado, Whitaker dio un paso hacia Cannon.

—¿Contaba algo en la carta que te dejó?

—¿Así que robaste una llave, pero no leíste la carta?

—No pude —hundió los hombros y se apoyó en el mostrador—. Tipton la había sellado, así que no podía leerla sin que te enteraras.

Miserable canalla.

—¿Te pidió que te quedaras? —Whitaker desvió de nuevo la mirada hacia Yvette—. ¿Por eso estás aquí todavía?

Mierda, mierda mierda.

—Estoy aquí porque quiero estar aquí —contestó Cannon al tiempo que Yvette preguntaba:

—¿Qué carta?

—¡Deberías haberte marchado! —Whitaker se apartó del mostrador blandiendo la pistola, empujado por un ataque de rabia—. ¡Eso lo habría resuelto todo!

—La casa de empeños —dijo Cannon, pensando en el cubo con trapos que habían dejado detrás de la puerta—. ¿Mindi y tú intentasteis prenderle fuego para que nos marcháramos?

—¡Ya te lo he dicho! —perdiendo por completo la frialdad, Whitaker elevó la voz hasta llegar a un tono ridículamente agudo—. ¡Fue Mindi, no yo!

—Señor Whitaker —después de acariciarle de nuevo la espalda, Yvette se asomó por detrás de Cannon—, usted no tiene la culpa de nada.

Whitaker respiraba con fuerza y el sudor corría por su mandíbula.

Con voz serena y delicada, Yvette preguntó:

—¿Sabe adónde ha ido Mindi?

—Se ha marchado —parecía perdido, desamparado, y se aferró de inmediato a la posibilidad de contar con un aliada—. No sé dónde está —metió la mano en el bolsillo y sacó una nota con mano temblorosa—. Me ha dejado esto.

A Cannon le entró pánico al pensar que Yvette iba a acercarse a por la nota.

Pero ella no se movió.

—¿Qué pone en la nota? —preguntó con suavidad.

Whitaker arrugó la nota en el puño.

—Que me ama, pero que no iría a la cárcel por mí.

—Y usted la ama, pero no tiene por qué ir a la cárcel por ella.

Temiendo que el abogado pudiera estallar en cualquier momento, Cannon se levantó, manteniéndose delante de Yvette todo lo que pudo.

—Es bastante fácil, Whitaker —se acercó a él muy despacio para no provocar ninguna reacción. Cerró el maletín, bloqueó la cerradura y se lo tendió—. Toma. Nadie tiene por qué enterarse nunca.

El abogado se humedeció los labios con un gesto de inseguridad.

—Necesito pensar —alzó la pistola y utilizó el antebrazo para colocarse las gafas sobre el puente de la nariz. Clavó la mirada en Yvette—. Creo que debería llevármela.

Cannon se le quedó mirando fijamente y contestó con toda la determinación de la que fue capaz:

—No.

—Si ella viene conmigo —razonó Whitaker— ninguno de vosotros me seguirá. Y tampoco llamaréis a la policía. Solo tendréis que esperar a que la suelte.

—No te la vas a llevar —a Cannon le latía el corazón a toda velocidad.

Armándose de valor e ignorando las protestas de Cannon, Whitaker insistió.

—Creo que eso es justo lo que voy a hacer —apuntó a Cannon—. Vamos, Yvette, o tendré que disparar.

Cannon la agarró con fuerza, reteniéndola tras él. Entrecerró los ojos. El ritmo de su pulso era trepidante.

—Ya he dicho que no va a ir a ninguna parte.

Whitaker alzó la barbilla.

—Te dispararé.

Era preferible a que se llevara a Yvette.

—Nadie muere al primer disparo y te aseguro que voy a destrozarte antes de que consigas disparar el segundo.

Whitaker apretó la barbilla y desvió la mirada hacia Armie.

—Muy bien. Dispararé una vez —apretó la barbilla con la mano en el gatillo.

Con el brazo extendido, Yvette se acercó a él.

Cannon se abalanzó para colocarse delante de ella.

Whitaker cambió de objetivo.

Y se desató el caos.

Entró otro hombre en la cocina, le hizo un placaje a Whitaker y le lanzó con tanta fuerza contra los armarios que se golpeó la espalda con el duro borde del mostrador. Y aquello se convirtió en un amasijo de brazos, piernas, chillidos y gritos.

La pistola se disparó dos veces, provocando un ruido ensordecedor en la cocina.

Cannon cubrió a Yvette lo mejor que pudo mientras la sacaba al comedor y la colocaba tras una pared divisoria. Se oyó otro disparo, y Armie gritó:

—¡Maldita sea!

El olor acre de la pólvora ardía en el aire.

El miedo dejó a Cannon sin respiración. Agarró a Yvette por los hombros y la recorrió rápidamente de la cabeza a los pies. Y, aparte de la mirada asustada, los labios entreabiertos y el rostro pálido, parecía ilesa.

Regresó a la cocina y se paró en seco al ver a Armie sosteniendo la pistola y sin dejar de maldecir. En los vaqueros, en la parte de atrás, hacia el costado izquierdo, la sangre iba empapando el pantalón.

No parecía una herida peligrosa. Armie estaba erguido, no encogido por el dolor. Sujetaba la pistola con firmeza y no se tambaleaba.

—¿Armie?

—Estoy bien —sin apartar la mirada de los dos hombres, preguntó—: ¿Yvette?

Superado el peor de sus temores y con una fría furia, le dijo a Yvette:

—No te muevas.

Cuando esta asintió, fue a reunirse con su amigo.

—Moveos —les dijo Armie a los dos hombres—. Por favor, haced un puto movimiento.

Heath, con la cabeza afeitada, el rostro cubierto de pelos y lo que parecía un tatuaje tribal en la espalda, jadeaba intentando tomar aire, con el brazo pegado al costado.

Whitaker gemía maltrecho; la sangre bombeaba de su estómago, su pecho y su hombro. Tenía la nariz hinchada, las gafas caídas y el poco pelo que le quedaba levantado como el plumón de un polluelo.

Armie apretó la barbilla.

—Llama… —hizo un gesto de indecisión— a alguien. A la policía, a la ambulancia… a quien sea. Este… —señaló a Whitaker— se ha llevado la peor parte. No sé si lo superará. Y ese… —tocó con la punta del pie el muslo de Heath, haciéndole gemir— parece que ha venido al rescate, pero mira en qué estado se encuentra, disfrazado y hecho un asco.

—He llamado al 911 y a Margaret.

Cannon se agachó y registró a los dos hombres en busca de armas. Heath llevaba un cúter en un bolsillo y un frasco con pastillas en el otro. Estaba pálido de dolor, pero Cannon no confiaba en él. Aunque había llamado diciendo que se había ido, estaba cerca de la casa. Probablemente vigilándola. Esperando la oportunidad de llevarse a Yvette.

—Vigílale.

—Encantado.

Se volvió hacia Whitaker. El abogado parecía estar agonizando a toda velocidad. El charco de sangre se extendía a su alrededor en el suelo y tenía los ojos vidriosos, ciegos.

Desando encontrar la manera de ahorrarle aquella visión, Cannon se volvió hacia Yvette.

Esta permanecía en el comedor anexo a la cocina, con el labio inferior entre los dientes.

—¿Has pedido que traigan una ambulancia?

Yvette asintió, con los ojos todavía como platos.

—Yo... —señaló el armario—, ¿puedo sacar toallas?

Tenía los ojos llenos de lágrimas, pero no las dejó caer. Era increíble.

—Sí, eso estaría bien.

Si estaba dispuesta a ayudar, a lo mejor mantenerse ocupada hacía que le resultara todo más fácil. No era ninguna estúpida. Ella también tenía que ser consciente de lo que significaba que Heath estuviera allí en aquel momento. Pero aun así seguía adelante.

Cannon la había subestimado en muchas ocasiones. No volvería a hacerlo nunca.

Yvette corrió al armario y desvió la atención de Heath y de Whitaker mientras sacaba del interior un montón de toallas.

Cannon terminó de registrar al abogado. No llevaba armas, pero le quitó el teléfono y la nota de Mindi. No estaba firmada, pero seguramente podrían cotejar la letra.

—¿Yvette? —susurró Heath.

Yvette se volvió hacia él con expresión pétrea.

—Lo siento, pequeña. Lo siento mucho.

Cannon vio que a Yvette comenzaba a temblarle el labio inferior y la rodeó con el brazo.

—Si de verdad te importa, déjala en paz.

Heath cerró los ojos, hizo un breve asentimiento con la cabeza... y perdió la consciencia.

Whitaker emitió un gorgoteo... que apenas duró. Cannon estaba convencido de que aquel canalla acababa de morir.

—Toma.

Armie le tendió la pistola a Cannon, agarró una de las toallas y comenzó a salir con paso tambaleante.

—¿Qué haces?

Armie se detuvo con la cabeza gacha y soltó una risita.

—Una de esas balas me ha rozado el trasero. No es grave, pero duele como un demonio. Así que, si me perdonas...

Yvette se volvió rápidamente hacia él.

—¡Armie!

—No, muñeca, cuando he dicho que iba a enseñarte mi trasero porque yo había visto el tuyo estaba de broma.

Yvette volvió a exclamar, pero, en aquella ocasión, por una razón muy diferente.

—¡Armie!

Riendo, este le dijo a Cannon.

—Si fuera tú, sellaría el trato.

Avanzó después cojeando por el pasillo y terminó cerrando la puerta del cuarto de baño de un portazo.

Segundos después aparecieron la ambulancia y la teniente Margaret Peterson.

CAPÍTULO 24

Una semana después, a mitad del día, con el sol entrando a raudales por las ventanas abiertas del dormitorio, Yvette se arrodillaba delante de Cannon. No por primera vez.

Él se aseguraría de que no fuera la última.

Eran muchas las cosas que Cannon había pensado que podían hundirla: la muerte de Whitaker, el inminente juicio de Heath que, por suerte, permanecía entre rejas, la detención de Mindi cuando estaba intentando abandonar el estado... Y la carta de su abuelo, que había leído al menos una docena de veces.

Pero era una mujer mucho más fuerte de lo que jamás habría imaginado. Y tan sexy que no estaba seguro de cómo podía soportarlo. Una vez habían dejado todas las amenazas tras ellos, parecía decidida a disfrutar de lleno de aquella sexualidad con la que había vuelto a encontrarse.

Con él.

El hecho de que demostrara ser insaciable solo le hacía quererla todavía más.

—Espero —le advirtió Yvette mientras le mordisqueaba la cadera— que estés pensando en mí y solo en mí.

—Estoy pensando en ti y solo en ti.

Hundió los dedos en su larga melena y se obligó a sostenerle la cabeza con suavidad, sin urgirla a acercar la boca allí donde más lo necesitaba. Era a ella a quien le tocaba decidir lo que quería y cómo lo quería.

Con cada día que pasaba, iba haciéndose más atrevida en la cama y fuera de ella. Saber lo mucho que disfrutaba Yvette del sexo con él le hacía sentirse mucho más viril de lo que se había sentido nunca pateando traseros en la SBC.

—Cada vez que veo este cuerpo tan increíble te deseo —susurró ella, deslizando las manos abiertas por sus muslos y posando la boca abierta sobre los abdominales.

Como lo había dicho desnuda y de rodillas, él no fue capaz de pensar una respuesta. Diablos, de lo único que era capaz era de permanecer en pie.

Yvette tomó sus testículos con una mano mientras deslizaba la nariz por su miembro, haciéndole ronronear de placer.

—Pero no es solo tu cuerpo lo que me gusta.

Cannon no iba a poder sobrevivir a aquello.

—Pequeña...

—Shh... —alzó la mirada hacia él, con aquellos ojos enormes, cálidos y hambrientos—. Quiero que sepas que eres tú, Cannon. No solo un luchador famoso con un cuerpo magnífico. Tú, todo tú. Te oigo y te deseo. Pienso en ti y te deseo. ¿Crees que esto terminará alguna vez?

—No.

Tensó los dedos en su sedoso pelo y tuvo que cerrar las rodillas para reprimir las ganas de presionarla. Respirar hondo no iba a servirle de nada. Pero, aun así, lo intentó.

—Ya te dije que éramos buenos juntos.

Yvette le apretaba con aquella mano diminuta.

—Umm —dijo, a modo de reconocimiento, y le lamió desde la base del miembro hasta la punta.

Él se estremeció, esperando el inmediato cosquilleo, y sintió su boca fogosa cerrarse sobre él.

Debería haberse tumbado, comprendió mientras se apoyaba en la pared para no caer. Con la mirada ardiente, la observó moverse sobre él, observó su boca, sus manos... sintió incluso los pezones sobre sus muslos.

Perdido por completo, apoyó la cabeza en la pared y luchó para retrasar la liberación final. Quería estar dentro de ella y quería que ella estuviera con él cuando se corriera.

Disfrutó de sus atenciones hasta que tuvo la certeza de que ya no iba a durar ni un segundo más.

—Ya basta —utilizando su pelo como si fuera una correa, se separó de ella—. Ya basta, cariño. No quiero más.

Ella se apoyó sobre los talones, se humedeció los labios y le dirigió una mirada soñadora.

—¿He hecho algo mal?

Cannon la levantó en brazos y se sentó con ella en la cama.

—Te prometo que, cuando me acaricias estando desnudos, es imposible que hagas nada mal —la besó, deslizó la mano entre sus piernas y tuvo la gratificación de encontrarla ya húmeda y caliente—. ¿Te ha gustado lo que me estabas haciendo?

—Sería capaz de devorarte entero —musitó, y procedió a mordisquearle el labio inferior y la barbilla.

Dios, no podía ser más sexy.

—Si queremos jugar limpio, ahora me toca a mí.

Besó su cuerpo entero, prestando una atención especial a los rincones más sensibles, se levantó de la cama y la llevó hasta el borde del colchón.

—Apoya los pies en mis hombros.

Durante un instante, ella respiró con fuerza, sin moverse. Él la agarró por los tobillos, le levantó los pies y la colocó como quería, con las piernas abiertas y esperándole.

Con un sentido gemido, ella relajó las piernas y Cannon utilizó la boca para llevarla a un nivel de excitación similar al suyo.

Cuando estuvo cerca del orgasmo, Yvette intentó apartarse, pero él la retuvo.

—No es justo —jadeó—. Tú me has obligado a parar.

—Es completamente distinto, cariño.

Volvió a acercar su boca otra vez, lamiendo, succionando, presionándola.

—La próxima vez —gimió ella, acercándose cada vez más al orgasmo—, yo tampoco pienso parar.

A Cannon le bastó pensar en ello para estar a punto de correrse.

Con los talones presionando los hombros de Cannon, las piernas en tensión y el cuello arqueado, Yvette gritó, excitándole con su placer más aún de lo que lo había hecho con sus palabras.

En el instante en el que alcanzó el clímax, Cannon se apartó, se puso un preservativo a toda velocidad y se hundió en ella.

Fue un encuentro rápido y frenético, pero ella le siguió en todo momento. Cuando llegó al orgasmo por segunda vez, Cannon se unió a ella al tiempo que se preguntaba cómo podía ser tan increíblemente perfecto.

Una y otra vez.

Fueron pasando los minutos, pero ella no quería que Cannon se apartara. Él permanecía relajado, con el rostro contra su cuello, pensando en la facilidad con la que podría haberla perdido.

Y en cómo la había dejado marcharse.

—Todavía sigues dándome demasiado —se quejó Yvette, mientras le acariciaba la nuca con mano lánguida.

No lo suficiente, por lo menos, según sus cálculos. Quería dárselo todo. Placer sexual. Seguridad, por supuesto. Y también amor. Y un matrimonio. Y toda una vida en común.

Pero ya había mencionado la posibilidad de una vida en común en una ocasión y ella había reaccionado con compasión.

No era, precisamente, la respuesta que esperaba.

Jamás se le había declarado a una mujer. Pero desde su vuelta o, en realidad, desde que se había marchado, Yvette le había tenido atado.

Ella hablaba de su enamoramiento adolescente, del héroe al que había idolatrado desde que la había rescatado.

Se había convertido en una mujer madura, independiente, y le deseaba a un nivel sexual, pero continuaba manteniendo sus sentimientos bajo control.

Aquello minaba su paz mental, Cannon necesitaba saber si le amaba.

Las cosas habían cambiado a un ritmo vertiginoso. Yvette había perdido a su abuelo, había vuelto a casa, había superado una crisis tras otra, había visto su vida amenazada desde múltiples frentes.

Tenía que darle tiempo, no debía presionarla. Y lo haría siempre y cuando ella no intentara marcharse otra vez. Porque, si lo hacía, lucharía por ella.

Yvette hundió la mano en su pelo y le besó la sien.

—Estás advertido.

Cannon se incorporó para mirarla y, al contemplar su pelo revuelto y los labios hinchados, tuvo que besarla. Y después tuvo que besarla otra vez.

—¿De qué estoy advertido?

—A partir de ahora, voy a luchar por lo que quiero.

Cannon escrutó su rostro, sin estar seguro de lo que pretendía decir.

Divertida por su confusión, Yvette añadió:

—De ti.

—¿De mí?

No tendría por qué luchar por ello. Él se lo daría de buen grado.

Yvette asintió lentamente, con el placer curvando sus labios, y susurró:

—De ti. Encima de ti y debajo de ti. Contigo —le devoró con la mirada y suspiró—. Solo quería que lo supieras.

Cannon empezó a preguntar los detalles, pero un ladrido puso freno a sus intenciones.

Resplandeciendo de felicidad, Yvette preguntó:

—¿Estás preparado?

—No.

Giró sobre su espalda, tardó un segundo en hacerse cargo de la situación y alargó la mano hacia sus boxers.

Riendo, Yvette se puso la camiseta y las bragas.

—Por lo menos ha esperado a que termináramos.

Ellos no terminarían nunca. Cannon sentía cada vez una mayor urgencia de decírselo y la necesidad incluso mayor de que ella lo admitiera.

Ajeno a aquellos tormentosos pensamientos, con aspecto de sentirse amada y feliz, Yvette fue a abrir la puerta del baño.

Muggles, el chucho de medio tamaño que habían adoptado un día después de que Whitaker muriera y arrestaran a Heath, entró corriendo, como si hubiera pasado días sin verles y no solo unas horas.

Por lo que les habían contado en el refugio para perros, Muggles había vivido atado a una cadena, vigilando un tráiler. Su vida no había sido fácil, hasta que habían detenido a su dueño por elaboración de anfetaminas y Muggles había ido al refugio, en busca de un hogar mejor y permanente.

El día que le habían conocido, Muggles había babeado demasiado, había saltado y corrido mostrando una energía excesiva. Y se había enamorado de Yvette nada más verla.

Cuando Cannon le acariciaba, cerraba los ojos, se lamía sus carnoso hocico y ronroneaba como un león.

A Cannon le gustaba que hiciera compañía a Yvette cuando él no estaba, y eso incluiría también estar en la tienda. Pronto la abrirían y, aunque de momento el peligro había desaparecido, Yvette había sido amenazada durante demasiadas ocasiones como para dar su seguridad por garantizada.

Muggles era un encanto, pero también un perro guardián excelente, lo cual lo convertía en la mascota perfecta. Se llevaba de maravilla con los niños del gimnasio, adoraba al resto de luchadores y tenía una tendencia natural a mostrarse vigilante.

Cannon tenía sentimientos encontrados sobre la casa de empeños. Había quedado preciosa y a Yvette le encantaba.

Como la tienda la hacía feliz y Cannon adoraba a Yvette,

quería que la tienda funcionara. Pero, con el tiempo, él tendría que regresar a Harmony. Durante dos o tres meses al año, tendría que permanecer allí durante largos periodos de tiempo para entrenar.

Cuando se fuera, quería que Yvette se marchara con él y no tuviera responsabilidades que la ataran.

La observó mientras le decía al perro:

—¿Quieres venir al gimnasio con nosotros? ¿Sí? ¿Sí quieres, muchachito? Sí, claro que sí. Qué buen chico.

Riendo, Cannon le dio una palmada en la cabeza.

Ella alzó la barbilla y le miró con los ojos entrecerrados.

—¿Qué es lo que te parece tan gracioso?

—Le hablas como si fuera un niño —y hasta eso le excitaba—. ¿Crees que nos dejará ducharnos juntos?

—Claro que sí —le agarró la cara al perro—. Muggles es un buen chico, ¿a que sí, Muggles?

Encantado de recibir tantas atenciones, Muggles movió la cola y contoneó su cuerpo rechoncho y achaparrado.

—Sigue así —le advirtió Cannon— y terminará haciéndose pis encima de ti.

Muggles les siguió al cuarto de baño, pero se tumbó en la alfombra que había fuera de la bañera y estuvo roncando mientras ellos se duchaban. Siempre y cuando pudiera estar cerca de Yvette, estaba contento.

Y, como a él le pasaba lo mismo, Cannon le comprendía.

Menos de una hora después, iban de camino al gimnasio. El torneo de Armie comenzaría pronto y, aunque había terminado con algunos puntos en el trasero, aquel incidente no había aminorado el ritmo de los entrenamientos ni había minado su determinación.

—Dudo que nadie quiera darme un puñetazo en el trasero.

Cannon sabía que era tan probable que Armie recibiera una patada en el trasero como en cualquier otro lugar, pero comprendía la necesidad de Armie de superarse. Por suerte, ya le habían quitado los puntos y estaba recuperado.

—¿Te he dicho últimamente lo mucho que disfruto estando en el gimnasio, viéndote entrenar con Armie y siendo testigo de todo lo que has conseguido para la comunidad?

Muggles miró a Cannon y se acercó después a la ventana con la lengua fuera y moviendo la cola. Lo inesperado de la pregunta de Yvette despertó la curiosidad de Cannon, pero se limitó a decir:

—Me alegro de que disfrutes.

Era posible que Yvette no se hubiera dado cuenta todavía, pero encajaba en todas las facetas de su mundo. Y él en las de ella.

Tal y como le gustaba decirle, estaban muy bien juntos.

Y quizá hubiera llegado la hora de presionar un poco más.

Pasarían juntos el resto del día y, por la noche, cuando estuvieran solos, después de provocarle otro orgasmo estremecedor, le diría que la amaba.

A partir de entonces, podrían comenzar a construir un futuro en común.

El sudor empapaba los hombros de Armie mientras continuaba golpeando el saco.

Cannon permanecía apartado, observándole y decidiendo qué hacer a continuación. Cuando le sonó el teléfono, lo sacó del bolsillo.

—¿Diga?

—Hola, campeón.

¿Vanity? La amiga de Yvette llamaba con suficiente frecuencia como para que hubiera llegado a reconocer aquella voz ligeramente ronca.

—¿Qué está pasando por California?

—No gran cosa. Estoy comiendo un banana split.

Cannon sonrió.

—¿Eso es una contraseña?

Vanity podía ser tan peculiar que con ella nunca se sabía.

—Sí. Un plátano, helado y nata —emitió otro sonido de placer—. Y una guinda encima.

—¿Y me has llamado para contarme eso? —apartó el teléfono de su boca y le dijo a Armie—: Descanso dentro de dos minutos.

Armie asintió y comenzó a golpear y a patear con más fuerza, aprovechando al máximo los minutos que le quedaban. En uno de los laterales, estaba Yvette hablando con Harper. Muggles estaba despatarrado a sus pies.

—Sabía que estarías en el gimnasio —dijo Vanity.

—Yvette también está aquí. ¿Quieres hablar con ella?

—¿La he llamado a ella?

—No, me has llamado a mí.

—Exacto. Eso debe de ser porque quiero hablar contigo, ¿no crees?

Cannon se acercó hacia el mostrador de recepción, preguntándose qué podría querer.

—¿Qué pasa entonces?

—Tienes razón, Cannon. Vayamos al grano.

¿Habría sido demasiado maleducado?

—No pretendía decir…

—Ahora que Escro ha desaparecido.

—¿Escro?

—Sí, ya sabes, la abreviatura de Escroto, alias Heath.

Cannon soltó una carcajada.

—Sí, ya sé lo que quieres decir y, sí, Heath está todo lo lejos de aquí que puede llegar a estar un hombre y seguir respirando.

—Exactamente. En cualquier caso, no necesito estar pendiente de ese miserable aquí en California.

—No era mi intención encargarte esa tarea.

—Ha sido un placer. Y, ahora, ¿vas a dejarme hablar?

—Sí —le prometió—. Adelante.

—Estaba pensando en ir a veros —le planteó.

¿Le preocuparía no ser bien recibida? Diablos, era la mejor amiga de Yvette, quería conocerla. De hecho, gracias a sus conversaciones telefónicas, tenía la sensación de que ya la conocía.

—Siempre serás bienvenida.

Mientras miraba por los enormes ventanales del gimnasio, el destello rubio de una melena le llamó la atención.

—¿Sí? ¿En cualquier momento?

—Desde luego.

Con el teléfono en la oreja, la rubia le pagó al taxista y después tiró algo en un enorme cubo de basura que había enfrente del gimnasio.

Debía de ser otra mujer interesada en las clases de autodefensa. Comenzarían en cuanto Armie terminara el combate. La promoción ya había salido y Denver y Stack se habían ofrecido a echar una mano, lo que, probablemente, tenía algo que ver con la rapidez con la que se habían llenado los grupos.

—¿Y qué tal ahora?

Absorto en sus pensamientos, Cannon contestó:

—Claro —olvidándose de la mujer de la calle, agarró una botella de agua y una toalla y se acercó a Armie—. ¿Cuándo sale tu vuelo? Iremos a buscarte.

—No hace falta —se aclaró la garganta—. Estoy aquí.

—¿Aquí?

—Bueno, detrás de ti, en realidad.

Fue entonces cuando Cannon se dio cuenta del silencio que se había hecho en el gimnasio. Todo el mundo estaba mirando hacia la puerta.

¡La mujer rubia!

Se volvió y, por supuesto, allí estaba. Tenía el aspecto de una Barbie, la propia Yvette lo había dicho. Y, aunque Cannon no estaba muy familiarizado con las Barbies, apreció el parecido.

Con una minifalda vaquera, un top blanco, las piernas largas, bronceadas y muy bien torneadas, guardó el teléfono mientras entraba en el gimnasio.

El hecho de que todos los hombres que allí había la estuvieran devorándola con la mirada no pareció afectarle.

Cuando Yvette gritó, Cannon pensó al instante en otra amenaza. Pero entonces la vio correr hacia Vanity y vio a Vanity soltar su propio gritito y correr hacia ella.

Comenzaron a girar, emitiendo todo tipo de gritos agudos de emoción. Muggles corría entusiasmado a su alrededor, ladrando como un loco, aunque dudaba que el perro supiera a qué se debía todo aquel escándalo.

Canon sonrió y lo supo. Y después miró a su alrededor y vio que todos los tipos que había en el gimnasio sonreían también.

A su lado, resoplando todavía, Armie preguntó:

—Es amiga de Yvette, ¿verdad?

—Se llama Vanity. Es de California.

—Y está a punto de provocar una avalancha.

Sí, era cierto. Los luchadores estaban acercándose, dispuestos a exigir las debidas presentaciones.

Cannon miró a Armie.

—Pero tú no vas a participar en ella, ¿eh?

Antes de contestar, Armie terminó la botella de agua.

—Demasiado convencional para mi gusto.

Aunque Cannon sabía que no era a eso a lo que se refería, Cannon preguntó:

—¿Le faltan los tatuajes y los piercings?

—Demasiado dulce —le palmeó la espalda a Cannon—. Será mejor que vayas a controlar a las masas.

Cannon, que estaba de acuerdo con él, se acercó y le tendió la mano.

—¿Vanity?

—No, hombre, no —le apartó la mano y le dio un sentido abrazo—. ¡Oh, Dios mío! —exclamó, deslizando las manos por su espalda hacia su trasero—. Yvette, tienes razón. Es muy atractivo.

Cannon se desasió de su abrazo entre risas.

—¿Por qué no nos has dicho que venías?

Yvette esbozó una mueca.

—Bueno —miró a Vanity y después le miró a él—, yo lo sabía.

¿Estaba avergonzada? ¿Qué se propondría? Si Vanity había ido hasta allí con intención de ayudarla a hacer las maletas, ya podían ir olvidándolo. Porque pensaba encontrar la manera de convencerla para que se quedara.

Con los brazos en jarras y sintiendo cómo iba creciendo su resistencia, preguntó:

—Bueno, ¿qué pasa?

Yvette elevó los ojos al cielo y le agarró la mano.

—Será mejor que lo hablemos en privado.

Y le sacó de allí sin disimulo alguno.

Sin importarle que les estuvieran mirando.

Cannon no estaba muy seguro de qué hacer.

Vanity avanzó tras ellos diciendo:

—¡No os preocupéis por mí! —y, añadió, en tono meloso—: Estoy segura de que puedo entretenerme sola.

No necesitó más invitación para que se acercaran una docena de luchadores. Sabiendo que Armie estaría pendiente de todo, Cannon se fue encantado con Yvette.

Una vez en la habitación de descanso, ella le soltó y, evitando su mirada, se sentó a la mesa. Muggles comenzó a saltar, pidiéndole que le cogiera. Ella se colocó al perro en el regazo.

Cannon no se sentó. Se cruzó de brazos y la miró.

—¿A qué viene todo eso, cariño?

Sin mirarle todavía, Yvette tomó una bocanada de aire y la soltó lentamente.

—He estado pensando en nuestra situación. En el futuro.

No, de ningún modo. Cannon inclinó la cabeza, mirándola con recelo, comenzando a reunir argumentos para que se quedara. Para siempre.

Con él.

Yvette se enredó un mechón de pelo en el dedo y susurró:

—He leído la carta de mi abuelo. Muchas veces.

El sentimiento de culpa hizo que Cannon suavizara su actitud, pero solo un poco.

—Siento habértela ocultado.

—Te pidió que lo hicieras. Y comprendo por qué. Desde el primer momento, mi única intención al regresar era ocuparme de todo para que no te sintieras obligado a hacerte cargo de lo que te había dejado mi abuelo.

¿Cómo podía seguir estando tan equivocada?

—Yo nunca me he sentido obligado —aunque, desde luego, había sabido aprovechar el regalo que su abuelo le había entregado—. Me quedé aquí por ti.

Al rostro de Yvette asomó una triste sonrisa.

—Lo sé. Después de todo lo que habías hecho ya por mí, el abuelo te enredó también en todo esto.

—No, yo nunca…

—Has estado protegiéndome durante mucho tiempo.

—Eso es verdad —y lo había hecho porque la amaba.

—Pero… —se encogió de hombros—, ahora han desaparecido las amenazas, así que ya no necesitas seguir haciéndolo.

Y un infierno.

—¿Y el juicio? —y le recordó a toda velocidad—: Tú odias ser el centro de atención.

—Estoy empezando a superarlo —se mordió el labio y se aclaró la garganta—. Y, ya que hablamos de eso, tú te conviertes en el centro de atención en cualquier lugar al que vas.

¿Le preocupaba verse convertida también en centro de atención? Cannon no iba a mentir, pero tampoco quería ocultar nada.

—Muchas veces, cuando no estoy cerca de los círculos de luchadores, nadie me reconoce.

—Pero si te acompañara una mujer a los combates…

—Sí, quizá —reprimiendo las ganas de levantarla en brazos y estrecharla contra él, admitió—: La cámara podría grabarte en algunas ocasiones, sobre todo cuando esté combatiendo por un título.

Yvette sonrió.

—Algo que tendrás que hacer muy pronto.

Cannon asintió. Aunque, en aquel momento, con lo intrigado que estaba respecto a lo que Yvette quería decirle, era en lo último en lo que estaba pensando.

—No deberías preocuparte por eso...

—Cannon —le miró con ojos suplicantes—, déjame terminar, ¿quieres?

—Claro —la determinación hacía vibrar su cuerpo entero—, pero será mejor que digas cosas que esté deseando oír.

—Ya no tienes por qué seguir protegiéndome.

Se equivocaba.

—Siempre voy a querer protegerte porque eres importante para mí.

Yvette aceleró la respiración.

—Tienes muchas mujeres maravillosas.

—Es cierto —se acercó a ella—, pero te quiero a ti.

Las risas que llegaban desde fuera desviaron la atención de Yvette antes de que volviera a mirarle.

—Y muchas buenas amigas.

Dio otro paso hacia ella.

—Todas son una bendición —y añadió en un tono de voz más suave—, pero te quiero a ti.

—Tienes una vida muy ajetreada, una carrera profesional emocionante, dinero y...

—Y a ti. Te quiero a ti, Yvette.

Yvette cuadró los hombros.

—Bueno, pues yo quiero hacer planes.

Cannon abrió la boca para hablar, pero ella no le dio oportunidad de hacerlo.

—Quiero estar contigo. Y... y no quiero que te vayas a Harmony sin mí.

Vaya. Después de tantos *jabs* directos, acababa de pillarle por sorpresa.

—La tienda...

—¡Para eso ha venido Vanity! —se levantó de un salto, dejando a Muggles protestando a un lado—. Se encargará de la tienda cuando yo esté fuera.

¿Lo había arreglado todo?

—¿Y tú vendrías conmigo?

—¿A ti te parece bien?

Mejor que bien.

—Porque sé que, de alguna manera, tú te has visto forzado a todo esto...

—En absoluto —ya iba siendo hora de aclarar algunas cosas—. Sabes que le di a Rissy la casa, ¿verdad?

—Sí, ¿pero qué tiene que ver...?

—Y que compré una casa en Harmony. Al contado.

—Vaya —tragó saliva—. No sabía...

—No necesito compartir la casa de tu abuelo, ni la tienda. Pero quería estar contigo, así que decidí subirme al carro.

—¿Al carro?

—Decidí quedarme en la casa contigo. Y reclamar la mitad de la tienda para que no pudieras venderla —le acarició la barbilla—. Utilicé la excusa que me proporcionó tu abuelo para acercarme a ti.

Ella soltó una carcajada, pero, al ver que él estaba muy serio, arqueó las cejas.

—Pero... yo siempre he estado loca por ti. Y tú lo sabías.

¿Eso significaba que no tenía por qué haber hecho nada para estar con ella? Negó con la cabeza.

—No querías estar aquí, cariño. Te habías forjado una vida en California. Te fuiste de aquí.

Yvette sacudió la cabeza y susurró:

—No. Lo intenté, pero... —miró a su alrededor, como si quisiera asegurarse de que no había nadie cerca de la puerta que pudiera escucharla— sabes que las cosas no... no funcionaron con nadie que no fueras tú.

—Y sabes por qué, ¿verdad?

Esperaba que ella dijera que porque eran muy buenos juntos.

Pero ella fue más allá y estuvo a punto de tumbarle de espaldas al decir:

—Porque te amo.

Cannon se apoyó en la pared y se la quedó mirando de hito en hito. Prácticamente se lo había gritado.

Yvette esbozó una mueca, echó los hombros hacia atrás y volvió a decir, en un tono menos apasionado en aquella ocasión:

—Te amo.

Maldita fuera.

—Sí, eso está mejor.

—¿El qué? —preguntó Yvette.

Una inmensa alegría le obligó a sonreír.

—Que digas cosas que quiero oír.

—¡Ah!

Yvette acortó el espacio que les separaba. No le tocó, pero estaba tan cerca que Cannon podría besarla si decidía hacerlo. Y lo haría, en cuanto ella terminara de declararse.

—¿Me amas? —la urgió, sintiendo que todavía no había llegado a hacerlo.

—Sí —tomó aire—, mucho.

—¿Y vendrás conmigo cuando tenga que viajar?

—Sí. Bueno, tú también tendrás que cooperar, pero me gustaría. Creo que puedo manejar la situación —se encendieron sus mejillas—. Me refiero a lo de llamar la atención estando contigo, el famoso jugador conocido como el Santo.

A Cannon le encantó verla sonrojarse. Y ver cómo se humedecía los labios.

—Eso... —escrutó su rostro—, en el caso de que quieras que vaya contigo.

—Claro que quiero.

Nerviosa, Yvette soltó una bocanada de aire.

Riendo, Cannon la estrechó contra su pecho y le dio un rápido beso.

—Con una condición.

—¿Cuál?

—Después del próximo combate, tendrás que casarte conmigo.

Yvette se le quedó mirando fijamente, con los ojos como platos y los labios entreabiertos y temblorosos.

—Di sí —le susurró Cannon.

—Sí. Sí, sí, ¡sí! —le rodeó el cuello con los brazos y le besó con pasión, con amor—. No tenemos por qué esperar hasta entonces, ¿sabes? Yo no necesito una gran boda.

Llegaron nuevas risas desde el gimnasio, seguidas por un rugido de viril camaradería. Sonriendo, Cannon replicó:

—Es posible que tú no, pero seguro que ellos insistirán en que la tengamos.

Yvette se recostó contra él.

—Armie será un padrino maravilloso.

¡Dios! Cannon estaba deseando ver a la cara de Armie cuando Yvette le dijera que tenía que ponerse un esmoquin.

Yvette le acarició el pecho y jugueteó con el cuello de la camisa.

—¿Tú también me quieres?

Cannon gimió.

—¿Cómo es posible que no lo sepas?

—No sé. Te he querido durante tanto tiempo, y de tantas maneras...

—Lo mismo digo, aunque no siempre he sido consciente de ello —sin darle la oportunidad de negarlo, le besó la frente, la nariz y los labios entreabiertos—. Estaba enganchado a aquella tentadora adolescente y, a pesar de que intentaba no fijarme en ti, no podía evitarlo. Después, cuando te vi en peligro, la necesidad de mantenerte a salvo me consumía por dentro.

—No lo sabía —apoyó la mejilla en su pecho—. Si lo hubiera sabido, no me habría marchado.

—En aquel entonces eras muy joven —le acarició la espalda—. Y yo comencé a combatir con la SBC.

—No era un buen momento —se mostró de acuerdo. Y añadió con un largo suspiro—: Mi abuelo fue muy sabio al obligarme a volver.

—Me alegro de que lo hiciera porque tengo que decir que esa actitud tuya tan decidida es una cualidad propia de un luchador —la hizo inclinar la cabeza—. Aunque normalmente solo peleo por deporte, cuando es necesario, también puedo pelear sucio. Y en todo lo que tiene que ver contigo, lucho para ganar.

Ella sonrió.

—Creo que esta vez he ganado yo.

Sonriendo, Cannon la abrazó, levantándola en sus brazos.

—Y yo sigo siendo invencible.

www.ingramcontent.com/pod-product-compliance
Lightning Source LLC
LaVergne TN
LVHW091612070526
838199LV00044B/767